U0107774

A LIBRARY OF
DOCTORAL
DISSERTATIONS
IN SOCIAL SCIENCES IN CHINA

中国
社会科学
博士论文
文库

耶律楚材家族及其文学研究

On Yelv Chucai`s Clan and Their Literature

和 谈 著

导师 李 浩

中国社会科学出版社

图书在版编目（CIP）数据

耶律楚材家族及其文学研究／和谈著 . —北京：中国社会科学出版社，
2024.3
（中国社会科学博士论文文库）
ISBN 978 – 7 – 5227 – 3286 – 2

Ⅰ.①耶…　Ⅱ.①和…　Ⅲ.①中国文学—古典文学研究—元代
Ⅳ.①I206.2

中国国家版本馆 CIP 数据核字（2024）第 055309 号

出 版 人　赵剑英
责任编辑　宋燕鹏
责任校对　李　硕
责任印制　李寡寡

出　　　版　中国社会科学出版社
社　　　址　北京鼓楼西大街甲 158 号
邮　　　编　100720
网　　　址　http://www.csspw.cn
发 行 部　010 – 84083685
门 市 部　010 – 84029450
经　　　销　新华书店及其他书店

印　　　刷　北京明恒达印务有限公司
装　　　订　廊坊市广阳区广增装订厂
版　　　次　2024 年 3 月第 1 版
印　　　次　2024 年 3 月第 1 次印刷

开　　　本　710×1000　1/16
印　　　张　18.25
插　　　页　2
字　　　数　313 千字
定　　　价　98.00 元

凡购买中国社会科学出版社图书，如有质量问题请与本社营销中心联系调换
电话：010 – 84083683
版权所有　侵权必究

《中国社会科学博士论文文库》
编辑委员会

主　　任：李铁映

副 主 任：汝　信　　江蓝生　　陈佳贵

委　　员：(按姓氏笔画为序)

王洛林　　王家福　　王缉思

冯广裕　　任继愈　　江蓝生

汝　信　　刘庆柱　　刘树成

李茂生　　李铁映　　杨　义

何秉孟　　邹东涛　　余永定

沈家煊　　张树相　　陈佳贵

陈祖武　　武　寅　　郝时远

信春鹰　　黄宝生　　黄浩涛

总 编 辑：赵剑英

学术秘书：冯广裕

总　序

在胡绳同志倡导和主持下，中国社会科学院组成编委会，从全国每年毕业并通过答辩的社会科学博士论文中遴选优秀者纳入《中国社会科学博士论文文库》，由中国社会科学出版社正式出版，这项工作已持续了 12 年。这 12 年所出版的论文，代表了这一时期中国社会科学各学科博士学位论文水平，较好地实现了本文库编辑出版的初衷。

编辑出版博士文库，既是培养社会科学各学科学术带头人的有效举措，又是一种重要的文化积累，很有意义。在到中国社会科学院之前，我就曾饶有兴趣地看过文库中的部分论文，到社科院以后，也一直关注和支持文库的出版。新旧世纪之交，原编委会主任胡绳同志仙逝，社科院希望我主持文库编委会的工作，我同意了。社会科学博士都是青年社会科学研究人员，青年是国家的未来，青年社科学者是我们社会科学的未来，我们有责任支持他们更快地成长。

每一个时代总有属于它们自己的问题，"问题就是时代的声音"（马克思语）。坚持理论联系实际，注意研究带全局性的战略问题，是我们党的优良传统。我希望包括博士在内的青年社会科学工作者继承和发扬这一优良传统，密切关注、深入研究 21 世纪初中国面临的重大时代问题。离开了时代性，脱离了社会潮流，社会科学研究的价值就要受到影响。我是鼓励青年人成名成家的，这是党的需要，国家的需要，人民的需要。但问题在于，什么是名呢？名，就是他的价值得到了社会的承认。如果没有得到社会、人民的承认，他的价值又表现在哪里呢？所以说，价值就在于对社会重大问题的回答和解决。一旦回答了时代性的重大问题，就必然会对社会产生巨大而深刻的影响，你也因此而实现了你的价值。在这方面年轻的博士有很大的优势：精力旺盛，思想敏捷，勤于学习，勇于创新。但青年学者要多向老一辈学者学习，博士尤其要很好地向导师学习，在导师的指导下，发挥自己的优势，研究重大问题，就有可能出好的成果，实现自己的价值。过去12年入选文库的论文，也说明了这一点。

什么是当前时代的重大问题呢？纵观当今世界，无外乎两种社会制度，一种是资本主义制度，一种是社会主义制度。所有的世界观问题、政治问题、理论问题都离不开对这两大制度的基本看法。对于社会主义，马克思主义者和资本主义世界的学者都有很多的研究和论述；对于资本主义，马克思主义者和资本主义世界的学者也有过很多研究和论述。面对这些众说纷纭的思潮和学说，我们应该如何认识？从基本倾向看，资本主义国家的学者、政治家论证的是资本主义的合理性和长期存在的"必然性"；中国的马克思主义者，中国的社会科学工作者，当然要向世界、向社会讲清楚，中国坚持走自己的路一定能实现现代化，中华民族一定能通过社会主义来实现全面的振兴。中国的问题只能由中国人用自己的理论来解决，让外国人来解决中国的问题，是行不通的。也许有的同志会说，马克思主义也是外来的。但是，要知道，马克思主义只是在中国化了以后才解决中国的问题的。如果没有马克思主义的普遍原理与中国革命和建设的实际相结合而形成的毛泽东思想、邓小平理论，马克思主义同样不能解决中国的问题。教条主义是不行的，东教条不行，西教条也不行，什么教条都不行。把学问、理论当教条，本身就是反科学的。

在21世纪，人类所面对的最重大的问题仍然是两大制度问题：这两大制度的前途、命运如何？资本主义会如何变化？社会主义怎么发展？中国特色的社会主义怎么发展？中国学者无论是研究资本主义，还是研究社会主义，最终总是要落脚到解决中国的现实与未来问题。我看中国的未来就是如何保持长期的稳定和发展。只要能长期稳定，就能长期发展；只要能长期发展，中国的社会主义现代化就能实现。

什么是21世纪的重大理论问题？我看还是马克思主义的发展问

题。我们的理论是为中国的发展服务的，绝不是相反。解决中国问题的关键，取决于我们能否更好地坚持和发展马克思主义，特别是发展马克思主义。不能发展马克思主义也就不能坚持马克思主义。一切不发展的、僵化的东西都是坚持不住的，也不可能坚持住。坚持马克思主义，就是要随着实践，随着社会、经济各方面的发展，不断地发展马克思主义。马克思主义没有穷尽真理，也没有包揽一切答案。它所提供给我们的，更多的是认识世界、改造世界的世界观、方法论、价值观，是立场，是方法。我们必须学会运用科学的世界观来认识社会的发展，在实践中不断地丰富和发展马克思主义，只有发展马克思主义才能真正坚持马克思主义。我们年轻的社会科学博士们要以坚持和发展马克思主义为己任，在这方面多出精品力作。我们将优先出版这种成果。

2001 年 8 月 8 日于北戴河

序

    和谈与万德敬同一年攻读博士学位，他俩都有一定的教学科研实践，基础较好，入学时都受到老师们的肯定。和谈的毕业论文完成得不错，同行专家的匿名评审给予充分肯定，后来还曾获陕西省优秀博士学位论文奖。毕业十年后，他经过反复充实打磨，始将修订后的论文付梓，并嘱我撰序介绍。

    回忆当时确定博士学位论文选题时，我想他在边疆地区工作，有地利之便，故建议他可否从这方面思考一下。他对"地域—家族"研究情有独钟，且当时正承担星汉教授的国家社科基金重大课题"《全西域诗》编纂、整理与研究"子课题任务，对契丹耶律楚材家族有所关注，想从这方面入手进行深入研究。我认为这是一块学术研究的富矿，将来会有大的创新成果，就同意他的设想，鼓励他开辟自己的学术领域，并建议他今后在博士学位论文的基础上拓展做整个契丹文学的研究。他在校期间以"《耶律铸集》点校、辑佚与研究"为题申报了全国高校古委会课题，获得立项支持，为他学位论文的撰写提供了学术支撑。

    契丹的先祖崛起于草原，是一个以游牧为主的民族，在晚唐五代混乱之际，南征北战，东讨西伐，开疆拓土，雄霸广袤的东北和西北地区，建立与北宋并峙的政权——辽朝。辽为金所灭，又有耶律大石在西域建立的强大西辽政权，统治西域近百年，以至于俄语称中国为"Китай"（音同Kitay，契丹），可见其影响之广。该族群中高尚气力者不知凡几，但文学家族较为少见，能取得很高成就、在文学史上产生较大影响者更少。耶律楚材家族为契丹皇族支脉，累世官居高位，在历史上具有较大影响，其家族成员通契丹语、女真语、蒙古语、汉语等诸种语言，不仅创作汉语文学作品，而且有译作。其家族文学是契丹文学的代表，是中国古代文学的重要组成部分，也是构成中华民族文化共同体的重要支撑。

基于这样的基本认知，本书对耶律楚材家族世系、多民族婚娶、多语学习与创作、儒学教育、地位与心态等情况进行梳理和考辨，对其家族成员诗文作品进行全面核查、辨析、辑佚，考查其祖上汉语文学创作的演进，梳理契丹文学发展的线索，对其家族在不同地域的活动及文学创作进行考辨，从一个侧面揭示中华文学多元一体的特征。

本书的学术创新主要体现在以下几个方面：首先，具有跨学科和交叉学科的视野。书稿既立足契丹文学研究，又旁涉契丹民族、历史、教育、语言、文献等方面的研究；既有综合研究，又有个案研究。其次，酌采"地域—家族—文学"的研究方法。将人物、时间、空间联系在一起，考察耶律楚材家族活动地域与文学创作之关系，考辨前人争论而未曾解决的问题，补充史书记载的不足，在诸多方面有所突破和创新。再次，以少数民族文学研究为本体，综合考虑汉文学及汉文化的影响，因而研究结论具有创新性。书稿通过对耶律楚材家族文学的研究，揭示出契丹文学既独立发展又有机统一于中华文学的进程，对中国少数民族文学和古代文学研究具有一定的启发和借鉴。

本书选题先进，且开拓颇多，可圈可点处不少，前面已经列举了一些。和谈在完成学位论文后，并没有满足已经取得的成绩，而是咬定这一课题，继续向纵深开掘。他在耶律氏家族文学的编年以及别集笺注方面继续深耕，2014 年获批国家社科基金一般项目"契丹文学史"，2020 年从武汉大学文学院博士后出站，博士后出站报告亦与契丹文学相关。2022年，又获得主持教育部重大课题攻关项目"契丹文学文献整理与研究"，项目已经开题，相信他和他的团队会奉献给学术界新的成果。

当然，和谈是民族文学研究领域的新秀，本书也有一些不足，答辩专家当时提到了一些，和谈自己也意识到论文对文学研究有待深入，对于耶律楚材家族主要活动地域的文学活动也可以再拓展。

在我看来，这些固然属实，但还是一些技术性的问题，相信他今后都能够解决。我比较关注的是中古时期，辽阔的内亚地区农耕民族与草原民族多元共存，群雄竞争，旋转舞台上不断转换主角，契丹何以能突然崛起？在辽宋军事对峙的背景下，文化与商贸仍能剪不断、理还乱，持续进行，耶律氏在军事上虽然不断拓殖，不轻易服输，但在文化上却崇尚、认同、学习以儒家文化为代表的中华文化。换言之，辽宋军事斗争属实，但文化交融、契丹人向慕华风也属实。这一文化策略对金、元等朝也产生了重要影响。这一微妙的文化背景，对耶律家族的文学接受、文学创作有何影响，是否还有进一步探讨的空间？另外，现存的契丹大小字文献，与汉文文献之间对应关系如何？其文化交流转换机制是如何实现的？这些问题，都需要和谈与他的团队成员来回答。

和谈正值学术盛年，学术发展空间很大。他当年选择返回新大，建设新疆，与我的老同学苗普生兄有类似处，但学术上能否赶上甚至超越苗普生，这需要他用自己的学术实绩来回答。和谈除了自己的教学科研本职，还兼学校的一些管理工作，这与我当年所陷困境也类似，如何能够更主动、更从容、更智慧地投身自己的兴趣所在，取法乎上，追求卓越，达到年轻一代学人应该达到的学术高度，也要看他自己的学术悟性和文化情怀了。我当然希望他能够贞定当下，多几分散淡、智慧和通透。是所望矣。

谨为序。

李　浩

2023 年 7 月 14 日

摘　　要

　　关于契丹民族、语言、历史、考古等相关领域问题的研究已成为国际性课题，但是，对于契丹文学的研究却相对沉寂。家族文学是中国文学史上引人注目的现象，从历史上来看，汉人家族遍地皆是，家族文学亦较兴盛。在北方游牧族群中，家族较为少见，能形成文学家族者更是寥寥无几。在已经消亡的族群中，契丹人独树一帜，不但有家族，而且有家族文学，是游牧族群中之特出者。有鉴于此，本书拟从家族文学的角度切入，以耶律楚材家族及其文学创作为研究对象，力图发现此前契丹文学研究中所未发现的问题，开拓前人所未涉足的领域，补充史书记载的不足，为全面认识和研究中国古代文学提供有益的参考。

　　由于耶律楚材家族文学涉及内容比较广，故本论文综合运用了文学、历史学、社会学、人类学、语言学等学科的研究方法，结合族群、文化、地域、音韵、文献、官制等方面的研究，在诸多方面力图有所突破和创新。

　　第一章主要研究耶律楚材家族的世系、族属、前代汉语文学创作、教育、家风、尴尬处境与心态。内容主要有五个方面：一是根据对耶律楚材家族世系、婚娶情况的考察；二是对辽代契丹汉文学发展演变情况进行分析，归纳出皇室推动、诗文结集、家族文学出现、女性文学成就突出等几方面的特点；三是关注其家族的教育情况，论述耶律楚材家族翻译儒学经籍、在西域和高丽推动儒学传播等贡献，此外，还对其家族多语言学习情况进行研究，这些内容，前人罕有提及和论述；四是对其家风进行考述和总结，亦为前人所未道；五是从更深层的政治因素和族群心理角度进行考察、剖析，指出耶律楚材家族虽祖孙四代官居相位，但女真、蒙古人相继执掌国柄，其族别观念决定了契丹人必然处于尴尬的处境，这一节内容为本论文研究最深和创获最多之处。

第二章前三节主要对耶律楚材家族文学作品存佚情况及内容进行了分类，并对其中较为重要的咏物、赠别思归、边塞战争作品展开论述。第四节总结出耶律楚材家族文学的两点艺术特色，一是风格清健飘逸，二是自然为文、不假雕饰。

第三章运用"家族——地域——文学"的综合研究方法，主要考察耶律楚材家族在西域、秦地、青藏、巴蜀等地的活动及文学创作，除了耶律家族的西域诗文前人已部分涉足之外，其余关于耶律楚材家族在秦地、青藏、巴蜀文学创作的论述，则是前所未有的开拓性研究，这些内容不仅延展了契丹文学、历史等方面的研究领域，而且对于上述地域文化的研究也是一种新的补充。

第四至六章为对耶律履、耶律楚材、耶律铸、耶律希逸等祖孙四代的个案研究，创新之处主要有六点：一是对耶律履使宋事迹进行考辨，补《金史》之阙；二是对《双溪醉隐集》误收耶律履《送张寿甫尚书出尹河南》一诗进行考辨，此节内容既可补《全金诗》之遗漏，又可纠正《双溪醉隐集》编辑之疏误；三是对耶律楚材之名和任"中书令"之事进行考辨，使有关其生平的两个基本问题得到解决；四是对耶律楚材与岑参的西域诗进行对比，概括华夷思想与内在文化不同是导致二人创作不同的根本原因；五是以出土墓志和文献资料两重证据考证耶律铸出生于北庭，补《元史》之阙；六是首次对耶律铸的乐府诗进行研究，指出其增作骑吹曲辞，以当时的北音入诗，体现了契丹作家的创新意识。

中华民族的文化与文学均具有多元一体的特征。加强对古代游牧族群汉语文学创作的研究，将丰富中国古代文学研究的内容。耶律楚材家族创作了总数超过百卷的汉语文学作品，堪称契丹文学的代表与集大成者，从族群文学史的角度来看，其地位、影响和作用，举足轻重，无第二家可及，值得我们深入研究。

关键词：耶律楚材家族；文学；契丹；耶律履；耶律铸；耶律希逸

Abstract

The research on ethnic, language, history, archeology and other related issues of Khitay has become a subject of study under international focus; however, there is a considerable lacuna in the study of Khitay's literature. Clan literature is a remarkable phenomenon in the history of Chinese literature. Historically, the clan literature of Han nationality is more flourishing than that of the northern nomadic ethnic groups. The Khitan, as one of withered population, had not only clans but also clan literatures, distingushing them from other nomadic groups. In the view of clan literature, the paper takes the clan of Yelv Chucai and their literary works as the subject matter, attempts to find undiscovered issues and blaze into unknown territories to shed light onto the insufficiently recorded part of history, and to provide a beneficial reference for the comprehensive understanding and study of Chinese classic literature.

Considering the extensive coverage in Yelv Chucai's clan literature, the paper integrates research methods from disciplines such as literature, history, sociology, anthropology, linguistics and others. With the help of findings on ethnicity, culture, region, phonetics, literature, official systems, and other aspects, the thesis strives for breakthroughs and innovations in various areas.

Chapter One investigatesinto the genealogy, ethnicity, previous Chinese literature, education, family ethos, and the dilemma and mindset of the Yelv Chucai's clan. Innovation is shown by five points. First of all, based on an investigation into the Yelv Chucai's clan marriage with different ethnic women, the paper questions naming the Yelv Chucai's clan as "Khitay nation" and suggests the name "Khitay people" in accordance with the historical records. Secondly, by an analysis of the literary evolution of the Khitay Liao Dynasty, the paper identifies some distinctive features of the literature, such as the promotion of the royal family, the publishing of the anthologized poetical works, the appearance of clan literature, and the achievements of the female literarature, etc. Thirdly, focusing on the clan education, the paper firstly explicates the contribution in translation by Yelv Chucai's clan to spread Confucianism to the Western Regions and Goryeo, and looks into the acquisition of multiple languages by the clan. Fourth, the paper researches into the clan's family ethos. Fifth, from political perspective and ethnic psychology,, the paper delves into the dilemma in which members of the four generations of the clan served as ministers of the state but were still subjected to the reign of Jurchens and Mongols who had final say to the state matters, the dilemma engrained by intraethnic identification and heterroethnic antagonism, the greatest innovation of the paper.

The first three sections of Chapter Two classifies the literary works by the Yelv Chucai's clan, focusing on important categories such as odes to objects, farewell poems expressing longing for return, and works depicting borderland warfare. The fourth section summarizes two artistic features of the literary works of the Yelv Chucai's clan: first, a style that is clear, elegant, and graceful; and second, a natural and unadorned approach to writing without excessive embellishments.

Chapter Three employs a comprehensive research method focusing on "clan – place – literature", and examines the activities and literature of the Yelv Chucai's clan in places such as the Western Regions, the Qin Region, the Qinghai – Tibet Plateau, and Bashu. Except for the poetry about the Western Regions once previously but partially discussed, the one about the other places among the above have not been covered so far. The part of the paper not only expands the field of the Khitay's literature, history and other aspects, but also supplements the study of the local cultures about the above places.

Chapter Four to Chapter Six focus on case studies on four generations of the clan, namely those of Yelv Lv, Yelv Chucai, Yelv Zhu, and Yelv Xiyi. There are six major innovations. First, the paper gives a critical examination of Yelv lv 's diplomatic mission to the Song Dynasty, a supplement to the *Chin History*. Second, the paper identifies the mistaken inclusion of the Yelv lv's poem "Farewell to Minister Zhang Shoufu" into the anthology of the clan literature *Shuang Xi Zui Yin Ji*, which compensates for the omission in the *Complete Chin Poetry*, which has been misedited. Third, the paper investigates into the naming of Yelv Chucai and his position as a minister, and clarifies the understanding and the debate of historians. Fourth, the paper contrasts the poetries about the Western Regions by Yelv Chucai and Cen Shen, and concludes that their stylistic difference lies in their different inborn cultures and in ideological differentiation between the plain – dwelling Hua and the barbarous Yi. Fifth, based on the unearthed epitaphs and documents, the paper proves that Yelv Zhu was born in Beiting, a supplement to the *Yuan History*. Sixth, the paper pioneers into Yelv Zhu's Yuefu poetry, finds that the creation, unrestricted by the Pingshui Rhyme Scheme, incorporated the northern lilts, thus uncongenial to the twelve categories of *General Anthology of Yuefu Poems* by Guo Maoqian, which bespeaks the Khitay writers' innovativeness, and deserves furthur attention by Yuefu poetry specialists.

The culture and literature of the Chinese nation exhibit a characteristic of unity in diversity. This paper on the literature in ancient Chinese language by nomadic ethnic groups enriches the study on ancient Chinese literature. The Yelv Chucai's clan produced over a hundred volumes of literary works in the Chinese language, which is the magnum opus of the Khitay's literature. From the perspective of ethnic literary history, their status, influence, and significance are unparalleled and worthy of in – depth study.

Key Words: Yelv Chucai's clan; Literature; Khitay; Yelv Lv; Yelv Zhu; Yelv Xiyi

目　　录

Contents

引　言

　　对于契丹（Khita 或 Khitay）语言、考古、历史、地理、族群、艺术等领域的研究已成为国际性课题，对契丹大小字的解读甚至成为世界"绝学"。相较上述领域，对契丹文学的研究显得有些沉寂。究其原因，一是学科专业划分之局限：研究中国古代文学者，多关注汉人创作，研究少数民族文学者，多关注当前存在民族之文学；[①] 二是契丹这一族群在元末明初已完全消融，且契丹文学数量与成就都不够高，较难形成专门的研究方向，故研究者均有所忽略。

　　但详绎史料，可知辽立国二百余年，典章制度较为完备，文学亦彬彬而盛，契丹君主乃至大臣均有能诗善赋者。至金中叶，朝廷仍在用契丹文字，至章宗时方加以禁绝。耶律大石在西域建立西辽政权，一袭辽代旧制，文字亦得以保留，至成吉思汗西征时，依然有熟习契丹字者。[②] 用契丹字创作的作品，今所见者，多为墓志碑铭。翻译作品则有耶律楚材之《醉义歌》。除此之外，如诗赋词曲，均不得而见。究其原因，除了沈括所云"契丹书禁甚严"[③] 之外，尚有两条为前人所未提及，其一，金灭辽时，辽五京均遭兵燹战火，书籍被于火者当较多，而辽人逃亡奔命似无可能携带文籍，故散亡较多；其二，金章宗禁绝契丹文字，契丹文献存世者当遭受较大损毁，其后境内无识契丹字者，契丹文献遭到毁弃亦在意料之中。

---

　　① 今人所著《中国少数民族文学史》，极少有关于契丹文学的叙述。

　　② 耶律楚材《醉义歌》序文云："及大朝之西征也，遇西辽前郡王李世昌于西域，予学辽字于李公，期岁颇习。"详见（元）耶律楚材著，谢方点校《湛然居士文集》，中华书局 1986 年版，第 171 页。

　　③ （宋）沈括：《梦溪笔谈》，上海古籍出版社 1987 年版，第 513 页。

契丹语文学难于研究，为无可奈何之事。但契丹人用汉语创作诗文，却值得研治中国文学史者关注和重视。

契丹家族之内，有数代人用汉语创作诗文，则更值得重视。耶律楚材家族即为契丹文学家族之代表。

一　立论依据

在中国历史之封建阶段，汉人由于宗法观念、封建礼制之约束，注重血缘关系和亲情，往往长期聚居于一地，繁衍生息，一而二，二而四，宗脉分支渐多，而世系辈分不乱，数代之后，已经蔚为大族，若族人更有出将入相、几代为官者，则荣耀乡里，富甲一方，加之族人同心勠力，代代相继，遂为世家大族。① 相对而言，草原部族往往以部落为单位，逐水草而居，畜牧狩猎，居无定所，② 不太注重家族制度建设，加之其俗或有兄死而弟娶其嫂、父死子娶其母（非亲生母亲）者，③ 世次及亲属关系难于

---

① 程章灿在论述六朝世族争取或巩固其社会地位时说："引入宗法精神，强化孝悌观念，谨持门风，笃重家学，增强家族的凝聚力等，就是这种努力的一部分。"详见程章灿《世族与六朝文学》，黑龙江教育出版社1998年版，第4页。张剑在《宋代家族与文学——以澶州晁氏为中心》一书中说："宋代家族文化当然也适时地显现出其时代特点，那就是普遍重视亲族友爱，重视科举，重视文学培养，重视图书积累，嗜学、博学等，正是这'普遍'二字，打破了六朝世族的文化垄断，形成了'华夏民族之文化，历数千载之演进，造极于赵宋之际'的坚固基础。"详见张剑《宋代家族与文学——以澶州晁氏为中心》，北京出版社2006年版，第76页。非独六朝、宋代为然，唐、元、明、清亦皆如是。

② 苏辙出使契丹诗《出山》云："橐驼羊马散川谷，草枯水尽时一迁。"《虏帐》云："春粱煮雪安得饱，击兔射鹿夸强雄。"即描写此种风俗。此为亲历者所言，非道听途说者可比。详见陈宏天、高秀芳校点《苏辙集》，中华书局1990年版，第320、322页。又，（元）李志常撰《长春真人西游记》，记西北风俗曰："四旁远有人烟，皆黑车、白帐，随水草放牧。"详见李志常撰，党宝海译注《长春真人西游记》，河北人民出版社2001年版，第28页。

③ 此即所谓"收继婚"制。《史记·匈奴列传》卷110载匈奴之俗曰："父死，妻其后母；兄弟死，皆取其妻妻之。"《后汉书·南匈奴传》卷119载王昭君事曰："及呼韩邪死，其前阏氏子代立，欲妻之。昭君上书求归。成帝敕令从胡俗。遂复为后单于阏氏焉。"可知匈奴在汉朝时即行收继婚之法。昭君求归，是当时汉地无此法也。而成帝敕令从胡俗，是其时俗无此亦明。《周书·异域传》卷49载稽胡风俗云："又，兄弟死，皆纳其妻。"《北史》卷99载西北部族习俗云："父、兄、伯、叔死，子、弟及侄等妻其后母、世叔母、嫂"。《隋书》卷84亦云："父、兄死，子、弟妻其群母及嫂。"《晋书·西戎传》卷97载吐谷浑习俗曰："父卒，妻其群母；兄亡，妻其诸嫂。"《旧唐书》卷198所载与此亦大略相同。《金史·后妃传》卷64载女真习俗曰："旧俗，妇女寡居，宗族接续之。"至元朝时则下诏"诸人非其本俗，敢有弟收其嫂，子收庶母者，坐罪"。（《元史·文宗本纪》卷34）则本俗收继者，仍可沿袭其俗。此类例子尚多，兹不一一列举。

详明，故而形成大家族者较少。

我国之农耕社会，稳定自足，重礼尚文，内敛守成，居处有常，安土重迁，利于文化之传承，故数千年来文字未有大变，而文献代代累积。放眼世界，皆无如我彬彬之盛者。庠序之学，先为贵族所享，私塾之设，则下于庶民百姓，教育渐开风气，无贵无贱，无长无少，咸得就而学焉。言之无文，行而不远；修饰其辞，以立其诚——故文学渐兴。先以《诗》播之，后以《骚》讽之，文人赋诗作文，言志抒情，酬唱赠答，自汉代至魏晋而渐渐自觉。翻译佛经，而四声完备，至晋宋齐梁始多属意声律技巧，"俪采百字之偶，争价一句之奇；情必极貌以写物，辞必穷力而追新"①，文学之士，得为专门。世家大族，门第相传，或父子相继，或兄弟齐名，争胜于只言片语，流连于声韵文字，究心坟典，悠游圣域，遂渐成家族文学。蔡文姬、谢道韫皆是女子之身，尚能吟诗作赋，家族风气所及，其余子弟，岂有不能舞文弄墨者？或文献不存，或其作欠佳，大浪淘沙，后人遂有不得见之憾。由唐代三大地域之著姓士族，② 至宋代遍地开花之诸姓家族，如澶州晁氏、南丰曾氏、蓝田吕氏、眉山苏氏、西京石氏、江阴葛氏、崇仁虞氏，等等，文学家族渐成格局。明清之际，"敬宗收族"之形制完备定型，"耕读传家"为各宗族所共同遵守，数代有文集传世者不乏其人——由当代学术界家族及家族文学研究之热，可见一斑。

而草原部族于形成家族为难，于形成文学家族为更难。究其原因，大略有五：

其一，生活方式之限制。如上文所述，草原部族以游牧为生，其早期往往逐水草而居，其毡帐随时搬迁，夏季常居于草原，冬季多移于山林，居无定所，游牧中只带必备生活用具，而笔墨纸砚简册书籍并非其必需品，故即便有文籍，亦难于留存。

其二，语言文字之消亡。草原部族亦有语言，但未必皆有文字。③ 即便创制文字，也多为建立政权组织之后，先建城邦，然后定居，再兴教育之法。这些文字多在贵族统治阶层中传习，平民尤其是牧民仍不能也不愿学习，因此使用范围狭窄。另外，其政权存在时间一般较短，在被异族征

① （梁）刘勰著，陆侃如、牟世金译注：《文心雕龙译注》，齐鲁书社 1995 年版，第 144 页。

② 至唐末，这些士族已被贬抑诛杀殆尽。详见李浩师《唐代三大地域文学士族研究》（增订本），中华书局 2008 年第 2 版，第 64—83 页。

③ 如《史记》卷 110 载匈奴之俗曰："毋文书，以言语为约束。"

服后往往被迫接受他族语言文字，或征服他族之后主动接受其语言文字，本族语言文字逐渐消亡，即便曾创作相关典籍与作品，也慢慢因不为人所识而被毁弃。从后世来看，则少有遗存，不说一斑，即便窥百斑也难知其全貌。

其三，民风习俗之制约。草原部族不重家族血缘，故祖孙同居者少，《辽史·道宗本纪》载："以奚人达鲁三世同居，赐官旌之"，① 三世同居竟然惊动朝廷，既得赏赐，复入史传，由此可睹其端倪。② 其人多尚武轻文，以射猎弓马之术为重，闲暇之时或聚集豪饮，或歌舞弹奏，文化传播则多口耳相传，不尚秉笔书写，故其早期极少有世代习文者。

其四，族群（或曰部族）融合之影响。族群之融合，自古至今，从未停止。有整体融合者，有部分融合者，有融入另一族群者，有吸纳他族者。如匈奴、鲜卑、羌、氐、契丹等，多元融化，已成历史记忆；其他族群，如今所谓"汉族"，不知吸纳多少族群之血液，绝非单一纯种。③ 如匈奴、鲜卑等多元融化者，名称不复存在，历史亦告终止，其名既寝，其实亦改，究其实质，乃为汉化或曰华化，如李浩师所言："华化的过程既是异质文化融入本土文化的过程，也是消解并使其灭亡的过程。"④ 拓跋魏之改姓元者，如唐元结、元稹诸人，其人既不自称鲜卑人，后人岂可轻以"鲜卑族"目之？

其五，姓氏不定之弊端。草原游牧族群多无固定姓氏⑤，每人只有一

① （元）脱脱等：《辽史》，中华书局 1974 年版，第 275 页。

② 元代以来，学者多指摘《辽史》过于简略之弊，如（清）赵翼曰："《辽史》太简略，盖契丹之俗，记载本少。"（《廿二史札记》卷 27）如此简略之《辽史》竟然记载此事，可见奚人（与契丹人同源）家族之罕见，而此记载之史学价值亦足令人重视。

③ 李浩师曾在《胡化、华化与国际化——对唐代中外文化交流成就的几点新思考》一文中分析说："贞观四年，有 15 万突厥人南下归附，留居长安的近万家。天授元年西突厥可汗率残部六七万人徙居内地。总章二年高丽人二万八千二百户迁徙至江淮以南及并州、凉州之地安置。开元十九年，朝廷允许五万余异族人内迁中原。据不完全统计，北方境外部族内迁移民到唐朝的至少在二百万以上。"详见《東アジア世界史研究センター年報》2010 年 3 月第 4 号，第 126 页。唐朝已复如是，五代十国、辽宋金元明清，南北混杂，多少族群均消融不存，又焉知其后人非今之汉人哉！

④ 李浩师：《胡化、华化与国际化——对唐代中外文化交流成就的几点新思考》，《東アジア世界史研究センター年報》2010 年 3 月第 4 号，第 129 页。

⑤ 中国古代草原部族除以拓跋（后改姓元）、宇文、慕容、耶律（移刺）、萧（石抹）、完颜、爱新觉罗等为姓氏之外，其余大多数部族均只有名而无姓氏。《史记·匈奴列传》卷 110 载："其俗有名不讳，而无姓字。"即是一例。在蒙元时期，蒙古人亦无姓，只有氏族名和名字，详见陈高华《论元代的称谓习俗》，《浙江学刊》2000 年第 5 期，第 126 页。至今，我国仍有许多族群无固定姓氏，如维吾尔、哈萨克、塔吉克等族群。

名，且无书契为记，或有名字之禁忌，① 数代之后，其祖先之名遂不复记忆。加之兄弟分散，数代之后亲缘关系渐渐疏远，因不知同祖共宗，甚有互相婚娶者，家族遂至淆乱。然考之史书，究之今世，以今推古，亦可知无姓氏之弊端，在于无家族之观念也。既无家族之观念，而望其家族之形成，甚而望文学之家族，可谓难矣！②

辽立国二百余年，耶律皇族与萧氏后族确立，国有二姓，后世因之，而文教渐盛，其民居有常所，故不惟汉人崇儒重文，契丹人亦多有世代习文者。与拓跋、宇文、慕容诸氏不同，契丹人热衷文学，多有作品传世。略翻《辽史》，可见能称文学家族者，即有东丹王耶律倍皇室一族、耶律庶成——耶律庶箴——耶律蒲鲁家族等，此可谓草原族群中之特出者。惜其诗文散佚几尽，后世仅见其万一，研究者欲炊之而无米，如之奈何！

金元之际，东丹王后代耶律楚材祖孙四世皆有为相者，官位既高，文学又盛，通习诸种语言文字，且有作品结集，与多元融合、全面汉化者相异，遂成草原族群③中文学家族之显例。

考其家世，如以五服为限，④ 则可得世系如下：

耶律履——耶律辨才、耶律善才、耶律楚材——耶律铸、耶律钧、耶律铉、耶律铸——耶律有尚、耶律希亮、耶律希逸等——耶律楷、耶律权

据元人盛如梓《庶斋老学丛谈》所记，仅耶律履、耶律楚材、耶律

---

① 有些族群信奉萨满教，其习俗乃隐匿家人名字，以防止被鬼怪掠走，或防止被敌人施魔魅之术。古代亦有巫蛊之术，用木作人形，刻人名字于其上，以行诅咒之法。《西游记》中孙悟空因答应妖怪喊自己的名字被收入紫金红葫芦，亦与名字有关。此前农村地区流传的"叫魂"，即呼唤患者名字，以期能使灵魂归窍，或受此习俗影响。

② 拓跋魏、宇文北周经世代汉化，亦有数代相传者，从史书及出土墓志中亦可见其家族世系，但似无形成文学家族者。

③ 之所以依然称其为草原族群，原因主要有二：其一，契丹本为游牧部族；其二，耶律楚材家族保持着草原部族之习惯，如住穹庐（毡帐）、饮马奶酒、通契丹语（虽后世不会书写契丹文字，但可讲口语）等。

④ 张剑通过深入综合研究之后，倾向于认为家族"主要包括五服之内共祖不共财的若干家庭的总体"。此说甚为妥当，故从之。详见张剑《家族文学研究的分层与守界原则》，《华南师范大学学报（社会科学版）》2011年第3期，第14页。又，耶律倍家族在辽时为皇族，至金元时期之耶律楚材家族则为贵族家族，故以辽亡为断限，亦符合其家族地位演变之历史情况。

铸、耶律希逸祖孙四人的文集就有百卷。加上耶律希亮的《素轩集》三十卷，则仅此五人的作品已达到 130 卷。但可惜这些作品多已亡佚。据本书考辨、辑佚，耶律楚材家族现存作品统计如下：诗 1551 首，词 13 首，赋 16 篇，各体文章 92 篇，译诗 1 首，无法具体统计者如《西游录》等作品 6 卷，残句若干。

二　前人研究成果综述

由于耶律楚材家族上可追溯至辽代，下则截至元代，故相关研究成果大体分为两类，其一即为辽金元文学研究，其二为耶律氏家族及文学研究。兹概略综述如下：

（一）辽金元文学研究

对辽金元文学之专门研究，始于民国时期。苏雪林的《辽金元文学》（商务印书馆 1934 年版）与吴梅的《辽金元文学史》（商务印书馆 1934 年版），为此领域之专门研究，其中有关耶律氏文学之议论，颇多独到之处。郑振铎著《插图本中国文学史》（北平朴社 1932 年版），专设一章论辽金文学，又在不同的章节中论元代的各种文学样式，亦为辽金元文学研究之先驱。清末"同光体"代表作家陈衍亦于 20 世纪 30 年代编辽金元诗之纪事，对此领域之研究亦有贡献。

新中国成立初期，则有章荑荪选注的《辽金元诗选》（上海古典文学出版社 1958 年版），虽为选注本，但其中亦含研究成分。中国社科院文学研究所主编的《中国文学史》（人民文学出版社 1962 年版）与游国恩等主编的《中国文学史》（人民文学出版社 1963 年版），对辽金元作家作品亦有所论述，虽然篇幅较短，所论作家作品有限，但亦可算此期辽金元文学研究之代表。

20 世纪 70 年代末至今，辽金元文学研究成果逐渐增多，如以成果形式划分，则有两类，一类为著作，一类为论文。其中著作类又可分为文学史、作品集、作品选、研究专著等小类。论文可分为期刊论文和学位论文两小类。兹略述如下：

1. 文学史类著作

除了袁行霈、章培恒等分别主编的《中国文学史》类著作之外，专题文学史主要有吴组缃、沈天佑的《宋元文学史稿》（北京大学出版社 1989 年版），邓绍基主编的《元代文学史》（人民文学出版社 1991 年版），马清福的《东北文学史》（春风文艺出版社 1992 年版），张晶的《辽金诗史》（东北师范大学出版社 1994 年版，辽海出版社 2020 年修订再版）、《辽金元诗歌史论》（吉林教育出版社 1995 年版）和《中国古代文学通论（辽金元卷）》（辽宁人民出版社 2005 年版），周惠泉、杨佐义主编的《中国文学史话·辽金元卷》（吉林人民出版社 1998 年版），罗斯宁和彭玉平的《宋辽金元文学史》（中山大学出版社 1999 年版），黄震云的《辽代文史新论》（中国社会科学出版社 1999 年版）与《辽代文学史》（长春出版社 2010 年版），杨镰的《元诗史》（人民文学出版社 2003 年版），李修生的《中国文学史纲·宋辽金元文学》（北京大学出版社 2016 年版），查洪德的《元代文学通论》（东方出版中心 2019 年版）等。从总体来看，这些文学史著作研究更深入、更细致，具有较高的学术价值。其中关于耶律氏家族文学研究的内容则多集中于耶律倍、萧观音（辽道宗之皇后）、萧瑟瑟（天祚皇帝之文妃）、耶律履和耶律楚材，而对于耶律铸、耶律希逸等人，则几乎没有着墨。

2. 总集类著作

由于别集类著作数量较多，故不能一一罗列。此处仅概述总集类著作。代表性的总集有唐圭璋编校的《全金元词》（中华书局 1979 年版）、蒋祖怡与张涤云编纂的《全辽诗话》（岳麓书社 1992 年版），薛瑞兆和郭明志主编的《全金诗》（南开大学出版社 1995 年版）、阎凤梧和康金声主编的《全辽金诗》（山西古籍出版社 1999 年版）、阎凤梧主编的《全辽金文》（山西古籍出版社 2002 年版）、李修生主编的《全元文》（江苏古籍出版社、凤凰出版社 1997—2004 年版）、杨镰主编的《全元诗》（中华书局 2013 年版）以及薛瑞兆主编的《新编全金诗》（中华书局 2021 年版）等。这些总集收录了较多的耶律氏文学作品，是本书的主要研究基础与作品校考依据之一。

3. 作品选

主要有周惠泉与米治国的《辽金文学作品选》（时代文艺出版社 1986 年版）、范宁与华岩的《宋辽金诗选注》（北京出版社 1988 年版）、罗斯宁的《辽金元诗三百首》（岳麓书社 1990 年版）、刘达科的《辽金元绝句选》（中华书局 2004 年版）与《辽金元诗选评》（三秦出版社 2004 年版）等。耶律氏有部分作品被选入，说明其艺术成就得到了现代学者的认可。而这些作品选对耶律氏部分诗文的注解与品评，亦有许多可取之处。

4. 学术研究著作

对辽金元文学家进行个案研究的学术著作较少，专门就耶律氏某个作家进行研究的著作至今尚未见到。目前所见通论式的专著有周惠泉的《金代文学论》（东北师范大学出版社 1997 年版）和《金代文学研究》（台北文津出版社 2000 年版）、胡传志的《金代文学研究》（安徽大学出版社 2000 年版）、赵维江的《金元词论稿》（中国社会科学出版社 2000 年版）、陶然的《金元词通论》（上海古籍出版社 2001 年版）、刘锋焘的《金代前期词研究》（陕西师范大学出版社 1998 年版）和《宋金词论稿》（中国社会科学出版社 2002 年版）等。这些成果对耶律氏家族中的耶律履都稍有研究，但均侧重其词，对其诗文则略而不论。

5. 期刊论文

有关辽金元文学研究的期刊论文有数百篇，既有个案研究，也有综合研究，其中，对于非耶律氏家族文学之研究本书忽略不论，而关于耶律氏文学之研究则置于第二部分，故此处仅述综合研究成果。较有代表性的论文有祝注先的《辽代契丹族的诗人和诗作》（《中南民族学院学报》1987 年第 2 期）、张晶的《论辽代契丹女诗人的创作成就及其民族文化成因》（《民族文学研究》1993 年第 4 期）和《生机与汇流：民族文化交融中的辽金元诗歌》（《辽宁工程技术大学学报》2012 年第 2 期）、别廷锋的《辽代契丹族文学概说》（《民族文学研究》1997 年第 4 期）、周惠泉等人的《辽金元文学：民族融合的结晶》（《社会科学辑刊》2000 年第 2 期）、胡传志的《金代文学特征论》（《文学评论》2000 年第 1 期）和《宋辽金文学关系论》（《文学评论》2007 年第 4 期）、尹晓琳的《论辽金元时期北方民族汉文创作三维模式的建构》（《延边大学学报》2011 年第 6 期）、查洪德的《元代文学文献与元代文学研究》（《民族文学研究》2003 年第 3 期）等。

6. 学位论文

综合论述辽金元文学的学位论文较少，有胡淑慧的博士学位论文《辽金元文学构成的新主体：非汉族文人群体研究》（浙江大学，2005 年）、尹晓琳的博士学位论文《辽金元时期北方民族汉文创作研究》（中央民族大学，2010 年）、刘嘉伟的博士学位论文《元代多族士人圈的文学活动与元诗风貌》（南开大学，2011 年）等，由于这些论文涉及范围较大，对耶律氏文学只是略微提及，并未专门研究。

（二）耶律氏家族及文学研究

最早研究耶律氏家族的学者是王国维和陈垣。王国维的《耶律文正公年谱》《耶律文正年谱余记》（《清华周刊》1926 年增刊）对耶律楚材生卒年、生平事迹及诗文作品系年问题进行了考辨，是耶律楚材研究之重要成果。陈垣的《耶律楚材父子信仰之异趣》（《燕京学报》1929 年第 6期）和《耶律楚材之生卒年》（《燕京学报》1931 年第 8 期），虽然有可商榷之处，但其开拓之功不可磨灭。

其后关于耶律氏及其文学之研究一直处于沉寂状态。直到 20 世纪 80年代，才逐渐增多，但主要集中于耶律倍和耶律楚材，对于其他宗族成员则研究较少。著作只有黄时鉴的《耶律楚材》（上海人民出版社 1986 年版）和刘晓的《耶律楚材评传》（南京大学出版社 2001 年版），国外有日本学者杉山正明的《耶律楚材とその時代》（白帝社 1996 年版）和饭田利行的《大蒙古禅人宰相耶律楚材》（柏美社 1994 年版）等，其余如瀛泳的《明吏耶律楚材》（辽宁画报出版社 2001 年版）和《元初三朝辅臣》（上海大学出版社 2007 年版）等，均为通俗读物，与学术研究相去甚远。

与著作相比，期刊论文数量则相对较多，主要有舒焚的《东丹王耶律倍》（《湖北大学学报》1985 年第 2 期）、高兴璠的《契丹诗人略说》（《满族研究》1989 年第 4 期）、唐润的《元代契丹族诗童——耶律铸》（《中国民族》1991 年第 12 期）、查洪德的《耶律楚材的文学倾向》（《文学遗产》1994 年第 6 期）、张晶的《耶律楚材诗歌别论》（《社会科学辑刊》1996 年第 4 期）、徐子方的《从先驱者到孤独者——耶律楚材心态剖析》（《南京师大学报》1998 年第 3 期）、刘达科的《金元耶律氏文学世家探论》（《民族文学研究》2003 年第 2 期）、李军的《论耶律铸和他的〈双溪醉隐集〉》（《民族文学研究》2004 年第 2 期）、白显鹏和于东新的《论金代契丹族耶律履父子词》（《黑龙江民族丛刊》2010 年第 5 期）、贾秀云的《耶律楚材家族与白居易诗歌在辽金的传播》（《晋阳学刊》2010年第 5 期）、魏崇武的《论耶律楚材的散文创作》（《民族文学研究》2006年第 1 期）和《大典辑本〈双溪醉隐集〉误收考》（《文献》2011 年第 1期）等。这些论文分别对耶律氏家族成员的创作心态、文学倾向、艺术特色等方面进行了研究，均有所创新和开拓。其中刘达科的《金元耶律氏文学世家探论》一文，明确提出了耶律楚材家族文学的概念，并简要进行了论述，是本书的重要参考资料。

硕士学位论文有郭亚斌的《耶律楚材诗歌特质论》（河北大学，2001年）、孙玉峰的《耶律楚材及其诗歌简论》（西北大学，2004年）、王颖的《耶律楚材西域诗研究》（河北大学，2010年）、徐雅婷的《耶律楚材西域诗研究》（新疆师范大学，2010年）、李春尧的《耶律楚材哲学思想研究》（上海社会科学院，2010年）、张海云的《蒙元时期耶律楚材家族研究》（南京大学，2012年）、王欢欢的《〈双溪醉隐集〉研究》（中央民族大学，2016年）、张艺馨的《蒙古时期西域诗研究》（山西大学，2018年）、王晓姣的《耶律铸及其诗歌研究》（内蒙古民族大学，2018年）、蔡业龙的《〈湛然居士文集〉研究》（华中师范大学，2019年）、雷旭宁的《耶律铸诗歌研究》（西南民族大学，2020年）等。博士学位论文有贾秀云的《辽金元时期耶律楚材家族的文学文化研究》（安徽师范大学，2009年），该论文是较早专门对耶律楚材家族文学进行研究的成果，其重点在于史料文化与个案研究，文献基础较为扎实，但从整体来看，该论文在许多方面尚未展开，仍存在较大拓展空间。

综上所述，对于耶律氏文学这一论题，前人已有了相对丰富的个案研究成果，这些成果各有独到之处。但是，以耶律楚材家族文学为研究对象的成果较少，且亦未能全面、深入地展开。除此之外，前人对耶律楚材家族作品的考证与辑佚工作未能做到全面，对其家族在我国不同地域活动并进行创作的情况研究甚少，许多相关问题尚未涉及。

三 本书要解决的主要问题及研究意义

学术研究需要站在前人肩膀上，看到并解决前人未解决的问题。以此思想为指导，本书在前人研究的基础上，拟解决四个主要问题：

一是对耶律楚材家族基本情况的研究，主要包含对其族属、世系、婚娶及子嗣、教育、家风、地位及心态等情况的梳理和考辨，同时考查其祖上汉语文学创作的演进情况，以期理出契丹文学发展的线索。

二是对其家族在不同地域的活动及文学创作进行考辨，以期发现以耶律楚材家族为代表的契丹人究竟在哪些区域进行过文学创作活动，这些地域的文化、风俗、人情对其文学创作有何影响，这些作品在该地域文学史、文化史中有何意义等。由于耶律楚材家族活动范围极广，本书难以一一论述，只选取较少有契丹人活动的地域，如西域、秦地、青藏、巴蜀等地，对其家族成员之文学活动进行研究。

　　三是对耶律楚材家族成员的作品进行全面、彻底地清查、辨析、校勘、辑佚，去伪存真，为今后的相关研究打下坚实的文献基础。

　　四是进行个案研究，主要对耶律楚材家族中的耶律履、耶律楚材和耶律铸祖孙三代进行考查，选取前人未发现或未解决的问题进行研究。

　　本项研究的意义在于：

　　第一，具有独特的文学史和文化史意义。耶律楚材家族文学是契丹文学的重要组成部分，也是中国文学的重要组成部分，理应在中国文学史上占据一席之地，因而本研究具有独特的文学史意义。因其家庭成员与有不同习俗和宗教信仰的汉（包括苏轼家族）、女真、蒙古、畏兀儿（今维吾尔）等族群女子通婚，通习多种语言文字，足迹遍涉中亚、西亚、朝鲜和我国的东北、华北、华中、西南、西北地区，这些情况直接影响到其诗文的创作，显现出异质文化交融的特质，因而具有独特的文化史意义。

　　第二，从现实意义上来讲，通过研究耶律楚材家族在诗文中崇儒尚文、提倡"华夷一混车书同"等现象，可以加深我们对多元文化参与中华民族文化整合与建构的理解，加强我们在多元文化基础上的国家认同和对中华民族共同体的认同，对铸牢中华民族共同体意识以及相关政策制定有一定的启示意义。

　　第三，耶律楚材祖孙四代都参与修撰史书且有三代人官至宰相，有三代人曾远涉西域，楚材父子二人精通音乐，四代人都深受儒释道思想影响，因此，他们的诗文是研究金元历史、西域史地、音乐史、思想史的重要材料，具有很高的史料价值，对拓展交叉学科的研究具有重要意义。

第一章

耶律楚材家族世系、教育等问题研究

耶律楚材家族实为一特殊家族，既与中原汉人家族有较为显著之区别，复与传统草原部族有别。概而论之，约有六端。

其一，族属之不同。其族虽曰契丹，但从其婚姻关系来看，却多娶他族女子，于本族女子反倒不甚看重。如上所述，草原部族极少有形成家族者，即便形成家族，亦为草原文化所影响，婚姻异俗，必与中原汉人家族相异。

其二，性格之不同。大体而言，北人率直刚烈，草原部族亦多如此。耶律楚材家族虽汉化较深，但其本性如此，故其待人处事，均竭诚直言，发于诗文，亦不复有所顾虑，此与儒家"温柔敦厚"之教有所不同。

其三，语言文化之不同。如上所述，耶律楚材家族受草原文化与中原农耕文化双重影响，交游相处者既有汉人，又有女真人、蒙古人，甚至还有西域畏兀儿人等，所用语言除汉语之外，尚有契丹语、女真语、蒙古语等，此等复杂之情况，均与中原汉人家族不同。

其四，仕进之不同。汉人家族多通过科举考试步入仕途，故科举对汉人家族文学之影响甚大。而耶律楚材家族源出契丹皇族，累世贵显，金元时期均以荫得官，无一通过科举入仕者①，故科举对其家族及其文学创作影响较小。

---

① 虽然耶律履和耶律楚材都曾准备参加金廷的科举考试，但后来均未参加。详见《金史》《元史》及各《神道碑》所载。耶律楚材后人则世袭官爵或由恩荫得官，无一参加科举考试者。

其五，教育之不同。由于汉人家族多究心于科举，皓首穷经，耽于经籍诗文，故于艺术属意较少。而耶律楚材家族无科举之压力，自幼即接受多种语言教育及优质艺术教育，既通多种语言，又通绘画、书法、鼓琴等艺术，故其家族艺术修养较高。

其六，宗族形制之不同。宋代以来，汉人家族之形制多演化为"敬宗睦族"或曰"敬宗收族"，[①] 并且不同程度地出现了族谱、祠堂与族田，而耶律楚材家族则居处分散，同宗子弟各自独立，较少往来，耶律楚材虽有较强之宗祖观念，但惜其子孙并未沿袭，最终在蒙古化与汉化之间失去自我独立性，湮没于族群融合之洪流。

耶律楚材家族汉化既深，亦必有诸多与汉人家族特征相同者，但为寻求其家族特殊之处，故须辨而别之。以上六端，只是约略言之，非为绝对之区别，如寻汉人家族中如此相类者，抑或有一二相合处。然此正说明同中有异、异中有同之哲理。

从耶律楚材家族所处时代来看，金元之际，战乱不已，民生凋敝，蒙元大军势不可挡，一统天下为迟早之事。而耶律楚材家族熟谙儒术，深知于马上得天下却不可于马上治天下之道理，治国必用儒者，故其华夷混一、天下一统之观念十分突出，而汉人家族往往严守华夷之大防，故其诗文往往有惟我独尊、不肯放低姿态之语。此亦别一不同之处也。

耶律楚材家族虽与汉人家族不同，但其家族汉语诗文成就斐然，以至于能形成文学家族者，非一朝一夕可以完成，《易》曰"履霜，坚冰至"，[②] 冰冻三尺，非一日之寒，是其先祖之时，汉化与汉文创作已肇其端。

---

① 如张剑在《宋代家族与文学——以澶州晁氏为中心》（北京出版社 2006 年版）一书中指出："降及两宋，门阀世家庶几无存，倡导敬宗睦族的个体小家庭逐渐成为社会主体力量。"详见该书第 76 页。关于宋元之"敬宗收族"，详见刘晓《元朝的家庭、家族与社会》，博士学位论文，中国社会科学院研究生院 1998 年，第 3 页。

② 黄寿祺、张善文：《周易译注》（修订本），上海古籍出版社 2001 年版，第 28 页。

第一节　耶律家族世系婚娶情况考述[①]

前人之研究，多将耶律楚材家族定为"契丹族"。[②] 但能否称耶律楚材家族为"契丹族人"？如果以文化为标准，耶律楚材家族主要崇尚儒家文化，兼及佛、道，他们的生活习俗杂有汉人与游牧部族的成分，丧葬习俗则与中原汉人相同；如果以语言为标准，耶律楚材家族主要以汉语为主；如果以婚姻和聚居为标准，耶律楚材家族与各族群人都通婚并杂居；如果以人类学和遗传学为标准，耶律楚材家族与各族群人通婚，其家族成员身上流淌着不同族群的血液，有着众多的遗传基因。既然这样，我们到底该如何对其家族的族属予以界定？

人类对于远祖之探究永无止境。他们来自哪里，经过哪里，与哪些异性发生关系，生了多少子女，最终又走向哪里，这可能是难解之谜。我们不知道这个世界上哪些人与我们同祖共宗，也不知道我们与哪些人存在基因同源关系。优胜劣汰为大自然之规律，物竞天择，适者生存。相同聚落之人群结为婚姻，往往导致人种退化；而商品贸易等活动，则有助于打乱种群界限，使得相邻聚落或异域聚落之人群建立姻亲关系，从而优化人种。

纵览史书，两汉魏晋南北朝时期，众多匈奴人、羌人、鲜卑人已进入中原地区，与汉人通婚、生活，逐渐互相融合。北周明帝二年（558 年），曾下诏云："三十六国，九十九姓，自魏氏南徙，皆称河南之民。今周室

---

① 此节内容修改后发表于《新疆大学学报（哲学·人文社会科学版）》2017 年第 2 期。

② 如袁行霈主编的《中国文学史》（高等教育出版社 2005 年第 2 版，第 3 卷）称"契丹族诗人耶律楚材"，详见该书第 304 页。章培恒、骆玉明主编的《中国文学史》（复旦大学出版社 2004 年版）介绍耶律楚材为"契丹族人"，详见该书第 92 页。章培恒、骆玉明主编的《中国文学史新著》（复旦大学出版社 2011 年版，增订本第 2 版，中卷）亦称其为"契丹族"，详见该书第 474 页。张炯、邓绍基、樊骏主编的《中华文学通史》（华艺出版社 1997 年版，第 3 卷）介绍耶律楚材"字晋卿，契丹族"。详见该书第 139 页。刘达科著《辽金元诗文史料述要》（中华书局 2007 年版），说耶律楚材是"契丹族"，详见该书第 123 页。李陶等人著《中国少数民族古代近代文学概论》（辽宁民族出版社 2001 年版），专列"古代契丹族、女真族诗歌"一节，对耶律楚材等人亦有论述，详见该书 15—18 页。邓绍基、杨镰主编，中华书局 2006 年出版的《中国文学家大辞典·辽金元卷》，对于耶律履的介绍是"契丹族"，详见该书第 215—216 页。诸如此类，大体相同，兹不一一列举。

既都关中，宜改称京兆人。"① 隋唐五代时期之移民亦较普遍，以至于胡三省在注《资治通鉴》时大为感叹，曰："自隋以后，名称扬于时者，代北之子孙十居六、七矣，氏族之辨，果何益哉！"② 对此，李浩师总结说："以鲜卑部落为主体的代北少数民族，将其姓望由胡变汉，由代北迁洛阳，再由洛阳迁关中，标志着汉化的深入。"③《剑桥中国辽西夏金元史》编撰者对此亦有所关注，开篇即论述说："大量非汉族人在这些边界以内生活了许多个世纪，汉族人与其他种族集团杂居和通婚，其中一些人已经部分地或完全地融合。"④ 辽金元之时，由于战场扩大，游牧族群在马背上纵横驰骋，不仅横扫北中国，而且屡向南方进逼，最终在元世祖时灭掉南宋，统一中国。草原部族在进军之时，不仅抢掠衣食财物、杀戮军民，而且俘虏、利用各族群人士，掳掠、奸淫妇女，而各族群之奔亡逃难，亦使得其人民活动范围扩大。在此动荡、纷乱、时和时战之际，有被迫与其他族群婚媾者，有为保存自我而主动献妻女给其他族群者，这些情况，在金元时期文人创作之诗文中均有记载。可见各族群之融合，已如滚滚洪流，无法遏止。

由上可见，人为划定之学科，抑或有与实际不符者——关于民族之划分即如此。⑤ 史书中所提及之匈奴人、鲜卑人、契丹人、女真人、蒙古人

---

① （唐）令狐德棻等：《周书》，中华书局1971年版，第55页。

② （宋）司马光编著，（元）胡三省音注：《资治通鉴》，中华书局1956年版，第3429页。

③ 李浩师：《唐代关中士族与文学》（增订本），中国社会科学出版社2003年版，第126页。

④ ［德］傅海波、［英］崔瑞德编：《剑桥中国辽西夏金元史》，史卫民等译，中国社会科学出版社1998年版，第9页。

⑤ 关于民族（Nation 或 Ethnic group）一词的定义，国内外至今没有一致的意见。我国19世纪末、20世纪初从日本引进"民族"一词，有其特定的时代环境与目的。英美等国家的学者研究体质人类学（Physical Anthropology）、文化人类学（Cultrual Anthropology）、社会人类学（Social Anthropology）和社会文化人类学（Sociocultrual Anthropology）。日本学者最初研究民族，后来也转向社会人类学和文化人类学研究。据王明甫研究，英译马克思《摩尔根〈古代社会〉一书摘要》中的"nation"应翻译成"部落联合"，而"coalesced into one people"才可以翻译为"合并成为一个民族"，并认为我国多年来在翻译过程中存在着"未经辨识即将其一律译解成'民族'"的问题。详见王明甫的论文《试释 nation 兼论国家的形成》（郝时远主编：《民族研究文汇：民族理论篇》，社会科学文献出版社2009年版，第42页）。关于民族学研究的论述，详见李绍明《民族学》，四川民族出版社1986年版；宋蜀华、白振声主编《民族学理论与方法》，中央民族大学出版社1998年版，等等。近年来学术界用的较多的一个词是"族群"，著名社会人类学家马戎2001年在《中国社会科学》第1期发表《评安东尼·史密斯关于 nation（民族）的论述》，明确支持只有中华民族才能被称作"民族"，其余的所谓"少数民族"等应改 （转下页）

等，只是宽泛概略之称呼而已，当时既无生物学与遗传学依据，亦无民族学与人类学依据。对于这一点，《剑桥中国史》编撰者已有所注意，并提醒说：

> 历史学家必须注意的另一个简单化倾向是术语的使用。当我们使用契丹、女真、党项或蒙古这些术语时，应该记住每一个术语所指的不是一个纯粹同种的民族，而是一个综合的实体。……例如，契丹联盟就包括了奚人和回鹘人这样的与突厥有亲缘关系的部落和种族集团，此外当然还有类似室韦人的蒙古人，类似熟女真的通古斯人，但是在这个联盟内使用的共同语则必须是契丹语。后来这个联盟还扩大到了渤海人和汉族人。①

国人素有溯三代、考五服的习尚，故本书拟从耶律楚材九世祖查起。

一　辽太祖皇室婚娶情况考述

根据史料记载，我们只能了解到耶律楚材九世祖（即辽太祖耶律阿保机）及其后世的部分情况。据《辽史·太祖本纪》载，耶律阿保机是"契丹迭剌部霞濑益石烈乡耶律弥里人"②，可以明确知道他是契丹人。但他的妻子却不是契丹人。据《辽史》记载，辽太祖的妻子述律平，"其先回鹘人糯思，生魏宁舍利，魏宁生慎思梅里，慎思生婆姑梅里，婆姑娶匀德恝王女，生后于契丹右大部"③。据刘正民研究，公元7世纪时，"契丹依附于回鹘，回鹘派使臣监护其地，于是很多回鹘人便进入契丹地区。糯思居于契丹右大部，辽时为仪坤州保义县，在今内蒙古昭乌达盟翁牛特旗

（接上页）称"少数族群"的观点，并主张跳出斯大林关于"民族"定义的框架。而徐杰舜在其著作《从多元走向一体：中华民族论》（广西师范大学出版社 2008 年版）中总结学术界的观点说："民族这个概念具有极强的政治性"，其实主要也是针对斯大林所规定的"民族"定义，详见该书第 9 页。

　　① ［德］傅海波、［英］崔瑞德编：《剑桥中国辽西夏金元史》，史卫民等译，中国社会科学出版社 1998 年版，第 12 页。

　　② （元）脱脱等：《辽史》，中华书局 1974 年版，第 1 页。

　　③ （元）脱脱等：《辽史》，中华书局 1974 年版，第 1199 页。

西北境，靠近'世里没里'（西喇木伦河）"①。从《辽史·游幸表》来看，太祖时尚有回鹘城，可见刘正民之研究不误。按照《辽史》所载的世系进行推断，述律平祖上是回鹘人，她只是生在契丹的右大部而已。目前尚无材料证明她的母亲、祖母等母系一支是否为契丹人，按照父系族属划分原则，她应被归入回鹘人②中。述律平既然有回鹘人的血统，那么，用遗传学的知识推断，辽太祖的后代一定有回鹘人的若干遗传基因和体貌特征。耶律倍、耶律德光、耶律洪古（即李胡）均为耶律阿保机和述律平的儿子，毫无疑问，他们身上有契丹人和回鹘人的遗传基因。

契丹人和回鹘人本无姓氏，用汉字书写姓氏必定是汉文化影响的结果。所以对于辽耶律氏与萧氏的起源，《辽史·后妃列传》曰："太祖慕汉高皇帝，故耶律兼称刘氏，以乙室、拔里比萧相国，遂为萧氏。"③《辽史·外戚表》则云："契丹外戚，其先曰二审密氏：曰拔里，曰乙室已。至辽太祖，娶述律氏。述律，本回鹘人糯思之后。大同元年，太宗自汴将还，留外戚小汉为汴州节度使，赐姓名曰萧翰，以从中国之俗，由是拔里、乙室已、述律三族皆为萧姓。"④ 元许有壬曾撰《故征南千户萧公神道碑铭》，曰："公讳世昌，字荣甫，系出辽右族舒噜氏，后赐姓萧。"⑤与淳钦皇后述律平正是同族，而述律平的兄弟及其后代也全部改姓萧。至于乙室⑥和拔里部落是否确定为契丹人，目前难于考证。此外，查《辽史·部族表》，辽代部落众多，如乌丸、室韦、乌古、鼻骨德等，有数十个，从人种上来说，可能有与契丹人同源者，但具体属于哪一族群，由于资料缺乏，依然难以界定。

耶律倍的长子为辽世宗耶律阮，据《辽史·世宗本纪》载，其母为柔贞皇后萧氏⑦。耶律倍的次子为耶律娄国，即耶律楚材的七世祖，《辽史·宗室列传》未载其母姓氏；三子为耶律稍，史书失载，情况不详；

①　刘正民：《辽代杰出的回鹘后妃》，《新疆师范大学学报（哲学社会科学版）》1990年第2期，第9页。

②　回鹘人即今维吾尔人的祖先。

③　（元）脱脱等：《辽史》，中华书局1974年版，第1198页。

④　（元）脱脱等：《辽史》，中华书局1974年版，第1027页。

⑤　（元）许有壬：《至正集》，《景印文渊阁四库全书》，台湾商务印书馆1986年版，第1211册。按，此处之"舒噜"当作"述律"，乃四库馆臣译改。

⑥　按，史书亦作"乙室已"。

⑦　（元）脱脱等：《辽史》，中华书局1974年版，第63页。

四子为平王耶律隆先，"母大氏"①，或许为大贺部人，所以称作"大氏"，然亦可能为渤海人，尚无法考定。五子为晋王耶律道隐，"母高氏。道隐生于唐"②。根据姓氏判断，高氏或为汉人。另外，据《辽史·耶律倍传》载，耶律倍为唐明宗所招，"至汴，见明宗。明宗以庄宗后夏氏妻之"③。而这个夏氏，大约也是汉人。由上可知，耶律倍曾先后娶萧氏、大氏、夏氏、高氏，并生下了五个儿子。他的这五个儿子，遗传基因更加复杂。

辽太宗耶律德光娶萧氏，"小字温，淳钦皇后弟室鲁之女"④。淳钦皇后，即辽太祖之妻述律平。如上所论，述律平是回鹘人的后代，以此推断，其弟也是回鹘人。那么，耶律德光的妻子萧温必为回鹘人。由此可知，耶律德光的后代亦包含契丹人和回鹘人的遗传基因。

耶律倍长子辽世宗曾立两位皇后，先娶萧氏，"小字撒葛只，淳钦皇后弟阿古只之女"⑤。如果按照汉人的辈分来看，此萧氏与耶律德光之妻萧温为堂姐妹，辽世宗所娶者，乃其表姨。从族属来看，仍是述律平家族后代，为回鹘人。世宗后娶甄氏，为"后唐宫人"，"生宁王只没。及即位，立为皇后"⑥。此甄氏，可能是汉人，故在宁王耶律只没身上，大约有契丹人、回鹘人和汉人的遗传基因。

辽兴宗之母钦哀皇后萧氏，"小字耨斤，淳钦皇后弟阿古只五世孙"⑦，亦属述律平家族人，为回鹘后代。兴宗之妻仁懿皇后萧氏，为"钦哀皇后弟孝穆之长女"；道宗皇帝之妻宣懿皇后萧氏，"小字观音，钦哀皇后弟枢密使惠之女"⑧，父子二人分别娶了萧孝穆的女儿和侄女，虽曰伦常淆乱，但其族风习如此，固难用儒家礼俗评判。从族属来看，二后均是述律平家族后裔，当为回鹘人。

耶律楚材七世祖至祖父，姻亲情况不得而知，但根据其八世祖耶律倍的基因遗传情况进行推断，都必定有契丹人和回鹘人的遗传基因。根据耶

---

① （元）脱脱等：《辽史》，中华书局 1974 年版，第 1211 页。

② （元）脱脱等：《辽史》，中华书局 1974 年版，第 1212 页。

③ （元）脱脱等：《辽史》，中华书局 1974 年版，第 1210—1211 页。

④ （元）脱脱等：《辽史》，中华书局 1974 年版，第 1200 页。

⑤ （元）脱脱等：《辽史》，中华书局 1974 年版，第 1201 页。

⑥ （元）脱脱等：《辽史》，中华书局 1974 年版，第 1201 页。

⑦ （元）脱脱等：《辽史》，中华书局 1974 年版，第 1203 页。

⑧ （元）脱脱等：《辽史》，中华书局 1974 年版，第 1205 页。

律履传记资料进行推断，生养他的或者竟是汉人，由于资料缺乏，目前难以考实。

为更直观地了解耶律楚材先祖皇室成员与外族的婚育情况，兹列简表如下：

表1　　　　　　　　　耶律楚材先祖世系婚娶情况

世系	父系		母系		生子情况
	名讳	族属	名讳	族属	
一世	耶律阿保机（辽太祖）	契丹	述律平（淳钦皇后）	回鹘	耶律倍（东丹王）
					耶律德光（辽太宗）
					耶律洪古（李胡）
二世	耶律倍（东丹王）	契丹	萧氏	不详	耶律阮（辽世宗）
			不详	不详	耶律娄国
			不详	不详	耶律稍
			大氏	不详	耶律隆先（平王）
			高氏	汉	耶律道隐（晋王）
			夏氏	汉	不详
	耶律德光（辽太宗）	契丹	萧温（靖安皇后）	回鹘	耶律璟（辽穆宗）
					罨撒葛

续表

世系	父系		母系		生子情况
	名讳	族属	名讳	族属	
三世	耶律阮 （辽世宗）	契丹	萧撒葛只 （怀节皇后）	回鹘	耶律吼阿不
					耶律贤 （辽景宗）
			甄氏	汉	耶律只没 （宁王）
五世	耶律隆绪 （辽圣宗）	契丹	萧耨斤 （钦哀皇后）	回鹘	耶律宗真 （辽兴宗）
					耶律重元
			不详	不详	耶律别古特
			仆隗氏	不详	耶律吴哥
					耶律狗儿
			姜氏	汉	耶律侯古
六世	耶律宗真 （辽兴宗）	契丹	萧挞里 （仁懿皇后）	回鹘	耶律洪基 （辽道宗）
					耶律和鲁斡
					耶律阿琏
七世	耶律洪基 （辽道宗）	契丹	萧观音 （宣懿皇后）	回鹘	耶律濬

　　对于契丹的婚姻制度，学者历来讨论较多，如向南等人认为契丹人采取严格的氏族外婚制、部落内婚制，[①] 孙进己认为契丹人施行的是胞族外婚制，[②] 主要观点是耶律氏只能与萧氏结婚，耶律氏之间不通婚，萧氏之间也不通婚。由上表可以看出，氏族外婚制或胞族外婚制是契丹人最主要的婚姻制度，除了这种婚姻形式之外，他们都可以与其余族群或无法辨识族属部落的人通婚，择偶对象并不限于本族。早在辽太宗时，"诏契丹人

---

① 向南、杨若薇：《论契丹族的婚姻制度》，《历史研究》1980 年第 5 期。
② 孙进己：《契丹的胞族外婚制》，《民族研究》1983 年第 1 期。

授汉官者从汉仪，听与汉人婚姻"①。契丹人与汉人的婚姻竟然用朝廷公文的形式予以认可，可见"严格的氏族外婚制"，实际上并不严格。萧启庆通过具体的分析与研究，得出结论说："从婚姻关系看，玉田韩氏、昌平刘氏乃至卢龙赵氏均已打入契丹统治阶层之核心，与皇室及外戚构成密切婚姻关系。"②而从契丹大小字最初学自回鹘字，并以汉字笔画增减而制成这一情况，也可以看出契丹人与回鹘人、汉人之间关系十分密切。各部落和族群之间互通婚姻，在辽金二朝之民间亦较为普遍，并不只是在皇室中才存在。

二　耶律楚材家族婚娶情况考述

（一）第一代：耶律履

耶律楚材之父耶律履，"始娶萧氏，辽贵族；再娶郭氏，峄山世胄之孙；三娶杨氏，名士昙之女"③。（元好问《故金尚书右丞耶律公神道碑》）从以上情况推断，耶律履所娶之妻，大概只有萧氏可能为契丹人（如果为述律平家族后代，则为回鹘人），郭氏和杨氏则为汉人。耶律履与这三位夫人育有三子三女，三个女儿名字不详，仅知"嫁士族"，④（元好问《故金尚书右丞耶律公神道碑》）可能为汉人。三子分别为辨才、善才、楚才⑤，根据材料仅知耶律楚材是杨氏所生，辨才与善才则可能为萧氏、郭氏所生。

（二）第二代：耶律辨才、耶律善才、耶律楚材

耶律履长子耶律辨才娶妻靖氏，生耶律镛。次子耶律善才娶妻郭氏，生耶律钧。季子耶律楚材先娶梁氏，生耶律铉；后娶苏轼四世孙威州刺史苏公弼之女⑥，生耶律铸。

由此可知，至耶律楚材这一代，所娶妻室，均为汉人。

---

① （元）脱脱等：《辽史》，中华书局1974年版，第49页。
② 萧启庆：《元代的族群文化与科举》，联经出版事业股份有限公司2008年版，第372页。
③ （金）元好问著，狄宝心校注：《元好问文编年校注》，中华书局2012年版，第702页。
④ （金）元好问著，狄宝心校注：《元好问文编年校注》，中华书局2012年版，第702页。
⑤ 耶律楚材，又作"移剌楚才"。有学者对此进行过研究，如日本学者杉山正明认为是给他叛金而投靠蒙古制造的托词，详见《耶律楚材とその时代》，白帝社1996年版，第77—91页。笔者不同意此种观点，并撰文进行辩驳，详见本书第五章第一节。
⑥ 此说出自（元）宋子贞的《中书令耶律公神道碑》，详见（元）苏天爵《元文类》卷57。

（三）第三代：耶律镛、耶律钧、耶律铉、耶律铸

耶律辨才子耶律镛婚姻情况不详，仅知他曾经跟随元好问学习，"弱冠而有老成之风"[①]，（元好问《奉国上将军武庙署令耶律公墓志铭》）生子二人，为志公奴、谢家奴。

耶律善才子耶律钧，先娶谢氏，后娶李氏，均为汉人，生一女、三子，长子名宁寿，据刘晓考证，可能是元朝著名的理学家耶律有尚；[②] 次子名昌寿，季子名德寿。

耶律楚材长子耶律铉的婚姻情况不详，从耶律楚材的神道碑等资料来看，他似乎没有子嗣。

耶律楚材次子耶律铸则有七个夫人，首娶粘合氏，为"金源之巨族"，[③]"中书公之女"，[④] 即中书左丞相粘合重山粘合重山之女，为女真族；次娶也里可温真氏，[⑤] 据澳大利亚国立大学的罗依果（Igor de Rachewiltz）教授研究，她是一个景教徒（Nestorian Christian）[⑥]，大约是中亚地区汪古惕部人（Onggut Turk）；[⑦] 再娶赤帖吉真氏，为太宗六皇后脱列哥那于丁未年（1247）所赐，至今无人研究出她究竟属于哪个地方的哪个族群，但从她为皇后所赐的情况来看，似乎为蒙古人；再娶雪尼真氏，当为雪尼惕（Sonit）部落，为蒙古人；又娶奇渥温真氏二人，均来自乞颜（Kiyan）部，为成吉思汗黄金家族成员，据北京出土的《故郡主夫人奇渥温氏墓志铭》，可知此二人为皇室成员的女儿，为蒙古人；后娶瓮吉剌真氏，当来自翁吉剌（Onggirat）部，也属蒙古人。由此可知，耶律铸所娶妻室除了女真人和蒙古人之外，可能还有无法确知族属部落的人。这七位夫人为耶律铸生了十二个儿子，六个女儿。十二个儿子分别

---

① （金）元好问著，狄宝心校注：《元好问文编年校注》，中华书局 2012 年版，第 712 页。

② 刘晓：《耶律楚材评传》，南京大学出版社 2001 年版，第 30 页。

③ 语出苏天爵《丞相耶律铸妻粘合氏封懿宁王夫人制》（元）苏天爵著，陈高华、孟凡清点校：《滋溪文稿》，中华书局 1997 年版，第 394 页。

④ 见北京颐和园 1998 年出土的《故中书左丞相耶律公墓志铭》。

⑤ 耶律铸的几个妻子，后面均标注一"真"字，此乃中世蒙古语中分别女性之词。法国汉学家伯希和在《莎儿合黑塔泥》一文中指出，元朝时期，"女名之接尾词用－jin（按，即汉语之真）的很多，剌失德丁书中已见著录"。详见［法］伯希和《蒙哥》，冯承钧译，中国国际广播出版社 2013 年版，第 23 页。

⑥ 按，景教徒在元代亦被称作"也里可温"。

⑦ ［澳大利亚］Igor de Rachewiltz, *A Note on Yelv Zhu and His Family*，详见郝时远、罗贤佑主编《蒙元史暨金元史论集》，社会科学文献出版社 2006 年版，第 227—228 页。

是：耶律希征、耶律希勃、道道①、耶律希亮、耶律希宽、耶律希素、耶律希周、耶律希光、耶律希逸、耶律希援、耶律希崇、耶律希晟；长女耶律昼锦，嫁给汪惟正，其余则不详。耶律楚材家族至此虽然盛极，但子孙的血统与族属却变得更加复杂，而契丹之血统已渐渐淡化。

（四）第四代：耶律有尚、耶律希亮、耶律希逸等

耶律钧子耶律有尚先娶杨氏，为汉人；后娶伯德氏，从其父为"济、兖、单三州都达鲁花赤"、名为"山哥"②来判断，当为蒙古人③；另有庶妻，不详姓氏及族属。生子五人，长子、次子、三子耶律楷、耶律朴、耶律权皆为伯德氏所生，耶律栝、耶律检为庶妻所生；有女一人。

耶律铸四子耶律希亮先娶札剌真氏，是郡王带孙之女，为蒙古人；后娶何氏，为汉人。生子四人，分别为耶律普化、耶律长生宝、耶律庄嘉、耶律祈，从名字上判断，普化和长生宝可能为札剌真氏所生，而耶律庄嘉和耶律祈可能为何氏所生。

耶律铸第九子耶律希逸娶贾氏，据刘晓考证，"为元朝显贵贾希剌后人，名邈罕"，④ 不详其族属，子嗣情况也没有记载。

（五）第五代：耶律楷等

盛极必衰。耶律楚材家族至这一代已开始中落，大概由于上一代散居各地为官，所娶妻妾多非汉人，儒学教育有所不足，子女不能通过科举进入仕途，而仅以门荫授官，与汉族著名文士交往不多，所以见于汉语文献记载者极少。虽然这一代有名可考者尚有耶律楷、耶律朴、耶律权、耶律栝、耶律检、耶律普化、耶律长生宝、耶律庄嘉、耶律祈等人，但目前仅知道耶律有尚长子耶律楷的婚姻情况，其余人的婚配情况则不见于文献记载。耶律楷娶王氏，为王恽孙女，汉人。子嗣则为耶律自新、耶律自得、耶律自明、耶律自成、耶律自本中的某一人。

（六）第六代：耶律养正等

日本学者片山刚在《地域与宗族》一文中总结说："迁移及由此带来的宗族的地域性扩展导致在一个地区内存在多个分散居住的属于同宗的宗

---

① 据 1998 年北京出土的《故中书左丞相耶律公墓志铭》，可知此为其小名，且早卒。

② （元）苏天爵著，陈高华、孟凡清点校：《滋溪文稿》，中华书局 1997 年版，第 105 页。

③ 自至元二年（1265）起，各路达鲁花赤皆由蒙古人充任。伯德氏之父山哥既为达鲁花赤，则应为蒙古人。

④ 刘晓：《耶律楚材评传》，南京大学出版社 2001 年版，第 37 页。

族集团。"① 但也有例外。耶律楚材家族迁移之地域极为分散，至第六代已散居各处，难究其详。此时正当元末明初，蒙古统治者正一步一步地被逐出中原的历史舞台。明朝建立之后，国家政权为汉人所掌握，契丹人在这一时期似乎完全与其他的族群融合，以至于这一族群的声音和消息几乎消失。因此，耶律楚材家族后人婚姻及子嗣情况的资料难于查考。但据宋濂所撰《韩节妇传》记载，元末四川行省左丞韩涣之女韩惟秀嫁给"耶律文正王四代孙养正"②，而耶律养正任四川刘庄盐场司令。但很可惜，耶律养正娶韩惟秀仅六个月就卒于官，没有留下子嗣。大概耶律养正没有与父母兄弟住在一起，或者其家族人丁稀少，所以韩惟秀守丧三年之后便回到娘家，而此时已近明初。

（七）不详世次：耶律阿利吉

除此之外，耶律楚材尚有一裔孙曰耶律阿利吉，然不详其世次。康熙皇帝《御制文集·初集》卷十八有《碧云寺碑文》，该文曰："西山佛寺累百，惟碧云以闳丽著称，而境亦殊胜。岩壑高下，台殿因依，竹树参差，泉流经络，学人潇洒，安禅殆无有踰于此也。自元耶律楚材之裔名阿利吉者舍宅开山，净业始构。明正德中，税监于经为窀穸计，将以大作功德，而寺遂廓然焕然。"③ 清《钦定日下旧闻考》卷八十七亦云："西山碧云寺，元之碧云庵也，耶律阿利吉所建。明正德中，内珰于经拓之为寺，而立冢域于后土，人呼为'于公寺'。"④ 但再查《畿辅通志》卷五十一，则曰："碧云寺，在府西，元耶律阿勒锦建。明正德十一年，内监于经拓之为寺。"⑤ 按，建碧云寺之元代耶律阿勒锦实即耶律阿利吉，此为四库馆臣对非汉人名字之译改，又有译改为"耶律阿里吉"者。此处之所以采用耶律阿利吉之名，原因有二：其一，四库馆臣对别处之人名可以随意译改，但对康熙皇帝所写之名字却不敢妄改半字，故此处之人名当

① 刘俊文主编：《日本中青年学者论中国史》（宋元明清卷），上海古籍出版社1995年版，第585页。

② （明）宋濂：《文宪集》卷11，《景印文渊阁四库全书》，台湾商务印书馆1986年版。

③ （清）康熙帝：《御制文集·初集》卷18，《景印文渊阁四库全书》，台湾商务印书馆1986年版，第1298册。

④ （清）于敏中等编：《钦定日下旧闻考》卷87，《景印文渊阁四库全书》，台湾商务印书馆1986年版，第498册。

⑤ （清）唐执玉等监修，田易等纂：《畿辅通志》卷51，《景印文渊阁四库全书》，台湾商务印书馆1986年版，第505册。

为原貌；其二，《钦定日下旧闻考》卷八十七曾引《青鞁踏雪志》之文曰："碧云寺有小石幢，本当时卖地券也，演作韵语，末云'卖与中丞阿利吉'，吉作平声，盖从国语读。"① 由于此处为了说明汉语入声字"吉"在其他语言中读作平声之事，故无法译改，可证康熙皇帝所记之名确凿无误。

关于耶律阿利吉之官职，据《钦定日下旧闻考》可知为中丞，疑为御史中丞，但具体情况不可详知。《钦定续通志》卷六十九载，元顺帝至元四年（1339）五月，"命阿勒锦复为中书平章政事"②。如果此阿勒锦即耶律阿勒锦（即耶律阿利吉），则耶律楚材之裔孙在元末仍有官居相位者，但证据尚不足，附此聊备一说，以俟后来考证。

关于耶律楚材家族的情况，最近新发现了上海图书馆藏清光绪年间陕西华县刊刻的《新辑大涨刘氏族谱》。据该谱所记，其始祖为耶律权，在元亡后改姓刘，在陕西华县繁衍生息，渐成村庄。对于此家谱所述是否属实，尚需进一步考证，故本书暂不展开讨论。

表 2　　　　　　　　　　**耶律楚材家族世系婚娶情况**

世系	父系			母系		生子情况
	名讳	官职	族属	名讳	族属	
一世	耶律履	尚书右丞	契丹	萧氏	不详	耶律辨才
				郭氏	汉	耶律善才
				杨氏	汉	耶律楚材
二世	耶律辨才	武庙署令		靖氏	汉	耶律铺
	耶律善才	都水监使		郭氏	汉	耶律钧
	耶律楚材	中书令		梁氏	汉	耶律铉
				苏氏	汉	耶律铸

① （清）于敏中等编：《钦定日下旧闻考》卷 87，《景印文渊阁四库全书》，台湾商务印书馆 1986 年版，第 498 册。

② （清）《钦定续通志》卷 69，《景印文渊阁四库全书》，台湾商务印书馆 1986 年版，第 393 册。

续表

世系	父系			母系		生子情况
	名讳	官职	族属	名讳	族属	
三世	耶律镛	不详		不详	不详	耶律志公奴
						耶律谢家奴
	耶律钧	东平工匠长官		谢氏 李氏	汉 汉	耶律有尚 （耶律宁寿）
						耶律昌寿
						耶律德寿
	耶律铉	开平仓监		不详	不详	不详
	耶律铸	中书左丞相、监修国史	契丹	粘合氏	女真	耶律道道
				赤帖吉真氏	蒙古	耶律希亮
						耶律希素
						耶律希光
						耶律希逸
				奇渥温真氏（斡真大王女孙、捏木耳图大王幼女）	蒙古	耶律希援
						耶律希崇
						耶律希晟
				也里可温真氏	色目或蒙古汪古等部（聂斯脱里派基督教徒）	耶律希征 耶律希勃 耶律希宽 耶律希周
				奇渥温真氏	蒙古	
				雪尼真氏	蒙古	
				甕吉剌真氏	蒙古	
四世	耶律有尚	昭文馆大学士、国子祭酒		杨氏	汉	无子嗣
				伯德氏	蒙古	耶律楷 耶律朴 耶律权
				不详	不详	耶律栝 耶律检

世系	父系			母系		生子情况
	名讳	官职	族属	名讳	族属	
四世	耶律希征	滁州镇守万户	契丹	不详	不详	不详
	耶律希勃	不详		不详	不详	不详
	耶律道道	无（早夭）		无	无	无
	耶律希亮	翰林学士承旨、知制诰兼修国史		札剌真氏	蒙古	耶律普化
						耶律长生宝
				何氏	汉	耶律庄嘉
						耶律祈
	耶律希素	不详		不详	不详	不详
	耶律希光	真定路治中		不详	不详	不详
	耶律希援	不详		不详	不详	不详
	耶律希逸	参知政事、征东行省左丞		贾氏	汉	不详
	耶律希崇	不详		不详	不详	不详
	耶律希晟	不详		不详	不详	不详
	耶律希宽	某王位下奉御		不详	不详	不详
	耶律希周（希图）	荆湖北道宣慰副使		安藏之女	畏兀儿	不详
	耶律志公奴	不详		不详	不详	不详
	耶律谢家奴	不详		不详	不详	不详
	耶律昌寿	不详		不详	不详	不详
	耶律德寿	不详		不详	不详	不详
	耶律重奴	不详		不详	不详	不详

续表

世系	父系			母系		生子情况
	名讳	官职	族属	名讳	族属	
五世	耶律楷	邓州知州兼管诸军奥鲁劝农事	契丹	王氏	汉	耶律自新 耶律自得 耶律自明 耶律自成 耶律自本
	耶律朴	太常礼仪院奉礼郎		不详	不详	
	耶律权	佥江南湖北道肃正廉访司事				
	耶律栝	陕西行中书省宣使				
	耶律检	将仕佐郎、广源库知事				
	耶律普化	不详		不详	不详	耶律妥因妥尔 耶律察颜
	耶律长生宝	不详				
	耶律庄嘉	不详				
	耶律祈	不详①				
	耶律长固	承直郎、生料库使				
六世	耶律自新	不详		不详	不详	不详
	耶律自得	不详		不详	不详	不详
	耶律自明	不详		不详	不详	不详
	耶律自成	不详		不详	不详	不详
	耶律自本	不详		不详	不详	不详
	耶律妥因妥尔	不详		不详	不详	不详
	耶律察颜	不详		不详	不详	不详
	耶律养正	四川刘庄盐场司令		韩惟秀	汉	无
不详世系	耶律阿利吉	中丞		不详	不详	不详

---

① 刘晓曾撰《耶律铸夫妇墓志札记》(《暨南史学》第三辑，暨南大学出版社 2004 年版，第 144—154 页)，对耶律庄嘉之官职进行了探究，他从《秘书监志》《元史·百官志》《元史·宰相年表》中找到一名"庄嘉"者，此人曾任奉直大夫、监察御史、秘书监丞、礼部郎中、福建闽海道廉访使及行省右丞、平章政事等。刘晓最后得出结论说："这几处所见庄嘉与耶律希亮的儿子庄嘉有无关系，目前还无法确定。"愚以为此说极为审慎，故从之。

由上可知，至耶律楚材家族，则娶汉、女真、蒙古、色目、畏兀儿人为妻，血缘渐渐混杂，其族群属性亦渐渐消失。契丹人之消融，于耶律楚材家族之世系、婚姻可见一斑。

如辨其族属，则较为困难。因其所用语言以汉语为主，礼法习俗也多与汉人相同，如果以语言文化为标准，或按照前人的民族观理论来界定，耶律楚材家族应该被归入汉族人中。但这一结论显然不能令人信服和接受。反过来，我们可以说，这些关于民族的定义有值得商讨之处。

第二节　辽代契丹人汉语文学创作之演进[①]

从历史的发展来看，汉语早就为我国周边的族群和政权所接受，成为人们交流思想、传播文化的工具。两汉三国时期少数族群的汉语学习情况史籍没有明确记载。至两晋时，鲜卑渐开汉化之门。《晋书》卷一百二十六载：

> 利鹿孤谓其群下曰："吾无经济之才，忝承业统，自负乘在位，三载于兹，……务进贤彦，而下犹蓄滞。岂所任非才，将吾不明所致也？二三君子其极言无讳，吾将览焉。"祠部郎中史嵩对曰："……今取士拔才必先弓马，文章学艺为无用之条，非所以来远人，垂不朽也。孔子曰：'不学礼，无以立。'宜建学校，开庠序，选者德硕儒以训胄子。"利鹿孤善之，于是以田玄冲、赵诞为博士祭酒，以教胄子。[②]

对此，陈寅恪说："吕氏、秃发、沮渠之徒俱非汉族，不好读书，然仍能欣赏汉化，擢用士人，故河西区域受制于胡戎，而文化学术亦不因以沦替。"[③]

南北朝是游牧族群学习汉语和接受汉文化的一个重要历史时期，北魏孝文、宣武之时，鲜卑人说汉话、习汉字、改汉姓、与汉人通婚，习之既

---

①　此节内容修改后发表于《新疆大学学报（哲学·人文社会科学版）》2016 年第 3 期。

②　（唐）房玄龄等：《晋书》，中华书局 1974 年版，第 3145—3146 页。

③　陈寅恪：《隋唐制度渊源略论稿》，生活·读书·新知三联书店 2009 年第 2 版，第 31 页。

久，再经历北齐、北周，虽有逆转，① 但最终近乎整体性地融入汉人。至隋唐时期，西域诸多独立政权在向外传播粟特等文字的同时，也将汉语广泛地传入今中亚地区。这种情况在其他政权和族群中也同样存在。有唐一代，不仅游牧族群学习汉语，日本、新罗（即现在的朝鲜和韩国）也有很多人赴长安学习汉语。

唐末五代时期，契丹在我国北方兴起，历辽太祖耶律阿保机、太宗耶律德光、世宗耶律阮、穆宗耶律璟、景宗耶律贤、圣宗耶律隆绪、兴宗耶律宗真、道宗耶律洪基、天祚皇帝耶律延禧九位皇帝，共 209 年。自金至元，契丹人慢慢融入各部族中。从存世历史文献来看，契丹人与汉人融合者较多，并最终成为汉人的重要组成部分。这种汉化不是突变，而是经历了漫长的渐变过程。这种汉化的前提是对汉语的学习和掌握。汉语学习对其社会生活的影响是较为全面和巨大的，总的来说，主要体现在宗教信仰、语言文字、婚姻家庭、文学艺术等诸多方面。这使他们在生活的各个方面都发生了变化。在耶律氏统治期间，施行南北面官制，重视并任用汉人，推行汉法，仿照汉字而创制契丹大、小字，使中华民族的语言文化得到了极大的丰富和发展。

早在耶律阿保机建立政权组织之前，已经有相当数量的契丹人懂汉语、说汉话。辽太祖耶律阿保机本人也会说汉语，据《辽史·韩延徽传》卷七十四载，韩延徽作为后唐使者往契丹，持节不屈，辽太祖甚怒，述律平劝谏，于是阿保机"召与语"，韩延徽所说"合上意"，于是"命参军事"，② 从此大为倚重。韩延徽为汉人，长于文学，从史书记载来看，他主理朝廷仪礼制度及汉人事，大概不会说契丹话，因此，辽太祖"召与语"，与他交谈所用语言应该为汉语。辽太祖懂汉语的另一证据见于《辽史·耶律倍传》，耶律倍对太祖说祭祀当祭孔子，太祖大悦，令建孔子庙，并诏太子春秋释奠。由此可知，辽太祖对孔子十分熟悉和景仰，他对孔子崇敬的起源，就是对汉语的学习和掌握。《辽史·太祖本纪》载，太祖曾亲自拜谒孔子庙，同时命皇后、皇太子拜谒寺观。而《辽会要》亦云："上京国子监，太祖置。"③ 关于辽太祖懂汉语之事，除了《辽史》

① 陈寅恪：《隋唐制度渊源略论稿》，生活·读书·新知三联书店 2009 年第 2 版，第 48 页。

② （元）脱脱等：《辽史》，中华书局 1974 年版，第 1231 页。

③ 陈述、朱子方：《辽会要》，上海古籍出版社 2009 年版，第 282 页。

外,《旧五代史》亦有记载:"阿保机善汉语,谓(姚)坤曰:'吾解汉语,历口不敢言,惧部人效我,令兵士怯弱故也。"①

因为《辽史》的都总裁为蒙古人脱脱,必然不存在"大汉族主义"思想,所以《辽史》中的这些材料就具有极为重要的政治和文化史意义。首先,辽太祖认为自己属于中国,祭祀"大功德者"必定要为中国人,并亲自"谒孔子庙",这与史书所载"辽本炎帝之后""辽为轩辕后"②正相吻合,由此可证,中国自古以来就是不同政权组织形式分分合合而形成的统一体,且无论政权如何分合,均能认同中国。其次,从皇太子耶律倍对孔子的推崇以及辽太祖对孔子的认可来看,他们必定对孔子、儒家思想及其作用和影响极为了解,而如果不借助于汉语的学习,这种了解恐怕是不可能的。

在辽代,不仅确立了孔子的地位,而且仿照唐代的制度建立了崇文馆和官学(包括国子监、府学、州学、县学),这就使得学习汉语和儒家经典成为一种常态,契丹人的汉语文学创作也从模仿阶段逐渐发展到独立写作阶段。《辽史·文学传》曰:"辽起松漠,太祖以兵经略方内,礼文之事固所未遑。及太宗入汴,取晋图书、礼器而北,然后制度渐以修举。至景、圣间,则科目聿兴,士有由下僚擢升侍从,骎骎崇儒之美。但其风气刚劲,三面邻敌,岁时以搜狝为务,而典章文物视古犹阙。然二百年之业,非数君子为之综理,则后世恶所考述哉。"③ 由于文献散佚,可考者并不多。沈括《梦溪笔谈》卷十五云:"契丹书禁甚严,传入中国者法皆死"④,可见其传播基本限于北地,而金灭辽之后,其书籍文献亦多遭战火,故存世者极少。加上金章宗禁绝契丹文字,后人不再学习传承,故文献更遭毁弃。虽经后人不断努力,辑有《辽诗话》《全辽诗话》《全辽文》《辽代石刻文编》等,但诗文作品仍相对较少,其中契丹人创作的诗文数量亦屈指可数。

但辽兴二百余年,契丹人之文学,虽不能说繁盛,可谓独具特色。概略来说,主要表现在以下三个方面。

---

① (宋)薛居正等:《旧五代史》,中华书局 1976 年版,第 1831—1832 页。

② (元)脱脱等:《辽史》,中华书局 1974 年版,第 949 页。

③ (元)脱脱等:《辽史》,中华书局 1974 年版,第 1445 页。

④ (宋)沈括:《梦溪笔谈》,上海古籍出版社 1987 年版,第 513 页。

一　皇室重视并积极推动

从目前的文献资料来看，多数辽代皇帝及皇室成员不仅学习汉语，而且能进行汉语创作。这种情况的出现，主要是因为辽施行南北面官制，汉族官吏所占比例较大，官府公文用辽、汉文字，出于统治的需要，他们必须兼通契丹文和汉文，久而久之，他们由模拟而独创，终于形成了具有契丹特色的文学。

辽太祖的长子、耶律楚材的八世祖耶律倍精通双语，从元好问《东丹骑射》所言"意气曾看小字诗"判断，他当时在耶律铸家所见的，乃是耶律倍用契丹小字所写的诗。而《辽史》则载其"工辽、汉文章，尝译《阴符经》"①，还曾"作《乐田园诗》"②。《旧五代史》卷一百三十七载其通《左传》之事，汉使姚坤至辽太祖耶律阿保机帐中，"其子突欲在侧，谓坤曰：'汉使勿多谈。'因引《左氏》牵牛蹊田之说以折坤"③。突欲即耶律倍，能随口征引《左氏春秋》之典故，可见耶律倍汉文化水平之高。《辽史拾遗》则曰：

> 东丹王归中国，赐姓李，名赞华，亦能为五言诗。……《尧山堂外纪》曰："东丹王有文才，博古今。其帆海奔唐，载书数千卷。习举子业，每通名刺云：'乡贡进士黄居难，字乐地。'以拟白居易字乐天也。"④

由以上材料可知，辽初的汉语学习与汉文创作处于模仿阶段。"黄居难"是对"白居易"的模仿，"乐地"是对"乐天"的模仿，这种情况与我国的少数族群或外国人学习汉语相类似。从耶律倍现存的一首五言诗来看，水平比较低，但如果结合当时的语言环境来考虑，就会感觉写这样的诗也已经很难得了。至于翻译《阴符经》，则需要深厚的汉文化功底和语言才能，大概耶律倍受后唐汉文化氛围的影响较深，汉语水平有了较大的提升，故而能翻译此书。

---

① （元）脱脱等：《辽史》，中华书局 1974 年版，第 1211 页。
② （元）脱脱等：《辽史》，中华书局 1974 年版，第 1210 页。
③ （宋）薛居正等：《旧五代史》，中华书局 1976 年版，第 1831 页。
④ （清）厉鹗：《辽史拾遗》，中华书局 1985 年版，第 383 页。

由于耶律倍精通契丹语和汉语，所以能兼用这两种文字作合璧诗。他在浮海投奔后唐明宗之前，作诗一首刻于木上：

> 小山压大山，大山全无力。羞见故乡人，从此投外国。①

对于这首诗，后人多有评述。清人赵翼曰：

> 情词凄婉，言短意长，已深合风人之旨矣。②

袁行霈主编的《中国文学史》则说：

> "山"是契丹小字，其义为"可汗"，与汉字之"山"形同义异，"小山压大山"实际上是写太后立德光，自己虽是太子却被摒弃之事，这是契丹文和汉文合璧为诗的典型例子。③

辽太宗耶律德光汉语水平也很高，据《旧五代史》所载，"德光本名耀屈之，后慕中华文字，遂改焉。"④ 在皇后去世之后，他自己撰写文章进行哀悼，从谥号"彰德皇后"可知，他写的必定是汉语文章。后来他去弘福寺，见到父兄所布施的观音画像，也亲自写文章题于墙壁上，以表达自己的感伤之情，其文章极具感染力，以至于"读者悲之"。⑤ 从施政方针来看，他也是推进契丹汉化的开明皇帝，史书记载，他曾下诏让授予汉式官职的契丹人用汉人的礼仪，并允许他们与汉人通婚。这种情况到穆宗时有所延续，他下诏按太宗时的做法，在朝廷中用汉式礼仪，又一次用朝廷公文的形式把学习汉文化确定下来。

辽初皇室成员耶律倍所作汉文诗尚处于模拟阶段，至辽中期的圣宗才有大量的独立创作。从史料记载来看，辽圣宗十岁时就能写诗，而且还多

---

① （元）脱脱等：《辽史》，中华书局 1974 年版，第 1210 页。
② （清）赵翼著，王树民校正：《廿二史劄记校正》，中华书局 1984 年版，第 591 页。
③ 袁行霈主编：《中国文学史》第 3 卷，高等教育出版社 1999 年版，第 212 页。同书 2005 年版，第 176 页。
④ （宋）薛居正等：《旧五代史》，中华书局 1976 年版，第 1832 页。
⑤ （元）脱脱等：《辽史》，中华书局 1974 年版，第 37 页。

才多艺，精通绘画、音律和射箭。关于他的汉语水平及文学才能，《契丹国志》载："亲以契丹大字译白居易《讽谏集》，诏番臣等读之。……又喜吟诗，出题诏宰相以下赋诗，诗成进御，一一读之，优者赐金带。又御制曲百余首。"① 能"制曲百余首"，"出题诏宰相以下赋诗"，一方面说明了辽圣宗及其臣下的汉语水平确实很高，另一方面也说明了汉语学习和汉语创作在辽中期的宫廷里已经出现了全面繁荣的局面。

辽中期汉语学习和创作兴盛的局面，也得益于兴宗的推动。据《辽东行部志》载，兴宗曾因司空大师不肯赋诗而专门写了一首诗派人送去，诗题为《以司空大师不肯赋诗，以诗挑之》。② 司空大师，即辽代著名僧人郎思孝。兴宗在用诗挑衅之后，郎思孝果然写了两首和诗。这三首诗均用汉语创作，至今保存完整。由此可见，在当时皇帝倡导和鼓励之下，大有唐武后时群臣赋诗的势头。除此之外，尚有许多材料说明兴宗对汉语学习和创作的推动作用，笔者曾撰文《论辽代耶律倍家族的汉语文学创作》进行引证和论述，③ 兹不赘言。

辽道宗思想出入儒、释二教，受汉文化影响很深，文学作品数量较多，在世时已经编成了《清宁集》。但可惜大都亡佚不存，今天所知其诗文仅六篇（首）。从其佚诗题目《君臣同志华夷同风诗》可知，道宗曾与臣僚吟咏唱和，场面十分盛大。再从《题〈黄菊赋〉后》一诗可以推断，道宗对汉族丞相李俨的赋作十分欣赏，并费尽心思写了一首关于菊花的诗："昨日得卿《黄菊赋》，碎剪金英填作句。袖中犹觉有余香，冷落西风吹不去。"④ 从这首诗的艺术水平来看，已经完全可以与当时的汉族诗人相颉颃，再没有辽初模仿创作的那种稚拙了。另外，这首诗的意义还不仅在于艺术上的成就，更重要的是它让我们看到了辽代君臣诗文往还的情景。

皇室家族中，能诗文者还有平王耶律隆先、宁王耶律长没、懿德皇后萧观音、文妃萧瑟瑟等。皇帝及皇室成员好文学，往往能聚集一批文人，

① （宋）叶隆礼撰，贾敬颜、林荣贵点校：《契丹国志》，上海古籍出版社1985年版，第71—72页。

② 详见（金）王寂《辽东行部志》，该书收入金毓黻主编《辽海丛书》，辽沈书社1985年版，第1782页。

③ 详见拙文《论辽代耶律倍家族的汉语文学创作》，《新疆教育学院学报》2012年第1期。

④ （宋）陆游撰，刘文忠评注：《老学庵笔记》，学苑出版社1998年版，第134页。

从而形成文学团体，使文学创作蔚为风习。辽代皇帝多仰慕唐朝贞观、开元盛世，所以朝廷形制也多模仿唐朝，以诗文作为科举考试的内容便是其中之一。而这种考试形制的建立，无疑会大大推动整个辽国的汉语普及进程，从而进一步促进汉语文学创作的繁荣。

辽中期以后，在皇帝周围，也有一批契丹文学词臣，创作了相当数量的应制诗、酬唱赠答诗，而这些文学词臣往往被皇帝"命为诗友"，其中著名者如圣宗的诗友萧劳古、耶律资忠、耶律国留，兴宗的诗友萧韩家奴、耶律庶成、萧孝忠、萧孝穆、耶律谷欲、耶律蒲鲁、耶律韩留、司空大师郎思孝，道宗的诗友耶律陈家奴、耶律良、耶律俨等。

二　诗文结集与家族文学之出现

耶律倍的诗文创作已为当时人所认同，且有一定的数量。虽然《辽艺文志》将其诗归类为"义宗诗"，但目前尚未见到关于其诗文结集的记载。

考察辽初契丹人的汉语创作，著名者有耶律敌烈、耶律昭、耶律长没、耶律学古等人，兹略举三例进行说明。

1. 耶律长没："字和鲁董，妃甄氏所生，世宗第三子。敏给好学，通契丹、汉字，能诗。保宁八年，夺爵，贬乌古部。赋《放鹤诗》，征还。统和元年，应太后命，赋《移芍药诗》。"①

2. 耶律学古："字乙辛隐，于越洼之庶孙。颖悟好学，工译鞮及诗。"②

3. 耶律某：契丹将领。《杨文公谈苑》载，他经过旧时战斗的地方，"览其遗迹，作诗。矩记其两句云'父子尽从蛇阵没，弟兄空望雁门悲'"③。

根据上述材料可以推断，耶律氏宗族兼通契丹字和汉字者大有人在。宁王耶律长没能作汉诗并不值得大书特书，但史书记载他"应太后命"

---

① 蒋祖怡、张涤云：《全辽诗话》，岳麓书社1992年版，第30页。
② （元）脱脱等：《辽史》，中华书局1974年版，第1303页。
③ 蒋祖怡、张涤云：《全辽诗话》，岳麓书社1992年版，第35—36页。

而作汉诗，这就值得我们特别注意，这句话证明了太后不仅会汉语，懂汉诗，而且还"命"后辈作汉诗，这就让皇族子孙们的汉诗创作成为一种基本能力。而耶律氏宗族佚名将领都能创作对仗工整的汉语格律诗，更可见当时汉语学习的普及。耶律学古工于翻译和作诗，正反映出当时契丹人有热切了解汉语文化的愿望和需要。

上述材料证明：辽建立初期，契丹耶律氏宗族的知识分子不仅学习汉语和翻译汉语作品，而且已经开始独立进行汉语诗歌创作了。

诗文的结集是文学创作繁盛的一个重要标志。虽然唐朝一些少数族群诗人也有作品集传世，但他们大多经历了长时间的族群融合，其部族特性已淡化和模糊了，著名者如元结、元稹等。我国少数族群作家兼通双语且有作品结集的，恐怕最早出现在辽代。

平王耶律隆先是第一个有诗文集传世的契丹人。耶律隆先，字团隐，是东丹王耶律倍的第四个儿子。《辽史》载："平王为人聪明，博学能诗，有《阆苑集》行于世。"[①] 耶律倍虽然创作了一定数量的诗歌，但尚未结集。然而，在这种家庭文化传统的影响下，子孙能作诗文者必定较多，而结集刊印也就是必然的趋势。

辽中后期契丹人创作的汉语文学作品很多，诗文结集的情况更加普遍。在耶律氏宗族中，如圣宗的《御制曲》（百余首）、道宗的《清宁集》、耶律资忠的《西亭集》、耶律庶成的《耶律庶成集》、耶律良的《庆会集》、耶律谷欲的《耶律谷欲集》、耶律孟简《耶律孟简集》等。萧氏宗族中也有结集者，如耶律观音奴"集（萧）柳所著诗千篇，目曰《岁寒集》"[②]，萧孝穆著《宝老集》、萧韩家奴著《六义集》[③]，等等。除此之外，还有经、史、子书以及翻译作品的结集，但由于本书专注于文学作品，故对这些方面略而不论。

至辽中后期，兼通辽、汉双语且能写诗文的契丹人越来越多，最终形成了众多的契丹文学家族。如皇室文学家族中的耶律倍、耶律德光、耶律隆先、耶律长没、耶律隆绪、耶律宗真、耶律洪基、耶律延禧、萧观音、萧瑟瑟；耶律氏贵族家族中的耶律庶成、耶律庶箴兄弟，耶律资忠、耶律

---

① （元）脱脱等：《辽史》，中华书局1974年版，第1212页。
② （元）脱脱等：《辽史》，中华书局1974年版，第1317页。
③ 清代学者钱大昕《补元史艺文志》著录该集，云："萧韩家奴《六义集》，十二卷。"

国留、耶律昭兄弟；萧氏家族中的萧劳古、萧朴父子，萧孝穆、萧孝忠兄弟等。关于皇室家族的汉语文学创作，前文已有所论述，兹不赘言。此处仅举耶律庶成一门三人的例子为证：

　　1. 耶律庶成："字喜隐。……庶成幼好学，书过目不忘。善辽、汉文字，于诗尤工。重熙初，补牌印郎君，累迁枢密直学士。与萧韩家奴各进《四时逸乐赋》，帝嗟赏。……有诗文行于世。弟庶箴。"①
　　2. 耶律庶箴："字陈甫，善属文。……子蒲鲁。……庶箴尝寄《诫谕诗》，蒲鲁答以赋，众称其典雅。"②
　　3. 耶律蒲鲁："字乃展。幼聪悟好学，甫七岁，能诵契丹大字。习汉文，未十年，博通经籍。……应诏赋诗，立成以进。"③

　　由此可见，汉化与汉语教育的普及，使得父子兄弟递相因袭和传承，遂使文学家族纷纷出现；而作品累积既多，则纷纷结集刊印，从而形成了契丹族群中汉语文学创作彬彬大盛的局面。

三　女性文学创作成就突出

　　在中国古代文学史中，知名的女性作者屈指可数：汉末有蔡文姬，晋时有谢道韫，唐代有薛涛和鱼玄机，宋代有李清照和朱淑真。《玉台新咏》虽收录了一定数量的女性诗人诗作，但多数诗名及诗作均不显。明清时期亦有很多女诗人，但除了顾太清和秋瑾外，其余为世人所熟知者亦较少。

　　遍查中国历史，可发现能懂汉语的少数族群女性数量极少，能用汉语进行创作者，就更是微乎其微。这一方面与缺乏史料记载有关，另一方面可能也与少数族群女性缺乏教育机会有关。

　　但在辽代，却有两位声名远播的契丹女诗人，一位是萧观音，一位是萧瑟瑟。这是值得研究者予以特别关注的现象。她们能用汉语进行创作，说明了汉语在辽代十分通行，而且汉语教育扩展至部分达官贵人家的闺

---

① （元）脱脱等：《辽史》，中华书局1974年版，第1349—1350页。
② （元）脱脱等：《辽史》，中华书局1974年版，第1350—1351页。
③ （元）脱脱等：《辽史》，中华书局1974年版，第1351页。

阁，其教育的最高程度是能够用汉语独立创作，这在当时确实很了不起，其文化意义远比契丹男性用汉语创作重要。从史料记载来看，萧观音"幼能诵《诗》，旁及经、子"①，长大后，"工诗，善谈论"②；而对于萧瑟瑟的记载，则曰"善歌诗"③。由此可见，她们小时候除了学习《诗经》《易》《论语》等儒家的经典之外，还学习诸子的著作，等她们到十余岁时，就已经能"歌诗"了。这虽然属于个案，但从个案中可以推断，当时受这种汉语教育影响的女性，肯定不只她们二人。

事实证明，情况确实如此。从现存的资料来看，除了萧观音和萧瑟瑟以外，契丹女性中还有能用汉语创作诗文者。《辽史·列女传》载：

> （耶律常哥）能诗文，不苟作。读《通历》，见前人得失，历能品藻。咸雍间，作文以述时政，其略曰："君以民为体，民以君为心。人主当任忠贤，人臣当去比周；则政化平，阴阳顺。……"时枢密使耶律乙辛爱其才，屡求诗，常哥遗以《回文》。"④

耶律常哥终生未嫁，没有萧观音和萧瑟瑟那样为后为妃的显赫地位，但她所受的教育并不比上述二人差。她读《通历》，知阴阳，懂政化，见得失，能品藻，且会作《回文诗》，可见她的汉语水平确实很高。据《辽艺文志》载，后人辑录有《耶律氏常哥集》，虽然诗集已佚，但由此可以证明她的诗文作品数量较多，且取得了相当大的成就。对此，黄震云认为："辽代特殊的历史环境造就了一大批优秀的女知识分子和女政治家，比起中原地区的女性教育来具有前卫性。"⑤ 契丹女作家能有诗集传世，可见辽代后期汉语创作之盛况，亦可见族群文化融合的程度之深。

由于懿德皇后萧观音创作的诗词数量较多，且艺术水平较高，所以"1986 年版《中国大百科全书·中国文学卷》于辽代作家中仅列其一人"⑥。用一个契丹女性代表整个辽代的文学家，可能有故意突出其成就

---

① （清）厉鹗：《辽史拾遗》，中华书局 1985 年版，第 376 页。
② （元）脱脱等：《辽史》，中华书局 1974 年版，第 1205 页。
③ （元）脱脱等：《辽史》，中华书局 1974 年版，第 1206 页。
④ （元）脱脱等：《辽史》，中华书局 1974 年版，第 1472 页。
⑤ 黄震云：《辽代文学史》，长春出版社 2010 年版，第 31 页。
⑥ 蒋祖怡、张涤云：《全辽诗话》，岳麓书社 1992 年版，第 23 页。

和地位的倾向，但如果萧观音的文学成就不高，恐怕也无人敢这样编选。

萧观音不仅与辽道宗进行诗文唱和，而且精通音律，能歌善舞，故被称作"女中才子"。① 从其现存的诗词来看，风格雄奇豪放，大胆泼辣，明显地表现出与农耕文化不同的审美特征。如著名的《伏虎林应制》诗："威风万里压南邦，东去能翻鸭绿江。灵怪大千俱破胆，那教猛虎不投降！"② 从气势来看，绝不逊于刘邦的《大风歌》，当时中原男性作家的诗作都罕有其匹。至于《回心院》词，更是感情炽烈，大胆直露，毫无掩饰，所以吴梅在《辽金元文学史》中评价说：

> 词意并茂，有宋人所不及者，非山川灵秀之气独钟于后不可也。③

她能够在辽代文坛上独领风骚，也确实算是实至名归。

辽代后期另一位著名的契丹女诗人是萧瑟瑟。她也创作了一定数量的诗词，据《辽史》载，传世者有《讽谏歌》和《咏史诗》。《讽谏歌》用"兮"字句式，情词恳切，忧思深广，深得《离骚》之旨趣。《咏史诗》的感情更加激切，矛头直指丞相和天祚皇帝，批评讽谏，毫不留情，是汉文诗歌中的罕见之作。正因这首诗，天祚皇帝"见而衔之"④，后来枢密使萧奉先诬告文妃参与谋立晋王之事，天祚帝"以妃与闻，赐死"⑤。对于萧瑟瑟，宋人赵德麟感叹道："夷狄之人，妇女之身，而有是才调，可谓贤。"⑥ 联系其所处之环境，可知此言不虚。

第三节　耶律楚材家族之教育⑦

对于封建制度下的汉人家庭来说，儒学教育一般自孩童时期即已开始。但对于草原游牧部族，则极为困难。语言文字不通，思想观念不同，

---

① （清）厉鹗：《辽史拾遗》，中华书局 1985 年版，第 376 页。
② 蒋祖怡、张涤云：《全辽诗话》，岳麓书社 1992 年版，第 17 页。
③ 蒋祖怡、张涤云：《全辽诗话》，岳麓书社 1992 年版，第 23 页。
④ （元）脱脱等：《辽史》，中华书局 1974 年版，第 1207 页。
⑤ （元）脱脱等：《辽史》，中华书局 1974 年版，第 1207 页。
⑥ 蒋祖怡、张涤云：《全辽诗话》，岳麓书社 1992 年版，第 25 页。
⑦ 此节内容修改后发表于《宁夏大学学报（人文社会科学版）》2014 年第 6 期。

礼教约束严格，都会令崇尚武力、不拘礼节的草原部族望而却步。

　　然而这种情况不是绝对的。在各部族互相接触之时，文化也必定进行着交流与融合。早在唐朝时期，契丹部族的部分成员就开始了对汉语及汉文化的学习，这种学习使得中原汉人的影响逐步渗透入契丹人居住的部分地区。《剑桥中国辽西夏金元史》在撰述中注意到了这一点，该书在《导言》中说："汉人影响其相邻民族制度结构的一个标志是，在职官方面有大量词汇从中国借了过去。"并举契丹语"相温（hsin-kun）"与汉语"将军"、契丹语"详稳（hsiang-wen）"与汉语"相公"进行比较，认为这些职官名称都是"从汉语借来的"①。这只是其中很小的一个方面。中原汉文化对契丹人的影响是多方面的，而儒家思想是其中最主要的部分。陈垣说："儒学为中国特有产物，言华化者应首言儒学。"② 此说极有道理。从目前的史料文献可以清楚地看到，契丹人的文化教育确实深受儒学影响。

　　辽初，孔子及儒家思想已为契丹统治者所熟知和接受。《辽史·耶律倍传》载：

　　　　时太祖问侍臣曰："受命之君，当事天敬神。有大功德者，朕欲祀之，何先？"皆以佛对。太祖曰："佛非中国教。"倍曰："孔子大圣，万世所尊，宜先。"太祖大悦，即建孔子庙，诏皇太子春秋释奠。③

又，《辽史·太祖本纪》载：

　　　　（神册四年）秋八月丁酉，谒孔子庙，命皇后、皇太子分谒寺观。④

　　由以上材料可以推知，耶律倍对孔子极为推崇，而太祖对孔子也十分

---

　　① ［德］傅海波、［英］崔瑞德编：《剑桥中国辽西夏金元史》，史卫民等译，中国社会科学出版社1998年版，第14页。
　　② 陈垣：《元西域人华化考》，上海古籍出版社2000年版，第8页。
　　③ （元）脱脱等：《辽史》，中华书局1974年版，第1209页。
　　④ （元）脱脱等：《辽史》，中华书局1974年版，第15页。

认可。如上文所言，《旧五代史》乃宋人所撰，然竟特别记载耶律倍熟习《左传》之事，说明耶律倍对儒学典籍已相当精通，且名声在外，为人敬服。

这种来自皇帝和皇室的认可，不仅影响到本家族的儒化，而且使得整个国家政权也快速走向封建化，并逐步确立起儒家思想的统治地位。

耶律倍的弟弟、太宗耶律德光也是开明的儒家思想推行者。他不仅倾慕汉文化而改名，而且在当皇帝之后，"诏契丹人授汉官者从汉仪，听与汉人婚姻"①。此处所言之"汉仪"，乃是儒家礼仪。后来到穆宗时，"诏朝会依嗣圣皇帝故事，用汉礼"②。"汉礼"即"汉仪"，这则记载与上一条记载互相印证，说明了辽太宗与辽穆宗都对儒家礼制采取了认可的态度而听任契丹人学习和接受。

辽世宗时，曾命汉儒赵莹当太子的老师，赵莹死后，世宗专门"辍朝一日"，并安排"归葬于汴"③，可见辽代皇帝对汉儒的重视。

查《辽艺文志》，道宗曾颁定《易传疏》一部、《书经传疏》一部、《诗经传疏》一部，以及《春秋传疏》和《五经传疏》，并于"清宁元年，颁赐学校"④，据此可证儒家典籍已经成为各地学校必学的内容。《剑桥中国辽西夏金元史》编撰者通过研究发现，在契丹人的译著中几乎见不到儒家经典，他们对此感到吃惊，但随即解释说，这是因为"契丹皇帝和大臣们熟知并且利用儒家经典，但似乎他们读的是汉文本子"⑤，所以根本不用翻译。

综上所述，在这种大环境的影响和熏陶下，耶律楚材先世必定受到了良好的儒学教育，儒家经典已成为他们童蒙时代的必修科目。在耶律楚材写给其族孙耶律重奴的诗中，还念念不忘这种教育："而今正好行仁义，勿学轻薄辱我门。"⑥综合现存的相关文献资料，可以发现耶律楚材家族有着良好的儒学教育传统。

---

① （元）脱脱等：《辽史》，中华书局 1974 年版，第 49 页。
② （元）脱脱等：《辽史》，中华书局 1974 年版，第 69 页。按，嗣圣皇帝即辽太宗耶律德光。
③ （元）脱脱等：《辽史》，中华书局 1974 年版，第 66 页。
④ （清）黄虞稷等：《辽金元艺文志》，商务印书馆 1958 年版，第 14 页。
⑤ ［德］傅海波、［英］崔瑞德编，史卫民等译：《剑桥中国辽西夏金元史》，中国社会科学出版社 1998 年版，第 34—35 页。按，据上文所述，《剑桥中国辽西夏金元史》编撰者的说法仍有讨论的余地，因为道宗所颁行的经籍并未注明是否为汉语写成。
⑥ （元）耶律楚材著，谢方点校：《湛然居士文集》，中华书局 1986 年版，第 247 页。

一　儒学教育及对儒学之贡献

（一）耶律履之儒学修养及贡献

耶律履是耶律楚材家族中的第一个大儒。元好问在为其所撰的《神道碑》中评价其"为通儒、为良史、为名卿材大夫"①。耶律履初仕时，"世宗方兴儒术，诏译经史"②。此处所谓"经史"，主要是指儒家之"经"与历朝正史。耶律履因"素善契丹大、小字"③，且"通六经百家之书，尤邃于《易》《太玄》"④，所以应诏，参与翻译儒家经典和史书的工作。耶律履成为一时"通儒"，与此次翻译儒家经书大有关联。

耶律履之成为"通儒"，其贡献不在于著述与创立新说，而在于翻译和传播。他把儒家经典用契丹大小字及女真字翻译出来，经皇帝诏令刻印，使儒家思想在我国北方广泛传播，草原游牧部族由学习而接受，渐至文化融合，这一特殊贡献，是历史上许多儒学大家所不能承担的，因此可谓功莫大焉。⑤

耶律履对儒学所做的第二个贡献，是劝导皇帝崇儒守正。大定二十六年（1186），耶律履给世宗上表，进献北宋司马光所著《古文孝经指解》。⑥《孝经》是儒家十三经之一，司马光亦为北宋大儒，耶律履既然进献司马光的《古文孝经指解》，就说明他对此书的内容十分熟悉和认同。这一举动表现出耶律履对急功近利世风的忧虑，以及用仁孝之道纠其偏弊的愿望。

金章宗完颜璟为郡王时，喜欢读《春秋左氏传》，听说耶律履知识渊博，于是经常召他去请教问题。耶律履曰："左氏虽授经圣人，率多权诈，驳而不纯。《尚书》《孟子》载圣贤纯一之道，愿留意焉。"⑦耶律履分别以"驳而不纯"和"圣贤纯全之道"对儒家典籍进行区分和概括，可见他不仅对这些经籍十分熟悉，而且还能取其纯正而防其驳杂。完颜璟

---

① （金）元好问著，狄宝心校注：《元好问文编年校注》，中华书局2012年版，第692页。
② （元）脱脱等：《金史》，中华书局1975年版，第2099页。
③ （金）元好问著，狄宝心校注：《元好问文编年校注》，中华书局2012年版，第694页。
④ （金）元好问著，狄宝心校注：《元好问文编年校注》，中华书局2012年版，第693页。
⑤ 此部分论述，可与本节第二部分"多语言之教育"相参看。
⑥ （元）脱脱等：《金史》，中华书局1975年版，第2100页。
⑦ （金）元好问著，狄宝心校注：《元好问文编年校注》，中华书局2012年版，第698页。

听后十分赞同，并评价曰："醇儒之言也。"① 在其即位后，用了不到一年的时间，就将耶律履从礼部侍郎先后提拔为礼部尚书、参知政事、尚书右丞，由正四品升至正二品，连升四阶，且居宰执之中，此事不仅看出他为耶律履所赏识，而且意味着他对儒学文士的重用。

耶律履深受苏轼影响，曾节录苏轼的奏议献给世宗，世宗看后即命国子监刊行。遍览苏轼的奏议，几乎全是儒家经世致用之说。由此可见耶律履亦有济世泽民之志，否则不会如此关注并节录苏轼之奏议。耶律履深受儒学浸染，其言行也体现出仁人君子的风范。他平时与人相处，竭诚尽信，"得人一善，若出诸己，至称道不绝口"；在朝为官，"论事上前，是非利病，惟理所在，未尝有所回屈"②；外任蓟州刺史时，则体恤濒海平民疾苦、改革弊政。凡此种种，都显示出他作为儒家士人君子的品性。

（二）耶律楚材兄弟之崇儒及贡献

虽然耶律履为金代大儒，但其长子耶律辨才却尚武，或许因为其母是萧氏，保持了契丹人风习的缘故。次子耶律善才为郭氏所生，自幼受过较好的儒学教育，元好问评价曰："公资雅重，读书知义理"③，而其所任官职也多为文职，从其忠君殉节之事可知，其所学所奉必为儒家之道。

耶律楚材三岁时，耶律履去世。其母杨氏乃名士杨昙之女，知书达礼，曾教授禁中。楚材幼年所学，皆为杨氏启蒙。至于其早年之儒学教育，《为子铸作诗三十韵》追忆曰："十三学诗书"④，《再和世荣二十韵寄薛玄之》云："尚记承平日，为学体自强。经书兴我志，功业逼人忙"⑤。至成年之后，则以儒学为正宗，如《刘润之作诗有厌琴之句因和之》诗曰："吾儒宜识仲尼心"⑥，《再赓仲祥韵寄之》诗云："归我夫子门，三月无违仁"⑦。夏人常八斤以善造弓箭得成吉思汗宠信，轻视耶律楚材曰："国家方用武，耶律儒者何用。"楚材对曰："治弓尚须用工匠，为天下者岂可不用治天下匠耶。"⑧《糠孽教民十无益论序》则明确自称

① （金）元好问著，狄宝心校注：《元好问文编年校注》，中华书局2012年版，第698页。
② （金）元好问著，狄宝心校注：《元好问文编年校注》，中华书局2012年版，第705页。
③ （金）元好问著，狄宝心校注：《元好问文编年校注》，中华书局2012年版，第717页。
④ （元）耶律楚材著，谢方点校：《湛然居士文集》，中华书局1986年版，第271页。
⑤ （元）耶律楚材著，谢方点校：《湛然居士文集》，中华书局1986年版，第263页。
⑥ （元）耶律楚材著，谢方点校：《湛然居士文集》，中华书局1986年版，第259页。
⑦ （元）耶律楚材著，谢方点校：《湛然居士文集》，中华书局1986年版，第269页。
⑧ （明）宋濂等：《元史》，中华书局1976年版，第3456页。

"予本书生"，又云："故率引儒术比而论之，以励吾儒为糠粃所惑者。"① 可见他平素即以儒者自居。其《重修宣圣庙疏》云："精蓝道观已重新，独有庠宫尚垝垣。试问中州士君子，谁人不出仲尼门？"② 表达了对儒学不兴的愤慨。燕京为蒙古军攻破，耶律楚材转而学佛，拜于万松行秀门下。从其所学及所行来看，确实是外儒内释，由此逐渐形成了"以儒治国、以佛治心"的思想。

耶律楚材不仅崇儒，而且为元代儒学的恢复做出了巨大贡献。其采取的措施及贡献主要有五个方面：

其一，奏请孔子五十一代孙孔元措袭封衍圣公。元代统治者最初重视萨满、道、佛等教，曾下诏免除僧、道徭役，而于儒生则不予理会，任其被俘者为奴为仆。元代统治阶层重视儒学、抬高孔子地位，实自耶律楚材始。

其二，保护儒生，解救被蒙古军俘获的文士，使其免受奴役，并设科考试，选拔儒士之优秀者为官，"得士凡四千三十人"③。芳郭无名人评价曰："振兴儒教，进用士人，以救偏任武夫及色目种人之弊，亦开姚、许之先声。"④ 诚如此言。此举不仅有利于稳定社会秩序，缓和社会矛盾，更为培养吏治人才创造了条件。

其三，下令修建孔子庙，恢复文教，使天下人知学。他曾作《燕京大觉禅寺创建经藏记》："余已致书于诸道士大夫之居官守者，各使营葺宣父之故宫。"⑤ 宣父，即孔子。宣父之故宫，即宣圣庙。金元之际，孔庙多遭兵火。以中书相臣的名义让各地官员修复孔庙，其成效可想而知。他不仅亲自致书让各地官员修孔庙，而且还亲自为这些庙宇代拟上奏皇帝的疏文，如《贾非熊修夫子庙疏》《重修宣圣庙疏》《邳州重修宣圣庙疏》《太原修夫子庙疏》；或者释奠作诗以纪其事，如《释奠》《周敬之修夫子庙》《云中重修宣圣庙》等。除此之外，他还曾捐粮以赈儒生，其《寄金城士大夫》诗序云："远闻金城学斋绝粮，因奉粟十斛助齑盐之资，

① （元）耶律楚材著，谢方点校：《湛然居士文集》，中华书局1986年版，第275页。
② （元）耶律楚材著，谢方点校：《湛然居士文集》，中华书局1986年版，第283页。
③ （明）宋濂等：《元史》，中华书局1976年版，第3461页。
④ （元）耶律楚材著，谢方点校：《湛然居士文集》，中华书局1986年版，第13页。
⑤ （元）耶律楚材著，谢方点校：《湛然居士文集》，中华书局1986年版，第199页。

故作小诗以励本土学士大夫"①，由此可见他兴复儒学之急切与所作之努力。

其四，设置编修所和经籍所，保护并翻译儒家经籍，使皇室贵族子孙跟从当时大儒学习。据《元史》本传载，耶律楚材"召名儒梁陟、王万庆、赵著等，使直译九经，进讲东宫。又率大臣子孙，执经解义，俾知圣人之道"②。经过这些努力，儒学得以逐渐恢复，"由是文治兴焉"③。孟攀鳞在为《湛然居士文集》作序时亦云："斯文之不坠，皆公之力焉!"④

其五，撰写儒家发微著作。据清代著名学者钱大昕《补元史艺文志》卷三"儒家类"载："耶律楚材《皇极经世义》"⑤，不著卷数。黄虞稷《千顷堂书目》亦在"儒家类"著录云："耶律楚材《皇极经世义》"⑥，亦不明卷数。但从这两位清代学者的著录来看，耶律楚材曾有儒学著作《皇极经世义》传世，这是确定无疑的。契丹人能撰写儒学著作，实在非同寻常，此可为契丹文化史之杰作。惜其亡矣!

（三）耶律铸等人之崇儒

耶律辨才之子耶律镛，曾跟随元好问学习，必得儒家之教。耶律善才之子耶律钧，⑦ 曾仕金为尚书省译史，后在秘书监任职。据王恽《为耶律伯明醵金疏》所云"学则有余，空至于屡"⑧，以及牟巘诗题《和汴教耶律伯明》，⑨ 则知耶律钧还曾做过汴京教授，其儒学修养亦非寻常人可比。另据苏天爵《皇元故昭文馆大学士兼国子祭酒赠河南行省右丞相耶律文正公神道碑铭》所载，耶律钧还曾与同族兄弟"作《传家誓训》以教子

---

① （元）耶律楚材著，谢方点校：《湛然居士文集》，中华书局1986年版，第269页。

② （明）宋濂等：《元史》，中华书局1976年版，第3459页。

③ （明）宋濂等：《元史》，中华书局1976年版，第3459页。

④ （元）耶律楚材著，谢方点校：《湛然居士文集》，中华书局1986年版，第8页。

⑤ （清）钱大昕：《补元史艺文志》，《丛书集成初编》，商务印书馆1937年版，第28页。按，"耶律"，原本作"邪律"，当为形近致误。余者皆同，不一一出按语校正。

⑥ （清）黄虞稷：《千顷堂书目》卷11，《景印文渊阁四库全书》，台湾商务印书馆1986年版，第676册。

⑦ 姚燧撰《耶律祭酒考赠漆水郡庄慎公制》云："中书犹子，丞相从兄"，"耶律祭酒"指耶律有尚，他当时接替许衡任国子祭酒，"中书"指耶律楚材，"犹子"即侄子，丞相指耶律铸。详见（元）姚燧著，查洪德编辑点校《姚燧集》，人民文学出版社2011年版，第30页。

⑧ （元）王恽：《秋涧集》卷70，《景印文渊阁四库全书》，台湾商务印书馆1986年版，第1201册。

⑨ （元）牟巘：《陵阳集》卷5，《景印文渊阁四库全书》，台湾商务印书馆1986年版，第1133册。

孙，大概以谓'自东丹王以来，生长中国，素习华风。父子夫妇纲常严正、累世弗变，不当效近世习俗，渎乱彝伦"①。由是知耶律钧深受儒家礼教影响。

耶律铸自幼得耶律楚材亲授家学，其母为苏轼四世孙苏公弼之女，故尽得儒学精纯之道。从耶律楚材《为子铸作诗三十韵》中的"儒术勿疏废"一句可知，耶律铸从小即被父亲告诫要勤学儒术。耶律楚材另有《子铸生朝润之以诗为寿予因继其韵以遗之》诗，其中有"远袭周孔风，近追颜孟迹"② 之句，亦告诫耶律铸之语。据《墓志铭》，耶律铸"既成童，从学于九山李先生子微"③。李子微，即李微，金元之际著名儒生，终生不仕，以教授为业，除耶律铸外，元初著名儒臣赵璧亦出其门下。其后，耶律铸又曾从学于儒学名士吕鲲、赵著，可谓转益多师。耶律铸曾作《独醉园三台赋》，曰："诗书乃经国之大业，教化之成式。宜乎贤哲，心醉经籍。……上以忠于人主，下以化于齐民"，认为儒家经籍应为治国者所必读，显然是受其父以儒治国思想的影响。又，其诗文多处显露儒家思想的影响，如《蜀道有难易》诗云："在德不在险"，即为其例。此外，《佛祖历代通载》中有一碑文，题目曰《圣旨焚毁诸路伪道藏经之碑》，其下云："翰林院臣唐方、杨文郁、王构、赵与、李谦、阎复、李铸、李监、王磐奉敕撰，正奉大夫、枢密副使臣商挺奉敕书，光禄大夫、中书左丞相、监修国史臣耶律铸奉敕篆额。"④ 此圣旨为道教徒与佛教徒辩论失败后被敕焚毁伪经所作，皇帝命耶律铸用篆字书额，但撰文及书写碑文者均为汉人儒臣，可见耶律铸亦被视为中立之儒臣。

（四）耶律有尚之崇儒及贡献

耶律有尚为元代理学家许衡的高足。其父即耶律钧，曾任汴京教授，故其儒教家学渊源本来就很深。廉希宪宣抚关中，以许衡为京兆提学，耶律有尚时方弱冠，自东平跋山涉水，就许衡求教，深得许衡之学。据苏天爵《皇元故昭文馆大学士兼国子祭酒赠河南行省右丞相耶律文正公神道

---

① （元）苏天爵著，陈高华、孟凡清点校：《滋溪文稿》，中华书局 1997 年版，第104—105 页。

② （元）耶律楚材著，谢方点校：《湛然居士文集》，中华书局 1986 年版，第 307 页。

③ 详见北京颐和园出土《元中书左丞相耶律公墓志铭》。

④ （元）释念常：《佛祖历代通载》卷21，《景印文渊阁四库全书》，台湾商务印书馆 1986 年版，第1054 册。按，该碑文至清乾隆时尚存于山东泰安，《钦定续通志》卷169 有记载。

碑铭》，当时"齐鲁之士踵金辞赋馀习，以缋章绘句相高"①，耶律有尚颇不以为然，心无旁骛，一心致力于儒家经训，笃志于圣人之学，故许衡谓其弟子曰："他日能令师道尊严，惟耶律某能之，汝等当以事我之礼事之可也。"②而耶律有尚确实不负师望，严守儒道，"于文正言行默而识之，其后考次年谱，笔之于书，凡日用纤悉，取以为师法焉。而文正德业学术之微，因以表见于世"③。

其后许衡卒，而学馆时建时废，老师学生均寓居民房，耶律有尚屡次上书，朝廷始又"大起学舍，始立国子监，立监官，而增广弟子员"，耶律有尚升任国子祭酒，"儒风为之丕振"④。耶律有尚在国子学任职教授近三十年，师道严整，"出言简而有法，庙堂论议，成均讲授，人皆耸听，恐不得卒闻"，如此严于治学，而国子学"学规赖以不隳，作成后进居多"⑤。其学生多有官至宰辅者，儒道亦为朝廷所用。武宗即位，大臣请为其加爵秩，武宗评价曰："是儒学旧臣也"⑥，遂进拜昭文馆大学士。

在其致仕归老之后，年龄已八十余岁，目不能视，"令弟子诵读经史，心领神会，怡然忘倦"⑦。其守儒终身，一日不辍，从其契丹血统观之，实属难得。而由此亦可见中华儒学之魅力。

耶律有尚卒后，因其继承许衡儒学正统，谥文正，"从国学之建官，三为祭酒"⑧，于儒学有功，朝廷集议，遂允建立耶律文正公书院，设立山长，招收生员，因时祭祀。

（五）耶律希亮、耶律希逸之崇儒

耶律铸第四子、耶律有尚之族弟耶律希亮自幼亦受到良好的儒学教育。《元史》本传载："宪宗尝遣铸核钱粮于燕，铸曰：'臣先世皆读儒书，儒生俱在中土，愿携诸子，至燕受业。'宪宗从之，乃命希亮师事北

①　（元）苏天爵著，陈高华、孟凡清点校：《滋溪文稿》，中华书局1997年版，第102页。
②　（元）苏天爵著，陈高华、孟凡清点校：《滋溪文稿》，中华书局1997年版，第103页。
③　（元）苏天爵著，陈高华、孟凡清点校：《滋溪文稿》，中华书局1997年版，第104页。
④　（明）宋濂等：《元史》，中华书局1976年版，第4064页。
⑤　（元）苏天爵著，陈高华、孟凡清点校：《滋溪文稿》，中华书局1997年版，第105页。
⑥　（元）苏天爵著，陈高华、孟凡清点校：《滋溪文稿》，中华书局1997年版，第104页。
⑦　（元）苏天爵著，陈高华、孟凡清点校：《滋溪文稿》，中华书局1997年版，第105页。
⑧　详见（元）黄溍《文献集》卷3《代浙东宪使请立耶律文正公书院公牒》，《景印文渊阁四库全书》，台湾商务印书馆1986年版，第1209册。

平赵衎。"① 赵衎，滦州人，金代进士，至元年任国子祭酒，曾为耶律楚材撰写行状，也是当时的大儒。耶律希亮从其学习，必然受到良好的儒学教育。而耶律铸其余诸子亦从而学习儒家经典，只是由于史料缺乏，具体情况不得而知。

《孝经》云："身体发肤，受之父母，不敢毁伤，孝之始也。"② 耶律希亮为阿里不哥叛军所驱赶，远至西域，蒙古宗王赠以宝珠耳环，欲使其穿耳戴之，耶律希亮婉言谢绝，曰："不敢因是以伤父母之遗体也。且无功受赏，于礼尤不可。"③ 不受宗王馈赠，而遵从儒家礼制，其守儒之志，可见一斑。

耶律楚材家族有遵从孝道的传统。自古忠孝难以两全，耶律楚材扈从西征，曾作《思亲》诗四首寄给母亲，耶律铸亦曾作十余首思念父母之诗。耶律希亮更是儒家所称道的大孝子，《元史》本传曰："希亮性至孝，困厄遐方，家赀散亡已尽，仅藏祖考画像，四时就穸庐陈列致奠，尽诚尽敬。朔漠之人，咸相聚来观，叹曰：'此中土之礼也。'"④ 于西域极远之地竟能守道以恒，非受儒学浸染至深，不能有此行为。

耶律希亮之异母弟、耶律铸第九子耶律希逸，自小亦深受儒学教育。其后曾任征东行省左丞，《高丽史》载其事，称其"谒文庙，令诸生赋诗"，"喻国王理民之术，责宰辅忧国之事。尝以国学殿宇隘陋，甚失泮宫制度，言于王。遂新文庙，以振儒风"⑤。耶律楚材仅仅是在北中国兴复儒学，而耶律希逸竟将儒学发扬光大至高丽，此种贡献，实非常人所能做到。耶律希逸对儒学之贡献，恐怕在高丽文化史或儒学发展史中也该占据一席之地。

二 多语言之教育⑥

如前所述，汉人家族绝少有世代通两种以上语言者，掌握多种语言为耶律楚材家族与汉人家族最显著的区别之一。更进一步说，这大概也是辽

---

① （明）宋濂等：《元史》，中华书局 1976 年版，第 4159 页。
② 中华书局编辑部编：《汉魏古注十三经》下册，中华书局 1986 年版，第 5 页。
③ （明）宋濂等：《元史》，中华书局 1976 年版，第 4160 页。
④ （明）宋濂等：《元史》，中华书局 1976 年版，第 4159 页。
⑤ ［朝鲜］郑麟趾等：《高丽史》，奎章阁藏本，第 32 卷。
⑥ 此节内容修改后发表于《兰台世界》2015 年 10 月上旬刊。

金元时期语言文化最显著的特征之一。梁庭望、张公瑾在考察了历代族群文学创作的情况后总结说："各族人民互相交往，互相学习彼此的语言文字，使少数民族使用的语言文字呈多元状态。"① 《剑桥中国辽西夏金元史》一书的编撰者也意识到了这一点，专门在《导言》中安排了《多语状态》一节，并认为："在这些外族人中，那些亲汉人的知识分子精英不仅经常不断地学习用文言写作的高深技巧，而且持之以恒地努力把汉文文献通过翻译介绍给他们的同胞。"② 情况确实如此，但又不止于此，他们还把本族人创作的诗文翻译成汉语，显示他们的文学成就，使其与汉人争辉。

关于耶律楚材家族的多语言教育情况，史书记载较少。但是，在史书及耶律家族诗文集的文字里面，或多或少地隐藏着一些资料的碎片，仍然给我们提供了重要的线索，使我们的研究得以推进。

辽代立国二百余年，分别在 920 和 925 年创制了契丹大小字，与汉字并行。据钱大昕《补元史艺文志》卷一"译语类"："《辽译五代史》"，其下小字注曰："重熙中，翰林都林牙萧韩家奴译"；"《辽译贞观政要》"，小字注云："重熙中，萧韩家奴译"；"《辽译通历》"，小字注云："重熙中，萧韩家奴译"；"《辽译方脉书》"小字注云："耶律庶成"③，辽代双语并行之情况由此可见一斑。

至耶律履父祖，始归金，而女真大小字分别创制于 1119 和 1138 年，在此之前使用的文字仍然是契丹文字和汉字，在 1191 年金章宗下令废除契丹文字之前，这三种书面语言当同时并行于朝廷内外。因此，耶律履父祖所用语言文字，口语当为汉语、契丹语及女真语，而文字则为契丹大小字和汉字。根据史书所载的情况判断，契丹语与女真语应为同源，彼此之间交流都能听懂。女真字是在契丹字基础上创制，这一事实也证明了这两种语言具有较近的亲缘关系。

（一）耶律履之语言学习与翻译

从耶律履"通六经、百家之书，尤邃于《易》《太玄》"④ 判断，这

---

① 梁庭望、张公瑾：《中国少数民族文学概论》，中央民族大学出版社 1998 年版，第 5 页。

② ［德］傅海波、［英］崔瑞德编：《剑桥中国辽西夏金元史》，史卫民等译，中国社会科学出版社 1998 年版，第 34 页。

③ （清）钱大昕：《补元史艺文志》，《丛书集成初编》，商务印书馆 1937 年版，第 15 页。

④ （金）元好问著，狄宝心校注：《元好问文编年校注》，中华书局 2012 年版，第 693 页。

些书必定用汉字书写，耶律履从小学习汉语汉字则毫无疑问。从其存世诗词文章来看，均为汉文作品，亦可证明耶律履早年必定受到良好的汉语教育。

元好问《神道碑》云，耶律履"素善契丹大小字，译经润文，旨辞达而理得"①。据耶律楚材所言，耶律履还曾翻译过契丹字文学作品，"辽朝寺公大师者，一时豪俊也。贤而能文，尤长于歌诗，其旨趣高远，不类世间语，可与苏、黄并驱争先耳。有《醉义歌》，乃寺公之绝唱也。昔先人文献公尝译之"②。由此可知，《醉义歌》原本由契丹字写成，而耶律履将其翻译成汉语。考其用意，或为恐其作亡佚不传，或为与汉人争胜，绝非单纯随意翻译。

如上所述，1119 年至 1191 年这 70 余年中，契丹字、女真字与汉字同时并行，为当时的人所使用。而耶律履出生于 1131 年，卒于 1191 年，恰恰处于这一阶段。因此，耶律履除了通汉字与契丹字之外，还精通女真文字。《神道碑》载："大定初，朝廷无事，世宗锐意经籍，诏以小字译《唐史》。成，则别以女直字传之，以便观览。公在选中，独主其事。书上，大蒙赏异，擢国史院编修官兼笔砚直长。改置经书所，径以女直字译汉文，选贵胄之秀异就学焉。"③ 由上文可以推断，女真字在世宗初尚不能与汉语进行直接互译，而要先译成契丹小字，再翻译成女真字。耶律履由于精通汉字、契丹字和女真字，所以才能"独主其事"。经过翻译《唐史》的工作，耶律履翻译水平有了极大提高，后来"径以女直字译汉文"，而不再经过契丹小字这一中间环节。钱大昕《补元史艺文志》载金代译语，曰："金《国语易经》《国语书经》《国语孝经》《国语论语》《国语孟子》，国语《老子》《扬子》《文中子》《刘子》，《国语〈新唐书〉》。"其下注曰："以上皆大定中译。"④ 结合《神道碑》所载耶律履翻译经史之事，可知耶律履必定参与了上述翻译工作，尤其是钱大昕所著录之《国语〈新唐书〉》，当即《神道碑》所言耶律履独译之《唐史》。

---

① （金）元好问著，狄宝心校注：《元好问文编年校注》，中华书局 2012 年版，第 694 页。
② （元）耶律楚材著，谢方点校：《湛然居士文集》，中华书局 1986 年版，第 171 页。
③ （金）元好问著，狄宝心校注：《元好问文编年校注》，中华书局 2012 年版，第 694 页。按，女直字即女真字。
④ （清）钱大昕：《补元史艺文志》，《丛书集成初编》，商务印书馆 1937 年版，第 15 页。

（二）耶律楚材之语言学习及翻译

耶律楚材生母为著名文士杨昙之女，为汉人，故楚材幼年教育必定为汉语教育。从其创作大量汉语诗文来看，他精通汉语是不言而喻的。

根据耶律楚材《醉义歌》的序文，"及大朝之西征也，遇西辽前郡王李世昌于西域，予学辽字于李公，期岁颇习，不揆狂斐，乃译是歌"①，可见耶律楚材早年并不会契丹字。根据当时的情况进行考察，耶律楚材生于1190年，金章宗明昌二年（1191）下诏废止契丹字，而此年其父去世，所以耶律楚材无学习契丹字之机会。直到随成吉思汗西征，至西辽故地，才有机会跟李世昌学习，用了一年时间，不仅学会了契丹字，而且还把契丹文《醉义歌》译成汉文。

耶律楚材早年虽不识契丹字，但可能会说契丹话。农村有的耄耋老人不识汉字，也不会写，但他们却会说汉语，可作为例证。对于农村的少数民族群众来说，亦存在这种情况。由此可证，口语的学习与文字的学习并不总是一致。

契丹语与女真语发音和词汇相近，② 耶律楚材年轻时在金为官，因此，他必然会说女真语。

关于耶律楚材懂蒙古语的情况，我们可以作进一步的考察：从成吉思汗的成长经历来看，他并没有学习汉语的机会，因此他极有可能不会说汉语。同理可以推断，他的将士也很少有人说汉语，他们之间的交流应该主要用蒙古语或者与蒙古语相近的语言。那么，问题是：耶律楚材与成吉思汗用什么语言交流？与其部下用什么语言交流？格鲁塞在《蒙古帝国史》中认为契丹人具有蒙古人性质，"属于蒙古语族，他们的语言是'蒙古的方言而和说通古斯话的人接触，带了强烈的腭音'"③。而耶律楚材正是由于"他保留足够的蒙古人特性使他可能成为成吉思汗的亲信幕僚"④。孙伯君、聂鸿音在《契丹语研究》一书中总结了国际学术界对于契丹语的

---

① （元）耶律楚材著，谢方点校：《湛然居士文集》，中华书局1986年版，第171页。

② 如李文信曾参照女真文字解读出契丹大字"年"，从而成为我国学术界契丹大字碑铭研究第一人。详见李文信《契丹小字〈故太师铭石记〉之研究》，《国立中央博物馆论丛》1942年第3号。

③ ［法］雷纳·格鲁塞：《蒙古帝国史》，龚钺译、翁独健校，商务印书馆1989年版，第11页。此页关于耶律或移剌的译音，一作 yi－la，一作 ye－liu。

④ ［法］雷纳·格鲁塞：《蒙古帝国史》，龚钺译、翁独健校，商务印书馆1989年版，第12页。

研究成果，认为有四种观点，一是认为"鲜卑语为契丹语的祖语，契丹语具有蒙古语性质或属于蒙古语族"①，其代表人物为伯希和，② 早在 14 世纪，波斯人拉施特就在《史集》中提出契丹与蒙古渊源颇深的假说，③ 而上文所引格鲁塞的观点亦与此相同。二是认为"契丹语属于蒙古语与通古斯语的混合语"④，其代表人物为日本学者白鸟库吉。⑤ 三是认为"契丹语属于突厥语族"，代表人物为魏特夫、冯家昇等人。⑥ 四是认为"契丹语属于满——通古斯语族"，代表人物为德国学者克拉普洛特。⑦ 不管上述观点何者更为准确，从耶律楚材与成吉思汗及其下属日常交际的情况来看，他所用的语言应该与蒙古语极其相近，至少他能听懂和会说相当一部分蒙古语。

另外，据《千顷堂书目》所载，耶律楚材还著有《回鹘历》，结合辽代皇后多为回鹘人及契丹字源于回鹘字和汉字的情况看，则他可能还懂回鹘语，这与魏特夫、冯家昇等人的观点亦不谋而合。

（三）关于耶律铸及其子孙的语言学习

耶律铸 1221 年出生于西域蒙古军营中，直到 1227 年才随其父耶律楚材东归。耶律铸生母为苏轼四世孙苏公弼之女，故其在家中所受的语言教育必为汉语，而其 8 岁后从李微、赵著、吕鲲等人学习，所用语言也必定为汉语。耶律铸一生创作了大量汉语诗文，可见汉语为其主要使用的语言。

蒙元时期，西域的汉人数量极少。耶律铸随父母在西域期间主要居住于撒马尔干（今属乌兹别克斯坦），因此，除了跟父母用汉语交流外，与

---

① 孙伯君、聂鸿音：《契丹语研究》，中国社会科学出版社 2008 年版，第 14 页。

② ［法］Pelliot，"Notes sur les Tou-yu-houen et les Sou-pï"，*Toung Pao*，20，1921，详见冯承钧译《吐谷浑为蒙古语系人种说》，《西域南海史地考证译丛》第七编，商务印书馆 1962 年版。

③ ［波斯］J，Klaproth，*Tableaux Historiques de l'Asie*，Paris，1826，p. 59，详见余大钧、周建奇译《史集》，商务印书馆 1983 年版。

④ 孙伯君、聂鸿音：《契丹语研究》，中国社会科学出版社 2008 年版，第 14 页。

⑤ ［日］白鸟库吉：《东胡民族考》，原载于《史学杂志》1909—1912 年第 21—24 编，后收入《白鸟库吉全集》第四集，岩波书店 1970 年版。

⑥ K，A，Wittfogel and Feng Chia-sheng，"History of Chinese Society Liao"，*The American Philosophical Society*，1949，详见王承礼主编《辽金契丹女真史译文集》第一集，吉林文史出版社 1990 年版。

⑦ Klaproth，*Tableaux historiques de l'Asie*，Paris，1826，p. 159.

其他人（尤其是童年的玩伴）恐怕就要用蒙古语或别的语言进行交流。此时耶律铸处于幼年时期，语言学习能力较强，因此，其必然通晓多种语言。而这一推断为北京出土的《耶律铸墓志铭》所证实："及长，又能通诸国语，精敏绝伦。"①

再从其所娶的妻室来看，既有女真、蒙古、色目女子，还有不知族属的女子，可证耶律铸确实懂好几种语言，否则夫妻间的交流也将极为困难。

耶律铸懂突厥语的证据见于其所作诗注：其一，《取和林》自注云："诸突厥部之遗俗，犹呼其可汗之子弟为特勤。"② 所谓"犹呼"，即"至今仍然这样称呼"，这说明突厥语从唐朝至元朝，一直称可汗的子弟为"特勤"，而耶律铸如果不懂突厥语，则不会有此说法。其二，《涿邪山》自注曰："突厥诸部遗俗至今，亦呼其碛卤为'朱邪'。"③ 与上例相类，正因为耶律铸懂突厥语，所以才确凿地说突厥诸部称"碛卤地"为"涿邪"。其三，《庭州》自注云："庭州，北庭都护府也，轮台隶焉。《唐书》：'二年，改庭州，为北庭都护府。'又曰：'后汉车师后王故庭，有五城，俗号五城之地。'今即其俗谓之'伯什巴里'，盖突厥语也。'伯什'，华言'五'也。'巴里'，华言'城'也。"④ 耶律铸用他所掌握的突厥语对"伯什巴里"进行解释，指出突厥语的"伯什"翻译成汉语为"五"，"巴里"翻译成汉语为"城"。

耶律铸懂蒙古语的证据见于《区脱》诗自注："国朝以出征游猎，帐幕之无辎重者皆谓之'区脱'。凡军一甲一灶，亦皆谓之'区脱'。"⑤ 如果耶律铸不懂蒙古语，如何知道"区脱"为何意？而从其与《史记》《汉书》中"区脱"的对比中，可见汉代匈奴语言与元代蒙古语言发音相近，意义相同，当为同源的语言。

对于不同的史书将一些地名翻译成"涿涂""诸邪""朱邪""处月"等词的原因，耶律铸分析得极为精当，他说："是皆从其鞮译及所书之人乡音轻重缓急而致然尔，且诸夏方言尚不能同，况中国事记外国语，元无

---

① 见北京颐和园 1998 年出土的《故中书左丞相耶律公墓志铭》。
② （元）耶律铸：《双溪醉隐集》卷 2，光绪十八年顺德龙氏知服斋刻本。
③ （元）耶律铸：《双溪醉隐集》卷 2，光绪十八年顺德龙氏知服斋刻本。
④ （元）耶律铸：《双溪醉隐集》卷 5，光绪十八年顺德龙氏知服斋刻本。
⑤ （元）耶律铸：《双溪醉隐集》卷 2，光绪十八年顺德龙氏知服斋刻本。

本字，且取声音之近似，不可取其训诂。训者，释所言之理；诂者，通其指义所记之语。既无本字，岂有所言之理、所通指义者哉。"① 据此，可以断定耶律铸知晓语言翻译中存在的问题，也由此可以断定耶律铸必定懂若干种语言。

由于耶律铸娶了不同族属的妻室，故其子女所学语言也必定不会单一。从其家族儒学教育及后世创作诗文的情况来看，汉语是其子女使用的主要语言。据《元史·耶律希亮传》，耶律希亮及其兄弟为阿里不哥叛军驱赶至西域，跟从蒙古宗王杀伐征战，故其所用语言必为蒙古语或相近语言。

三　才艺教育②

耶律楚材家族不仅重视儒学教育，而且注重艺术修养教育和学习。从辽代东丹王耶律倍开始，即已学习并精通绘画。《辽史》本传载，耶律倍"善画本国人物，如《射骑》、《猎雪骑》、《千鹿图》，皆入宋秘府"③。元初，元好问还曾见到耶律倍的《骑射》图。其后世之皇帝一脉，亦有精通音乐、绘画、书法及射箭者，如辽圣宗耶律隆绪，"幼喜书翰，十岁能诗。既长，精射法，晓音律，好绘画"④；兴宗耶律宗真不仅"善骑射，好儒术，通音"⑤，而且"工画，善丹青，尝以所画鹅、雁送诸宋朝，点缀精妙，宛乎逼真"⑥。流风所及，其宗室子弟亦多习之，以至于到耶律履及其子孙之时依然能继之不堕。

（一）耶律履之绘画

艺术教育之风习不仅兴于宫廷之内，而且传至其支系后裔。至耶律履，这种才艺教育和学习门类依然相当广博。《金史》本传载，耶律履"及长，博学多艺"⑦。虽未明言其如何"博学"，也未具体说其"多艺"

---

① （元）耶律铸：《双溪醉隐集》卷2，光绪十八年顺德龙氏知服斋刻本。
② 此节内容修改后发表于《兰台世界》2015年11月下旬刊。
③ （元）脱脱等：《辽史》，中华书局1974年版，第1211页。
④ （元）脱脱等：《辽史》，中华书局1974年版，第107页。
⑤ （元）脱脱等：《辽史》，中华书局1974年版，第211页。
⑥ （宋）叶隆礼撰，贾敬颜、林荣贵点校：《契丹国志》，上海古籍出版社1985年版，第83页。
⑦ （元）脱脱等：《金史》，中华书局1975年版，第2099页。

究竟为何种艺术。但从传记最后所说"履秀峙通悟，精历算书绘事"① 可知，耶律履不仅精通历法，而且精通书法和绘画。《金史》载："诏提控衍庆宫画功臣像"②，可见他为诸宫廷画工之长官。耶律履奉旨作画之事，亦见于其诗中，《奉诏写生五十幅》诗题已自明了，他奉诏画了 50 幅画，从"无际毫头观变化，一群鹿上露文章"③ 可推断：耶律履奉旨所"写生"乃画群鹿。能为皇帝作画，其水平之高，可想而知。

耶律履的画作数量颇多，后世对此多有记载。如元代夏文彦《图绘宝鉴》曰："耶律履，字履道，契丹人，东丹王七世孙，官至尚书右丞，善画鹿，作人、马，墨竹尤工。"④ 明朱谋垔《画史会要》载耶律履等八人小传，并云："右八人俱善墨竹。仲文及珪学文湖州，汝霖师黄华，耶律履兼画鹿及人马，器之兼精小景。"⑤ 清康熙时之《御定佩文斋书画谱》卷五十二"耶律履"条引《画史会要》曰："履道善画兰，兼善画鹿及人马。"⑥ 又，清王毓贤《绘事备考》载："耶律履，字履道，东丹王七世孙也。善画鹿，绰有祖风。人马亦佳，墨竹尤妙。历官尚书右丞。画之传世者，《文囿鹿鸣图》一，《高冈鹿鸣图》一，《白鹿图》四，《斗鹿图》二，《荼首图》一。"⑦ 录耶律履存世画作 9 幅，证明其善画鹿，与其诗《奉诏写生五十幅》正相吻合。或此鹿图正是五十幅鹿图之一部分，但目前尚无确证。而所谓"绰有祖风"，则是指东丹王耶律倍善画鹿之事。

除此之外，金元之际的文人作品中也印证了耶律履有相当数量的画作。如张行信《右丞文献公所画张果像》（《中州集》卷九），赵秉文《题移剌右丞画鹿图二首》（《闲闲老人滏水文集》卷九），圆基《题移剌右丞画》（清《御选金诗》卷二十四），元好问《右丞文献公着色鹿图》和《跋文献公张果老图》（《遗山先生文集》卷一三），以及王恽《题右

① （元）脱脱等：《金史》，中华书局 1975 年版，第 2101 页。
② （元）脱脱等：《金史》，中华书局 1975 年版，第 2100 页。
③ 薛瑞兆：《〈永乐大典〉金诗拾遗》，《古籍整理研究学刊》2006 年第 5 期，第 37 页。
④ （元）夏文彦：《图绘宝鉴》卷 4，《景印文渊阁四库全书》，台湾商务印书馆 1986 年版，第 814 册。
⑤ （明）朱谋垔：《画史会要》卷 3，《景印文渊阁四库全书》，台湾商务印书馆 1986 年版，第 816 册。
⑥ （清）孙岳颁等纂辑：《御定佩文斋书画谱》卷 52，《景印文渊阁四库全书》，台湾商务印书馆 1986 年版，第 821 册。
⑦ （清）王毓贤：《绘事备考》卷 7，《景印文渊阁四库全书》，台湾商务印书馆 1986 年版，第 826 册。

相文献公画鹿图》（《秋涧先生大全集》卷九）等皆是。苏天爵《题石珏画》曰："大定、明昌，文治极盛，一时词人若杨秘监邦基、任盐使询、耶律右丞履、王翰林庭筠，皆欲以绝艺名世，盖用功深者其收名也远，岂特书画然哉。"①

（二）耶律楚材之多才多艺

由于耶律履去世时耶律楚材年仅三岁，故未得其亲炙。耶律楚材早年学习琴棋书画，见于其《寄妹夫人》诗："初学书画同游戏，静阅琴棋相对闲"，此二句乃是回忆幼年与其妹一起学习、游戏之事，其时耶律履虽已去世，但这种艺术教育家风却没有中断。

耶律楚材之母杨氏熟习琴书，故楚材自幼即受到了良好的音乐教育和书法教育。楚材在《思亲》诗中云："老母琴书老自娱"②，即为明证。但杨氏又特为楚材别寻名师，楚材《苗彦实琴谱序》追叙曰："予幼年刻意于琴，初受指于待诏弭大用，每得新谱，必与栖岩商榷妙意，然后弹之。"③ 查钱大昕所著《补元史艺文志》，"乐类"载："苗彦实《琴谱》。"④ 可见苗彦实确有《琴谱》传世，与耶律楚材此序文题目正合。

《冬夜弹琴颇有所得乱道拙语三十韵以遗犹子兰并序》亦云："余幼年刻意于琴，初受指於弭大用，其闲雅平淡，自成一家。"⑤ 其诗则曰："湛然有琴癖，不好凡丝竹。儿时已存心，壮年学愈笃。"⑥ 耶律楚材幼时即喜好弹琴，曾从著名琴家弭大用学，后又尽得栖岩老人之琴法，故其弹琴技艺十分高超。他曾自负地说："二子终身学，今日皆归仆"、"我今会为一，沧海涵百谷"⑦。从其现存的琴诗来看，如《鼓琴》《对雪鼓琴》《夜坐弹〈离骚〉》《弹〈秋水〉》《弹〈秋宵步月〉〈秋夜步月〉二曲》等，确非常人可及。吴安宇的音乐学专业硕士学位论文《琴家耶律楚材、袁桷研究》（湖南师范大学，2008 年）对此已有论述，兹不赘言。

从耶律楚材所作诗文来看，"琴书"相连，弹琴写字，贯穿一生，但其书法作品存世者仅剩一幅，甚为可惜。宋濂《文宪集》卷十四《跋耶

---

① （元）苏天爵著，陈高华、孟凡清点校：《滋溪文稿》，中华书局 1997 年版，第 497 页。
② （元）耶律楚材著，谢方点校：《湛然居士文集》，中华书局 1986 年版，第 132 页。
③ （元）耶律楚材著，谢方点校：《湛然居士文集》，中华书局 1986 年版，第 183 页。
④ （清）钱大昕：《补元史艺文志》，《丛书集成初编》，商务印书馆 1937 年版，第 9 页。
⑤ （元）耶律楚材著，谢方点校：《湛然居士文集》，中华书局 1986 年版，第 240 页。
⑥ （元）耶律楚材著，谢方点校：《湛然居士文集》，中华书局 1986 年版，第 240 页。
⑦ （元）耶律楚材著，谢方点校：《湛然居士文集》，中华书局 1986 年版，第 240 页。

律文正王〈送刘阳门诗〉后》曰:"右《送刘阳门诗》一章,中书耶律文正王楚材之所作也。王生于金明昌元年庚戌,贞祐三年丁亥始归国朝。今诗后写云'庚子之冬',则王年已五十一岁。其事太祖、太宗两朝,亦一十有五年矣。然不书曰某年而直题以庚子者,盖是时政尚简实,未有所谓纪元之事也。距庚子不过二年而薨矣,此盖其晚年所作。字画尤劲健,如铸铁所成,刚毅之气,至老不衰,于此亦可想见。阳门诸孙师稷来为浦江主簿,以此卷求题,因以为疏。其岁月如此,若王之大节,天下之人皆能诵言之,兹不复云。"① 《御定佩文斋书画谱》引此文曰:"耶律文正晚年所作字画尤劲健,如铸铁所成,刚毅之气至老不衰。"② 此书法作品清末先属山西某氏,后王国维撰《耶律文正公年谱》将此诗系于五十一岁,并附记云:"此诗真迹今藏武进袁氏。"③ 后不知何时流入美国,先为顾洛阜私人收藏,再捐于纽约大都会艺术博物馆,今藏于普林斯顿大学美术馆,有元人龚璛、戴良、郑涛、宋濂及清人李世倬题跋。观其书作,乃学颜真卿、黄庭坚而自成一家者,今人黄惇认为,"耶律楚材此卷既不飞动、圆转,也非颜、坡之间,而当在颜、柳之间,且略有黄山谷之构"④。此说极有道理。耶律楚材书法学颜真卿,见于其诗《和张善长韵》:"银钩老字学颜体",自道其师承家法,可为内证。

耶律楚材爱好并擅长书法,另有三个旁证。其一为耶律楚材以毛笔赠西辽郡王李世昌,事见其在西域所作《赠李郡王笔》诗,首联曰:"管城从我自燕都,流落遐荒万里余"⑤,可见此笔为耶律楚材从燕京随身携带心爱之物。另一次赠贾抟霄,事见其《赠抟霄笔》诗,首联曰:"一札霜毫缀玉枝,管城家世出东涯",其下有小字注云:"辽东笔",⑥ 可见亦是耶律楚材从燕京随身携带而来。万里征程,携带辽东所制毛笔,除了说明耶律楚材在军营中承担文书工作之外,还说明了他对选用毛笔的讲究。第

① (明)宋濂:《文宪集》卷14,《景印文渊阁四库全书》,台湾商务印书馆1986年版,第1223册。
② (清)孙岳颁等纂辑:《御定佩文斋书画谱》卷37,《景印文渊阁四库全书》,台湾商务印书馆1986年版,第821册。
③ (元)耶律楚材著,谢方点校:《湛然居士文集》,中华书局1986年版,第371页。
④ 黄惇:《耶律楚材与〈送刘满诗〉卷》,《中国书画》2006年第10期,第5页。按,观其书法,与黄庭坚《松风阁诗卷》亦有神似之处。
⑤ (元)耶律楚材著,谢方点校:《湛然居士文集》,中华书局1986年版。
⑥ (元)耶律楚材著,谢方点校:《湛然居士文集》,中华书局1986年版。

三个证据为耶律楚材爱墨，他曾得造上等好墨之法，于是命其子耶律铸造一万丸，事见耶律铸《玉泉新墨》诗序文，其略曰："尊大人领省得江南杨氏子彬，受造墨法，甚神绝，令铸学造一万丸。其妙即远过雪堂，蔑视诸家，可与李廷珪相先后焉。命之曰'玉泉新墨'。"① 可见耶律楚材对墨之讲究。

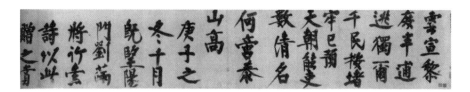

《送刘阳门诗》，卷36，5×274，5cm，纸本，1240 年书写，现藏于美国普林斯顿大学美术馆②

　　工欲善其事，必先利其器。爱好书画者，必定对毛笔的选用十分讲究，他们写字作画都有固定的、顺手的毛笔，不会轻易更换，更不会轻易将常用之笔赠人。再举近世著名画家张大千为例，他"在旅居巴西期间，用重金收购牛耳绒毛制作毛笔"，并曾把自己的毛笔赠送给世界著名画家毕加索。③ 以今知古，可知耶律楚材赠笔必定是因为遇到了知音，而他精于书法之情况也大体可以推测出来。

　　耶律楚材还精于律历算法，曾监制观象台铜壶滴漏之简仪，清孙承泽撰《春明梦馀录·钦天监》"观象台"条载："中为紫微殿，殿傍有铜壶滴漏，其简仪乃耶律楚材制。"④ 所谓"简仪"，即简单的仪器，耶律楚材能制作铜壶滴漏这样的计时仪器，亦不简单。

---

①　（元）耶律铸：《双溪醉隐集》卷4，光绪十八年顺德龙氏知服斋刻本。

②　黄惇：《耶律楚材与〈送刘满诗〉卷》，《中国书画》2006 年第 10 期，第4—5 页。

③　李建友：《张大千的毛笔情》，《内江日报》2009 年 11 月 29 日第 1 版。

④　（清）孙承泽：《春明梦余录》卷59，《景印文渊阁四库全书》，台湾商务印书馆 1986 年版，第 869 册。

除此之外，耶律楚材亦懂医术。攻下西夏之际，诸将争掠子女帛币，楚材独取书几部、大黄两驼，其后军中爆发瘟疫，幸赖大黄而得治愈。

（三）耶律铸之多才多艺

耶律楚材堪称一代琴家。从成吉思汗西征时，战事之余，每鼓琴自娱。其次子耶律铸生长于西域，正当学习之时，楚材遂教其弹琴。其事载于《湛然居士文集》卷十一之《吾山吟》中："儿铸学鼓琴，未期月，颇能成弄。有古调《弦泛声》一篇，铸爱之，请余为文。"[①] 耶律铸自幼深得楚材琴法精髓，而其爱琴，亦上承其父。"玉涧鸣泉"乃耶律楚材珍爱之名琴，其去世后为耶律铸所继承，其《白日》诗曰："玉涧鸣泉弹洛浦"，（《双溪醉隐集》卷五）即为明证。查《水准桥》诗，云："洞箫吹罢思无聊"，（《双溪醉隐集》卷五）知耶律铸还会吹箫。其诗《春梅怨笛歌》曰："一声愁笛吟龙起"，则他还精于吹笛，《长笛续短笛引》明确说自己喜好收藏笛子，当为他善吹笛之佐证。笛乃古代定音律之器，故耶律铸必定精通律吕之学。关于这一点，可从相关史籍中找到证据。《元史》本传载："初，清庙雅乐，止有登歌，诏铸制宫悬八佾之舞。四年春三月，乐舞成，表上之，仍请赐名《大成》。"[②] 元代宫廷音乐大成乐乃耶律铸主持制成，虽然不可能为其一人所为，但如果耶律铸不精通音律，朝廷绝不可能让他提领此事。

耶律铸不仅精通器乐，而且会唱歌曲。耶律楚材与郑景贤唱和诗《再用前韵二首》其一云："蛮儿深惬龙冈意，唱得香山杨柳枝"，（《湛然居士文集》卷十一）《杨柳枝二十韵》乃白居易闲居洛阳时所作，为当时人所传唱。"蛮儿"即耶律铸。这两句是说耶律铸会唱白居易的诗。耶律铸《双溪醉隐集》中还有多篇专写音乐之诗文，如《长笛续短笛引》《春梅怨笛歌》《横笛引四首》《泊白鱮江尘外亭，高道士携琴相访》《听琴》《春雷琴》《听苗君弹琴》《听琵琶二首》等。

除此之外，耶律铸还善养花、工骑射、会造墨。唐宋时文人就有种植、欣赏花卉的雅趣，如欧阳修曾著《洛阳牡丹记》，对牡丹的品种、种植等均有记载。从目前的文献中无法判断耶律楚材是否曾种植花卉，但其

---

① （元）耶律楚材著，谢方点校：《湛然居士文集》，中华书局1986年版，第245页。王国维《耶律文正公年谱》定于1233—1236年间作，但考诗中的归隐思想，结合耶律楚材在西域闲居无事的情况以及耶律铸的年龄，大体可定为其在西域时作。

② （明）宋濂等：《元史》，中华书局1976年版，第3465页。

爱花却有诗为证，如《腊梅二首》《红梅二首》等。而其子耶律铸不仅爱花，而且精于养花。从其《天香台赋》《天香亭赋》《春梅》《杨妃菊》《天香台牡丹》《唐家牡丹》等诗文来看，他对许多花卉尤其是牡丹的习性极为熟悉，如对于枝干长势弱者，曰："审其本之弱者，薙其草莱，尽其虫蠹；择其瓦砾，易其壤土。医之治之，调之护之，扶之持之，正之直之，培而养之，使自滋之。荫而遂之，使自荣之。"① 对于枝条疯长者，则需"去其邪枝，刬其错节，除其狂花，翦其乱叶。推之移之，规之绳之。背者向之，屈者伸之，擘而分之，使自存之。列而封之，使自保之。为强其干，而弱其枝；俾隆其本，而杀其末之为者也"②。用今天的植物学知识来对照，耶律铸所言十分恰当，符合花卉种植的规律。

耶律铸之工于骑射，见于《元史》："铸字成仲，幼聪敏，善属文，尤工骑射。"③ 这与他早年随太宗诸子出入军营有关。其后随宪宗征蜀，领侍卫骁果，"屡出奇计，攻下城邑"④，中统二年（1261 年），"将兵备御北边"⑤，他不仅精于弓马骑射，而且带兵作战，亦能树立战功。

关于耶律铸会造墨之事，上文已引其所作《玉泉新墨》一诗序文，兹不重复。耶律铸作此诗时尚未弱冠，其早年所学极为广博，而由于其"幼聪敏"⑥、"精敏绝伦"⑦，故能一学即通，遂能多才多艺。

耶律铸之子亦受过才艺教育，只可惜史籍文献资料缺乏，我们只能略知一二。如其第九子耶律希逸就以多才多艺为当时文士所称道。刘敏中《上都答耶律梅轩左丞见赠》自注云："公，中书湛然之孙，左丞相双溪之子，博学多能，尤长于诗，时行省高丽，至是来朝，会于上都，故有是诗。"⑧ 再从其收藏耶律履绘画作品《三鹿图》⑨、"柳溪复出'燕脂井栏'

① （元）耶律铸：《双溪醉隐集》卷1，光绪十八年顺德龙氏知服斋刻本。
② （元）耶律铸：《双溪醉隐集》卷1，光绪十八年顺德龙氏知服斋刻本。
③ （明）宋濂等：《元史》，中华书局1976年版，第3464页。
④ （明）宋濂等：《元史》，中华书局1976年版，第3465页。
⑤ （明）宋濂等：《元史》，中华书局1976年版，第3465页。
⑥ （明）宋濂等：《元史》，中华书局1976年版，第3464页。
⑦ 北京颐和园出土《故中书左丞相耶律公墓志铭》。
⑧ （元）刘敏中：《中庵集》卷4，《景印文渊阁四库全书》，台湾商务印书馆1986年版，第1206册。
⑨ （元）王恽：《秋涧集》卷9，《景印文渊阁四库全书》，台湾商务印书馆1986年版，第1200册。

之制"① 等事来判断，他应当懂音乐、绘画，"博学多能" 当非虚语。由此可见耶律楚材家族的才艺教育确实世代相传而渐为家学风习。

第四节　耶律楚材家族之家风②

耶律楚材家族自东丹王以下，除耶律聿鲁在金隐德不仕外，其余成员大都有官爵，官至公卿者亦不在少数。从耶律履至耶律希逸，更是四世相继官居相位。宰相一职，非寻常文官武将所能任，故元世祖忽必烈谕功臣昂吉儿曰："宰相明天道、察地理、尽人事，能兼此三者，乃为称职。尔纵有功，宰相非可觊者。"③ 为相固难，祖孙四代皆能官居相位，则难上加难；改朝换代之后，子孙仍能为相，则更属不易。耶律楚材家族即有此类显例，乃中国历史之稀见者：耶律履仕金为尚书右丞；耶律楚材仕元为"中书令"④；耶律铸在元世祖一朝三拜中书左丞相；耶律希逸官至参知政事、征东行省左丞——皆当宰执之位。其后数世子孙，依然多数为官从政，不见横行不法或遭祸被杀者。究其原因，除了其家族重视教育、文化素质较高之外，保持良好的家风恐怕也是其中重要的原因，这也是其能够形成较大家族与长期传承之原因，故极有必要述而论之。

如上文所述，耶律楚材家族一系为辽代皇族后裔，世居高官，至金元时期，虽无辽时显赫，但究属贵胄，子孙后代仍能因父祖之荫得官，即便有才能不逮者，也有一官半职，且其家教甚严，因而多数为官清廉，极少有挖空心思、汲汲追求功名利禄者。

草原游牧部族大多性情率直，较少讳饰，这不仅与其生活习惯有关，而且与其文化有关。耶律楚材家族虽然深受儒家文化影响，但其秉性与遗传依然有游牧部族之特点，故世代沿袭，仍有刚直之气。

耶律楚材家族既崇儒教，又多娶汉人女子为妻，故其家风亦濡染温柔敦厚之气，与人为善，成人之美，急人所难，宽厚仁慈，皆为其具体表现。

---

① （元）张之翰：《西岩集》卷12，《景印文渊阁四库全书》，台湾商务印书馆1986年版，第1171册。

② 此节内容修改后发表于《沧桑》（后改名为《史志学刊》）2014年第3期。

③ （明）宋濂等：《元史》，中华书局1976年版，第202页。

④ 此据《元史》本传等文献记载之官职为依据。如《元史》本传载："即日拜中书令。"详见（明）宋濂等《元史》，中华书局1976年版，第3458页。

一　崇尚清廉

从史籍所载材料来看，耶律楚材家族成员大多不贪恋金钱，为官清正廉洁。至今尚未发现有关该家族贪污不法之材料。

（一）耶律履之清廉

耶律履长期沉沦下僚，官职品秩较低，生活亦不甚宽裕，从其诗作所云"乐贫况味初无间""富贵浮云非所求"① 等句即可看出端倪。既然视富贵如浮云，并且能够乐道安贫，那么就不会心生贪念，其清廉也就可想而知。

金大定二十八年（1188），耶律履以读祭文官身份出使南宋，得到宋廷赏赐钱物甚多，元好问为其撰《神道碑》称"得金直千万"②，从当时使宋官员所获赏赐情况来判断，元好问所言不虚，此处之"千万"指钱，是以"文"为单位；如果以"贯"为单位，则为"万贯"。面对骤得之巨财，耶律履毫不珍惜，"皆散之亲旧，旬月而尽"③。大定二十九年（1189），金章宗即位，因耶律履拥戴有功，擢其为参知政事监修国史，并厚加赏赐。而耶律履亦"以钱五十万送学士院"④。视金钱为身外之物，弃之如敝屣而毫不可惜。这些情况从耶律楚材作品中可以得到佐证，其诗《为子铸作诗三十韵》曰："先考文献公，……重义而疏财，后世遗清白"⑤，《子铸生朝，润之以诗为寿，予因继其韵以遗之》亦云："我考文献公，清白遗四壁。"⑥ 耶律楚材对其子讲述家世，特别提及其父耶律履的清廉，可见耶律履在此方面的表现确实十分突出。

从《神道碑》所载耶律履的家用来看，却较为清寒，在其去世之时，家中只有二千钱（即二贯）。宰臣去世，家中竟然如此清贫，章宗"闻而震悼"⑦，于是"赐钱二百万"⑧，后来亲临祭奠，又"赐钱二

---

① （明）解缙等：《永乐大典》卷2536，"斋"字韵引《耶律文献公集》。
② （金）元好问著，狄宝心校注：《元好问文编年校注》，中华书局2012年版，第706页。
③ （金）元好问著，狄宝心校注：《元好问文编年校注》，中华书局2012年版，第706页。
④ （金）元好问著，狄宝心校注：《元好问文编年校注》，中华书局2012年版，第702页。
⑤ （元）耶律楚材著，谢方点校：《湛然居士文集》，中华书局1986年版，第270—271页。
⑥ （元）耶律楚材著，谢方点校：《湛然居士文集》，中华书局1986年版，第307页。
⑦ （金）元好问著，狄宝心校注：《元好问文编年校注》，中华书局2012年版，第702页。
⑧ （金）元好问著，狄宝心校注：《元好问文编年校注》，中华书局2012年版，第702页。

百万，帛四百匹，重币四十端"①，并且敛命丧葬所需用品、人员等等，"皆从官给"②。耶律履为官清廉，死后虽然家无余财，但其家所受赏赐及荣耀却真是"当世莫及"③。

另外，耶律履对佛教亦有所学，大定五年（1165）曾为印度僧人撰写《天竺三藏吽哈啰悉利幢记》，晚年又自号忘言居士，可知其恬淡无欲之情志修养本有所自。

（二）耶律楚材之清廉

文献资料对于耶律辨才和耶律善才的记载较为简略，关于他们为官执政的情况难以详细考知。

耶律楚材之事迹，多见于史籍，其为官清廉，由二事即可推知。其一为成吉思汗率军攻打西夏时，"诸将争取子女金帛，楚材独收遗书及大黄药材"④。其二为耶律楚材死后，有诬告楚材者，"言其在相位日久，天下贡赋，半入其家"⑤。皇后乃马真氏"命近臣麻里扎覆视之，唯琴阮十余，及古今书画、金石、遗文数千卷"⑥。史家言之凿凿，必不虚为粉饰，为相如此清廉，楚材与其父履道，可为后世模范。

耶律楚材自二十七岁从万松老人参禅，生死荣辱早已参透，胸中唯有济世泽民之心，故其赤胆忠心，丝毫不为一己私利所动。其长子耶律铉，终其一生，仅为开平仓监守官；其兄长之子耶律镛和耶律钧，亦沉沦下僚。楚材同僚刘敏言及此事，楚材曰："睦亲之义，但当资以金帛。若使从政而违法，吾不能徇私恩也。"⑦ 楚材任人唯贤，丝毫不以亲属为念，而他对于金钱，亦不珍视，"得禄分其亲族"⑧，与耶律履做法相似，可谓得耶律氏家风之正。

从其思想来看，耶律楚材出入儒释二教，于古人又比较推崇陶渊明，故能清心寡欲，在《和移剌继先韵三首》其二中曰："富贵荣华能几时，

---

① （金）元好问著，狄宝心校注：《元好问文编年校注》，中华书局 2012 年版，第 702 页。
② （金）元好问著，狄宝心校注：《元好问文编年校注》，中华书局 2012 年版，第 702 页。
③ （金）元好问著，狄宝心校注：《元好问文编年校注》，中华书局 2012 年版，第 702 页。
④ （明）宋濂等：《元史》，中华书局 1976 年版，第 3456 页。
⑤ （明）宋濂等：《元史》，中华书局 1976 年版，第 3464 页。
⑥ （明）宋濂等：《元史》，中华书局 1976 年版，第 3464 页。
⑦ （明）宋濂：《元史》，中华书局 1976 年版，第 3463 页。
⑧ （明）宋濂等：《元史》，中华书局 1976 年版，第 3463 页。

生死都来如梦昨。"① 即表达出看破红尘、不贪恋富贵之思想。

（三）耶律钧及耶律铸等人之清廉

在这一家族家风的影响下，其成员均能安贫如常。耶律善才之子耶律钧，因官职较低，生活贫困，据王恽所作《为耶律伯明醵金疏》之描述，"学则有余，空至于屡。为子娶妇，礼尚未完。急乎谋生，力有不及"②。所谓"醵金"者，乃向亲友募资也。连为儿子娶媳妇的钱都要靠朋友资助，可推想其生活之清贫及为官之清廉。

据 1998 年北京出土的《耶律铸墓志铭》载，耶律铸临终前留下遗言，曰："祖宗以来，皆以礼薄葬。糜财单币，腐于地下，诚无益于亡者。使其中无可欲，或后世误为人所动，□□□□君子能掩之者。"③ 可见其家族世代以节俭为尚，而其本人亦向往悠游醉隐，鄙弃尘世喧嚣纷扰，故于金帛并不着意。但是，与其父遭遇相似，他也受到小人中伤。王恽《秋涧集》中有《为完颜投鲁讹欺诳事状》，云"完颜投鲁讹告称，耶律丞相于本宅地虚晴井眼内藏课银五百余锭，既而翻掘，一无所见"④。此事既出，反倒证明了耶律铸为官清廉，并无贪污之迹。

耶律铸之子耶律希亮，曾为阿里不哥叛军所追，至于西域极远之地，甚至"不火食者数日"⑤，大名王及宗王阿鲁忽赠其耳环，其中有二宝珠价值千金，希亮辞而不受，亦表现出不贪恋金银财宝之品性。

二　做派刚直

无欲则刚。耶律楚材家族成员对金钱权势并不汲汲追求，故而贪欲较少。己身正，则无所惧怕。在面对一些不合理的事情时，即便当事者是皇帝，耶律楚材家族成员也往往面折廷辩，毫不畏惧。

（一）耶律履之刚直

皇帝在位日久，承平无事，往往喜欢听赞誉歌功颂德之言，并真自以为开明贤圣，无与伦比。但大度如唐太宗，亦不免怒魏徵之当廷谏诤。金

---

① （元）耶律楚材著，谢方点校：《湛然居士文集》，中华书局 1986 年版，第 5 页。

② （元）王恽：《秋涧集》卷 70，《景印文渊阁四库全书》，台湾商务印书馆 1986 年版，第 1201 册。

③ 见《中书左丞相耶律公墓志铭》，现存于北京颐和园。

④ （元）王恽：《秋涧集》卷 85，《景印文渊阁四库全书》，台湾商务印书馆 1986 年版，第 1201 册。

⑤ （明）宋濂等：《元史》，中华书局 1976 年版，第 4160 页。

世宗被后人称为"小尧舜"，可谓明君。一日，世宗读《贞观政要》后召耶律履，问当世为何没有比得上魏徵者，耶律履答曰："徵辈不难得，特太宗不常有耳。"① 矛头直指世宗，世宗曰："卿谓我不纳谏耶？……朕岂不纳谏耶？"② 并辩解说自己超用进忠言之刘仲海、张汝霖，但耶律履对曰："臣未闻其谏也。且海陵杜塞言路，天下缄口，习以成风。愿陛下惩艾前事，开谏诤之门，天下幸甚。"③ 当时耶律履为翰林院编修官兼笔砚直长，官秩才正八品，如此大胆反驳并劝谏皇帝，确实需要极大的勇气。

　　章宗为金源郡王时，曾就《左氏春秋》中的一些问题请教耶律履，耶律履很率直地对他说："《左氏》多权诈，驳而不纯。《尚书》《孟子》多圣贤纯全之道，愿留意焉。"④ 张景仁提领修《海陵实录》，世宗以其不书海陵弑熙宗场景问近侍，有人说张景仁曾被海陵王宠任，所以避而讳之，世宗作色发怒，耶律履直言道："臣与景仁尝有隙，必不妄为盖蔽，然景仁未尝有是心也。"⑤ 张景仁因修史时与耶律履意见不统一，曾无中生有地说耶律履藏匿《辽史》，并在耶律履该升官一级时进行压制。而耶律履竟能不计前嫌，直言为张景仁辩护，可见其性格之耿直。故元好问评价曰："论事上前，是非利病，惟理所在，未尝有所回屈"⑥，足为"名卿材大夫⑦"。

　　（二）耶律楚材兄弟之刚直

　　耶律楚材弟兄三人均继承了其父性格耿直的特点，但由于资料缺乏，对于耶律辩才和耶律善才只有零星的记载，如耶律辩才在被皇帝召问军政利害时，"慷慨为之言将相多非其材"⑧，从而得罪权贵被贬出朝。耶律善才则明察秋毫，"虽老奸不能遁其情"⑨，可见其正直无私。

　　耶律楚材以百姓为心，凡所不合情理之事，不论何时何地，他都一再

---

① （金）元好问著，狄宝心校注：《元好问文编年校注》，中华书局2012年版，第694页。
② （金）元好问著，狄宝心校注：《元好问文编年校注》，中华书局2012年版，第694页。
③ （元）脱脱等：《金史》，中华书局1975年版，第2100页。
④ （元）脱脱等：《金史》，中华书局1975年版，第2100页。
⑤ （金）元好问著，狄宝心校注：《元好问文编年校注》，中华书局2012年版，第705页。
⑥ （金）元好问著，狄宝心校注：《元好问文编年校注》，中华书局2012年版，第705页。
⑦ （金）元好问著，狄宝心校注：《元好问文编年校注》，中华书局2012年版，第692页。
⑧ （金）元好问著，狄宝心校注：《元好问文编年校注》，中华书局2012年版，第712页。
⑨ （金）元好问著，狄宝心校注：《元好问文编年校注》，中华书局2012年版，第717页。

坚持，"极力辩谏，至声色俱厉，言与涕俱"①。以至于太宗不怿，曰："尔欲搏斗耶？""尔欲为百姓哭耶？"② 此种事迹甚多，兹举三例为证。其一，燕地权贵势家子弟横行霸道，鱼肉百姓，拖雷遣中使与楚材前去治理，楚材搜捕不法者下狱，其家人贿赂中使，意欲通融解救，楚材"执以为不可"，"遂刑一十六人，京城帖然，皆得安枕矣"③。其二，太宗曾因听信谗言将楚材捆绑起来，接着后悔，命人将其释放。楚材不肯解缚，责问太宗曰："陛下初令系臣，以有罪也，当明示百官，罪在不赦。今释臣，是无罪也，岂宜轻易反覆，如戏小儿。国有大事，何以行焉！"④ 其三，太宗崩后，皇后乃马真氏称制，将玉玺空纸付与奸臣奥都剌合蛮，任由他填写施行，楚材谏止。乃马真氏又下旨让令史一律遵从奥都剌合蛮之言，如不从者，砍断其手，楚材大声辩论，曰："事若合理，自当奉行，如不可行，死且不避，况截手乎！"⑤ 乃马真氏虽恼怒，但亦"深敬惮焉"⑥，可见刚直之人，虽有令擅权者厌怒之处，但终究会为世人所敬服。楚材这种刚直性格，体现在诗歌中，则是对阿㻑丘处机而作《瑞应鹤诗》者的批评与不满，如《寄巨川宣抚》即是其例；发而为文，则有《西游录》及《寄赵元帅书》，后文末尾直接说"如谓仆言未当，则请于兹绝交"⑦，其率直如此，实在令人惊愕。

楚材兄弟而下，其子孙虽仍有位居高官者，也有直言谏阻皇帝者，如耶律善才之孙耶律有尚不惧王公而鞭打蒙古学生，楚材之子耶律铸谏阻采室女，其孙耶律希亮谏阻伐日本及杀盗钞汉人等，但事迹却多不为世人所知，故关于其刚直家风之传袭，渐渐不闻其详。

三　乐善济世

耶律楚材家族以儒教为宗，故多仁义之人。耶律履父耶律聿鲁早卒，当时聿鲁之兄德元无子，遂以耶律履为子。其后耶律德元生子耶律震，耶

---

① （明）宋濂等：《元史》，中华书局 1976 年版，第 3463 页。
② （明）宋濂等：《元史》，中华书局 1976 年版，第 3463 页。
③ 详见宋子贞之《中书令耶律公神道碑》，（元）苏天爵：《元文类》卷 57，《景印文渊阁四库全书》，台湾商务印书馆 1986 年版，第 1367 册。
④ （明）宋濂等：《元史》，中华书局 1976 年版，第 3462 页。
⑤ （明）宋濂等：《元史》，中华书局 1976 年版，第 3464 页。
⑥ （明）宋濂等：《元史》，中华书局 1976 年版，第 3464 页。
⑦ （元）耶律楚材著，谢方点校：《湛然居士文集》，中华书局 1986 年版，第 190 页。

律履在德元死后，"悉推家资予之"①。再后来，耶律震又去世，其妻子生活渐至贫苦，此时耶律履亦"无以为资"②，于是"复收养之"③。可见他知恩图报、看重亲情，是为慈孝之人。耶律履不仅对近亲如此，对同族之人也往往伸手相助。族中有人负债，在外宦游不归，耶律履"代为输息者十年"④，其人回来之后，仍然无力偿还，耶律履"遂代偿之"⑤。此等乐善助人之行，必不止一例，至于"推贤让能，力为引荐"⑥，成人之美，则为时人所共知。观其佚诗《送张寿甫尚书出尹河南》，联系为张景仁仗义执言之事，则知耶律履宽厚待人，不计较个人恩怨，关于该诗内容，详见本书第三章第一节，兹不赘言。

耶律履久有经世之志，但困于史院几近三十年，泽民之志不得施展。大定二十七年（1187），以病求解职归家，世宗不允，授予蓟州刺史之职，其在职短短数月，尽革当地盐政之弊，官民皆得其便，以至于"蓟人至今德之"⑦。

耶律楚材仕于蒙元之时，正当太祖太宗开疆拓土，西征南伐之际，生民涂炭，朝不保夕。楚材尽心竭力，曲为保护。《元史》载："壬辰春，帝南征，……楚材请制旗数百，以给降民，使归田里，全活甚众。"⑧ 在汴京陷落之时，他不仅接受元好问的建议，保护金代士人免于兵燹之祸，而且阻止元兵屠城，据《元史》记载，此举使汴京一百四十七万人得以幸免。如《元史》记载属实，则楚材实为百万人之救命恩人，万世祀之都不为过。

楚材济世泽民之志，见于诗文者亦较多，如《和武川严亚之见寄五首》其三云："功名未立不为慊，仁义能行亦足荣"⑨，其五曰："故园日夜归心切，未济斯民不敢行"⑩；《和王正夫韵》："济世元知有仁政，活

① （金）元好问著，狄宝心校注：《元好问文编年校注》，中华书局 2012 年版，第 706 页。
② （金）元好问著，狄宝心校注：《元好问文编年校注》，中华书局 2012 年版，第 706 页。
③ （金）元好问著，狄宝心校注：《元好问文编年校注》，中华书局 2012 年版，第 706 页。
④ （金）元好问著，狄宝心校注：《元好问文编年校注》，中华书局 2012 年版，第 706 页。
⑤ （金）元好问著，狄宝心校注：《元好问文编年校注》，中华书局 2012 年版，第 706 页。
⑥ （金）元好问著，狄宝心校注：《元好问文编年校注》，中华书局 2012 年版，第 705 页。
⑦ （金）元好问著，狄宝心校注：《元好问文编年校注》，中华书局 2012 年版，第 699 页。
⑧ （明）宋濂等：《元史》，中华书局 1976 年版，第 3459 页。
⑨ （元）耶律楚材著，谢方点校：《湛然居士文集》，中华书局 1986 年版，第 86 页。
⑩ （元）耶律楚材著，谢方点校：《湛然居士文集》，中华书局 1986 年版，第 87 页。

人不假返魂香"①，等等，兹不一一列举。

耶律有尚为许衡入室弟子，以教授儒学为业，并终身守之，曾"出知蓟州，为政以宽简得民情"②。耶律铸传记资料较少，但从现存文献来看，他精于吏治，为中书左丞相时，"每在朝，竭诚尽忠，经纶庶政，以治民为己任"③，又曾"奏定法令三十七章，吏民便之"④，诗文中亦有关心民生疾苦之作，如《隋堤田家行》《苦旱叹》等，其中虽有受白居易乐府诗影响之原因，但也是其家族风习的反映。

第五节　金元耶律履祖孙三相之尴尬处境与焦虑意识⑤

正面人物的史传大多充满了辉煌，治史者也往往据以阐发论证。但事实却未必如传记和碑志所载，在文字的风光与荣耀背后，或许充满了凄婉的隐曲与不为人所知的屈辱。尤其在易代之际，王朝更迭，仕与隐的矛盾更是十分尖锐地摆在文人面前。如遇到不同民族的政权更替，还将涉及民族身份地位的变化，由国族变为奴隶，心态变化是极大的。辽金元三代政权更替过程中，契丹人就不得不面临这样的身份焦虑与文化焦虑。关于契丹人在金元之际的去留和取舍态度，都兴智在《试论金蒙鼎革之际的契丹人》一文中说："金朝统治者在其统治的119年中对契丹人采取了很多绥靖措施，但契丹人与女真统治者之间的矛盾始终未能彻底化解，许多契丹人一直怀有故国之情，对女真人灭亡辽朝耿耿于怀。"⑥但这些契丹人的真实态度究竟如何，并无多少史料可用。

金元之时，耶律楚材之父耶律履先后官拜参知政事、尚书右丞，身居相位；耶律楚材本人仕蒙元为中书令，亦居相位；耶律楚材之子耶律铸在元世祖时曾三任中书左丞相——此可谓金元之际契丹三相。到元朝中期，耶律楚材之孙耶律希亮官至翰林学士承旨，耶律希亮之弟耶律希逸官至参

---

① （元）耶律楚材著，谢方点校：《湛然居士文集》，中华书局1986年版，第209页。
② （明）宋濂等：《元史》，中华书局1976年版，第4064页。
③ 北京颐和园1998年出土《中书左丞相耶律公墓志铭》。
④ （明）宋濂等：《元史》，中华书局1976年版，第3465页。
⑤ 此节内容修改后发表于《东南学术》2019年第4期，被人大复印报刊资料《中国古代、近代文学研究》2019年第11期全文转载，被人大复印报刊资料《文学研究文摘》2019年第4期摘编。
⑥ 孙建华主编：《辽金史论集》（第十一辑），内蒙古大学出版社2009年版，第220页。

知政事、征东行省左丞，官秩均在正三品以上，其余家族成员，亦得品官，封妻荫子，不可谓不荣耀。

但细读史传，并结合他们的诗文集来看，可以发现耶律履祖孙三人在金元时期的处境较为尴尬，内心充满焦虑，并非完全是备受宠信。诗文作品往往是作家内心感情的真实表露，即便使用修辞手法，即便有难言之隐，读者细细体会，也能感受其喜怒哀乐，读出弦外之音。因此，结合史传记载和其本人的文学作品，可以探求历史的真实之处，从而达到知人论世、读懂弄通作品的目的。

一　耶律履之尴尬处境与焦虑意识

耶律氏皇室贵族在辽亡之后即进入没落期。所谓没落，一是地位的降低，由贵族变为平民或奴仆，由俯视变为仰视，地位自然下降，生存状况、田舍财产也相应发生变化；二是文化心理的失落，由国族变为附庸，优越感骤然消失，卑下心理尚未完全形成，俯首帖耳听命于原本看不起的新主子，毕竟不是一件很容易的事情。女真本来受契丹统治，且灭辽过程中与契丹人经历了无数次殊死搏杀，立国之后，报复心态必然存在，虽不是置之死地而后快，但总不会平等与契丹人相处。故而金代统治者虽然也任用契丹人为官，但终究不能放心使用，主官大多是女真人，契丹人多数只能做副手——毫无疑问，大权一定会牢牢掌握在女真人手中。从民族心理方面进行分析，辽为金所灭，契丹人与女真人内心深处隔着一层，很难融为一家。以耶律楚材家族为例来看，耶律履的养父耶律德元在金官至兴平军节度使，是地方军政长官，可谓得朝廷重用与信任，但那也只是金廷优抚、利用、怀柔的手段，用此契丹人讨伐和治理彼契丹人，同时显示皇恩浩荡，令契丹臣民感恩戴德，从而效忠金廷。《金史》云："海陵时，契丹人尤被信任。"[1] 此种信任，实为对贵族上层的相对信任，对底层百姓依然盘剥并防范。当然，这种情形并未延续多久，海陵南伐时，民怨沸腾，起义者此起彼伏，其中尤以契丹人为多。正隆至大定间，"契丹部族大抵皆叛"[2]，女真与契丹的关系极度紧张，由矛盾冲突再度升级至战争状态。对此，佟宝山甚至认为"整个有金时代，要求复国，时刻想往重

---

[1]　（元）脱脱等：《金史》，中华书局1975年版，第1965页。
[2]　（元）脱脱等：《金史》，中华书局1975年版，第2021页。

振大契丹的信念仍然是每个契丹人的心态"①。此语虽然有值得商榷处，但可以肯定，至少部分辽室贵族会有这种心态，例如《金史·萧裕传》载："海陵猜忍嗜杀，裕恐及祸，遂与前真定尹萧冯家奴、前御史中丞萧招折、博州同知遥设、裕女夫遏刺补谋立亡辽豫王延禧之孙。"② 世宗虽号"小尧舜"，但对大定间契丹人之变乱，仍然无计可施，有"契丹岂肯与我一心也哉"③ 的感叹。金章宗明昌二年（1191），下诏禁止使用契丹文字，这对于契丹士人来说，其痛苦恐怕近似于灭族。

耶律履正当金世宗、章宗盛世之时，他学识渊博，精通汉字、契丹大小字、女真字，通《周易》、历算、书绘，可谓博学多才，从史传记载来看，他对于金廷忠心耿耿。但即便如此，他依然长期沉沦下僚，郁郁不得志，直到五十一岁时还做着翰林修撰（从六品）这样的小官，由此可见契丹人的处境与运势。元好问感叹："公于是时汩没文字间者余二十年"④，即指此事。耶律履《次韵仲贾勉酒》曰：

> 中年刻意学刜方，世故时来鲠肺肠。醉悟禅逃人未觉，心安贫病士之常。
>
> 能无知命穷《周易》，便肯行歌拟楚狂。着脚直须平旷处，糟丘极目是吾乡。⑤

不肯随波逐流，故"世故时来鲠肺肠"，忠而不为所用，故欲"行歌拟楚狂"，虽然究于《周易》而知命之穷达，但心中依然抑郁不平，谈吐之间，不觉溢于言表。类似的感情在《史院从事日感怀》一诗中亦有所表露：

---

① 佟宝山：《论金元时代契丹人的民族心态》，《辽宁工程技术大学学报（社会科学版）》2002 年第 2 期。

② （元）脱脱等：《金史》，中华书局 1975 年版，第 2791 页。

③ （元）脱脱等：《金史》，中华书局 1975 年版，第 1965 页。

④ （金）元好问著，狄宝心校注：《元好问文编年校注》，中华书局 2012 年版，第 693 页。

⑤ 杨镰主编：《全元诗》第 4 册，中华书局 2013 年版，第 147 页。该诗见于《永乐大典》卷 12043"酒"字韵，第 21 页上，注明此诗引自"耶律铸《文献公集》"。按，耶律履谥文献，《文献公集》乃耶律履的集子，此诗为耶律履所作，详见本书第四章第二节"耶律履作品集及存佚情况考辨"。

不学知章乞鉴湖，不随老阮醉黄垆。试从麟阁诸贤问，肯屑兰台小史无。

一战得侯输妄尉，长身奉粟愧侏儒。禁城钟定灯花落，坐拊尘编惜壮图。①

既无军功以报国家，亦不能讽谏以正君主，虽言愧疚，实乃牢骚之语。大好时光空耗于"尘编"中，而辅佐君主治理国家之"壮图"不得实现，甚为可惜。然而可惋惜者太多，谁都难以把握，遇与不遇、用与不用都与个人机遇有关，这都为上层统治者一手掌握。士子文人得遇明君则飞黄腾达，就有机会一展宏图，尽平生所学，不得遇则沉沦下僚，亦无可如何，正是"春风无限潇湘意，欲采蘋花不自由"②。

耶律履曾作《奉诏写生五十幅》，从题目看，似乎很是得意，奉皇帝旨意写生作画，宠信有加。诗中有句云："不似凌云书榜日，圣朝宽大许商量。"③ 说其绘画时间并无限制，甚至可以允许"商量"。事实是否如此？查元好问为耶律履所作《神道碑》，曰："二十年，诏提控衍庆宫，画功臣像，以稽程降应奉。"④ "应奉"，即"应奉翰林文字"，官秩从七品。《金史》本传文字与此大体相同，惟"稽程"改为"过期"。此时耶律履已年届五十岁，因为作画误期，受到处分，官职降至从七品。当然，目前我们还无法确证《奉诏写生五十幅》与画功臣像是否为同一件事，但是从其作画误期被降职一事来看，"圣朝"并不"宽大"，亦不"许商量"，耶律履在女真统治者眼中，不过是一个画工、文士而已，浮沉升降，皆可随意摆弄。

耶律履与其三个儿子在金为官，尽职尽责，耶律善才甚至在被蒙古国索理北归时投护城河自杀，以示对金统治者之忠，但女真人骨子里并不信任契丹人。元好问称耶律履在金"为通儒"⑤，可知耶律履精通儒家经典。耶律履谏阻章宗读《左氏春秋》之事，则说明耶律履亦通《左氏春秋》之学。令人奇怪的是，耶律履晚年生耶律楚材时，正在朝廷做尚书右丞，

---

① 薛瑞兆、郭志明等：《全金诗》第 1 册，南开大学出版社 1995 年版，第 491 页。

② （唐）柳宗元著，王国安笺释：《柳宗元诗笺释》，上海古籍出版社 1993 年版，第 371 页。

③ 薛瑞兆：《〈永乐大典〉金诗拾遗》，《古籍整理研究学刊》2006 年第 5 期。

④ （金）元好问著，狄宝心校注：《元好问文编年校注》，中华书局 2012 年版，第 698 页。

⑤ （金）元好问著，狄宝心校注：《元好问文编年校注》，中华书局 2012 年版，第 692 页。

却"私谓所亲曰：'吾年六十而得此子，吾家千里驹也，他日必成伟器，且当为异国用。'因取《左氏》之'楚虽有材，晋实用之'以为名字"①。身居相位而有此异心，可见其为官并不如意。有一件事可以说明这种情况，此事不见于《金史》本传，但见于《食货志》：

> 章宗大定二十九年十一月，上封事者言，乞放二税户为良。省臣欲取公牒可凭者为准，参知政事移剌履谓："凭验真伪难明，凡契丹奴婢今后所生者悉为良，见有者则不得典卖，如此则三十年后奴皆为良，而民且不病焉。"上以履言未当，令再议。②

移剌履即耶律履，是契丹人音译的不同写法。耶律履为契丹奴婢请命，主张凡他们所生孩子一律改为良人，三十年后社会积弊全部清除，这完全出于公心，表面看是站在契丹人立场上，但对于金朝社会稳定来说，是谋长久之策，但金章宗"以履言未当"，直接否定了他的建议。所以耶律履在《和德秀道济咏李仲茂自得斋诗韵二首》（其一）中自嘲："我为物囿劳机算"③，在看破世俗之后，"愿策驽顽袭后尘"④，对李仲茂的隐居表达出羡慕之情。

有金一朝，契丹人叛乱此起彼伏，故女真人对契丹人虽亦进用，但疑忌、排挤、阻挠之举亦间有之。许多契丹人也不甘心始终被女真人奴役，这正是成吉思汗对耶律楚材所说"辽与金为世仇"⑤的关键点。耶律楚材家族为辽皇室后裔，在金代的处境十分尴尬，虽然耶律履后来被连续超擢，"识者犹以不能亟用，为世宗惜之"⑥，其实这只是金廷笼络人心的手段而已。

在朝中除了受到女真人的压制之外，耶律履还为其他官吏所排挤。世宗欲加罪纂修《海陵实录》的御史大夫张景仁，耶律履为其辩护，提及往日张景仁诬蔑、排挤自己的一件事以说明自己为其辩护乃出于公心，述

---

① （元）宋子贞：《中书令耶律公神道碑》，苏天爵：《元文类》，《景印文渊阁四库全书》，台湾商务印书馆 1986 年版，第 1367 册。

② （元）脱脱等：《金史》，中华书局 1975 年版，第 1035 页。

③ 薛瑞兆：《〈永乐大典〉金诗拾遗》，《古籍整理研究学刊》2006 年第 5 期。

④ 薛瑞兆：《〈永乐大典〉金诗拾遗》，《古籍整理研究学刊》2006 年第 5 期。

⑤ （元）耶律楚材著，谢方点校：《湛然居士文集》，中华书局 1986 年版，第 324 页。

⑥ （金）元好问著，狄宝心校注：《元好问文编年校注》，中华书局 2012 年版，第 693 页。

其事略曰："臣以小字为史掾，景仁以汉文为史官。予夺之际，意多不相叶。且谓臣藏匿《辽史》。秩满，移文选部，使不得调。此私隙也。今对上问，公言也。臣不敢以私害公。"① 可见契丹人在金为官，受到左右夹攻，处境实在艰难。

耶律履熟读儒家经典，深受儒家安贫乐道思想的影响，他以陶渊明等古代隐士为榜样，对"骨相癯儒真可人，飘然野鹤出清晨"② 的隐士赞美有加。山林是自由精神的栖息地，归隐山林田园，脱去尘俗的羁绊，虽然生活清贫，但精神富足，德操高洁，所以耶律履诗云："乐贫况味初无间，种德功夫谅有邻。"③ 虽居陋室，虽处僻地，惟吾德馨，"文章日益宁为意，富贵浮云非所求"④。元好问评价耶律履"为通儒，为良史，为名卿材大夫"⑤，但他"问学不图攀月桂，孤高那与比霜筠"⑥，其后虽被金章宗屡次超擢，官拜参知政事、尚书右丞，但他"才入政府，即乞罢"⑦，则是由于进退失据。贪恋功名不如全身而退。

在耶律履生平中，有一件极为巧合的事：金章宗明昌二年（1191）四月下诏罢契丹字，耶律履于此年六月去世，或许耶律履之死是因身体疾病而致，但也有可能与章宗全面取消契丹字有很大关联。如果两者发生关联，这恐怕就是后来身为中都左右司员外郎的耶律楚材受到成吉思汗征召，决意舍弃慈母、爱妻、幼子，不远万里赴蒙古大营，全心全意为蒙古人服务的一个主要原因。

二 耶律楚材之尴尬处境与焦虑意识

凡朝廷用人之际，往往求贤若渴，凡有一技之长者，不问其家世，不计其瑕疵，故经世治国之才与鸡鸣狗盗之徒，皆得进而用之。但坐稳天下之后，既有闲暇，则生疑忌，前生后世，新账旧账，此时或全部被揭发出来。所谓"蜚鸟尽，良弓藏；狡兔死，走狗烹"⑧ 是也。详读历代史书，

---

① （金）元好问著，狄宝心校注：《元好问文编年校注》，中华书局 2012 年版，第 705 页。
② 薛瑞兆：《〈永乐大典〉金诗拾遗》，《古籍整理研究学刊》2006 年第 5 期。
③ 薛瑞兆：《〈永乐大典〉金诗拾遗》，《古籍整理研究学刊》2006 年第 5 期。
④ 薛瑞兆：《〈永乐大典〉金诗拾遗》，《古籍整理研究学刊》2006 年第 5 期。
⑤ （金）元好问著，狄宝心校注：《元好问文编年校注》，中华书局 2012 年版，第 692 页。
⑥ 薛瑞兆：《〈永乐大典〉金诗拾遗》，《古籍整理研究学刊》2006 年第 5 期。
⑦ （金）元好问著，狄宝心校注：《元好问文编年校注》，中华书局 2012 年版，第 693 页。
⑧ （汉）司马迁：《史记》，中华书局 1982 年版，第 1746 页。

此等事例比比皆是。降而复叛者，岂尽朝三暮四之人哉！

耶律楚材通过三年"冒寒暑、无昼夜"① 的参禅，大概早已看透了俗世百态，故其虽然应成吉思汗之召，但头脑始终十分清醒，绝无妄言妄行。蒙元肇始，风云际会，偏重杀伐征战、攻城略地，耶律楚材作为一介儒生术士，自然不能有大的作为。虽然乐得清闲，但功业不遂、壮志难酬，这种失落一直萦绕心中。从其现存诗作来看，诸如"一圣龙飞敢择君，嗟予潦倒尚无闻"（《和景贤十首》其三）②、"君方沦落羞看我，我亦飘零懒问君"（《槐安席上和张梅韵》）③、"牢落十年扈御营，瑶琴忘尽水仙声"（《用李德恒韵寄景贤》）④ 等等，均表达出这种困顿蹭蹬不得志的心态。而"风云未会我何往，天地大否途难通""有意攀龙不得上，徒劳牙角拔犀象"（《用前韵感事二首》）⑤ 等诗句，则反映出前路渺茫、不知何去何从的苦闷。《再用韵自叹行藏》集中表达了这种思想：

> 箕裘家世忝先君，惭愧飘萧两鬓尘。自古山河归圣主，从今廊庙弃愚臣。
>
> 常思卧隐云乡外，肯效行吟泽国滨。驿使不来人已老，江南谁寄一枝春。⑥

据王国维所撰年谱，本诗作于 1227 年，此时成吉思汗刚刚去世，窝阔台尚未登基。在群龙无首、杀伐征战之际，耶律楚材作为一名儒士，手无兵权士卒，不受重视，自然感慨万千。

在耶律楚材说服察合台和拖雷，拥立窝阔台继承汗位之后，逐渐受到重用。耶律楚材的政治抱负终于可以有机会实现，而其治理才能也得到了窝阔台和诸多下属的认可。"条便宜一十八事颁天下"⑦，"奏立燕京等十路征收课税使，凡长贰悉用士人，如陈时可、赵昉等皆宽厚长者，极天下

---

① （元）耶律楚材著，谢方点校：《湛然居士文集》，中华书局 1986 年版，序一。
② （元）耶律楚材著，谢方点校：《湛然居士文集》，中华书局 1986 年版，第 53 页。
③ （元）耶律楚材著，谢方点校：《湛然居士文集》，中华书局 1986 年版，第 31 页。
④ （元）耶律楚材著，谢方点校：《湛然居士文集》，中华书局 1986 年版，第 29 页。
⑤ （元）耶律楚材著，谢方点校：《湛然居士文集》，中华书局 1986 年版，第 27 页。
⑥ （元）耶律楚材著，谢方点校：《湛然居士文集》，中华书局 1986 年版，第 59 页。
⑦ （明）宋濂等：《元史》，中华书局 1976 年版，第 3457 页。

之选"①，在这些措施施行之后，成效显著。刘晓认为："在为蒙古统治者
敛财的才能显现出来后，耶律楚材开始日益受到窝阔台汗的宠信"②，但
"由于受到来自蒙古守旧势力与西域回回势力的夹攻，他的改革措施在贯
彻实施中受到了巨大阻力"③。契丹人在元朝时所处的地位虽然比金代总
体上要好一些，但依然不能与蒙古人和色目人分庭抗礼。如刘晓所言：
"蒙古统治者从其草原游牧社会的落后意识出发，把能否掠夺到更多的人
力财物，作为自己的首要任务，当耶律楚材在一定程度上满足了他们的需
求时，蒙古统治者就对他信任有加，而当有人（像奥都剌合蛮）能够为
蒙古统治者掠夺到更多的物质财富时，蒙古统治者自然就要转移他们的信
任对象。"④ 这也是耶律楚材虽然一度官至中书省最高长官，但在窝阔台
汗后期仍然被疏远的主要原因。

对于这种疏离，耶律楚材早有觉察，并通过与朋友唱和的诗歌表现出
来。如"名遂宜思退，机危乃自戕"（《再和世荣二十韵寄薛玄之》)⑤、
"直须勇退中书事，未肯荣贪留国侯"（《又和仲文二首》其二)⑥ 等即
是，但"闾山旧隐天涯远，梦里思归梦亦难"（《和薛伯通韵》)⑦，走为
政之路，向上很难，一直位居高位更难，要想回头却是难之又难，做到最
后，以至于做梦隐居都成为难事了，可见耶律楚材心态之矛盾复杂。

蒙古统治者对于耶律楚材仅仅是疏离，还不至于到加害的地步，但同
朝官吏的谗言、诋毁与排挤则不仅令人防不胜防，而且可能置人于死地。
如《中书令耶律公神道碑》载回鹘人阿散阿迷失诬告耶律楚材私用官银
一千锭，元太宗"召阿散阿迷失诘之"，"遂服其诬"⑧。另有一人，名石
抹咸得不，"以旧怨，尤疾之，谮于宗王曰：'耶律中书令率用亲旧，必
有二心，宜奏杀之。'宗王遣使以闻，帝察其诬，责使者，罢遣之"⑨。若

---

① （明）宋濂等：《元史》，中华书局1976年版，第3458页。
② 刘晓：《耶律楚材评传》，南京大学出版社2001年版，第374页。
③ 刘晓：《耶律楚材评传》，南京大学出版社2001年版，第377页。
④ 刘晓：《耶律楚材评传》，南京大学出版社2001年版，第377页。
⑤ （元）耶律楚材著，谢方点校：《湛然居士文集》，中华书局1986年版，第263页。
⑥ （元）耶律楚材著，谢方点校：《湛然居士文集》，中华书局1986年版，第264页。
⑦ （元）耶律楚材著，谢方点校：《湛然居士文集》，中华书局1986年版，第6页。
⑧ （元）宋子贞：《中书令耶律公神道碑》，《湛然居士文集》，中华书局1986年版，第330页。
⑨ （明）宋濂等：《元史》，中华书局1976年版，第3458页。

不是元太宗十分了解耶律楚材之人品，他可能真会听信奸佞谗言，而耶律楚材也将身处死地。生前如此，死后亦不得安宁，"有谮楚材者，言其在相位日久，天下贡赋，半入其家。后命近臣麻里扎覆视之，唯琴阮十余，及古今书画、金石、遗文数千卷"①。耶律楚材对蒙元如此忠心耿耿，在其为相之时，却"为伴食所沮，曾不得行其道之万一"（耶律铸《拜书尊大人领省瓮山原茔域寝园之壁并序》）②，令人为之惋惜。

赵其钧在《透视元代文人精神文化·引言》中说："元代文人在文化的冲突、变异中失去了原有的身份、地位与归属，如何在心灵的剧痛、震荡之余，重新选择人生，在另一番事业与价值追求中，找到另一种归属感，从而获得精神寄托、思想表达、情感交流、男女情爱、山水欣赏、文化娱乐、文艺创作等等，由此也必然表现出他们的生活心态、审美观念，这也就是元代文人在痛苦而艰难的'文化适应'过程中所形成的极具特色的精神文化。"③ 这一结论虽然主要是针对汉人知识分子而言，但对于一直奉儒守官的耶律楚材而言，又何尝没有这种"痛苦而艰难的文化适应"？

耶律楚材主张"以儒治国"，济世泽民的理想始终萦绕其心，念念不忘，故其旨归，是儒家入世思想。同时，他又强调"以佛治心"，曾跟万松行秀参禅三年，看破世事荣枯浮沉，对陶渊明深表认同，不时流露出归隐之心。所以他一面高唱"泽民致主本予志""泽民济世学英雄"④，另一方面又有壮志难酬的牢骚，"流落遐荒淹岁月，赢得飘萧双鬓雪"⑤。于是要"收拾琴书归去来"⑥。这种矛盾的思想经常出现在他的诗作中，"此身未退心先退"⑦，正是当时他内心的真实写照。他还有《和裴子法韵》一诗，诗前有序文，对裴子法斥陶渊明不能出世安邦进行反驳，云："君子道消，小人道长之时，渊明见机而作，挂印绶而归，结社同志，安林泉之乐，较之躁进苟容于小人之侧者，何啻九牛毛耶?"⑧ 既是对陶渊明归隐的赞同与理解，又可以作为他在仕隐之间徘徊的最好注脚。

---

① （明）宋濂等：《元史》，中华书局 1976 年版，第 3464 页。
② 杨镰主编：《全元诗》第 4 册，中华书局 2013 年版，第 140 页。
③ 赵其钧：《透视元代文人精神文化》，安徽大学出版社 2011 年版，第 2 页。
④ （元）耶律楚材著，谢方点校：《湛然居士文集》，中华书局 1986 年版，第 27 页。
⑤ （元）耶律楚材著，谢方点校：《湛然居士文集》，中华书局 1986 年版，第 27 页。
⑥ （元）耶律楚材著，谢方点校：《湛然居士文集》，中华书局 1986 年版，第 26 页。
⑦ （元）耶律楚材著，谢方点校：《湛然居士文集》，中华书局 1986 年版，第 30 页。
⑧ （元）耶律楚材著，谢方点校：《湛然居士文集》，中华书局 1986 年版，第 9 页。

仕与隐，大约是文人内心天平的两端，摇摆不定，总难一直平衡，故耶律楚材诗云："岂止渊明慕松菊，晋室高贤十八九。"① 只是较少有人下定决心弃官归隐罢了。

三　耶律铸之尴尬处境与焦虑意识

大凡人得意之时，意气风发，满腔热情，要成就一番大事业，一心要"了却君王天下事，赢得生前身后名"②。受到挫折或被贬之时，则后悔当初入仕的选择，羡慕农夫渔父的自由生活。晋有陶渊明不为五斗米折腰，归隐田园；李白人生理想难以实现，则曰："人生在世不称意，明朝散发弄扁舟。"③ 耶律楚材家族虽是契丹人，但感情上与汉人并无本质区别，所谓"情同此情"，在仕与隐的问题上，都会出现徘徊与矛盾。

这种情况到了耶律铸时，就变得更为复杂。耶律铸在乃马真氏当政时嗣领中书省事，在定宗贵由汗时比较受宠信，定宗死后失烈门与蒙哥争夺汗位，耶律铸原属于失烈门一派，故差点在这次斗争中丢掉性命，幸亏忽必烈出手相救，才得以保全。④ 所以宪宗蒙哥汗去世之后，阿里不哥与忽必烈争汗位，耶律铸毅然抛妻别子，只身一人投奔忽必烈。忽必烈即位后曾三次任命耶律铸为中书左丞相。从官职上来看，可谓位高权重，是忽必烈最为信任和倚重的官员，从耶律铸的诗文来看，他对忽必烈忠心耿耿，以身家性命相许。对于这种感恩之情，耶律铸有《前结袜子》和《后结袜子》诗，在序言中明确用李白《结袜子辞》的含义，"言感恩之重，而以命相许也"⑤。其后为蒙元南征北战，东征西讨，出谋划策，屡献奇功。在征南宋时，耶律铸为平章军国重事，掌握军机枢要，地位仅次于伯颜，且其《双溪醉隐集》中有《南征奏捷》《南征捷》《拔武昌》《战芜湖》《下江东》《定三吴》《克临安》《江南平》等诗，但关于他是否参与平宋之战，不见史籍文献有丝毫记载，从《元史·世祖本纪》及《耶律铸传》

---

① （元）耶律楚材著，谢方点校：《湛然居士文集》，中华书局 1986 年版，第 9 页。

② （宋）辛弃疾著，邓广铭笺注：《稼轩词编年笺注》，上海古籍出版社 2018 年版，第 264 页。

③ （唐）李白著，瞿蜕园、朱金城校注：《李白集校注》，上海古籍出版社 2016 年版，第 1274 页。

④ 陈得芝：《耶律铸生平中被掩盖的一段经历》，《蒙元史研究丛稿》，人民出版社 2004 年版，第 464—467 页。

⑤ 杨镰主编：《全元诗》第 4 册，中华书局 2013 年版，第 14 页。

来看，许多重大事情亦不见耶律铸的身影，这似乎不合常理。对于这个问题，白寿彝总主编的《中国通史》中有一段话，论说其处境：

> 作为先朝旧臣，耶律铸在忽必烈即位后屡罢屡起，是当时政局多变在他身上的一种反映。他继承其父"以儒治国"的家教，无疑是倾向推行汉法的。但是他与汉法派主流人物似乎只有同盟的关系。即使在台上，他也位高而权不重，这又与他不在意于积极用世有关，他后来宁可醉酒赋诗以自娱自乐。①

其实，如上文所述，耶律铸并非"不在意于积极用世"，从其所作部分乐府诗及《赠御史》《天香台赋》《大尾羊赋》等诗文可知，他胸怀天下，忧国忧民，意欲有所作为，只是左右均受排挤，"醉酒赋诗"亦是无可奈何之举。究其原因，正如李强所言，耶律铸仕途的起伏，"肇始于其父亲在世时与色目人的斗争"②。从其《双溪醉隐集》中现存诗文看，是他经历了太多的政治斗争，看透了政局变幻，正如他在《寄高仲杰》诗中所谓"一枕功名梦，半年风雨床"③，伴随功名而来的是风雨和是非。

功名是身外之物，今日得之，可能明日失之，但政治上的恩怨却不会随着官职的辞去或罢免而消失，在位之时人皆敬畏，罢免或被贬谪时就会有人落井下石，痛下杀手。耶律铸在《拟西昆体后阁》中云："功名是何物，只合付儿童。"④ 对于这些道理，稍读一些史书就可以看透，更何况是身处其间、沉浮数十年的耶律铸，所以他的退隐决心更强。耶律铸最后罢相，其中一条被弹劾的理由就是"不纳职印"⑤，可见他对官场确实已经厌倦，即便宰相之职，对于他来说都不重要了。

太过于清醒者往往最痛苦，所谓"举世皆浊我独清，众人皆醉我独醒"⑥，无人能会其登临之意、长啸之歌，这种失落与惆怅，才是人生的大寂寞。与其清醒，不如大醉，耶律铸在《独醉园赋》中大呼："浇我胸

---

① 白寿彝总主编：《中国通史》第 8 卷，上海人民出版社 1997 年版，第 120 页。
② 李强：《成吉思汗的黄金家族》，金城出版社 2010 年版，第 44 页。
③ 杨镰主编：《全元诗》第 4 册，中华书局 2013 年版，第 34 页。
④ 杨镰主编：《全元诗》第 4 册，中华书局 2013 年版，第 40 页。
⑤ （明）宋濂等：《元史》，中华书局 1976 年版，第 3465 页。
⑥ 洪兴祖撰，黄灵庚点校：《楚辞补注》，上海古籍出版社 2015 年版，第 287 页。

中之块磊，涤我渴心之尘埃。"① 饮酒之后，忘怀得失，忘却现实的痛苦，如阮籍，如刘伶，岂是真正为饮酒而饮酒者？耶律铸晚年深受老庄思想影响，自号独醉道者，作《独醉道者赋》《独醉园赋》《独醉亭赋》《独醉园三台赋》，看淡得失荣辱，"毁之不怒，誉之不喜"（《独醉园赋》），② 其《独醉道者赋》云："曾不知出荣辱之境，曾不知入是非之域"③，决意不再关心世事，惟以饮酒为乐，独自享受这种孤独与落寞。当然，暂时的麻醉与忘却，终究不能抚平被疏远与贬谪的哀痛。耶律铸被罢相、徙居山后不久即病逝，可见其并不能完全释然。

耶律楚材家族后人在元朝的地位渐渐下降，而从其种族等级来看，介于色目人和汉人之间，其处境与当时众多的汉人儒士有相似之处。陈高华等人在《元代文化史》中说："蒙古统治者在政治上重吏轻儒，又有一套民族等级制度，士人特别是南方士人仕途不畅，很难施展'用世'的抱负。"④ 耶律楚材家族虽属契丹人，但由于长期汉化，已经成为一个"奉儒守官"的家族，在金元易代之际，交融于女真、蒙古、色目、汉等族群中，既想求得当权者的赏识，又要连结同道的支持，还要维护自身的利益，生存难度确实很大——契丹人最终在元末融合于各民族之中，这大约要算其中的一个原因。

家族演变是时代发展的缩影。消长盈亏，荣枯无常，物极必反，盛极必衰。且不说改朝换代带来的革故鼎新，就是一朝天子一朝臣的更迭动荡，亦足以使为公卿者转瞬锒铛入狱，更有夷灭九族、家族消亡者。是非成败转头空。从耶律楚材家族逐渐走向没落的情况来看，荣耀显贵只是表面，无奈落寞才是更为真实的状态。从耶律履、耶律楚材和耶律铸祖孙三人的诗文中，可以看到契丹文士在历史洪流中的无奈与顺从，也可以深刻感受到金元历史发展对契丹文学的影响。耶律楚材家族的文学创作，因其独特的情感经历，给中国文学带来了新的审美内容。同时，虽然有些契丹文士在金元时期不知如何应对政权变更的形势，内心焦虑，但他们使用汉语进行文学创作，使中华文学的丰富性与多样性特点得以充分体现，同时也为推动中华民族的多元一体化进程做出了贡献，体现出对中华文化的认

① 李修生主编：《全元文》第4册，江苏古籍出版社1998年版，第24页。
② 李修生主编：《全元文》第4册，江苏古籍出版社1998年版，第25页。
③ 李修生主编：《全元文》第4册，江苏古籍出版社1998年版，第24页。
④ 陈高华、张帆、刘晓：《元代文化史》，广东教育出版社2009年，第343页。

同，体现出中国优秀传统文化的"圆融大气"①，值得我们特别关注和深入研究。

第六节　小结

综上所述，可得出结论如下：

1. 耶律楚材家族自远祖时就开始娶回鹘甚至汉人女子为妻，至耶律履及其后世子孙，更是杂娶汉、女真、蒙古、奚、畏兀儿、女子为妻，契丹印记渐渐淡化，乃至最终消失，由此可窥见契丹人消融之原因及轨迹。对于耶律楚材家族之族属问题，当尊重历史，保持历史原貌，可沿用史籍文献之言，仍称其为契丹人。②而通过对耶律楚材家族世系、婚姻的考察，可以概略了解推动其汉化及其汉语文学创作的内在原因。

2. 从文化交流和融合的角度来看，契丹人学习汉语并用汉语进行创作，一方面显示出中华民族传统文化巨大的魅力，另一方面也预示了中国各族群文化的融合是不可阻挡的历史趋势。辽代契丹人世代沿袭的汉语文学创作风气，为金元时期耶律楚材家族文学创作打下了良好的基础。

3. 儒学思想是耶律楚材家族成员自幼就接受的最主要的教育内容，他们遍读经史，崇儒重教，对保护和翻译儒家经典、救助儒生、提高孔子地位、修建孔庙和国子学、传授儒家思想等方面做出了重要贡献，极大地推动了当时北地儒学的恢复和发展。

4. 多语种教育、多才艺教育是耶律楚材家族成员自幼就接受的教育，他们借助语言这一桥梁，与各族人士交往，翻译经籍和诗文，创作艺术作品，从而成为中国历史上十分特出的家族。

5. 耶律楚材家族家教严格，且其族本为皇室后裔，能自重身份，故为官者均能清廉奉公，为人做事亦刚直无私。受其父祖影响，楚材及其子孙多怀济世泽民之志，小则乐善助人，大则解民倒悬，家风如此，故能数世昌荣。

---

① 赵威：《中国古代文化自信的系统建构与政治旨归》，《东南学术》2018年第3期。

② 如《旧唐书》卷200上云："孙孝哲，契丹人也。"《旧五代史》《辽史》《宋史》《金史》《元史》中"契丹人"之称呼则较多，兹不一一列举。称耶律楚材家族成员为"契丹人"者，如元代夏文彦《图绘宝鉴》卷4曰："耶律履，字履道，契丹人。"明代朱谋垔《画史会要》亦云："耶律履，字履道，契丹人。"

6. 契丹人在辽金易代之际，由统治阶层变为被统治阶层，心态必然发生转变和扭曲。其贵族成员地位待遇虽能部分保持，但终究处于边缘，即便身处高层，依然存在疏离之现实。此种情况至元虽有变化，但其人时而被指认为异于"汉人"之"色目人"，时而被指认为说汉语之"汉人"，① 身份不但游离飘忽，而且均为此二层人排挤。

7. 一方面，耶律楚材家族努力融入、竭诚效忠，以期实现用世之志；另一方面，金元统治者却用而又防、多方制衡，使其抱负不得尽情施展。"情动于中而形于言"，发而为文，则既有济世泽民之壮志，又有消沉自保之退隐，杂糅并出，矛盾而统一，斯可为契丹人处境之写照。

---

① 蒙元曾划分民人为"蒙古人""色目人""汉人""南人"四等，其中规定北人说蒙古语者为"色目人"，而色目人说汉语及北地之汉人则为"汉人"，"南人"专指南宋属地之人。

第二章

耶律楚材家族文学之内容及艺术特色

　　文学作品往往与作者所处时代、社会环境、心态、动机以及创作时的情感密切相关，其表现的思想内容丰富多样，故而学术研究关于内容之分类只能大体概括，很难做到完全精确。对于耶律楚材家族文学的内容研究，也只能择其要而分析。如果对所有成员作品中表达的思想内容进行分类，则可分为进取用世之作、闲逸自适之作、体悟禅理之作、思亲怀乡之作、劝诫讽喻之作、咏史怀古之作、咏物之作等。要之，耶律楚材家族深受儒家思想影响，故经世致用的观念始终贯穿于诗文创作中，致君尧舜、济世泽民，为其作品之主要内容。但另一方面，金元之际，契丹人地位渐渐下降，耶律楚材家族虽为贵族显宦，但终究与女真、蒙古统治者隔了一层，① 尽忠报效与疏远猜忌之矛盾，使其家族成员在各政权集团之间尴尬地摇摆，其才能不得尽数施展，忠而见疏，故其作品学陶渊明、白居易、苏轼，屡有归隐之念见于诗文。除此之外，其华夷一统、车书混同、天下归一、以儒治国的思想，既不同于汉人华夷有别的观念，又不同于游牧族群尚武轻文的习俗，是为作品中值得特别注意者。

　　曹丕在《典论·论文》中说："文以气为主。气之清浊有体，不可力强而致。譬诸音乐，曲度虽均，节奏同检；至于引气不齐，巧拙有素，虽在父兄，不能以移子弟。"② 一家族之文学，较难统一风格。刘勰云："各师成心，其异如面"③，父子兄弟各有其秉性气质，有相同之处，也有相异之处，正所谓"和而不同"。由于本书重在家族文学研究，故其成员相

---

① 犹如各朝之少数族群高官，及辽、金、元、清诸朝之汉人高官。
② （梁）萧统编，（唐）李善注：《文选》，上海古籍出版社1986年版，第2271页。
③ （梁）刘勰著，陆侃如、牟世金译注：《文心雕龙译注》，齐鲁书社1995年版，第368页。

异之处暂存而不论，而专注于其共同特征。

第一节 耶律楚材家族文学创作及存佚情况概述

耶律楚材家族成员创作的作品超过 130 卷，可惜大多已亡佚。辽代耶律氏家族的创作既有汉文作品，又有契丹大小字作品，或者亦有双语合璧作品，但目前存世者极少，难以窥见其面貌，前文已有论述，此处不赘。经细细考辨与梳理，以金元时期有作品者为主，得耶律履、耶律楚材、耶律钧、耶律铸、耶律有尚、耶律希亮和耶律希逸共 7 人。兹制表格如下，庶几了解其家族创作情况及作品现存情况。

表3 　　　　　　　耶律楚材家族作品创作及存佚情况

世次、姓名	历代文献所载作品名称及数量	今存作品数量
一世：耶律履	1. 元好问所撰《神道碑》曰："有文数百篇"，并言其撰《乙未元历》及《撰著说》。 2. 《文渊阁书目》曰："《耶律文献公集》一部六册"。 3. 《千顷堂书目》曰："耶律履《文献公集》十五卷。" 4. 《金史》载其曾撰《纥石烈良弼墓志铭》。 5. 耶律楚材有"用先君文献公韵"诗二题三首。	1. 《全金诗》收诗 1 首，残句 1 句；《全金元词》收词 3 首。 2. 从《永乐大典》残卷中辑出诗 3 首。 3. 从《双溪醉隐集》中辑出诗 2 首。 4. 从《佛祖历代通载》中辑出文 1 篇。 5. 从《故金尚书右丞耶律公神道碑》和《金史》本传辑出章表奏议若干句。
二世：耶律楚材	1. 《文渊阁书目》曰："耶律《湛然居士集》一部，十七册；耶律《湛然居士集》一部，三册。" 2. 《千顷堂书目》曰："耶律楚材《湛然居士集》三十五卷，缺七卷至十二卷，又缺二十二卷、二十三卷。""又，《湛然居士文集》十四卷，中书省都事宗仲亨辑。""耶律楚材《庚午元历》二卷。又，《历说》。又，《乙未元历》。又，《回鹘历》。""耶律楚材《五星秘语》一卷。又，《先知大数》一卷。""耶律楚材《皇极经世义》"。 3. 王士禛《池北偶谈》曰："元耶律文正《湛然居士集》十四卷。" 4. 《正统道藏》："《玄风庆会录》，元侍臣昭武大将军尚书礼部侍郎移剌楚才奉敕编录。"	1. 《湛然居士文集》十四卷，共有诗 677 首，文（包括疏）75 篇。 2. 《西游录》二卷。 3. 《庚午元历》二卷。 4. 《玄风庆会录》一卷。 5. 从《永乐大典》残卷中辑出诗 4 首。 6. 从明嘉靖《辉县志》中辑出诗 9 首。 7. 从现藏于美国普林斯顿大学美术馆耶律楚材书法作品中辑出诗 1 首。 8. 从清《钦定日下旧闻考》中辑出词 1 首。 9. 从《南村辍耕录》中辑出楚材起草诏书 2 份。

续表

世次、姓名	历代文献所载作品名称及数量	今存作品数量
三世：耶律钧	苏天爵《滋溪文稿》曰："作《传家誓训》以教子孙。"	从《滋溪文稿》辑出残句 7 句。
三世：耶律铸	1.《千顷堂书目》曰："耶律铸《双溪醉隐乐府》十一册。" 2.《四库全书总目提要》曰："《双溪醉隐集》八卷。……明钱溥《内阁书目》有'耶律丞相《双溪集》十九册'，亦不详其卷目。检勘《永乐大典》所收铸《双溪醉隐集》篇什较伙，有《前集》《新集》《续集》《别集》《外集》诸名。"	1. 文渊阁《四库全书》本、《知服斋丛书》本、《辽海丛书》本《双溪醉隐集》六卷，共有赋 15 篇，诗 809 首，①词 8 首，杂著 13 篇。 2. 从《永乐大典》残卷中辑出诗 27 首，词 1 首，赋 1 篇。
四世：耶律有尚	清《钦定续通志》与《钦定续文献通考》均曰："耶律有尚《许鲁斋考岁略》一卷。"	从《鲁斋遗书》中辑出《许鲁斋考岁略》一卷、《许鲁斋行实》一篇、残文一段。
四世：耶律希亮	1.《元史·耶律希亮传》曰："所著诗文及《从军纪行录》三十卷，目之曰《愫轩集》。" 2.《千顷堂书目》曰："耶律希亮《愫轩集》三十卷。"	1. 从清储大文《存研楼文集》卷八辑录残句若干。 2. 以危素所撰《神道碑》与《元史》本传对勘，再根据岑仲勉之文章辑录残句若干。
四世：耶律希逸	1.《庶斋老学丛谈》曰："耶律文献公、子中书令湛然居士、孙丞相双溪、曾孙宣慰柳溪，四世皆有文集，共百卷行于世。" 2.《庶斋老学丛谈》曰："宣慰耶律柳溪《咏剪子》诗。"清朝《御选元诗》及《元诗纪事》收录此诗。 3.《庶斋老学丛谈》曰："《耶律柳溪诗集》云：'角端呈瑞移御营，撶尢问罪西域平。'"	1. 从《庶斋老学丛谈》中辑出《咏剪子》诗 1 首。 2. 从《析津志辑佚》辑录佚诗 18 首。 3. 从《庶斋老学丛谈》辑录佚诗残句 2 句。

　　耶律楚材家族跨金元两代，期间金、宋相继灭亡，战乱频仍，其家族成员多经历战争的洗礼。从空间地域来看，其家族成员活动范围极广，足

---

　　① 原有诗 826 首，据魏崇武《大典辑本〈双溪醉隐集〉误收考》删去诗 15 首，据笔者考证再删去 2 首，故得 809 之数。

迹遍及今吉尔吉斯斯坦、乌兹别克斯坦、塔吉克斯坦、哈萨克斯坦、阿富汗、蒙古、朝鲜、韩国等国，以及我国的新疆、甘肃、青海、西藏、宁夏、内蒙古、陕西、山西、河南、山东、河北、北京、天津、辽宁、四川、重庆、湖北、江苏、安徽、江西、浙江、福建等省、市、自治区，所到之处均有文化活动的记载。从上述存世诗文作品来看，内容较为丰富，如以地域来分，可分为西域之作、青藏之作、秦陇之作、巴蜀之作、山西之作、燕京之作、河南之作、山东之作等。

　　耶律楚材家族存世的文学作品，从文学样式来看，主要是诗、文、辞赋、词等。其中，耶律楚材和耶律铸作品不仅数量最多，而且诗歌所占比例亦最大，是其家族文学中最重要的部分。如果再进行细分，则其诗歌有古诗（含乐府），有近体诗，而以近体诗为主。辞赋作品创作难度较大，尤其是律赋，非专门学习与练习者不能为，故耶律楚材家族较少有能人作，就目前存世作品来看，仅耶律铸一人而已。耶律楚材家族能作文者较多，如将"文"的范围扩大，则耶律楚材之书信、公文、游记亦属此类，耶律铸之杂著亦是广义之"文"，耶律希亮之《从军纪行录》也算在内。词之创作，金元之时自不能与两宋相比，且金元本崇唐之诗文，故其作者及词作均难与诗文相比——在耶律楚材家族文学中亦是如此。

　　契丹人用汉语进行创作，即便从小学习汉语，学习儒家经典，其水平也不太容易达到极高的水平。究其原因，一方面是他们并不只学汉语，从已有的材料可知，他们基本上是处于双语或多语环境中，学习汉语并用汉语进行创作只是他们生活和学习的一部分；另一方面，他们的仕进之路并不依靠或者并不完全依靠科举，也并不靠文学才华实现自己官职的升迁。文学只是他们优雅艺术生活中的一部分，文学创作很多时候是用来与达官贵人或文人雅士唱和交流的手段。所以我们看耶律楚材家族中的所有成员，极少有尽全力用生命与心血进行诗文创作者，他们的着眼点与着力点不在于此，这也就是我们普遍认为少数民族文学质朴自然、不假雕琢、粗犷豪放的原因之一。说到底，他们更重功业，重当下，对于"不朽之盛事"，看得不太重。所以，从总体来看，耶律楚材家族文学的艺术成就参差不齐，有佳作，亦有平庸之作，而耶律楚材水平最高，耶律铸亦有较多佳作，二人可在元代文学史上占据一席之地。就其家族文学的整体风格而论，则主要表现为豪放俊逸、清新明快。

从耶律楚材家族文学作品的内容来看，涉及方面比较广，有咏物言志之作，有酬唱赠答之作，有边塞战争之作，有山水田园之作，有民生疾苦之作，有思亲怀友之作，有参禅悟道之作，有咏史怀古之作，有羁旅行役之作，有感时伤事之作，还有杂咏杂题之诗文等。其中，前三类作品数量较多，质量较高，总体上能反映耶律楚材家族文学的风貌，故本书择要进行分析与论述。

第二节　耶律楚材家族咏物之作述论

契丹文人多学唐宋文人，作品多关涉景物，因而咏物言志或寄意作品所占比例较大，这是比较突出的现象，这其中又以耶律铸所作为多，艺术上也更为成熟。故本书专设一节进行论述。

一　耶律楚材咏物之作

在耶律楚材专门咏物之作中，诗歌有 69 首，不算太多，约占总数的 10%；文仅有《茶榜》1 篇。从其所咏之物来看，咏梅、桃花、探春花、梨、葡萄、芭榄、西瓜等之作有 21 首，分别为《和陈秀玉绵梨诗韵》《又和橙子梅韵》《蜡梅二首》《谢王巨川惠腊梅因用其韵》《和冲霄十月桃花韵二首》《西域河中十咏》《咏探春花用高冲霄韵》《西域尝新瓜》《红梅二首》；咏酒、马乳、茶、鹿尾等饮食等之作有 16 首，分别为《寄贾抟霄乞马乳》《谢马乳复用韵二首》《西域家人辈酿酒戏书屋壁》《西域从王君玉乞茶因其韵七首》《是日驿中作穷春盘》《遗龙冈鹿尾二绝》《和景贤赠鹿尾二绝》；咏笔、扇、冠、琴、杖、阮、车等之作有 12 首，分别为《赠李郡王笔》《赠抟霄笔》《乞扇》《用刘润之乞冠韵》《乞车》《和王正夫忆琴》《用秀玉韵》（东坡杖）《用樗轩散人韵谢秀玉先生见惠东坡杖》《谢西方器之赠阮杖并序》《对雪鼓琴》《和董彦才东坡铁杖诗二十韵》《赠景贤玉涧鸣泉琴》；咏佛及佛教用品之作有 12 首，分别为《题西庵所藏佛牙二首》《赞李俊英所藏观音像》《谢禅师□公寄闾山紫玉》《寄龙溪老人乞西岩香》《谢圣安澄公馈药》《从万松老师乞玉博山》《从龙溪乞西岩香并方》《转灯》《寄万寿堂头乞湖山》《寄孔雀便面奉万松老师》《寄岳君索玉博山》；其余诸作如描写雨、树、堂、园等，共有 8 首。从咏物内容来看，耶律楚材不太注重借物抒怀，而是直接描摹，如《赠景贤玉涧鸣泉琴》云："素轸四三排碧玉，明徽六七粲黄金。临风好奏《朝飞曲》，对月宜弹《清夜吟》。"① 即便表达对所写物件的喜爱之情，也是直抒胸臆，如实描写而无太多寓意，如《和陈秀玉绵梨诗韵》：

石门九月西风高，绵梨万树金垂梢。清溪千里携赠我，藤筐初发香盈包。

谪仙风度清溪亚，春风曾饮梨花下。不用红妆唱采莲，醉望青天歌二雅。

我有斗酒清且醇，同君荐此鹅黄新。初见分香剖金卵，更看削玉飞霜鳞。

缥叶紫条何足语，夜光安可同鱼目。文园尘渴政难禁，咀嚼冰雪劈香玉。②

其咏物诗的写作与此大体相类，极少有含蓄蕴藉、寄寓情怀者。这正如四库馆臣所言："今观其诗语皆本色，惟意所如，不以研炼为工。"③ 因其率意为之，故直写物态，较少进行关联性想象，亦不甚刻意有所寄寓或讽喻。

由于耶律楚材吟咏某物仅仅是客观描摹，或化用典故叙写，所以如果以咏物言志或咏物抒怀来规范，耶律楚材的很多诗恐怕很难归入此类。关于此类诗歌，尚需进一步研究。

二　耶律铸咏物之作

耶律楚材家族中，最擅长咏物者为耶律铸，其现存作品集中有赋16篇，咏物赋有6篇，占其赋作总数的37.5%；诗歌共有836首，咏物之作有182首，所占比例约为21.8%；序、颂、铭、赞等13篇，咏物之作3篇，所占比例为23.1%。各体咏物之作列表如下：

---

① （元）耶律楚材著，谢方点校：《湛然居士文集》，中华书局1986年版，第316—317页。
② （元）耶律楚材著，谢方点校：《湛然居士文集》，中华书局1986年版，第17页。
③ （元）耶律楚材著，谢方点校：《湛然居士文集》，中华书局1986年版，第382页。

表4　　　　　　　　　　　　**耶律铸咏物作品分类**

咏物诗	所咏之物	咏物杂文	所咏之物	咏物赋	所咏之物
锦连钱 桃花马二首 红叱拨	马	红叱拨赞	马	大尾羊赋并序	大尾羊
揽镜	镜	镜铭	镜	独醉园三台赋	台、诗书、琴、弓矢
雪香亭月下偶得名酒，径醉为赋 对酒 麈沆 行帐八珍诗三首 软玉膏 醍醐	酒、珍馔	酒铭	酒	毁假山赋	假山
玉华盐三首 咏雪二首 谨用尊大人领省龙庭风雪诗韵二首 九月道中遇雪 途中值雪 双溪书院对雪 立春前一日对雪 咏雪 故宫对雪三首 园中对雪 月台雪霁 雪中戏示汉臣 雪后吟 西园仙居亭对雪，命酒作《白雪唯》五首	雪			雪赋并序	雪
春晓月下观白牡丹 天香台牡丹 天香台单叶牡丹率成重叶多叶千叶，为赋此纪之 唐家牡丹 荐福山寺殿前牡丹 饮独醉园牡丹下戏题 题恋春牡丹 牡丹 唐家红紫二色牡丹 题一花二名牡丹 双头牡丹二首	牡丹			天香亭赋、天香台赋	牡丹、亭、台

续表

咏物诗	所咏之物	咏物杂文	所咏之物	咏物赋	所咏之物
春梅 梅魂得香字二首 独醉园梅数年无花，今岁特盛。中觞，有索赋梅词者，为赋 和人落梅 落梅分得香字 拟咏落梅 题西山早梅扇头 西园梅花 对后园梅花简示诸公 早梅 饮梅花下 梅花引 春梅怨笛歌 咏梅谨上尊大人领省	梅				
戏题与牡丹同名芍药 长春芍药同座客赋 题与牡丹同名芍药 戏题所藏芍药花辞 芍药	芍药				
墙北桃树 烧桃树根 路边桃花 三月桃花词 日日亭午大风，树杪忽见桃花一枝 冬日桃花同诸公赋 答王澹游冬日二色桃花诗 次卢希谢冬日桃花诗韵	桃				
对竹引 圆福院竹 圆福院竹甚茂盛，幽都一郡所未有。起上人云"原有桃树百本，余悉去之，始植此君。"因为之赋	竹				
对城南池莲招曹南湖 秋莲怨	荷				

续表

咏物诗	所咏之物	咏物杂文	所咏之物	咏物赋	所咏之物
杨妃菊 紫菊 杨妃菊二首	菊				
和汉臣秋日海棠 和德卿秋日海棠答座客 （咏花） 戏咏花鸟名二首 落花 蘅薄 三月二十二日梦中咏琼花 取维扬红玉楼子于层阁，芍药种迟而未至 落花 司春园五月五日梨花，是日因事不果二首 晨诣香山禅寺观两阁前后 玉簪 杨花 乞花 戊午冬十一月二十八日过阆州，杨氏献小桃。十二月二日又献杏花 惜花御史 玉蕊花二首 咏苔	海棠、梨花、琼花、杨花、杏花、苔藓、柳等花草树木				
对月吟拟诸公体 十四夜月 夏夜对月 秋夜对月赠唐臣 谨用尊大人领省十六夜月诗韵 中秋对月 十六对月 十六夜月得人字三首 对月吟 姮娥	月				
为曹南湖引《阮摘赋》 咏阮 摘阮行呈吕西冈 春雷琴	阮、琴				

续表

咏物诗	所咏之物	咏物杂文	所咏之物	咏物赋	所咏之物
过琼林园闻莺 雏莺 秋莺 放雁词 题长春宫瑞应鹤诗二首 新鹰 五禽咏四首 五禽言 家园即事（燕子） 晨鸡	莺、雁、 鹤、鹰、 燕子、 鸡等				
灯蛾叹 嘲蝶	蛾、蝶				
鲋鱼辞	鲋鱼				
蛙吹并引	青蛙				
猎北平射虎	虎				
茶后偶题 和人《茶后有怀友人》	茶				
炭山窖子店大风后有回风 数月不已 迎风馆 戊申己酉北中大风 和林雨大雹有如鸡卵者 雷雹 白云谣 日将出 小垂虹 欲雪 忆双溪	风、雨、 雹、云、 日、 虹、溪				
松声 松声行 松声四首 剪流水	松声、 流水				
从涣然觅纸 玉泉新墨并序	纸、墨				
钱币	钱币				

续表

咏物诗	所咏之物	咏物杂文	所咏之物	咏物赋	所咏之物
魏焦孝然目其草庐曰蜗牛庐，愚以行帐为行窝，寻亦号为蜗牛舍云 御床	毡房、床				
瓠诗	瓠				
石樑	石樑				
谨次尊大人领省火绒诗韵并序	火绒				
白石山 漆城谣 枕流亭 题枕流亭 池亭用前韵 瓠瓜亭二首 独醉亭 燕台 苍官台 郝侍中钓台	山、 城、 亭、台				

上表所列，仅为概略之分类。有些诗如果细细考辨，恐怕未必能列入严格的咏物诗文范畴，虽其重点不在咏物，但由于其诗文对某物进行了描摹，故此处亦进行列举，主要是显示耶律铸对外物之关注与描摹。耶律铸之咏物或对外物之描摹，从内容而言，大体可分为三类：一是通过咏物以写心寄意；二是借写物来阐发人生的哲理；三是单纯咏物而极尽摹形绘状之事。

《唐宋诗分类选讲》说："唐代诗人……体物工细，写形传神，物我交融，兴寄高远，达到了高度的艺术水准，成为诗人们倾注精力最多的艺术门类之一。"[①] 耶律铸于诗学唐，许多咏物诗将物的特点与人事结合起来，从而寄寓怀抱，抒写性情，成为比较成功的咏物佳作。如《圆福院竹》云："虚心虽涉世，贞节自孤坚。翠稍挂明月，锦绷披紫烟。"[②] 既有

① 尚永亮师主编：《唐宋诗分类选讲》，高等教育出版社 2007 年版，第 111 页。
② （元）耶律铸：《双溪醉隐集》卷 3，光绪十八年顺德龙氏知服斋刻本。

较为生动的形象描摹，又以"虚心"与"贞节"的品质拟人，可谓形神兼备，寄托深远，于此可见耶律铸所追求的理想品格。《秋莲怨》亦拟人，但凄恻哀怨，伤时感事，风格自是不同："红衣乱委鸳鸯浦，罗袜尘消水仙府。凝情照景竟无言，应惜芳心为谁苦。"① 耶律铸曾一度罢相，闲居在家，此诗所写秋莲恐怕是其遭受排挤和打击之后的写照。

其咏物赋则感于世事，往往蕴含哲理。如《大尾羊赋》以"尾大不掉"之描写为喻，冀在警醒元朝统治者防范封王势力过大，乃有感而作者。②《寄生树赋并叙》则明确地表示，此赋之作，实"有所激"，③ 一方面对于攀龙附凤、趋附势门者有所批判，另一方面也揭示出"存在即是合理"的哲理。

除此之外，尚有许多作品纯是描写，并无寄托。如《雏莺》诗，清丽明快，喜爱之情溢于言表："一帘疏雨洗清明，啼杀东风陌上莺。寒勒百花开不得，问他春色与谁争。"④ 《芍药》："杨家一撚红娇润，与醉西施较等差。倘使红妆无籍在，宝冠须也是闲花。"⑤ 苏轼曾将西湖比作西子，而耶律铸此诗将红芍药花比作"醉西施"，从其娇艳之态来看，似更相近。此类诗读来有唐诗韵味，是耶律铸诗学唐人之结果。

综上，耶律铸咏物之作各体兼备，而成就亦较突出，不仅是耶律家族中之佼佼者，在有元一代文学中，恐怕也应处于上等层次。

三　耶律希逸《咏剪子》诗

耶律希逸作品集当在二十卷左右，但存世作品仅有 19 首诗和两句残句。其咏物诗《咏剪子》首见于盛如梓《庶斋老学丛谈》，后被收入清《御选元诗》，因其存世作品极少，故显得尤其珍贵，兹录全诗如下：

> 体出并州性自刚，箧中依约冷光芒。双环对曲蜂腰细，叠刃齐开燕尾张。
>
> 惯爱分花沾雨露，偏憎裁锦被鸳鸯。可怜成妇寒窗下，一剪边衣

---

① （元）耶律铸：《双溪醉隐集》卷5，光绪十八年顺德龙氏知服斋刻本。
② 李修生主编：《全元文》第4册，江苏古籍出版社1999年版，第32—33页。
③ 李修生主编：《全元文》第4册，江苏古籍出版社1999年版，第36页。
④ （元）耶律铸：《双溪醉隐集》卷5，光绪十八年顺德龙氏知服斋刻本。
⑤ （元）耶律铸：《双溪醉隐集》卷5，光绪十八年顺德龙氏知服斋刻本。

一断肠。①

并州剪刀闻名全国，此诗所咏之剪子亦产于此地。首联 14 字，却包含四种内容：一为产地，"体出并州"；二为其本性，用拟人手法写其刚强；三述其所处之地，乃妇人之"箧中"，此为下文作一铺垫；四绘其光，千锤百炼之后，光芒微冷，似有幽暗之意，与全诗格调意蕴正相吻合。颔联写剪子之形状，"双环对曲蜂腰细，叠刃齐开燕尾张"，以"双环"对"叠刃"，以"蜂腰"对"燕尾"，对仗极为工稳，且比喻贴切，描写极为传神，可谓深得老杜律诗之妙。颈联写其用处，一为分花，二为裁被，分花时则"沾雨露"，但对句却掺入情感，谓"憎"裁"锦被鸳鸯"，这是何故？——尾联给出了答案："可怜戍妇寒窗下，一剪边衣一断肠。"睹物伤感，剪裁丈夫之边衣，却不知其人在何处，亦不知其生死，怎能不令人断肠？正是黯然销魂而无可如何者。

此诗以咏剪子起兴，前三联对剪子之描摹可谓形神兼备，尾联自戍妇一方看去、思来，生出无限联想和情思，韵味悠长，言有尽而意无穷，当为耶律家族乃至古代文学史中咏物之佳者。

耶律希逸咏物诗虽仅存此一首，但为大浪淘沙之精品，从其内容与艺术特色来看，堪当其诗集压卷之作。

第三节　耶律楚材家族赠别思归与边塞战争之作述论②

耶律楚材家族文学中，除了咏物之作外，内容较多者为赠别思归之作。在耶律楚材和耶律铸边塞战争诗文中，除了描写战争与边地景象之外，也夹杂着思归的内容，故本节将此二类作品并置论述。

一　赠别思归之作

（一）耶律倍

耶律楚材先祖耶律倍在出海奔后唐之际，虽然作诗曰："羞见故乡

---

① 杨镰主编：《全元诗》第 8 册，中华书局 2013 年版，第 133 页。
② 此节内容修改后发表于《新疆职业大学学报》2014 年第 2 期。

人，从此投外国，"① 但其内心深处还是眷恋故乡、依依不舍。投奔外国，实属无奈，此种内心凄苦，唯有自己知道，发而为诗，即是此种凄怨与愤恨语气，故赵翼评曰："情词凄婉，言短意长，已深合风人之旨矣。"②

（二）耶律履

耶律履前半生沉沦下僚，壮志难酬，故有牢骚语，有归隐愿，有思乡心，观其《次韵仲贾勉酒》尾联："着脚直须平旷处，糟丘极目是吾乡"，即是此种思想之表现。其赠别诗今存一首，如上文所述，乃四库馆臣误从《永乐大典》辑入耶律铸《双溪醉隐集》中，诗题《送张寿甫尚书出尹河南》，乃是张景仁放外任，耶律履为其送行，颔联以下，全是揄扬劝慰，并无半点悲伤情绪，与依依惜别之作截然不同。

（三）耶律楚材

耶律楚材赠别诗数量较多。所送行人不同，思想感情亦必有别，大体来说，可分为四类：一是惜别伤怀，如《过云中赠别李尚书》云："旧恨常来春梦里，新吟不到客愁边。明朝分手天涯去，他日相逢又几年？"③二是劝说留客，如《外道李浩求归再用韵示景贤》云："寄客天涯乐如许，问渠何必更南还？"④ 三是欣然相送或劝人建功立业，如《送韩浩然用马朝卿韵》："已成倾盖金兰友，安用沾襟儿女情。准拟秋深迓归骑，一樽浊酒远相迎。"⑤《和邦瑞韵送奉使之江表》："莫忘北阙龙飞志，要识南陬鴃舌情。布袖来朝无骑乘，锦衣归去不徒行。"⑥ 《送西方子尚》："天产英才须有意，好将吾道济斯民。"⑦《德恒将行以诗见赠因用元韵以见意云》："英雄须有用，勉力待中年。"⑧《送文叔南行》："鹓雏不忘冲天志，直待三年更一飞。"⑨ 四是劝诫勉励侄孙后辈，如《送侄九龄行》云："而方知命正宜归"⑩，《送侄了真行》曰："两头俱放下，枯木一枝

---

① （元）脱脱等：《辽史》，中华书局1974年版，第1210页。

② （清）赵翼著，王树民校正：《廿二史劄记校正》，中华书局1984年版，第591页。

③ （元）耶律楚材著，谢方点校：《湛然居士文集》，中华书局1986年版，第8页。

④ （元）耶律楚材著，谢方点校：《湛然居士文集》，中华书局1986年版，第35页。

⑤ （元）耶律楚材著，谢方点校：《湛然居士文集》，中华书局1986年版，第79页。

⑥ （元）耶律楚材著，谢方点校：《湛然居士文集》，中华书局1986年版，第81—82页。

⑦ （元）耶律楚材著，谢方点校：《湛然居士文集》，中华书局1986年版，第215页。

⑧ （元）耶律楚材著，谢方点校：《湛然居士文集》，中华书局1986年版，第227页。

⑨ （元）耶律楚材著，谢方点校：《湛然居士文集》，中华书局1986年版，第228页。

⑩ （元）耶律楚材著，谢方点校：《湛然居士文集》，中华书局1986年版，第232页。

荣。"①《送房孙重奴行》："而今正好行仁义，勿学轻薄辱我门。"② 语重心长，谆谆教导，与一般赠别诗所表达的思想大不相同。

耶律楚材思归诗往往包含两个方面的内容，一是思亲，如《思亲有感二首》其一："游子栖迟久不归，积年温清阙慈闱。囊中昆仲亲书帖，箧内萱堂手制衣。"③ 其二："可怜游子投营晚，正是媚亲倚户时。"④ 刻画真切，感情真挚，其思念老母之情跃然纸上。《壬午元日二首》其一："客中今十载，媚母信何如。"⑤ 正所谓"每逢佳节倍思亲"是也。又《思亲二首》其一："鬓边尚结辟兵发，箧内犹存教子书。幼稚已能学土梗，老兄犹未忆鲈鱼。"⑥ 其二："故园屈指八千里，老母行年六十余。"⑦ 除此之外，耶律楚材尚有《思亲用旧韵二首》《思亲有感》诸诗，兹不一一引述。

二是思乡，如《西域元日》："新愁又逐东风至，旧信难随春日来。又向边城添一岁，天涯飘泊几时回。"⑧ 上文所引《思亲二首》《思亲用旧韵二首》等诗，亦有"何日挂冠辞富贵，少林佳处卜新居""谁知万里思归梦，夜夜随风到故居""回首故园千万里，倚楼空望白云飞"等思乡盼归之句。失意之时，往往思归，宦游厌倦之时，亦会眷恋故乡，自古皆然，非楚材一人如此。这种思乡，往往也包含了归隐的情绪，如《用前韵送王君玉西征二首》："收拾琴书归去来，修心须要金成铁。"⑨ 不仅自己要学陶渊明"归去来兮"之归隐，而且让好友也"功成莫恋声利场"⑩，及时功成身退。《过济源和香山居士韵》亦云："晚年归意切，对此空沉首。何日遂初心，营居碧林后。"⑪

（四）耶律铸

耶律铸赠别思归之作数量也较多，仅次于其咏物作品，共有诗79首，

① （元）耶律楚材著，谢方点校：《湛然居士文集》，中华书局1986年版，第232页。
② （元）耶律楚材著，谢方点校：《湛然居士文集》，中华书局1986年版，第247页。
③ （元）耶律楚材著，谢方点校：《湛然居士文集》，中华书局1986年版，第31页。
④ （元）耶律楚材著，谢方点校：《湛然居士文集》，中华书局1986年版，第32页。
⑤ （元）耶律楚材著，谢方点校：《湛然居士文集》，中华书局1986年版，第105页。
⑥ （元）耶律楚材著，谢方点校：《湛然居士文集》，中华书局1986年版，第132页。
⑦ （元）耶律楚材著，谢方点校：《湛然居士文集》，中华书局1986年版，第132—133页。
⑧ （元）耶律楚材著，谢方点校：《湛然居士文集》，中华书局1986年版，第125页。
⑨ （元）耶律楚材著，谢方点校：《湛然居士文集》，中华书局1986年版，第26页。
⑩ （元）耶律楚材著，谢方点校：《湛然居士文集》，中华书局1986年版，第26页。
⑪ （元）耶律楚材著，谢方点校：《湛然居士文集》，中华书局1986年版，第28页。

词1首。其所送之人亦较多，有名者如元好问、吕鲲、赵著等，其他人还有胡寿卿、润甫、杨子阳、玄之、赵敬叔、李敬斋、完颜奏差、正夫、贾彦从、冯赟、安善甫、魏隐君、诚之、子周、子华、孟端卿、宁朔、李稚川、子文、西岗老人、米君周、赵伯玉、许大用、刘仲素、晋之、王彦高、焦宝国、王君璋、侯君美、丁仲华、田炼师等人，但令人奇怪的是，与耶律楚材交游之人多能从史籍中考出，而耶律铸交游诸人却多名不见经传，此或为契丹人在元朝左右不得其助之缘故。从这些赠别思归作品来看，内容与耶律楚材相类，或为惜别，或为挽留，或为欣然相送，惟无送后辈诗词。但其对于送别场景之描写却胜其父一筹，如《送人还燕然》：

> 去年来帝阙，篱客正黄菊。今年还燕然，春光明远目。
> 再三挽不留，归心何太速。回首落花多，满川红簌簌。
> 驰驱万里程，阿谁慰幽独。寂寂寒山行，寂寂寒山宿。
> 啼鸟几声迟，淡烟芳草绿。东风千里人，明月半轩竹。
> 汉苑穴狐兔，姑苏走麋鹿。功名半纸薄，兴亡等棋局。
> 可笑百年身，黄粱犹未熟。不发离别叹，不唱阳关曲。
> 桃李醉逢场，夕阳倒船玉。①

从行人角度想归程之孤独寂寞，"驰驱万里程，阿谁慰幽独。寂寂寒山行，寂寂寒山宿"，虽不言留，却寓留别之意，比上一句"再三挽不留，归心何太速"更见情谊之深厚。

二　边塞战争之作

（一）耶律楚材

金元之际，战乱频仍。蒙元大军东征西讨，开疆拓土，所到之处，无不臣服。耶律楚材受成吉思汗征召，为占卜预测之士，诸多战争均随从而行。如《元史》本传载："己卯夏六月，帝西讨回回国，祃旗之日，雨雪三尺，帝疑。楚材曰：'元冥之气见于盛夏，克敌之征也。'庚辰，冬大雷，复问之，对曰：'回回国主当死于野。'后皆验。"② 既经历诸多战

---

① （元）耶律铸：《双溪醉隐集》卷2，光绪十八年顺德龙氏知服斋刻本。
② （明）宋濂等：《元史》，中华书局1976年版，第3456页。

争，其诗文亦有所记载和描写。

总体来看，可分为三类，一是描写行军战争场面，如《再用前韵》曰："天兵饮马西河上，欲使西戎献驯象。旌旗蔽空尘涨天，壮士如虹气千丈"①，景象阔大，气势雄浑，感情豪迈，与岑参诗"三军大呼阴山动"之气势可相媲美。《用前韵送王君玉西征二首》云："鱼丽大阵兵成行，行师布置非寻常"②，则是夸赞王君玉行兵布阵章法谨严，号令严明。《和王巨川韵》曰："天兵一鼓长安克，千里威声震陕东"③，以夸张手法写蒙元兵之神勇与善战，气势亦较壮观。"西征军旅未还家，六月攻城汗滴沙"（《西域尝新瓜》）④，则直接写沙场战争场面，意在与最后一句耶律楚材在"午风凉处剖新瓜"形成对比。

二是抒发豪情壮志，如《再用前韵》："穹庐展转清不眠，霜匣闲杀锟铻铁"⑤，但因耶律楚材身为儒者，且崇信佛教思想，其政治主张为行仁政，故此类诗文极少。

三是止战恶杀。《元史》本传载成吉思汗准备攻打东印度，驻铁门关，见到一怪兽，耶律楚材跟成吉思汗说此为角端，是好生恶杀之物，成吉思汗听后当天班师返回。此故事与盛如梓《庶斋老学丛谈》所载有些许出入，但耶律楚材崇佛，不杀生思想却必然对其诗歌创作产生影响，故其诗往往有悲悯苍生的诗句，《和王巨川》云："千古兴亡同一梦，梦中多少未归人"⑥，此诗乃楚材"扈从入西秦"之作，看到生灵涂炭，有感而发。再如《除戎堂二首》其二则曰："服心不用七擒策，御侮何劳三箭歌。"⑦ 不动一兵一箭，而天下大定，此乃耶律楚材之理想，故有不用"七擒""三箭"之语。

耶律楚材记写边塞路程及景物的长文有《西游录》，共分上下两卷，其中上卷记西征路线和边塞景物，下卷则为攻击全真教之内容。

除了《西游录》之外，值得注意的是其《答杨行省书》一文，其中有"秣马厉兵，可报西门之役"之句，当为勉励杨妙真将兵备御，抚平

---

① （元）耶律楚材著，谢方点校：《湛然居士文集》，中华书局 1986 年版，第 24 页。
② （元）耶律楚材著，谢方点校：《湛然居士文集》，中华书局 1986 年版，第 25 页。
③ （元）耶律楚材著，谢方点校：《湛然居士文集》，中华书局 1986 年版，第 45 页。
④ （元）耶律楚材著，谢方点校：《湛然居士文集》，中华书局 1986 年版，第 169 页。
⑤ （元）耶律楚材著，谢方点校：《湛然居士文集》，中华书局 1986 年版，第 24 页。
⑥ （元）耶律楚材著，谢方点校：《湛然居士文集》，中华书局 1986 年版，第 149 页。
⑦ （元）耶律楚材著，谢方点校：《湛然居士文集》，中华书局 1986 年版，第 143 页。

州郡百姓之语，正所谓"有备无患"者也。此可见耶律楚材并非完全反对兵戎之事。

（二）耶律铸

耶律铸自幼尚武习文，随其父出入蒙古军营，精于骑射，故成人之后，曾领侍卫，跟随宪宗征蜀，屡出奇计，攻城拔寨，树立战功。其后投奔元世祖忽必烈，亦曾领军备御北方。从其经历来看，可谓身经百战。观其存世战争边塞之作，数量亦在百首以上，虽词、赋、杂著无一篇涉及边塞战争场面，但其诗作却数量较多。除了用于迎接大军凯旋及宫廷演奏之68首乐府诗外，其他诗作尚有50余首，诗题分别为《述实录四十韵》《密谷行》《战扼狐》《伯哩行》《老将》《平南将》《南征奏捷》《西征》《闻北耗诏发大军进讨》《经扼狐岭得胜口会河战场》《战三峰并序》《征不庭》《贤王有云南之捷》《大江篇寄上贤王以代谢章兼贺平云南之捷》《阳关》《阴河》《回飞狐》《南征纪事》《南征过蜀寄题故园》《达兰河》《拒马河》《千泉》《西北》《战沙陀》《玉门关》《前出塞二首》《后出塞二首》《丁零二首》《秋山二首》《庭州》《金莲花甸》《阿延川诗》《过长城》《沙碛道中》《金满城二首》《渡陷河》《翌日渡东陷河》《过无定河三首》《夏州塞外道》《入蜀口号》《磨剑行》《征妇怨》等。

这些诗作，写行军战争场面者多集中于刻画谋略之神、军威之雄壮、将士之勇武，如《拔武昌》："设奇包敌纵蒙冲，绝似飘风卷断蓬。"[1] 以飘风卷断蓬喻摧枯拉朽，极尽形容元兵之气势凶猛。《战芜湖》之"舳舻千里蔽江湖"[2] 与《战胪朐》之"竞将蔽野冲云阵，只片时间扫地无"[3] 句，则形容士兵争先恐后，奋勇争先，而兵多将广，其势如铺天盖地，不可抵挡。《科尔结》写将士之勇猛迅捷云："初若疾雷威似虎，复如脱兔速于神。想当持节为飞将，只是如今著翅人。"《沙幕》与《枭将》二诗亦用比喻手法，写行军之迅速："一军电激穿沙幕，万燧云繁战野营"[4]，"横穿外壁风前阵，直捣中坚月下营"[5]。

但其战争边塞诗并非一味写征战得胜场面，亦有止战与优抚仁济之内

---

[1] （元）耶律铸：《双溪醉隐集》卷2，光绪十八年顺德龙氏知服斋刻本。
[2] （元）耶律铸：《双溪醉隐集》卷2，光绪十八年顺德龙氏知服斋刻本。
[3] （元）耶律铸：《双溪醉隐集》卷2，光绪十八年顺德龙氏知服斋刻本。
[4] （元）耶律铸：《双溪醉隐集》卷2，光绪十八年顺德龙氏知服斋刻本。
[5] （元）耶律铸：《双溪醉隐集》卷2，光绪十八年顺德龙氏知服斋刻本。

容，如《恤降附》云："一新污俗浴恩波，天地间人感慨多。我泽如春民似草，圣元天子布阳和。"① 《逻逤》与《战城南》诗则表明了和平解决问题的方针："且述要知方略在，圣人不战屈人兵"②，"贵谋贱战，不战屈人兵"③。正是"苟能制侵陵，岂在多杀伤"之意。

除此之外，耶律铸对开疆拓土也委婉地提出了反对意见，如《战城南》："或云自从汉武开西域，耗折十万众，博得善马数十匹。奋军势，务鏖击，往来谁洗兵。赤河水犹赤，终弃轮台地。其地于中国，失之且何损，得之本无益。历计其所得，皆不偿所失。虽下哀痛诏，追悔将何及。此是万万古华夏，覆车辙底事。夤缘其轨迄李唐，竞喜边功好大矜英哲。明皇不虑渔阳厄，万里孤军征碎叶。只轮曾不返，得无五情热。暴殄生灵涂草莽，忍徇虚名为盛烈。"④ 很显然，他以生灵为念，对汉武帝和唐明皇好大喜功、损兵折将的作法提出了批评，同时也暗含着对蒙元皇帝的讽谏。

耶律铸在写征战之余，还描写了征人思妇之情，如《长相思》："清渭东流剑阁深，不知消息到如今。相思前路几回首，一夜月明千里心。"⑤ 此诗作于耶律铸扈从元宪宗征蜀之时，过渭水，走剑阁，家人音信渺渺，故有相思之念。《秋闺》亦作于此时，乃从思妇一方想来，云："尘暗芙蓉帐，风搴翡翠帷。驰心嘱明月，将此照金微。"⑥ 同是月明之夜，同写思念之情，一在巴蜀，一在闺阁，唯有明月可托。此二诗情真意切，情景交融，深得唐人佳处。而《征妇怨》则曰："锦织回文织过秋，千丝万缕织成愁。停梭心口私相问，谁在凌烟阁上头。"⑦ 凌烟阁乃悬挂功臣之处，此拟征妇语气，对所谓沙场建功之说法提出了质疑。

（三）耶律希亮

耶律希亮为耶律铸第四子，幼年跟随名儒赵衍学习，九岁即能赋诗。其作品情况见于《元史》记载："所著诗文及《从军纪行录》三十卷，目

---

① （元）耶律铸：《双溪醉隐集》卷2，光绪十八年顺德龙氏知服斋刻本。
② （元）耶律铸：《双溪醉隐集》卷2，光绪十八年顺德龙氏知服斋刻本。
③ （元）耶律铸：《双溪醉隐集》卷2，光绪十八年顺德龙氏知服斋刻本。
④ （元）耶律铸：《双溪醉隐集》卷2，光绪十八年顺德龙氏知服斋刻本。
⑤ （元）耶律铸：《双溪醉隐集》卷2，光绪十八年顺德龙氏知服斋刻本。
⑥ （元）耶律铸：《双溪醉隐集》卷3，光绪十八年顺德龙氏知服斋刻本。
⑦ （元）耶律铸：《双溪醉隐集》卷6，光绪十八年顺德龙氏知服斋刻本。

之曰《憬轩集》。"① 清代学者储大文《存研楼文集》卷八节录"耶律希亮《从军纪行录》"部分内容。岑仲勉曾撰《耶律希亮神道碑之地理人事》一文，认为危素所撰《耶律希亮神道碑》的内容有一部分来源于《从军纪行录》。从残存的内容来看，此《从军纪行录》记录了耶律铸独身投奔忽必烈之后，耶律希亮母子逃奔西域以及忽必烈率军与阿里不哥部下战斗的诸多事迹，其经历之险、路途之艰、斗争之残酷，均于此可见。可惜其存世内容太少，难以见其全貌。

第四节　耶律楚材家族文学的艺术特色

由于耶律楚材家族成员多用汉语进行创作，且作品亦用传统文体形制，故难与汉人创作做截然区分，无论从写作内容、语言风格还是艺术技巧，均可找到与汉人相同或相似者。但其家学传承，必然有整体特色，故须归纳出来，以便观其总体风貌。

通读其家族文学作品，结合前人为其所作序文，可归纳为三点艺术特色：一是风格清健飘逸；二是自然为文，不假雕琢；三是喜好用典。由于喜好用典之特征亦为其他家族文学所共有，故本书只论述前两个方面。

一　风格清健飘逸

耶律楚材家族虽受儒家文化影响，但其北方游牧族群豪放之性情仍有遗传，"言为心声"，发而为诗文，则表现为清刚劲健之特色，与南方绮靡柔弱之风格自是不同。

观耶律楚材家族成员存世之作，多为经世致用、内容实在之篇什，而较少嘲风弄月、内容虚浮之作。由此而体现出来的整体风格即为清健。而其家族处境尴尬，思想又倾向于归隐田园，故所写诗文有离世飘逸之风。

（一）耶律履作品之清健飘逸

耶律履存世之文虽只一篇，内容亦为印度僧人幢记，但其所书语句如"住鸡足山，诵诸佛密语，有大神力，能祛疾病，伏猛虎，呼召风雨辄效"，声韵铿锵，此印度僧人形象、声音于只字片语可见，绝非柔靡软语可形容。

---

① （明）宋濂等：《元史》，中华书局 1976 年版，第 4163 页。

　　耶律履六首诗作，均有所感，《史院从事日感怀》与《次韵仲贾勉酒》抒写壮志难酬之幽愤，长歌短叹，其声气间已透露出不平之气，故有慷慨之风。《奉诏写生五十幅》乃奉世宗之命作画，似有知遇之得意，与抒发磊落不平之情不同，故昂扬利落，豪气外露。而《和德秀道济咏李仲茂自得斋诗韵二首》则表现出乐天委命、不慕荣利的态度，"燕处清话蝉饱露，吟情闲淡雁横秋"，不只内容清逸，风格亦清淡悠远，使人读之有绝尘之想。

　　耶律履于词学苏轼，曾言"老坡疑是前身"，词风亦得坡仙豪放俊逸之妙，仅观"水收霜落云中早，群雁云中道"以及"气吐虹蜺千丈，辞源江汉翻澜"两句便可窥其全貌。

　　（二）耶律楚材作品之清健飘逸

　　耶律楚材学佛于万松老人，心性坚定，故万松老人为其诗文集作序曰："扈从西征六万余里，历艰险，困行役，而志不少沮；跨昆仑，瞰瀚海，而志不加大。"[1] 纵观其作品，知万松所言不虚。如"西天三步远，东海一杯深"（《用万松老人韵作十诗寄郑景贤》其七）[2]、"山高四更才吐月，八月山峰半埋雪"（《过阴山和人韵》其一）[3]、"插天绝壁喷晴月，擎海层峦吸翠霞"（《过阴山和人韵》其三）[4]、"马驼残梦过寒塘，低转银河夜已央"（《早行》）[5]、"易水声呜咽，燕山水郁茫"（《和张敏之诗七十韵三首》其三）[6]，景象或雄浑阔大，或苍凉清幽，都显示出劲健之风。故孟攀鳞为其文集作序曰："观其投戈讲艺，横槊赋诗，词锋挫万物，笔下无点俗，挥洒如龙蛇之肆，波澜若江海之放，其力雄豪足以排山岳，其辉绚烂足以灿星斗。斡旋之势，雷动欻举；温纯之音，金声玉振。片言只字，冥合玄机，奇变异态，靡有定迹。"[7]

　　楚材为文，亦有清逸之风，如《贫乐庵记》云："布衣粝食，任天之真。或鼓琴以自娱，或观书以自适，咏圣人之道，归夫子之门。于是息交游，绝宾客，万虑泯绝，无毫发点翳于胸中。其得失之倚伏，兴亡之反

---

① （元）耶律楚材著，谢方点校：《湛然居士文集》，中华书局1986年版，序一。
② （元）耶律楚材著，谢方点校：《湛然居士文集》，中华书局1986年版，第43页。
③ （元）耶律楚材著，谢方点校：《湛然居士文集》，中华书局1986年版，第22页。
④ （元）耶律楚材著，谢方点校：《湛然居士文集》，中华书局1986年版，第22页。
⑤ （元）耶律楚材著，谢方点校：《湛然居士文集》，中华书局1986年版，第124页。
⑥ （元）耶律楚材著，谢方点校：《湛然居士文集》，中华书局1986年版，第204页。
⑦ （元）耶律楚材著，谢方点校：《湛然居士文集》，中华书局1986年版，序三。

复，初不知也。吾之乐良以此耳！"① 冰岩老人王邻为其集作序曰："味此言言语语，其温雅平淡，文以润金石，其飘逸雄掞，又以薄云天，如宝鉴无尘，寒水绝翳，其照物也莹然。"② 概括精到，可谓知楚材者。

（三）耶律铸作品之清健飘逸

如上文所述，耶律铸边塞征战诗有一百余首，其诗内容既写边塞及疆场杀伐，则场面必然多倾向于阔大，感情必多豪壮，语言风格就表现为雄奇，如"填得大江流不得，先声已不见江东"（《拔武昌》）③、"矢雨注，鼓雷迸，长兵尽，短兵接。势霆击，天柱折；声海振，地维绝"④。（《战扼狐》）

与其边塞征战诗略有不同，其描写风景之诗方显出清健飘逸风格。如《松声行》：

> 水淙淙，山重重，前溪后岭万苍松。我来秋雨霁，夜宿深山中。霜寒千里龙蛇怒，岩谷萧条啸貔虎。波涛漾漾生秋寒，碧落无云自飞雨。珑珑兀兀惊俗聋，余韵飘萧散碧空。悠然策杖出门去，方知万壑生清风。清欢一夕无今古，勾引幽人风雅句。那堪更被山头月，团圆挂在青松树。

用笔劲健，景象清奇，节奏铿锵，而"悠然策杖"与"清风"之语，则见清逸之风格。其他如《上云乐》《游仙》《真游携飞仙》《蜀道有难易》《春色浮山外》等，亦是此种风格，故王万庆跋其集曰："尝观双溪诗，气韵高远，清新绝俗，道前人之所不道，到前人之所不到，情思飘如驭风骑气，真仙语也。"⑤

耶律铸所作赋，风格亦清逸明丽。盖因其多倾心于"醉隐"，倾心于花、酒、池、亭，故能洒脱无碍，如《方湖别业赋》："蔬食为肉，安步为舆。行吟坐啸，足以自娱。或临寿域，或即仙居。或隐而橘，或入而

---

① （元）耶律楚材著，谢方点校：《湛然居士文集》，中华书局1986年版，第196页。
② （元）耶律楚材著，谢方点校：《湛然居士文集》，中华书局1986年版，序二。
③ （元）耶律铸：《双溪醉隐集》卷2，光绪十八年顺德龙氏知服斋刻本。
④ （元）耶律铸：《双溪醉隐集》卷2，光绪十八年顺德龙氏知服斋刻本。
⑤ （元）耶律铸：《双溪醉隐集》原跋二，光绪十八年顺德龙氏知服斋刻本。

壶。左弧与矢，右琴且书。枕曲籍糟，怀瑾握瑜。"① 隐者之风，于此可见。

因耶律铸词作柔媚，与诗文风格有所不同，故此处略而不论。

（四）耶律希逸诗歌之清健飘逸

耶律希逸《咏剪子》一诗，用语及措意均能求新，而风格亦较劲健清逸。其《和百招长老过居庸十咏》十八首诗，虽然多为写景，如《弹琴峡》："万叠高山如画图，峡名绿绮枕平芜。风清时听琴三弄，人世知音问有无？"② 但观其意境，则清幽高远，实非格卑调低者所能比。又如《玉峰寺》："翠玉峰峦罨画间，岩扉涧有几重关。石头路滑苍苔冷，禅隐云间尽日闲。"③ 风格之清逸，自不用细说。其余诸作，与上述二诗可作组诗，故风格一致，此不一一赘述。

二 自然为文，不假雕琢

虽然耶律楚材家族汉语水平很高，且创作了百卷以上的诗文作品，但其毕竟是契丹人，与完全受汉文化影响、生在汉地者有所不同，其对诗文讲究的程度也会有所区别。

要而言之，文多实用之作，格式与语言要求相对较松；诗、词及律赋则讲究字词格律和用语。文学史上对此讲究者不乏其人，如杜甫"语不惊人死不休"、贾岛"吟安一个字，捻断数茎须"即为其例。

但综观耶律楚材家族文学作品，则发现其家族成员多不刻意追求精工，用语相对自然，雕琢痕迹较少，因而可为其家族文学之一艺术特色。

（一）耶律履诗文之用语特点

元好问《中州集》收录耶律履《史院从事日感怀》诗，首联云："不学知章乞鉴湖，不随老阮醉黄垆"，除了用贺知章和阮籍的典故外，整联诗读来就如口语，而出句与对句首字均用"不"，可以想见耶律履并未刻意研炼字词。《次韵仲贾勉酒》首联曰："中年刻意学刊方，世故时来鲠肺肠"，亦不见雕琢痕迹，全是自然写出。《奉诏写生五十幅》后三联："不似凌云书榜日，圣朝宽大许商量。无际毫头观变化，一群鹿上露文

---

① （元）耶律铸：《双溪醉隐集》卷1，光绪十八年顺德龙氏知服斋刻本。
② （元）熊梦祥：《析津志辑佚》，北京古籍出版社1983年版，第256页。
③ （元）熊梦祥：《析津志辑佚》，北京古籍出版社1983年版，第256页。

章。从来面目无增损，抹赤涂青也不妨。"则几乎全用口语，平易畅达，并无用典和蕴藉。

耶律履词作存世者仅有三首，《虞美人·寄云中完颜公》云："夜来明月过西山，料得水边石上不胜寒。黄尘堆里人相看。"明白如话，丝毫不见雕琢痕迹，是自然为文之显例。

虽然耶律履只有一篇文，但此文却对字句十分讲究，非自然为文、不加雕琢者。

（二）　耶律楚材诗文之用语特点

四库馆臣在《湛然居士集提要》中评曰："经国之暇，唯以吟咏寄意，未尝留意于文笔也。……今观其诗语皆本色，惟意所如，不以研炼为工"①，即注意到了耶律楚材自然为文、不假雕琢的特点。王邻为其作序，亦云："中书湛然性禀英明，有天然之才，或吟哦数句，或挥扫百张，皆信手拈来，非积习而成之。盖出于胸中之颖悟，流于笔端之敏捷。"② 孟攀鳞更是揄扬备至，曰："盖生知所禀，非学而能。如庖丁之解牛，游刃而余地；公输之制木，运斤而成风。是皆造其真境，至于自然而然。公之于文，亦得此不传之妙。"③ 李微为当时名士，亦是耶律铸之师，对于耶律楚材诗文接触较多，他在《湛然居士集·后序》中评曰："观其从事征讨，军务倥偬，宜其不暇留意于文字间，然雄篇杰句，散落人间复如彼其多。或吟咏其情性，或寄意于玄机，千汇万状，会归于正，皆肆笔而成，若不用意为者。"④

观耶律楚材存世作品，如"昨朝命我初无兴，今日寻君不在家"（《景贤召予饮以事不果翌日予访景贤值出予开樽尽醉而归留诗戏之》）⑤、"遇不遇兮皆是命，吾侪休羡锦衣新"（《和王正之韻三首》）⑥、"子细嚼时元不碍，浑沦吞下也无妨"（《谢圣安澄公馈药》）⑦、"清溪作谶语，湛然大笑之"（《和秀玉韵并序》）⑧、"去岁山羊酬过价，今年鹿尾不值钱"

①　（元）耶律楚材著，谢方点校：《湛然居士文集》，中华书局1986年版，附录四。
②　（元）耶律楚材著，谢方点校：《湛然居士文集》，中华书局1986年版，序二。
③　（元）耶律楚材著，谢方点校：《湛然居士文集》，中华书局1986年版，序三。
④　（元）耶律楚材著，谢方点校：《湛然居士文集》，中华书局1986年版，后序一。
⑤　（元）耶律楚材著，谢方点校：《湛然居士文集》，中华书局1986年版，第317—318页。
⑥　（元）耶律楚材著，谢方点校：《湛然居士文集》，中华书局1986年版，第82页。
⑦　（元）耶律楚材著，谢方点校：《湛然居士文集》，中华书局1986年版，第208页。
⑧　（元）耶律楚材著，谢方点校：《湛然居士文集》，中华书局1986年版，第238页。

（《遗龙冈鹿尾二绝》）① 等，皆如口语，并无半点雕琢痕迹，如前人所言，其诗出于自然而然，可为定评。

（三）耶律铸诗文之用语特点

耶律铸师从当时名士李微、诗人吕鲲和赵著，故诗文创作与其父祖有所不同，其集中之赋、部分诗词，即为精心结撰之作，与肆笔而成者相异。但作家风格并非一成不变，亦非只有一面，观其诗词，亦有自然天成之作，如《高城曲》云："城高三百尺，枉教人费力。贼不从外来，当察城中贼。"② 语言浅易，不用典故，亦不假雕琢，而寓意深远，并不输于其父祖。《留别赵虎岩吕龙山》首二句云："燕南春色老，燕北草初肥。"③ 率意而成，而意境格调不减唐人，深得自然浑成之妙。其他诗作如《怀赵虎岩吕龙山》《怀舜钦》《寄杨诚之》《寄李东轩》《送赵伯玉行》《怀高敞》《落花》《杂咏》《示子》《青山》《独自来》等，用语平淡简易，一出于自然，几乎不见雕琢痕迹，亦属于此类风格者。

耶律铸词作有自然之句，却无自然之篇，盖和乐歌唱，必要雕琢删削，故难于全篇浑成如一。

其杂著诸篇，有随意而作深得自然之道者，虽间有炫才藻饰之句，但总体而言，全篇浑然一体，不用雕琢，可见耶律铸之真性情，如《四痴子释》：

> 双溪狂直之状，北山逋客之迹，白莲居士之行，独醉道者之德。相与雍容，澹乎自持，恃其所长，多其所宜。或拒或违，或行或随，相忘尔汝，与夫研媸。气其合也，道其同也。磅礴为一，探其赜也。索其隐也，析为四痴。

而《镜铭》一文亦可称为自然浑成之作："应物无私，不言善应。黑白自证，妍媸自定。肝胆可呈，衣冠可正。亮圣人之存诚，其用心也如镜。"

（四）耶律希逸诗之用语特点

耶律希逸诗亦有用语平实自然的特征，如"今日干戈愁满地，借君

---

① （元）耶律楚材著，谢方点校：《湛然居士文集》，中华书局 1986 年版，第 301 页。

② （元）耶律铸：《双溪醉隐集》卷 5，光绪十八年顺德龙氏知服斋刻本。

③ （元）耶律铸：《双溪醉隐集》卷 5，光绪十八年顺德龙氏知服斋刻本。

儒笔纪行藏"（《研台》）①、"泉因人胜号观音，此水应能洗素心"（《观音泉》）②、"间宿南关口，山高六月寒"（《古北关即居庸关》）③ 等，可为耶律家族第四代作家自然为文之例证。

第五节　小结

综上所述，可得出结论如下：

1. 耶律楚材家族创作了 130 余卷的作品，但多数作品已亡佚，目前仅存 1551 首诗，13 首词，16 篇赋，92 篇杂文，《西游录》等作品 6 卷，译诗 1 首，以及残句若干。

2. 耶律楚材家族作品内容丰富，涉及地域及人事较为广泛。从作品内容角度进行分析，其主要者有三类：一是咏物寄意，二是赠别思归，三是边塞战争。

3. 耶律楚材家族文学中的咏物寄意作品所占比例较大，而其中又以耶律铸所作为多，艺术上也更为成熟。耶律楚材家族咏物作品大体可分为三类：一是通过咏物以写心寄意；二是借写物来阐发人生的哲理；三是单纯咏物而极尽摹形绘状之事。

4. 耶律楚材家族赠别作品主要可分为四类：一是惜别伤怀；二是劝说留客；三是欣然相送或劝人建功立业；四是劝诫勉励侄孙后辈。思归作品可分为两类：一是思亲，二是思乡。

5. 耶律楚材家族边塞战争作品主要可分为三类：一是描写行军战争场面；二是抒发豪情壮志；三是止战恶杀。

6. 从耶律楚材父子的诗文来看，一方面，他们有济世泽民之志；另一方面，他们又在诗文中反复表达"隐"的强烈愿望。其诗文中的"隐"乃是"心隐"。耶律楚材被疏离，是被动的"心隐"；耶律铸是选择性退出，是主动的"心隐"。

7. 耶律楚材家族文学的艺术特色大体可归纳为两点：一是风格清健飘逸；二是自然为文，不假雕琢。

---

① （元）熊梦祥：《析津志辑佚》，北京古籍出版社 1983 年版，第 257 页。
② （元）熊梦祥：《析津志辑佚》，北京古籍出版社 1983 年版，第 257 页。
③ （元）熊梦祥：《析津志辑佚》，北京古籍出版社 1983 年版，第 258 页。

第三章

耶律楚材家族之活动地域及其文学创作

任何人都必须在一定的时空中活动，包括生产生活、交通贸易、繁衍后代，以及仅有少数人的诗文创作活动。同理，任何家族的文学活动都离不开时间与空间地域。因此，家族文学的研究必须充分考察其所处的时代背景与地域环境。

中原汉人家族往往长期固定居住于某一地域，世家大族则建祠堂，修家谱，制家训，其子孙繁衍生息，虽有迁转流徙者，仍为一宗支脉，故魏晋南北朝隋唐人多称其郡望，而宋人亦首称其祖籍所在、祖宗如何。

如前所述，游牧部族则缺乏此种固定性与集体延续性，从而较难形成世代延续之大家族。契丹人原本为游牧部族，所居之地往往随气候、战争、水草等条件而变化，但建立政权之后，汉化进程较快，而其立朝时间亦久，故多有固定住所，文化传承累积，从而形成家族者。详考耶律楚材家族文学，则以儒学为思想根基，崇儒、宗经、守正，同时亦濡染佛、道思想，这与宋代的文学习尚正相一致。但由于耶律家族本是游牧族群后代，其血脉中的游牧文化因子仍然存在，加上多族群通婚和多语言环境的影响，其文学创作必然与汉人有异。

另外，居住环境及迁移地域不同，亦对其文学创作造成影响。本章拟用"地域——家族——文学"的研究方法，对耶律楚材家族的地域活动及文学创作情况进行研究。

为凸显耶律家族之特殊性及诗文创作之有较大意义者，本章选取几个比较特殊的区域，重点考察其家族在该地域中活动和创作的情况，以期了解其家族文学创作的地域边界，并试图找出该地域的文化对其家族文学创作的影响。

第一节　耶律楚材家族在西域之活动及其文学创作

西域是一个难以界定的地理概念。陈垣在《元西域人华化考》开篇即说："西域之名，汉已有之，其范围随时代之地理知识及政治势力而异。"① 所以只是概略言之，并未予以明确界定。星汉师在《清代西域诗研究》开篇亦说："西域有广狭两义。广义的西域可至中亚、南亚各地。狭义的西域则指今新疆维吾尔自治区及其附近地带。……然而在涉及历代诗作的表述中，往往越出今新疆的范围，须视各历史时期的具体情况而定。"② 诚然，对于地域之指称，不同时代所包括的范围不同，我们只能大略圈出，而难于确切划定界限。这也正如李浩师所言："地域作为地理学的一个空间单位，其所指实际上相当随意和模糊，它可以是一个很小的地区，也可以是一个很大的范围，但是地域一般与特定的地貌及由此形成的自然地理分野有关，在自然分野基础上形成的地理区划，又强化和充实了地域的概念。"③

有鉴于此，本书所用的西域概念，并不强求界限明确，只要大致包括在其中，即纳入研究范围，大约在星汉先生所谓的广义与狭义之间。

西域之地理与文化对耶律楚材家族诗文创作的影响主要表现在三个方面，其一是描写对象之变化，戈壁荒漠，飞沙走石，雪山绿洲，异域风情，与中原风物大不相同，写入诗文，则表现为描摹事物之奇、使用词语之新；其二是风格之变化，进入西域，胸怀开张，眼界开阔，建功立业之豪情与绝域荒凉之悲壮交融，发诸诗文，则表现为峻拔奇丽与慷慨雄豪之风格；其三是诗文用词之变化，以西域诸部族译语入诗文，这是前代诗文创作中较少出现的情况。

一　契丹与西域各部族之关系④

早在距今九百多年前甚至更早，契丹人就已经成为西域的世居民，只是在西域生活的这些族群中，契丹人长期被人们所忽略而已。即便近百年

---

① 陈垣：《元西域人华化考》，上海古籍出版社 2000 年版，第 1 页。
② 星汉师：《清代西域诗研究》，上海古籍出版社 2009 年版，第 1 页。
③ 李浩师：《唐代三大地域文学士族研究》（增订本），中华书局 2008 年版，第 23 页。
④ 此部分内容修改后发表于《兰台世界》2015 年 12 月下旬刊。

来为中亚史研究者所重视的西辽帝国，在史书中也是语焉不详，以致我们对其政治、经济、文化、教育、科举、官制、礼俗等社会生活的诸多方面仍然知之甚少。当然，这与契丹人最终融入其他族群有关，也与存世文献对西域契丹人记载疏略有关。至蒙元时期，更有一部分契丹人扈从成吉思汗西征，如耶律留哥之子耶律薛阇。成吉思汗曾述其事迹曰："其从朕之征西域也，回回围太子于合迷城，薛阇引千军救出之，身中槊；又于蒲华、寻思干城与回回格战，伤于流矢。"①

通过对史书资料进行细细的梳理与研究，可知契丹人与西域各部族有着较深的渊源关系。而了解这些内容，对于研究耶律楚材家族何以快速适应西域生活、何以能与西域各部族打成一片，以及何以创作出与岑参等汉人不同的西域诗文，具有较为重要的意义。

（一）契丹建立政权之前与西北地域各族的渊源关系

契丹与西北地区渊源极深。《旧五代史》云："契丹者，古匈奴之种。"②《宋会要辑稿》和《册府元龟》与此表述相同。今人张正明和杨树森等人认为契丹起源于鲜卑，景爱认为契丹起源于匈奴和鲜卑，孙进己认为契丹起源于鲜卑同系别部。③ 不管上述哪种观点更接近于历史真相，有一点是不能否定的，即契丹人的起源与西北地域有密切的关系。匈奴与鲜卑都曾据有西北之地，虽然史书并无契丹早期至西域的记载，但既然契丹的起源与匈奴和鲜卑有关，那么，至少说明契丹与西北地区有着较深的渊源关系。此处之所以宽泛地说西北地区而不说西域，是因为在这一地区活动的各部族多为游牧族群，他们的活动范围极大，并不仅仅局限于西域地区。尽管后来契丹人东迁至"潢河之西，土河之北"，但这一族群与西北地区的其他族群仍然保持着较为密切的联系。

隋唐国势强盛，国内诸族均归顺内附，契丹各部多被置于松漠都督府。其部虽地处东北，看似与西北诸族并无关涉，而据《旧唐书·契丹传》："可突于渐为守珪所逼，遣使伪降。俄又回惑不定，引众渐向西北。"④ 实可见其向西北部族靠拢之心态。此类记载《新唐书》《资治通

---

① （明）宋濂等：《元史》，中华书局 1976 年版，第 3514 页。

② （宋）薛居正等：《旧五代史》，中华书局 1976 年版，第 1827 页。

③ 孙进己、孙泓：《契丹民族史》，广西师范大学出版社 2010 年版，第 57 页。

④ （后晋）刘昫等：《旧唐书》，中华书局 1975 年版，第 5353 页。按，"可突于"，本书卷 8《玄宗本纪》作"可突干"，疑因形近致误。

鉴》等书亦同，兹不赘述。

关于契丹与回纥的关系，首见于《旧唐书·朱滔传》："滔令大将马寔、卢南史引回纥、契丹来挑战。"① 回纥与契丹合兵助朱滔，可见其部族间存在合作的关系。《旧唐书·契丹传》亦曰："屈戍等云，契丹旧用回纥印，今恳请闻奏，乞国家赐印。"② 证明了契丹与回纥之间的关系确实非同寻常。后来《辽史》的记载也印证了这一史实："太祖淳钦皇后述律氏，讳平，小字月理朵。其先回鹘人糯思。"③ 辽太祖的妻子竟然是回鹘人的后代，证明契丹与回鹘不仅在战事中互相联合，而且亦有姻亲关系。

又，唐朝名将李光弼是契丹人，曾官安北都护府朔方都虞候、河西节度兵马使充赤水军使、单于副使都护等，是唐朝契丹人至西北地区任职的一个显例，也是契丹人活动范围远至西北地域的特殊例证。

（二）辽代（包括西辽）契丹与西域各部族之关系

辽代疆域广大，《辽史·地理志》载："东至于海，西至金山，暨于流沙，北至胪朐河，南至白沟，幅员万里。"④ 金山，即今阿尔泰山；流沙，指居延西北地区的沙漠。二者均为古西域的地理名称。由此可知，辽代疆域包括了西域的一部分。

考之《辽史》，天赞三年（924），辽太祖从漠北西征，攻打回鹘，"九月丙申朔，次古回鹘城，勒石纪功。……回鹘霸里遣使来贡。……（十月）丁卯，军于霸离思山，遣兵逾流沙，拔浮图城，尽取西鄙诸部。十一月乙未朔，获甘州回鹘都督毕离遏，因遣使谕其主乌母主可汗"⑤。"浮图城"，即天山北麓高昌回鹘的陪都北庭（在今新疆吉木萨尔县），既然"拔浮图城，尽取西鄙诸部"，则今新疆天山以北的部分地区当时皆为辽所有。

其后，回鹘政权一直臣服于辽，《辽史》卷七十《属国表》多次记载回鹘遣使进贡的情况。⑥ 据初步统计，回鹘、阿萨兰回鹘、甘州回鹘、和

---

① （后晋）刘昫等：《旧唐书》，中华书局1975年版，第3898页。

② （后晋）刘昫等：《旧唐书》，中华书局1975年版，第5354页。

③ （元）脱脱等：《辽史》，中华书局1974年版，第1199页。

④ （元）脱脱等：《辽史》，中华书局1974年版，第438页。

⑤ （元）脱脱等：《辽史》，中华书局1974年版，第20页。按，同书《属国表》则云"获甘州回鹘乌母主可汗"，误，当从本纪所载。

⑥ 详见（元）脱脱等《辽史》，中华书局1974年版，第1125—1180页。

州回鹘等进贡的记载有四十八条之多，由此可见辽代契丹与回鹘之间的关系非同一般。

这种密切的关系不仅是政治和经济上的，而且还体现为族群的姻亲中。除了辽太祖与回鹘后代述律平的婚姻之外，《辽史》载，辽圣宗统和十四年（996）十一月，"回鹘阿萨兰遣使为子求婚"①，辽兴宗重熙十六年（1047）十二月，"阿萨兰回鹘王以公主生子，遣使来告"②。可见此为回鹘王生子之公主，当为辽皇室之女。此外，《辽史·地理志》还记载了上京专门设"回鹘营"的情况："南门之东回鹘营，回鹘商贩留居上京，置营居之。"③ 由此可见契丹与回鹘这两个族群之间关系确实非同一般。

辽亡，耶律大石西走，建立西辽（1124—1211），西域之回鹘及其他部族人几乎完全处于西辽统治之下。而这些契丹人亦在此定居，成为此地的世居族群。

契丹与回鹘在文化上的关系主要体现为语言和文字上。首先，契丹语与回鹘语均属阿尔泰语系，在语言上有同源关系。其次，据《辽史》记载，迭剌跟回鹘使者学习回鹘文之后，回来参照回鹘文字和汉字而创造了契丹小字，可见契丹文与回鹘文具有某些相通之处。

二　耶律楚材祖孙三代在西域之活动及其诗文创作

如前文所述，耶律楚材家族本来就有回鹘人的一部分血统，因此，他们对西北地区的亲近感存在于他们的集体无意识中，是与生俱来的。

从目前的文献记载来看，在耶律楚材家族中，至少有三代人曾经到过西域并创作了相当数量的诗文。其中，耶律楚材在西域居住生活近九年，有《西游录》和130首西域诗传世④，仅西域诗即占其作品总数的18%；其次子耶律铸在西域出生并度过了童年时光，居住时间近七年，创作西域诗60首，赋1篇，占其作品总数的7%。耶律铸之子耶律希亮与其母曾带兄弟避难西域，也在此地居留过八年左右，有《从军纪行录》若干卷。

---

①　（元）脱脱等：《辽史》，中华书局1974年版，第148页。
②　（元）脱脱等：《辽史》，中华书局1974年版，第1163页。
③　（元）脱脱等：《辽史》，中华书局1974年版，第441页。
④　此数据来源于星汉师《清代西域诗研究》，上海古籍出版社2009年版，第26页。

（一）耶律楚材在西域之活动、交游及诗文创作①

1.《西游录》所记其行程经历

耶律楚材于1219年扈从成吉思汗西征，从其《西游录》所记来看，大军从克鲁伦河（在今蒙古国肯特省）出发，翻越金山（即今阿尔泰山），抵达也儿的石河（即今额尔齐斯河），并在此驻夏。其后攻占不剌（即今新疆博乐），南下进入阿里马城（在今新疆伊犁）。由此西行，经亦列河（今伊犁河），至西辽都城虎思斡鲁朵（今吉尔吉斯斯坦首都托克马克）。又向西、西南行，分别经过塔剌思城（今哈萨克斯坦江布尔）、苦盏城（今塔吉克斯坦列宁纳巴德）、八普城（不详，待考）、可伞城（今乌兹别克斯坦纳曼干西北）、芭榄城（不详，待考）、讹打剌城（不详，待考）、不花剌城（今乌兹别克斯坦布哈拉）、寻思干城（今乌兹别克斯坦撒马尔罕）、斑城（今阿富汗巴尔克）、黑色印度城（今巴基斯坦与印度北部地区）等地，并长期居住在寻思干（即耶律楚材诗中的河中府）和不花剌（即耶律楚材诗中的蒲华城）。1224年，成吉思汗率大军东归，耶律楚材则“由于在塔拉思城处理善后事宜的缘故，没有随成吉思汗大军东返蒙古本土”②。耶律楚材后来经五端（今新疆和田）、伊犁阿里马城、天山松关，至1225年冬至时，才到达瀚海军之高昌城（今新疆吐鲁番），后又经别石把（今新疆吉木萨尔）、伊州（今新疆哈密），于1226年重午日至肃州之鄯善（今甘肃酒泉）。

由上述行程可见，耶律楚材在八年多（1219—1226）的时间里，足迹遍及西域各地，经历可谓丰富，见识可谓广博。正如星汉师所说：“西域幅员辽阔，山川雄奇，瀚海绿洲，具有独特的地理风貌。东西文化于此交汇，形成了独特的民俗风情和人文景观，耶律楚材无不形诸笔墨。”③

2. 与王君玉之交游及诗文唱和

王君玉，生平不详。刘晓在《耶律楚材评传》中认为他“原隐居山林，后投靠蒙古政权，并随成吉思汗西征。此人与郑师真一样，亦为耶律楚材在西域结交的知己之一”④。这一说法恐怕不准确。如果他“随成吉思汗西征”，那么耶律楚材必定在西征过程中就与他相识，如何直到西域

---

① 此部分内容修改后发表于《新疆社科论坛》2014年第3期。

② 刘晓：《耶律楚材评传》，南京大学出版社2001年版，第71页。

③ 星汉师：《清代西域诗研究》，上海古籍出版社2009年版，第27页。

④ 刘晓：《耶律楚材评传》，南京大学出版社2001年版，第182页。

才结交？耶律楚材有诗曰"一从西域识君侯，倾盖交欢忘彼此"，可见耶律楚材与王君玉乃在西域才相识，由此推断王君玉必定不是随成吉思汗大军西征而至西域，而是先居于西域，耶律楚材来到西域之后二人才相识。

耶律楚材还有《游河中西园和王君玉韵四首》，也是与王君玉唱和的作品。"异域逢君本不期"一句可以佐证上文的推断，王君玉必定不是与耶律楚材一起随成吉思汗至西域，在耶律楚材随成吉思汗西征之前，王君玉早已在西域。这说明西域原本就有汉人在此生活，并且还能用汉语赋诗作文，这当与耶律大石建立的西辽有关。耶律楚材在《怀古一百韵寄张敏之》中注释曰："大石林牙，辽之宗臣，挈众而亡，不满二十年，克西域数十国，幅员数万里，传数主，凡百余年，颇尚文教，西域至今思之。"[1] 可见耶律大石在西辽所推广的，必定是中华的传统文化。《西域和王君玉诗二十首》则多蕴含佛禅理趣，由此可知久居西域的王君玉必定通晓佛理，否则耶律楚材作此二十首佛禅诗无异于对牛弹琴。而根据上文所述，这与西辽沿袭辽代制度的统治亦有关系。从西辽王朝用辽代旧制、且用汉语文字的情况来看，王君玉或为西辽旧臣，蒙古灭西辽时归顺成吉思汗。王君玉的诗文今已不存，但从耶律楚材与其唱和的诗作来看，他在西域也创作了一定数量的诗歌。

查《湛然居士文集》，耶律楚材与其唱和的诗歌多达 34 首，均为在西域时所作，分别是《用前韵送王君玉西征二首》《和王君玉韵》《游河中园用王君玉韵四首》《西域从王君玉乞茶因其韵七首》《西域和王君玉诗二十首》。从耶律楚材和王君玉的这些诗来看，似乎都是王君玉只作了一首诗，而耶律楚材往往和二首、四首、七首，更为甚者，乃至和二十首。依其内容和用韵来看，足可看作组诗。

《西域从王君玉乞茶因其韵七首》，据王国维的《耶律文正公年谱》，这组诗作于 1222 年，耶律楚材当时居住在河中府（即乌兹别克斯坦撒马尔罕）。从诗题可以断定，王君玉有赠耶律楚材的诗，耶律楚材这组诗乃是和作。此二人平日生活都用汉语诗歌进行交流，可见元太祖的军营中并非全是蒙古语的天下。而饮茶乃中原文化之一种，这组诗说明西域的军营

---

① （元）耶律楚材著，谢方点校：《湛然居士文集》，中华书局 1986 年版，第 260 页。

中除了喝马奶子之外，还有一些饮茶之人。① 严耕望在《唐代文化约论》
一文中说："六朝人已饮茶。或云开元中始传入北方。中叶以后，饮茶之
风大盛，制茶工艺益发达，国家恃为正课，其产量之多可以想见。"② 中
唐以后即如此，至宋，饮茶之习俗更为普遍，如苏轼、黄庭坚等人更以饮
茶为生活雅趣之一。但西域饮茶之习俗似乎极少见于史籍文献记载。直到
耶律楚材作西域诗，我们才得以了解西域饮茶之习俗。从"敢乞君侯分
数饼""雪花滟滟浮金蕊，玉屑纷纷碎白芽""玉屑三瓯烹嫩蕊，青旗一
叶碾新芽"等诗句判断，二人所饮茶的种类不止一种，当来源于中原地
区。而楚材诗中明确地说"高人惠我岭南茶"③、"万里携来路更赊"④、
"啜罢江南一碗茶"⑤，可见以上分析不误，这些茶叶确实来自当时的南宋
地区。

3. 与丘处机之交游及诗文唱和

丘处机（1148—1227），字通密，号长春子，全真教七子之一，曾于
1220 年奉成吉思汗诏赴西域讲道。其时耶律楚材正在成吉思汗身边，由
于他既懂蒙古语、汉语，又通诸子百家书，所以可能被成吉思汗安排为丘
处机讲道的翻译，同时陪同丘处机在闲暇时游览西域。在此期间，他与丘
处机过从较多，二人多有诗歌唱和。

据王国维比对，发现耶律楚材和丘处机的诗歌有 40 首，但后来由于
耶律楚材极力抵排全真教，所以将自己和丘处机的诗改为"和人韵"或
干脆去掉"和韵"字样。

通过比对，发现这些诗确实"皆用邱长春辛巳年所作原韵"，"乃辛、
壬间在西域时追作"⑥。丘处机此行还带了十余个弟子，他们在西域吟诗
唱和，可见他们在西域的生活不但不寂寞，而且还形成了一个小的文人创
作团体。这从耶律楚材《壬午西域河中游春十首》可以找到证据。谢方
在此诗题下注曰，"诗题壬午，即作于公元 1222 年。用丘处机诗《司天

---

① 耶律楚材《壬午西域河中游春十首》诗中亦多次提及"烹茶""啜茗"，可为中原饮茶
之习俗在西域军营中流行的另一证据。

② 严耕望：《严耕望史学论文集》，上海古籍出版社 2009 年版，第 830 页。

③ （元）耶律楚材著，谢方点校：《湛然居士文集》，中华书局 1986 年版，第 108 页。

④ （元）耶律楚材著，谢方点校：《湛然居士文集》，中华书局 1986 年版，第 109 页。

⑤ （元）耶律楚材著，谢方点校：《湛然居士文集》，中华书局 1986 年版，第 109 页。

⑥ 姚淦铭、王燕编：《王国维文集》第 4 卷，中国文史出版社 1997 年版，第 330 页。

台判李公辈邀游郭西归作》韵"①。丘处机诗题中有李姓司天台判,为成吉思汗属下官员,从姓氏判断,当为汉人。由上文可知,王君玉亦曾和丘处机诗歌。由此可以推断,成吉思汗身边有一定数量的硕学汉儒。

　　从《西游录》所写内容来看,耶律楚材在与丘处机交往过程中,渐生蔑视之心。除了耶律楚材在《西游录》所写的丘处机隐瞒自己的年龄、学养不足、排斥异己等原因之外,主要还是与他们的宗教信仰不同有关,此外,可能也与丘处机获取成吉思汗的崇信有关。帝王对于宗教,往往是崇其一而不顾其二,故持佛教思想的耶律楚材因之而不受成吉思汗重视。另外,丘处机在西域时也曾对此地有所贬低,如其有诗云:"饮血茹毛同上古,峨冠结发异中州。圣贤不得垂文教,历代纵横只自由。"② 直写此地文教不兴,荒蛮未化,只知骑马纵横。楚材身为契丹人,且推崇其先人耶律大石,必定对此心有不平。查耶律楚材和丘处机的诗作,大多精心结撰,对仗、格律、用典、布局谋篇及艺术水平,均属上乘。由此可见耶律楚材在和丘处机诗作时极为用心,或有意要与其一较高下,以显示少数族群之汉语诗文创作并不亚于中原之汉人。关于这一点,星汉师作了较为精到的论述:

　　　　耶律楚材的有些和诗,原作已经无法考证。我们从他和丘处机的诗作来看,全部都是严格的"步韵",韵脚次序,一字不乱。这样作,当然会影响诗意的发挥,无疑是作茧自缚。唐后诗人乐此不疲,原因无非是两点:一是表示对对方的尊重,也可省去检韵之劳;二是逞才使气。往往是后者的成分居多。对于耶律楚材步韵丘处机的诗来说,恐怕还有一比高低的意思。③

　　星汉师在比较耶律楚材《过阴山和人韵》和丘处机《自金山至阴山纪行》二诗后,认为耶律楚材的诗"24 个韵字,依次步韵,浑然一体,不见雕琢,委实不易。以笔者看来,胜原唱多矣!"④

---

① （元）耶律楚材著,谢方点校:《湛然居士文集》,中华书局 1986 年版,第 95 页。
② 谢方点校本《湛然居士文集》亦收录此诗,详见（元）耶律楚材著,谢方点校《湛然居士文集》,中华书局 1986 年版,第 105 页。
③ 星汉师:《清代西域诗研究》,上海古籍出版社 2009 年版,第 27 页。
④ 星汉师:《清代西域诗研究》,上海古籍出版社 2009 年版,第 27 页。

4. 与郑师真、蒲察七斤之交游及诗文唱和

郑师真，字景贤，号龙岗居士，顺德（今河北邢台）人。刘晓对其生平考证较为详细，见《耶律楚材评传》第八章《交游》，兹不赘引。从耶律楚材诗"龙沙一住二十年，独识龙岗郑景贤"来看，他与郑景贤相识较早，而在西域过从较多并成为知己。耶律楚材与他进行唱和的诗作共有73首，据王国维所作《耶律文正公年谱》，其中作于西域者有《和景贤十首》《又一首》，考《和李茂才寄景贤韵》之思想感情及诗中所涉西域景物，故亦可定为在西域所作。由于耶律楚材与他同在西域生活近十年，关系非常密切，所以在西域所作诗歌往往并不涉及西域景物，而代之以家常语、牢骚语及抒怀语。

蒲察七斤，女真人，1215年向蒙古大将石抹明安投降，被任命为元帅，后随成吉思汗大军西征。耶律楚材在西域赠给他的诗有11首，分别是：《赠蒲察元帅七首》《西域蒲华城赠蒲察元帅》《乞车》和《戏作二首》。据王国维《年谱》，《赠蒲察元帅七首》作于1220年，地点为西域的蒲华城（今乌兹别克斯坦布哈拉），因为蒲察元帅当时正镇守蒲华城。这一结论从"闲乘羸马过蒲华，又到西阳太守家"二句可以推断出来。这组诗歌反映了他们的西域生活，也保留了重要的西域族群社会生活史料。同时，这组诗具有更为重要的文化价值。既然楚材赋诗相赠，可知蒲察元帅必定懂汉语，否则楚材赠诗实属画蛇添足之举。另外，蒲察元帅亦能懂诗，至少能看懂楚材写的诗歌内容。由此可见，成吉思汗征西域军中有一部分契丹人和女真人不但懂汉语，而且懂汉诗。这实在是一个很有意思的现象。"素袖佳人学汉舞，碧髻官妓拨胡琴"，素袖佳人，当为西域美女，否则不得曰学汉舞。而学汉舞一词，亦暗示出当时有人教汉舞。由此可以推断汉文化在西域之传播较为普遍，如耶律楚材诗中所言，至少在前西辽统治地区有如此景象。

5. 与李世昌之交游及诗文唱和

李世昌，据耶律楚材翻译《醉义歌》序文所言，乃前西辽郡王，曾为西辽执政官，其先祖为西辽耶律大石的宰相。从其姓氏来看，当为汉人，至少是汉化较深的契丹人。耶律楚材在西域为李世昌所作的诗有两首，分别为《赠李郡王笔》和《赠辽西李郡王》。所赠之物为毛笔，可见李世昌是喜爱舞文弄墨的文士。赠笔且赠汉语诗，可见李郡王亦懂汉语诗作。耶律楚材在西域期间曾跟李郡王学了一年契丹小字，往还赠答必定不

在少数，此为西域汉文化交流传播之又一佐证。李郡王乃西辽郡王，一直在西域生活，从耶律楚材的这两首诗来看，李世昌既通汉语，又懂契丹文字，据此可以判断西辽地区所通行的文字必定为契丹字和汉字。耶律楚材这两首诗因而具有十分重要的历史文献价值。

6. 记写西域风光及个人生活的诗文

《壬午元日二首》，谢方点校《湛然居士文集》曰："诗题壬午，即作于公元一二二二年。"① 从"西域风光换"一句可知，此诗写作地点在西域。元日，即中国传统的大年初一，王安石有《元日》诗"爆竹声中一岁除，春风送暖入屠苏。千门万户瞳瞳日，总把新桃换旧符"。耶律楚材在诗中也说"旧岁昨宵尽，新年此日初"②，明确地说明自己一家人是在过年。如何在西域过年，诗中说："屠苏聊复饮，郁垒不须书。"③ 中国古代正月初一有饮屠苏酒、挂神茶郁垒图像的习俗，这在中原地区极为常见。但在元初的西域，有少数民族过春节、喝屠苏酒，遵守着汉文化的传统习俗。由于这首诗反映了汉文化习俗在西域的传播与遗存，所以其文化意义就显得格外重要，或可成为中国文化交流史和民俗史的重要文献资料。耶律楚材另有一首《庚辰西域清明》，与上述诗歌相似，都是耶律楚材在西域过中国传统节日的证据，也可看出耶律楚材受汉文化影响之深。

耶律楚材西域诗中尝提及与家人所吃之糖及糖霜，严耕望在《唐代文化约论》一文中说："自古食蔗者，始为蔗浆；孙吴时，交州有蔗饧；后又有石蜜，炼糖和乳为之。至唐太宗时，始遣使至摩揭它（原属中天竺）取熬糖法，即诏扬州上诸蔗，柞渖如其剂，色味愈西域远甚。洪迈云此即沙糖。而东川之遂宁以糖霜驰名，其法大历中邹和尚所教；至宋糖霜始盛。"④ 而此物在西域出现，亦说明中原与西域之物质文化交流一直都未间断。

（二）耶律铸、耶律希亮在西域的活动及其诗文创作⑤

如上所述，文化的交流与贸易的往来一样，并没有严格的地域界限。从历史记载来看，汉字、汉语及汉文化在西域进行传播，至迟在周朝就已

---

① （元）耶律楚材著，谢方点校：《湛然居士文集》，中华书局 1986 年版，第 105 页。
② （元）耶律楚材著，谢方点校：《湛然居士文集》，中华书局 1986 年版，第 105 页。
③ （元）耶律楚材著，谢方点校：《湛然居士文集》，中华书局 1986 年版，第 105 页。
④ 严耕望：《严耕望史学论文集》，上海古籍出版社 2009 年版，第 829—830 页。
⑤ 此部分内容修改后发表于《兰台世界》2016 年第 10 期。

经开始了，《穆天子传》就是一个间接的证据。虽然关于《穆天子传》真实与否的问题仍无定论，但该书的创作必定有现实依据，对昆仑山和瑶池的描写正说明了这一点。西域在汉代被正式纳入中国的版图，朝廷派出将士在此进行屯田，汉文化从此广泛传播，《史记》《汉书》《后汉书》有大量的记载，兹不赘述。新疆维吾尔自治区 20 世纪 70 年代出土的汉代"五星出东方利中国"织锦，则是汉文化传播至西域的实物证据。从吐鲁番出土文书来看，南北朝至隋唐时期，高昌地区（即今吐鲁番地区）汉文化比较发达，有私塾，有《论语》等学习教材，还有私塾学生的诗歌习作，由此可见汉文化在西域地区影响之大以及当地人学习汉文化范围之广。

辽亡，耶律大石西走，率部转战中亚各地，征服了喀喇汗王朝、花剌子模和河中地区，在西域地区建立了强大的西辽帝国。由于耶律大石本人"通辽、汉字"[1]，其军队成员不全是契丹人，"其中包括汉人和其他部族人"[2]，行政体制也沿袭辽代的南北面官制并加以改进，[3] 故汉文化在西域地区占据主流地位。元朝之前，生于西域而用汉语进行诗文创作者，当有相当一部分人员，如目前发现吐鲁番出土文书中儿童卜天寿等人的摹写之作。[4] 生于西域而创作西域诗文，最早见于文献者当属耶律铸。

耶律铸 1221 年出生于西域，1226 年才随其父耶律楚材东归。从其诗作来分析，他成年以后又曾征战至西域。他在西域学习了多种语言，从其现存诗作来看，他至少通汉语、蒙古语和契丹语，此外，他还懂一些突厥语。这些语言条件使他在西域如鱼得水。其现存《双溪醉隐集》中共有西域赋 1 篇，诗 60 首，占其全部作品的 7%。其篇目如下：《大尾羊赋并序》《奇兵》《沙幕》《枭将》《翁科》《崞峇》《降王》《科尔结》《露布》《烛龙》《益屯戍》《著国华》《涿邪山》《金满城》《金水道》《白霞》《眩雷》《军容》《金山》《天山》《处月》《独乐河》《战城南》《后结袜子》《前突厥三台》《后突厥三台》《婆罗门六首》《西征》《闻北耗诏发大军进讨》《阳关》《阴河》《回飞狐》《千泉》《西北》《战沙陀》

①　（元）脱脱等：《辽史》，中华书局 1974 年版，第 355 页。
②　魏良弢：《西辽史研究》，宁夏人民出版社 1987 年版，第 131 页。
③　魏良弢：《西辽史研究》，宁夏人民出版社 1987 年版，第 82—91 页。
④　详见朱玉麒《中古时期吐鲁番地区汉文文学的传播与接受——以吐鲁番出土文书为中心》，《中国社会科学》2010 年第 6 期，第 186—190 页。

《玉门关》《前出塞二首》《后出塞二首》《丁灵二首》《庭州》《沙渍道中》《过骆驼山二首》《金满城二首》《麏沆》《驼蹄羹》《驼鹿唇》《醍醐》《软玉膏》《马上偶得》《谨次尊大人领省火绒诗韵并序》《金微道》。

由于这些诗文多涉西域史地、名物，考证颇难，兹择数篇，略述如下。

1. 《大尾羊赋并序》

在耶律铸存世作品中，有许多涉及西域物产的诗文，其中《大尾羊赋》即是一例。其序文曰："端卿持节使博啰，或曰旧康居也。其国多羊，羊多大尾，其大不能自举，土人例以小车使引负其尾，车推乃行。且乞余为道其所以，乃为之赋。"① 耶律铸有《送孟端卿诗》诗，则此文中之"端卿"当为孟端卿。关于"博啰"，似与今新疆博乐同音，但古今名称变化较大，尚无相关资料可以考证。

从现有文献资料来看，关于西域"大尾羊"的记载最早见于唐代，段成式《酉阳杂俎》卷十六云："康居出大尾羊，尾上旁广，重十斤。"② 康居，《隋书》作"康国"，《史记》《汉书》《魏略》《晋书》、两《唐书》等史书关于西域的记载中均作"康居"。西域史地研究专家钟兴麒说："疆域在今乌兹别克斯坦撒马尔干地区。唐高宗显庆三年（658），在撒玛尔干置康居都督府，并授其王拂呼缦为都督。"③

当然，西域大尾羊的产地不仅限于康居。据《宋史》卷四百九十载："次历伊州……有羊，尾大而不能走。尾重者三斤，小者一斤，肉如熊白而甚美。"④ 伊州，即今天的哈密地区，可见宋朝时哈密地区也出产大尾羊。该书又载："（天禧）四年，又遣使同龟兹国可汗王智海使来献大尾羊。"⑤ 可见当时的龟兹也有大尾羊，但数量似乎不太多，这从他们把大尾羊作为献给宋朝皇帝的贡品可以判断出来。李时珍的《本草纲目》进一步证实了哈密产大尾羊的说法。《本草纲目》卷五十载："（时珍曰）羊

① （元）耶律铸：《双溪醉隐集》卷1，光绪十八年顺德龙氏知服斋刻本。
② （唐）段成式撰，方南生点校：《酉阳杂俎》，中华书局1981年版，第161页。
③ 钟兴麒：《西域地名考录》，国家图书馆出版社2008年版，第520页。
④ （元）脱脱等：《宋史》，中华书局1975年版，第14111页。此乃据《王延德使高昌记》所录，疑尾重三斤、一斤之说有改动。2011年1月28日《阿勒泰日报》引述福海县畜牧兽医局局长的话："阿勒泰羊活体最重可达157公斤，2岁以上的阿勒泰羊，臀脂（尾巴）平均重35公斤，这也正是民间称其为'阿勒泰大尾羊'的原因。"
⑤ （元）脱脱等：《宋史》，中华书局1975年版，第14117页。

尾皆短，而哈密及大食诸番有大尾羊。细毛薄皮，尾上旁广，重一二十斤，行则以车载之。唐书谓之灵羊，云可疗毒。"① 中国最著名的药学专书竟然记载西域大尾羊，真可谓包罗万象，同时也可见大尾羊的食疗价值②。结合它作为贡品献给皇帝的情况，可以推断，大尾羊确实是古代西域绝佳的代表性特产。

"旧康居"，当指唐代的康居都督府，与《酉阳杂俎》所载大尾羊的产地正相吻合。由于《酉阳杂俎》的作者并没有亲历西域，所以道听途说，只有一些零星的记载。而耶律铸的友人孟端卿出使"博啰"，目睹之后并请耶律铸记载下来，是为实录。原赋如下：

> 世有痴龙，发迹康居，播精惟玉，效灵惟珠。一角触邪，名动神都，六蜚奋御，声振天衢。肥遁金华，与道为徒。体纯不杂，质真不渝。惟仁是守，惟善是图。不食生物，幸远庖厨。含仁怀善，其德不孤。义合麒麟，与夫驺虞。驼背上异，乌尾后殊。末大之名，是专是沽。小心惴惴，中抱区区。务以自保，支体毛肤。青蝇莫逐，白鸟莫袪。尾大不掉，可怪也夫。前伛而偻，后蜷而痀。牵草萦茅，上曳泥娄。苏其土苴，载以后车。听其自引，纵其所如。进不能却，退不能趋。莫顺而情，实累而躯。冬委冰霜，夏混虫蛆。末木之咎，其至矣乎。吁！枝大于干，腓大于股。不折不披，是其证与？是其鉴与？③

赋本来就有"劝百讽一"的传统，从这篇赋中，可以看出耶律铸也确实暗含了讽谏之意，他有感而发，借题发挥，以大尾羊的"尾大不掉"讽喻元朝封国势力太大而影响中央统治的现实，并希望元朝统治者能以此为鉴，下决心解决这种"枝大于干，腓大于股"的潜在威胁。

在耶律铸之后，元人白珽作《续演雅十诗》，第七首诗乃是以大尾羊为描写对象："羯尾大如斛，坚车载不起。此以不掉灭，彼以不掉死。"④ 从诗句中"坚车载不起"来看，与《大尾羊赋》之描写正相吻合，而羊

---

① （明）李时珍著，陈贵廷等点校：《本草纲目》，中医古籍出版社 1994 年版，第 1122 页。
② 当然，李时珍并没有见过哈密大尾羊，他只是引述历史文献记载，难免有缺乏考证的混淆之处。
③ （元）耶律铸：《双溪醉隐集》卷 1，光绪十八年顺德龙氏知服斋刻本。
④ （清）顾嗣立：《元诗选》2 集上，中华书局 1987 年版，第 56 页。

尾与羊身的微妙关系也被揭示得淋漓尽致，结合耶律铸原文，更可见其中蕴含的寓意。明人张萱在《疑耀》卷二"尾大不掉"条说："尾大不掉，此非喻言也。西域有兽曰羯，尾大于身之半，非以车载尾，则不可行。"①推究其材料来源，当是耶律铸的《大尾羊赋》。

2. 《麖沆》（《行帐八珍》诗之二）及其他

麖沆即马奶酒。此诗序文曰："麖沆，马酮也。汉有'挏马'，注曰：'以韦革为夹兜，盛马乳，挏治之，味酢可饮，因以为官。'又《礼乐志》'大官挏马酒'注曰：'以马乳为酒，言挏之味酢则不然，愈挏治则味愈甘。挏逾万杵，香味醇浓甘美，谓之麖沆。'麖沆，奄蔡语也，国朝因之。"②

从文献资料来看，西汉时期，朝廷中有人专管制作马奶酒，并被封官为"挏马官"。朝廷中无制作白酒、黄酒、葡萄酒的专职官员，而独有掌管制作马奶酒的官员，说明马奶酒必定比其他的酒更为珍贵，更为皇帝和贵族所青睐。从工匠的数目来看，马奶酒也一定是西汉宫廷中的珍品佳酿。《汉书》载："其七十二人给大官挏马酒。"宫廷中专门制作马奶酒的人竟然多达 72 人，与现代小型工厂的规模差不多。至于制作工艺，李奇注解说："以马乳为酒，撞挏乃成也。"颜师古进一步解释说："'挏'音'动'。马酪，味如酒，而饮之亦可醉，故呼马酒也。"如淳则根据当时的情况对盛酒的容器作了描述："以韦革为夹兜，受数斗，盛马乳。挏取其上肥，因名曰挏马。""韦革"，即动物的皮革；"以韦革为夹兜"就是用皮革做成皮囊。把马奶盛在皮囊里面，用特制的木棒不停地捣和搅动，几天就能发酵成马奶酒，这种马奶酒的制作工艺传承至今。

"奄蔡"首见于《汉书·西域传》。三国时史学家魏收以为"奄蔡"即为"粟特"，但《元史类编·西域传》引《十三州志》纠正了这一错误："奄蔡、粟特各有君长，而魏收以为一国，误矣。"清代学者李文田认为，"奄蔡"乃是元代的钦察汗国地区，而钦察汗国的疆域东起也儿的失河（即今天的额尔齐斯河），西到斡罗思（今俄罗斯西北部），南起巴尔喀什湖西部、里海北部和黑海，北到北极圈附近，这当然包括汉朝时的

---

① （明）张萱：《疑耀》卷2，《景印文渊阁四库全书》，台湾商务印书馆 1986 年版，第856 册。

② （元）耶律铸：《双溪醉隐集》卷6，光绪十八年顺德龙氏知服斋刻本。

奄蔡之地。

据耶律铸诗题可知，"麆沆"乃蒙元皇帝"行帐八珍"之一，十分珍稀。《元史·祭祀志》载："其祖宗祭享之礼，割牲、奠马湩，以蒙古巫祝致辞，盖国俗也。"[1] 元人王恽《玉堂嘉话》亦云："至重九日，王率麾下会于大牙帐，洒白马湩，修时祀也。"[2] 马湩，即马奶酒。蒙元大汗、皇帝以马奶酒祭奠祖先及以时祭祀，可见非寻常酒类可比。

耶律楚材在西域时欲饮马奶酒，有《寄贾抟霄乞马乳》诗云：

> 天马西来酿玉浆，革囊倾处酒微香。长沙莫吝西江水，文举休空北海觞。
>
> 浅白痛思琼液冷，微甘酷爱蔗浆凉。茂陵要洒尘心渴，愿得朝朝赐我尝。[3]

贾抟霄随即遣人给楚材送马奶酒，楚材十分感激，作《谢马乳复用韵二首》，其一曰：

> 生涯箪食与囊浆，空忆朝回衣惹香。笔去馀才犹可赋，酒来多病不能觞。
>
> 松窗雨细琴书润，槐馆风微枕簟凉。正与文君谋此渴，长沙美湩送予尝。[4]

其二曰：

> 肉食从容饮酪浆，差酸滑腻更甘香。革囊旋造逡巡酒，桦器频倾潋滟觞。
>
> 顿解老饥能饱满，偏消烦渴变清凉。长沙严令君知否，只许诗人合得尝。[5]

---

① （明）宋濂等：《元史》，中华书局 1976 年版，第 1831 页。

② （元）王恽撰，杨晓春点校：《玉堂嘉话》，中华书局 2006 年版，第 176 页。

③ （元）耶律楚材著，谢方点校：《湛然居士文集》，中华书局 1986 年版，第 72 页。

④ （元）耶律楚材著，谢方点校：《湛然居士文集》，中华书局 1986 年版，第 73 页。

⑤ （元）耶律楚材著，谢方点校：《湛然居士文集》，中华书局 1986 年版，第 73 页。

　　虽然仍用原韵，但对马奶酒美味的赞美则更加一层，写出了马奶酒在口的"差酸滑腻更甘香"以及解饥乏、消烦渴的功用。

　　同是写马奶酒，耶律铸却不用汉语意译的名称，而是直接用奄蔡语"麎沇"为题作诗："玉汁温醇体自然，宛然灵液漱甘泉。要知天乳流膏露，天也分甘与酒仙。"① 诗中的"天乳"指"天乳星"，古人认为此星主降甘露。诗人极尽辞采形容之能事，把马奶酒比作上天赐给人间的"玉汁""灵液""甘泉"和"膏露"，赞美喜爱之情更甚于其父。

　　耶律铸不仅亲历西域，而且还研究西域史地。其《婆罗门》诗下小序曰："有索赋《婆罗门辞》者，时西北诸王弄边，余方阅《西域传》，因为赋此。"② 不知他当时所阅读的是何朝史书中的《西域传》，从其诗文所记西域史地来看，他对此地极为熟悉。西域地名中有"别失八里"，《长春真人西游记》作"鳖思马"，耶律楚材《西游录》作"别石把"，而耶律铸诗中作"伯什巴里"，并解释说，"伯什巴里"为突厥语，"伯什"，华言"五"，"巴里"，华言"城"。③ 据耶律铸所言，汉语"五"在突厥语中读作"baix"，翻译作"伯什"（bai shi），比翻译为"别石""鳖思"或"别失"当更接近本音。"城"在突厥语中的读音为"balik"，"k"为清音，故耶律楚材之"把"、李志常之"马"，均不太准确，耶律铸之"巴里"与《元史》之"八里"更接近本音。又，格鲁塞在《蒙古帝国史》中认为："在塔塔儿人、蒙古人、客列亦惕人或乃蛮人中间，人们找不到和中古初期'斡耳朵巴力'或'宫帐城'相似的东西。"④ 按，"斡耳朵巴力"中的"巴力"即"八里"的不同音译，即耶律铸所说的"城"。斡耳朵，即大汗的宫帐。"斡耳朵巴力"直译即"宫帐城"。格鲁塞此处所说的"斡耳朵巴力"可与耶律铸的解释相参看，由此可以证明，耶律铸确实"通诸国语"，他对"伯什巴里"的解释当对解读相关突厥语音具有重要参考价值。

　　3. 耶律希亮之《从军纪行录》

　　耶律希亮（1247—1327），字明甫，耶律铸第四子，曾任礼部尚书、

---

　　① （元）耶律铸：《双溪醉隐集》卷6，光绪十八年顺德龙氏知服斋刻本。

　　② （元）耶律铸：《双溪醉隐集》卷2，光绪十八年顺德龙氏知服斋刻本。

　　③ （元）耶律铸：《双溪醉隐集》卷2，光绪十八年顺德龙氏知服斋刻本。

　　④ ［法］雷纳·格鲁塞：《蒙古帝国史》，龚钺译、翁独健校，商务印书馆1989年版，第27页。

吏部尚书、翰林学士承旨、知制诰兼修国史等官。在其十二岁时，赴六盘山，跟从其父征蜀。1259 年，宪宗蒙哥崩于合州钓鱼山，耶律希亮跟随其父耶律铸押送辎重返回六盘山。诸王阿里不哥与忽必烈争夺汗位，驻守六盘山之大将浑都海归阿里不哥，而耶律铸则因救命之恩欲归忽必烈，浑都海诸人不从，耶律铸"弃其妻子，挺身东归"。浑都海等人追之不及，遂派人胁迫其妻及耶律希亮等人至西凉甘州。后浑都海等人为元军所杀，耶律希亮与其母为哈剌不花所获。哈剌不花与耶律铸有姻亲之好，且在蜀时曾得耶律铸救助，故大义释之。耶律希亮与兄弟过天山，经北庭都护府、玛纳斯河，至叶密里城。《元史》本传载，耶律希亮"所著诗文及《从军纪行录》三十卷，目之曰《愫轩集》"①。《从军纪行录》即记载了此次艰险的西域之行。岑仲勉在《耶律希亮神道碑之地理人事》中认为，危素所撰《耶律希亮神道碑》乃是根据耶律希亮的《从军纪行录》，其中相当一部分内容来源于其中。从现存的内容来看，史学价值远远大于文学价值。

耶律楚材祖孙三人的西域诗文，不仅具有较高的文学价值，而且由于其记载西域名物及事件，历来为研究西北史地者所关注，因而还具有较高的历史文献价值。

第二节　耶律楚材家族在秦地之活动及其诗歌创作②

秦地（大体包括今陕西大部和甘肃的部分地区）是一个极具历史厚重感的地域，与此相应，三秦文化③具有强大的吸引力、族群多元性和包容共生性。自张骞凿空西域之后，丝路古道畅通，诸国王公贵族、商人、僧侣、歌伎等往来此地，多种语言、宗教、习俗、艺术于此交汇融合，互相碰撞冲击，互相吸纳学习，从而出现了众多的文化精英。在这些文化精英中，既有文人墨客与宗教大师，也有能工巧匠与乐工歌伎，他们或歌诗

①　（明）宋濂等：《元史》，中华书局 1976 年版，第 4163 页。

②　此节内容修改后发表于《西北大学学报（哲学社会科学版）》2019 年第 4 期。

③　关于三秦文化的相关论述，赵吉惠、刘学智等先生阐发较详，见赵吉惠《三秦文化的狭义、广义及特征》（《陕西师范大学学报》1993 年第 4 期）、赵馥洁《三秦文化结构及特征》（《陕西师范大学学报》1993 年第 4 期）、刘学智《三秦思想文化的历史沿革及特征》（《陕西师范大学学报》1993 年第 4 期）等文，另参见黄新亚《三秦文化》（辽宁教育出版社 1993 年版）、赵吉惠主编《三秦文化》（山西教育出版社 2006 年版）等书。

作文，或画栋雕梁，或歌舞弹奏，或讲经布道，为后世留下了极为辉煌和宝贵的文化遗产，从而使此地呈现出多元浑融的特征。

在数千年的积淀中，三秦文化既融合了中华传统文化与地域特色文化的因子，也融合了波斯、罗马、希腊、印度、高丽（朝鲜半岛）、日本等域外的元素。学界对此早有关注并曾加以论述阐发，如冯承钧的《唐代华化蕃胡考》、向达的《唐代长安与西域文明》、葛承雍的《唐韵胡音与外来文明》、黎羌的《长安文化与民族文学研究》等专著，都从不同角度对此进行详细论述。

然而，三秦文化的多元包容性远不止于此。契丹人亦曾参与其中并做出了一定的贡献。这是前人不曾关注和提及的。从目前的研究现状来看，尚无相关的著作与论文出版或发表。

一　契丹人在秦地的活动考述

从现存资料来看，契丹人进入秦地者数量较少。辽代自建立政权至灭亡，疆域"东至于海，西至金山，暨于流沙，北至胪朐河，南至白沟，幅员万里"①。但详考其边界，西部为黑汗和西州回鹘，南部为西夏和北宋，其统辖范围基本上在黄河以北。而北宋在秦地的永兴军和秦凤军节度使下设六帅司，治所分别为延安府、庆州、京兆府、秦州、熙州、渭州；北部另有河东路（治所在太原府），以与辽西京道（治所在大同府）相拱防。终辽一朝，契丹人几乎没有进入秦地的可能。此外，秦地在北宋时不属于政治和经济中心，契丹人出使抑或经商者来此活动的可能性亦不大。翻查现存的各种史籍文献资料，均未发现辽代契丹人进入秦地活动的记载。

公元1125年，辽亡，契丹为金所统治。1127年，北宋亦被金所灭，南宋朝廷迁都临安（今浙江杭州），与金朝的界限大体在淮河至大散关一线，秦地大半遂为金所有。金熙宗皇统二年（1142），"并陕西六路为四，曰京兆，曰庆原，曰熙秦，曰鄜延"，下设京兆府、凤翔府、延安府、庆阳府（今属甘肃）、商州、乾州、同州、华州、绥德州、鄜州等，② 金宣

---

① （元）脱脱等：《辽史》，中华书局2017年版，第496页。
② （元）脱脱等：《金史》，中华书局1975年版，第641—650页。

宗贞祐三年（1215），"置行省于陕西"①。这些史料记载说明，至金代时，女真统治下的契丹人才有可能进入秦地。据《金史》记载，契丹人耶律恕曾被辟为"陕西参谋"②；移剌成曾任"同知延安尹"③，移剌蒲阿"率完颜陈和尚忠孝军一千驻邠州"④。上述诸人如耶律恕和移剌成，从官职来看，大约是通过科举考试而得官，所以具有相当的文化知识，他们在秦地进行过一些文化活动，比如修建庙宇、祭神祈雨、创作诗文等。

金代在秦地留下诗作的契丹人是移剌霖，字仲泽，为金代进士，此人曾任陕西路按察使、武定军节度使，为丘处机《磻溪集》作过序。他在陕西任上曾作《骊山有感》诗二首⑤，其一云："苍苔径滑明珠殿，落叶林荒羯鼓楼。渭水都来细如线，若为流得许多愁。"⑥ 这是目前所见契丹人最早在秦地留下的诗作，深得诗歌创作精髓，艺术成就较高，是契丹人诗歌中的精品，因而意义非同寻常。

至蒙元时期，元太宗窝阔台南征，克凤翔，下宝鸡，攻京兆（今陕西西安），之后挥师南下，其军中有相当数量的契丹人，在秦地居留过一段时间。《元史》载，契丹人耶律善哥"从攻破天城堡、凤翔府"⑦，移剌捏儿"辛巳，从攻延安。壬午，从围凤翔"⑧，石抹常山"领兴元诸军奥鲁屯田，并宝鸡驿军"⑨。后来又有至秦地为官者，如萧拜住于皇庆元年（1312）"迁陕西行中书省右丞"⑩，等等。

除了这些契丹人外，最值得一提的是耶律楚材家族。辽代契丹上层人士普遍具有对于中国的认同意识，尤其是耶律楚材家族。他们认同中国，认同中华文化，有较为强烈的文化传承意识，他们家族中有四人到过秦地，且这四位契丹人都有诗文集。尽管在秦地进行诗歌创作者只有耶律楚

① （元）脱脱等：《金史》，中华书局1975年版，第311页。
② （元）脱脱等：《金史》，中华书局1975年版，第1841页。
③ （元）脱脱等：《金史》，中华书局1975年版，第2016页。
④ （元）脱脱等：《金史》，中华书局1975年版，第2471页。
⑤ 王昶《金石萃编》载此二诗云："骊山诗刻。石横广二尺七寸二分，高一尺八寸，连跋共二十三行，行八字十七字不等，正书在临潼县。陕西路按察使移剌霖。"亦可参范宁的论文《金代的诗歌创作》，《文学遗产》1982年第4期。幸亏此二诗刻在石上，否则早已亡佚不存。
⑥ 阎凤梧、康金声：《全辽金诗》，山西古籍出版社1999年版，第1446页。
⑦ （明）宋濂等：《元史》，中华书局1976年版，第3515页。
⑧ （明）宋濂等：《元史》，中华书局1976年版，第3529页。
⑨ （明）宋濂等：《元史》，中华书局1976年版，第3906页。
⑩ （明）宋濂等：《元史》，中华书局1976年版，第4157页。

材和耶律铸父子二人，但即便如此，这些诗歌亦弥足珍贵。耶律楚材家族世代生活在医巫闾山（在今辽宁锦州）、燕京（今北京）等地，所用语言兼有汉语与契丹语，其后代甚至还通女真和蒙古语，然而，他们的文学创作，全部使用汉语，他们在秦地的文学交游活动及诗作，反映出与秦地士人的惺惺相惜，以及对三秦文化的向往之情和历史兴亡之感，具有较高的艺术水准，使三秦文化乃至中华文化更加丰富和多元。

（一）耶律楚材在秦地的活动

成吉思汗去世两年后，窝阔台才继承汗位，这离不开耶律楚材的推戴之功。耶律楚材卓越的政治才能和理财能力，深得窝阔台赏识，所以窝阔台曾夸赞曰：“汝不去朕左右，而能使国用充足。”① 耶律楚材在窝阔台即位后一直侍从左右，后任中书令。窝阔台转战秦地时，耶律楚材保护了众多当地百姓，《元史·耶律楚材传》载：“壬辰春，帝南征，……楚材请制旗数百，以给降民，使归田里，全活甚众。”② 查窝阔台的行军轨迹，《元史·太宗本纪》载：“（二年春）帝与拖雷猎于斡儿寒河，遂遣兵围京兆。金主率师来援，败之，寻拔其城。”③ 京兆，即京兆府，府治在今西安。同年七月，窝阔台“自将南伐，皇弟拖雷、皇侄蒙哥率师从，拔天成等堡，遂渡河攻凤翔”④。十一月，进攻潼关；十二月，“拔天胜寨及韩城、蒲城”⑤。三年（1231），攻克凤翔，“命拖雷出师宝鸡”⑥。王国维撰《耶律文正公年谱》，结合窝阔台本纪记载，曰：“（1230）秋七月，帝自将南伐，公从。拔天成等堡，遂渡河攻凤翔。……（1231）春二月，克凤翔，攻洛阳、河中诸城，下之。夏五月，帝避暑于九十九泉。秋八月，幸云中，公皆从。”⑦ 刘晓《耶律楚材评传》所附《耶律楚材年谱》更是明确指出，耶律楚材于1230年“随窝阔台大军南征陕西地区”⑧。

由上述材料可以断定：耶律楚材曾于元太宗二年（1230）至四年（1232）这三年间，跟随蒙古大军转战于秦地，其活动范围有京兆（今西

① （明）宋濂等：《元史》，中华书局1976年版，第3458页。
② （明）宋濂等：《元史》，中华书局1976年版，第3459页。
③ （明）宋濂等：《元史》，中华书局1976年版，第30页。
④ （明）宋濂等：《元史》，中华书局1976年版，第30页。
⑤ （明）宋濂等：《元史》，中华书局1976年版，第30页。
⑥ （明）宋濂等：《元史》，中华书局1976年版，第31页。
⑦ 姚淦铭、王燕编：《王国维文集》第4卷，中国文史出版社1997年版，第341—342页。
⑧ 刘晓：《耶律楚材评传》，南京大学出版社2001年版，第383页。

安）、凤翔、潼关、韩城、宝鸡、商州等地。在此期间，他曾采取措施使当地很多百姓免于被元军屠杀，即《元史》所云"全活甚众"，对于保全秦地人民可谓有功。

（二）耶律铸父子三人在秦地的活动

据《元史》记载，元宪宗八年（1258），"帝自将伐宋，由西蜀以入"①。此次征蜀，耶律铸扈从。耶律铸，字成仲，号双溪，曾三任中书左丞相，《元史》本传载："戊午，宪宗征蜀，诏铸领侍卫骁果以从，屡出奇计，攻下城邑，赐以尚方金锁甲及内厩骢马。"② 戊午，即宪宗八年（1258）；侍卫骁果，即皇帝的贴身侍卫军。耶律铸随从宪宗蒙哥，由陕入蜀，负责护驾和出谋划策。关于此次征蜀路线，《元史》曰："帝由陇州入散关，诸王莫哥由洋州入米仓关，孛里叉万户由渔关入沔州。以明安答儿为太傅，守京兆。"③ 散关，即大散关，在今宝鸡；洋州、沔州，在今汉中；米仓关，在今川陕交界地带；京兆，即今西安。由此可知蒙古军队以京兆为战略后方，从秦地多路进发征蜀。

与耶律铸同时进入秦地的还有其子耶律希亮。耶律希亮，字明甫，曾任吏部尚书、翰林学士承旨等职。《元史·耶律希亮传》云："已而铸扈从南伐，希亮亦在行。明年，宪宗崩于蜀，希亮将辎重北归陕右。"④ 耶律铸扈从征蜀时为1258年，耶律希亮才十二岁，第二年宪宗病逝时，耶律希亮也不过十三岁，无论如何也不可能担当运送军中辎重的大任。所以《元史》此处记载可能有误，"将辎重北归陕右"者为其父耶律铸，耶律希亮只是随行而已。

其后三四十年，耶律铸第九子耶律希逸两次到秦地。耶律希逸，字羲甫，号柳溪，又号梅轩，曾任参知政事、征东行省左丞等职。关于耶律希逸第一次赴秦地之事，王恽《饯中丞羲甫还阙下并序》有记载。据刘晓《耶律希逸生平杂考》所言，至元二十六年（1289）前后，耶律希逸"由淮东宣慰使转到秦地为官，但所任职务不详"⑤。至元二十九年（1292），

---

① （明）宋濂等：《元史》，中华书局1976年版，第51页。
② （明）宋濂等：《元史》，中华书局1976年版，第3465页。
③ （明）宋濂等：《元史》，中华书局1976年版，第51页。
④ （明）宋濂等：《元史》，中华书局1976年版，第4159页。
⑤ 纪宗安、汤开建主编：《暨南史学》第2辑，暨南大学出版社2003年版，第177页。按，《山西通志》载，至元二十六年，耶律希逸任河东宣慰使。

耶律希逸改任内台御史中丞，由秦地经卫南而至大都赴任。其在秦地任内的情况由于材料缺乏，已无法考知。

耶律希逸第二次奉命赴秦地是大德七年（1303）三月，见于《元史·成宗本纪》："诏遣奉使宣抚循行诸道：以郝天挺、塔出往江南、江北，石珪往燕南、山东，耶律希逸、刘赓往河东、陕西。"① 耶律希逸与刘赓赴河东、陕西主要目的是巡行按察并处理大案要案，同时抚慰百姓。

二　耶律楚材家族在秦地的交游及诗词创作考述

耶律楚材家族相继以蒙元辅臣的身份进入秦地，从当时的情况来看，他们是战争的胜利者和征服者，但从存世诗作来看，耶律楚材家族与秦地很多文人酬唱赠答，非但没有对立和冲突，反而呈现出互相尊重、互相学习的融洽关系。

（一）耶律楚材家族与秦人结成的特殊关系

1. 与秦人结成姻亲关系。耶律楚材有诗《送侄了真行》，日本学者杉山正明、饭田利行和我国学者王叔磐、刘晓等人均误读此诗，以为"了真"乃耶律楚材之侄。但此诗前句说其侄已死，而诗句"长安闺门英"②明显与长安有关、与女性有关，原诗繁体字写作"姪"，有意标明为女性，诗句还说其"孀居"，所以"了真"只能是其侄媳妇，并且是长安人。如此看来，耶律楚材的兄长为儿子娶妻，是选择了秦地的汉人。

耶律铸两次至秦地，第一次是伐蜀停留秦地，第二次是行省河东，转而到陕西。据《元朝名臣事略》卷十一《参政商文定公》载："（至元）二年，平章赵璧奏立诸路行省，丞相耶律铸行省河东，公为之贰。"③ 此次行省河东，据赵文坦研究，当为执行元世祖罢世侯世守、行迁转法而去，但"成效甚微"④。究其原因，在陕甘的世侯，乃是汪惟正一族，耶律铸曾将长女许配给汪惟正，与其家有姻亲关系。故"成效甚微"应在意料之中。

---

① （明）宋濂等：《元史》，中华书局1976年版，第449页。

② （元）耶律楚材著，谢方点校：《湛然居士文集》，中华书局1986年版，第232页。

③ （元）苏天爵辑撰，姚景安点校：《元朝名臣事略》卷11《参政商文定公》，中华书局1996年版，第222页。

④ 赵文坦：《忽必烈罢侯置守新探》，《山东大学学报（哲学社会科学版）》2011年第6期，第114页。

其家族两代人均与秦地士人结成姻亲关系，可见民族交融并无界限。

2. 文集交由秦人编辑刊刻。更有文化意味的是，耶律楚材的《湛然居士文集》主要交由秦人高冲霄、李邦瑞编辑刊印，耶律铸的《双溪小稿》则由秦人李暐编辑刊印，这与其说是巧合，毋宁说是耶律楚材父子对秦人的倚重与信任，是契丹人与秦地汉人民族关系融洽、互相尊重与互相欣赏的最好例证。

3. 延请秦地儒生担任家塾先生。元代文人同恕《榘庵集》卷五《窦周臣先生行状》载窦周臣之事曰："癸卯春，太傅耶律公行省陕右道，过先生，以儒者见，与语，悦之，遂拉西还，仍授馆请教诸子，以故复得名于乡邑。"① 癸卯春，即1303年春，行省陕右道之太傅耶律公即耶律希逸，"太傅"为耶律希逸卒后朝廷封赠官职。耶律希逸宣抚陕西，结交并聘请秦地儒士窦周臣为家塾先生，一则证明秦地文化底蕴深厚，士人精于儒学，二则证明契丹人对中华文化的认同与学习。

（二）耶律楚材父子在秦地的交游及诗词创作

与耶律楚材交游的秦地文士有的是楚材的同僚，有的是投奔耶律楚材而被赏识，有的是为他人荐引而与耶律楚材结识。详考耶律楚材存世诗歌，作于秦地且涉及当地景物人事的诗有23首，约占其全部诗作的3.3%，虽然总体比例不高，但其意义不在于数量多少，而在于契丹人进入秦地且在此有相当数量的文学创作，这种文化上的意义才更值得重视。

根据现存诗歌与文献资料进行研究，还难于考证与耶律铸有交往的文士籍贯，加之史书对耶律铸的记载比较简略，其诗文散佚亦较严重，目前可认定与其交往者，只有李暐一人。耶律铸在秦地所作诗有21首，篇目为：《临潼九龙、玉莲二汤合为道院》《哀长安》《炀帝》《周室》《题〈杨贵妃遗事〉》《汉宫》《太极宫》《太和宫》《过大明宫》《横笛引四首》《长笛续短笛引》《横笛引四首》《天祐行》《长相思》《和汉臣秋日海棠》等。② 他另有词作1首：《眼儿媚》（隔江谁唱后庭花），其序文曰："醴泉和高斋，遇炀帝故宫。"醴泉，在今陕西麟游，由上可证耶律铸在秦地活动范围较广。

---

① （元）同恕：《榘庵集》卷5《窦周臣先生行状》，山西古籍出版社2003年版，第44页。
② 耶律铸另有《晓发牛山驿》诗，牛山，或为今陕西安康之牛山，此诗可能作于征蜀之时。然无确证，姑存疑。

耶律楚材父子在秦地交游情况略述如下：

1. 耶律楚材与王檝的唱和。王檝（1184—1243），字巨川，① 凤翔虢县（今陕西宝鸡）人，曾任御史大夫兼判三司副使、国信使等官。耶律楚材与王檝同在元太宗帐下，为同僚，写给王檝的诗共 7 首，诗题分别为：《和王巨川题武成王庙》《又用韵》《又一首》《和王巨川韵》《和王巨川》《谢王巨川惠腊梅因用其韵》《寄巨川宣抚》。

2. 耶律楚材与李邦瑞的唱和。李邦瑞（？—1235），字昌国，京兆临潼（今陕西西安）人，曾被授予金符，任宣差军储使。李邦瑞曾向耶律楚材献计，准备南借宋道，与南宋相约夹击金廷。对于他的建言献策，耶律楚材在《和李邦瑞二首》中称赞说："陇右奇才冠士林，万言良策起予深。"② 此后不久，朝廷就采纳了李邦瑞的建议，下旨派他出使南宋。在出使前，耶律楚材作《和邦瑞韵送奉使之江表》，勉励李邦瑞出使南宋能不辱使命，建功立业。后来李邦瑞历尽艰辛，往返数次，终于达成和议。太宗大加赏赐慰劳，"赐车骑旗裘衣装，及银十锭"③。李邦瑞要寻访宗族亲戚，太宗诏谕察罕等人帮助寻找，事见《元史》本传，耶律楚材作《邦瑞乞访亲因用其韵》以劝慰。

3. 耶律楚材与裴宪的唱和。裴宪，字子法，号绿野，京兆长安（今陕西西安）人，曾任中书省掾等官，是耶律楚材的下属。据刘晓推测，裴宪可能于 1230 年"投靠了蒙古政权"，并通过上万言策而"得到了耶律楚材的赏识"④。此年耶律楚材正在秦地，他们之间的交往大约始于此时。耶律楚材《和裴子法见寄》云："前岁入关中，戈甲充商虢"⑤，是回忆扈从南征时的情况。耶律楚材另有《和裴子法韵》一诗。

4. 耶律楚材与高冲霄的唱和。高冲霄，生平不详，为耶律楚材的下属。耶律楚材诗文集中有与他唱和的诗作 3 首：《和高冲霄二首》《咏探春花用高冲霄韵》。

5. 耶律楚材与薛玄的唱和。薛玄（？—1271），字微之，号庸斋，华

---

① 关于王檝、李邦瑞、裴宪、薛玄、李过庭等人的生卒年及字号等内容，刘晓《耶律楚材评传》考证颇详，本书同意其观点，故依该书之论。

② （元）耶律楚材著，谢方点校：《湛然居士文集》，中华书局 1986 年版，第 81 页。

③ （明）宋濂等：《元史》，中华书局 1976 年版，第 3620 页。

④ 刘晓：《耶律楚材评传》，南京大学出版社 2001 年版，第 189 页。

⑤ （元）耶律楚材著，谢方点校：《湛然居士文集》，中华书局 1986 年版，第 29 页。

州下邽（今陕西渭南）人。据程钜夫《薛庸斋先生墓碑》："国初，游大同，过应州，高、韩二帅喜而荐之中令耶律公，得应州教授。"① 中令耶律公，即中书令耶律楚材。据刘晓考证，耶律楚材《再和世荣韵寄薛玄之》和《再赓仲祥韵寄之》两首诗是为薛玄所作。

6. 耶律楚材与李过庭的唱和。李过庭（？—1242），字庭训，乾州武庭（今陕西武功）人，官至昌武军节度副使。耶律楚材有《李庭训和予诗见寄复用元韵以谢之》。

7. 耶律楚材与冯扬善的唱和。冯扬善，生卒年不详，是投奔耶律楚材的文士。耶律楚材写给他的和诗有 3 首：《和冯扬善韵》（2 首）、《和冯扬善九日韵》。

8. 耶律楚材与杨奂的交游。杨奂（1186—1255），字焕然，号紫阳，乾州奉天（今陕西乾县）人，被元好问称为"关西夫子"。② 元太宗时，杨奂"两中赋论第一。从监试官北上，谒中书耶律楚材，楚材奏荐之"③。杨奂有《立课税所》一文，是给耶律楚材上书的内容。据《元史》记载，耶律楚材对杨奂的建议称赏不已，并对其委以重任。

9. 耶律楚材与郝鼎臣的交游。郝鼎臣，生卒年不详。清雍正《陕西通志》卷六十三载："郝鼎臣，字巨卿，韩城人。博识洽闻，文章光艳，名重当时。泰和八年，占京兆府试，擢巍科。金衰，流落之汴。元丞相耶律公为董军国事，适汴，张宴以待四方之士。于是入谒，大加叹赏。"④耶律公，即耶律楚材，他当时求贤心切，广泛延揽中原士人，落魄士子多有投奔者。

10. 耶律铸与李暐的交游。李暐，生卒年不详，曾任中书省官员，是耶律铸的下属，也是金末著名诗人麻革的门生。麻革序文称"秦人李暐"，但未详具体籍贯。耶律铸的诗文集最初由李暐编辑而成，他奔走求当时的著名诗人赵著、吕鲲、麻革为之作序，对于耶律铸诗文作品的整理和流传可谓有功。

---

① 李修生主编：《全元文》第 16 册，江苏古籍出版社 2000 年版，第 386—387 页。

② （金）元好问著，狄宝心校注：《元好问文编年校注》，中华书局 2012 年版，第 1459 页。

③ （明）宋濂等：《元史》，中华书局 1976 年版，第 3621 页。

④ （清）刘于义等：《陕西通志》卷 63，《景印文渊阁四库全书》，台湾商务印书馆 1986 年版，第 554 册。

三 契丹人在秦地进行文化活动的意义

秦地土地丰饶，积淀深厚，才子学者辈出，其中心城市长安曾长时间成为全国的政治、经济、文化中心，吸引了无数士子文人来此游历求学，结交王公贵显，展露个人才华，以求取功名利禄、实现自身抱负。他们或酬唱赠答，或自抒怀抱，或吟风弄月，或咏史怀古，或顾影自怜，从而在此地留下了数量可观的诗文作品，使三秦文化呈现出兼容并蓄、一体多元、全面繁盛的特质。契丹人的加入，使得三秦文化更加丰富多彩。

（一）存留了历史文献

契丹人到秦地，与当地文士进行文化交流，其最重要的意义是存留了文献。如上所述，耶律楚材家族与秦地人的诗歌唱和，一方面，让后世据此知道元初秦地有哪些著名文人，为地方志补充文献资料；另一方面，据他们的和诗，可以推知秦地文人的诗作情况，包括其诗题、用韵和内容等情况。

除此之外，其诗歌本身也具有历史文献价值，如耶律铸的《临潼九龙、玉莲二汤合为道院》和《过大明宫》，这两首诗作于他奉命行省河东之时。温泉，在古代被称作"汤"，华清宫温泉被称作"御汤"。据《长安志》等书记载，骊山温泉初为秦始皇所临幸，"砌石起宇"①，其后经汉武帝修葺、隋文帝植松柏，至唐太宗时，命姜行本等人"建宫殿、御汤"，并命名为"汤泉宫"②。唐玄宗即位后，于天宝六载（747）改称华清宫，在骊山上下"益治汤井为池"③，从文献记载来看，华清宫中的"御汤"，即唐玄宗专用温泉，共有两处，一处称作"九龙汤"，一处称作"莲花汤"。安史乱后，华清宫即被闲置；唐末乱起，宫殿更是被毁。据《旧五代史》《五代会要》和《册府元龟》记载，华清宫于后晋天福四年（939）五月被废，改为灵泉观并赐予道士。北宋时，尚有文士官吏至此撰文赋诗，至金则鲜有载记。元代亲至华清宫并赋诗者，已不见记载，存留至今者，目前只见到耶律铸的诗《临潼九龙、玉莲二汤合为道院》：

---

① （元）骆天骧撰，黄永年点校：《类编长安志》，中华书局1990年版，第187页。
② （元）骆天骧撰，黄永年点校：《类编长安志》，中华书局1990年版，第187页。
③ （元）骆天骧撰，黄永年点校：《类编长安志》，中华书局1990年版，第187页。

　　九龙汤涌玉莲香，龙去莲枯堕渺茫。梦雨已迷三里雾，悲风空泛五云浆。

　　长生殿圮金沙冷，王母祠倾玉蕊荒。终古曲江江上月，恨和烟草怨霓裳。

　　《陕西通志》《长安志》等地方志未收此诗，与临潼华清宫相关的文献资料也未见耶律铸此诗。

　　耶律铸《过大明宫》诗则证明元初时大明宫遗址尚存，虽然残破，但唐代宫殿的辇路仍在，路旁花草依然绽放。耶律铸的这两首诗，是后世了解华清宫和大明宫发展演变历史的宝贵文献资料，是值得发掘的文化旅游资源。

　　（二）丰富了中国文学的风格和内容

　　契丹人在经历了数百年对中华文化的接受与学习之后，其士人阶层已经与汉人没有太大的差别，他们从小接受儒家经典的教育，学习作文赋诗，水平并不比汉人差太多。由于他们一直没有机会到秦地游历观览，所以对秦地尤其是长安素有倾慕向往之心。一旦踏入这块土地，便为其深厚的文化底蕴所吸引，踏访古迹，凭吊古人，结交当地名士，赋诗酬唱，就成为他们居留此地的重要文化活动。契丹人进入秦地，全部使用汉语进行创作，把少数民族刚劲雄浑、明白质朴的风格带进来，如耶律楚材《和王巨川韵》：

　　圣驾徂征率百工，貔貅亿万入关中。周秦气焰如云变，唐汉繁华扫地空。

　　灞水尚存官柳绿，骊山惟有驿尘红。天兵一鼓长安克，千里威声震陕东。[1]

　　从这首诗的内容和语气来看，明显与汉人诗歌风格不同，显示出蒙元铁骑横扫一切的霸气与自负，由此可以感受少数民族诗歌创作的特别之处。再如耶律楚材给好友的诗《寄巨川宣抚》[2]，对其第一个站出来写

---

　　① （元）耶律楚材著，谢方点校：《湛然居士文集》，中华书局1986年版，第45页。
　　② 王国维考证《寄巨川宣抚》诗作于西域，详见姚淦铭、王燕编《王国维文集》第4卷，中国文史出版社1997年版，第331页。按，王国维此处考证恐误，在西域时，耶律楚材与丘处机尚未交恶，如何会在此诗中批评王檝作《瑞应鹤诗》？此诗或为追记时所作，时间应在1228年之后。

《瑞应鹤诗》表示讽刺①："昔日谈禅明法界，而今崇道倡香坛"②，这种对朋友毫不客气批评的做法在中原文人中是很难见到的。

此外，耶律楚材具有较强的民族自豪感和自信心，对别人仰慕自己颇为自得，大约是质性自然或豪放本性使然，如他在《和冯扬善韵》中说："扬善从来慕晋卿"③，耶律楚材字晋卿，此处很直白地说冯扬善仰慕自己。这显然与汉人文士的谦虚低调有所不同，因而对于文学创作内容来说，确实是一种新鲜的血液。

这种少数民族诗作在秦地的出现，对于丰富文学内容与风格有一定作用，使中华文学的丰富性与多样性特点得以充分体现，同时也为推动中华民族的多元一体化进程做出了贡献。

（三）增强了契丹文士对中华文化的认同

秦地具有深厚的历史文化底蕴，从周朝开始，成为中华文化向外辐射的一个中心，孔子曾感叹曰："周监于二代，郁郁乎文哉！吾从周。"④ 后世学者往往提及《周礼》《周易》等经典，著名历史人物不可胜数，仅以先秦来说，如周文王、周武王、姜子牙、周公等，秦汉之后就更是不胜枚举，典章故事丰富，而西安为十三朝古都，名胜古迹随处可见，凡是到此地者，都会深刻体会到中华文化之源远流长。

从契丹文士在秦地的诗歌创作来看，他们普遍对于历史人物充满景仰之情，对名胜古迹也表现出浓厚的兴趣，在诗中体现的是中华文化的心理认同。这种心理，体现在耶律楚材家族对待历史人物、名胜古迹以及秦地儒士的态度上。王檝在战后重建孔子庙，耶律楚材对此极力称扬，作《释奠》诗，小序中写道："王巨川能于灰烬之馀草创宣圣庙"，"诸儒相贺曰：'可谓吾道有光矣！'"其诗云："宣父素心施有政，能仁深意契无生。"⑤ 宣父，即孔子。"素心施有政"，是对孔子为官勤勉的赞美。

唐朝时追封姜子牙为武成王，并在两京建武成王庙，此庙至元初仍然存留。王檝在武成王庙题诗，耶律楚材作诗相和，《和王巨川题武成王

---

① 耶律楚材当时还作《观瑞鹤诗卷独子进治书无诗》，对李子进"不肯题诗瑞应图"表示赞赏，并说"我念李侯端的意，大都好事不如无"。见耶律楚材《湛然居士文集》，第127—128 页。

② （元）耶律楚材著，谢方点校：《湛然居士文集》，中华书局1986 年版，第127 页。

③ （元）耶律楚材著，谢方点校：《湛然居士文集》，中华书局1986 年版，第233 页。

④ 杨伯峻、杨逢彬注译：《论语》，岳麓书社2000 年版，第22 页。

⑤ （元）耶律楚材著，谢方点校：《湛然居士文集》，中华书局1986 年版，第46 页。

庙》即表现出对姜子牙的崇敬之情。在这首诗中，耶律楚材并未以异族和外来者的眼光看待姜子牙和秦地历史遗迹，而是处处表现出对历史人物的认同。他另有一首与姜子牙有关的诗《戊子馈非熊仍以吕望磻溪图为赠》，吕望即姜子牙；吕望磻溪图，是画姜子牙在磻溪垂钓的形象。耶律楚材在诗中屡次提及姜子牙，到秦地之后专门入庙拜谒武成王，进一步加深对中华传统文化的了解和认同。耶律楚材在和王楫的诗中，特别喜欢用秦地的名人胜迹，反映出这些文化符号早已深入其内心，以至于写诗时不吐不快，如《又一首》：

今年扈从入西秦，山色犹如昔日新。诗思远随秦岭雁，征衣全染灞桥尘。

含元殿坏荆榛古，花萼楼空草木春。千古兴亡同一梦，梦中多少未归人。①

诗中连用"西秦""秦岭""灞桥""含元殿""花萼楼"等秦地名称，说明耶律楚材对此处文化地理当熟悉，随口拈来，直接写入诗中。同时，到秦地最容易生发的就是朝代更迭、人事无常的感慨，诗末"千古兴亡同一梦，梦中多少未归人"，则完全是中国传统的历史兴亡感了。

蒙元军队杀伐征战，所到之处生民俱遭涂炭，耶律楚材对此没有袖手旁观，他深怀悲天悯人的情怀，救济无辜百姓，《和移剌子春见寄五首》云："且图约法三章定，宁羡浮荣六印悬。"② "约法三章"，用刘邦的典故。刘邦大军进入咸阳之后萌生了骄纵享乐的思想，开始抢掠，在樊哙和张良的谏阻之下，刘邦发布告示，与父老约法三章。耶律楚材不羡慕佩戴六国相印的苏秦，一心只盼望太宗能做到"约法三章"，可见他忧思深广，是一个仁智的政治家。此时在秦地作诗，用刘邦和苏秦的典故，可谓精当，于此可见中华文化对他影响之深。《和高冲霄二首》写耶律楚材对天下苍生的关心，反映出他止战恶杀的思想，由诗中"昨夜行宫传好语，秦川草木也欣荣"③，再联系耶律楚材制旗救老百姓的记载，可知耶律楚

① （元）耶律楚材著，谢方点校：《湛然居士文集》，中华书局1986年版，第149页。
② （元）耶律楚材著，谢方点校：《湛然居士文集》，中华书局1986年版，第46页。
③ （元）耶律楚材著，谢方点校：《湛然居士文集》，中华书局1986年版，第151页。

材谏阻太宗在秦地杀戮，做了大量工作来保护无辜的平民，这与游牧民族骁勇善战的本性截然不同，从另一方面也反映出中华文化和平仁善思想对耶律楚材的影响。

耶律楚材家族与秦地人进行文化交流的这些材料，反映出各民族文化交流的平等状态。虽然官职地位有所不同，但他们在进行诗文唱和时，却呈现出惺惺相惜的态度，文学水平高低是最重要的评价标准，互相欣赏是交流的基本条件。当然，从耶律楚材家族的和诗来看，契丹人并不示弱，他们希望在诗文的水平上能超过秦地的汉人——这就使得元初秦地诗歌短时期呈现争奇斗艳的状态，尽管这种状态并未持续下去，也未引起较大的反响，但这种平等交流与唱和，却体现出文化的交融与发展。

按照地方通志的撰写惯例，宦游之人在当地创作的诗文也往往会被收录，成为当地文化的重要组成部分。《大秦景教流行中国碑》、西域歌舞流行长安等著名事例，亦足以证明不同的文化在秦地的传播与融合。从大的方面说，契丹人在此地的诗歌创作等文化活动，既说明中华文化的强大吸引力，也说明中华文化的多元包容与灿烂多样。

第三节　耶律楚材父子在青藏地区之活动及其诗歌创作①

详考契丹人存世的诗文作品，发现耶律楚材父子创作了4首与青藏有关的诗，其中耶律铸的《夜泊青海》和《逻逤》诗明确反映出他到过青藏地区。耶律楚材父子的这些诗，既具有文学史价值，又具有文化史和民族史价值，值得认真加以研究。

通过文献检索，未见有人对这些诗进行研究，也未发现相关的成果发表或出版。

一　耶律楚材与其诗中的"青海""吐蕃"

耶律楚材于1218—1225年随成吉思汗远征西域。1226年，大军回师，途经今新疆、甘肃、青海，灭掉西夏，耶律楚材随军而行。《元史》本传载："丙戌冬，从下灵武。诸将争取子女金帛，楚材独收遗书及大黄

---

① 此节内容修改后发表于《西藏研究》2013年第6期。

药材。既而士卒病疫，得大黄辄愈。"① 丙戌，即 1227 年；灵武，即今宁夏灵武市，曾为西夏临时都城。

根据耶律楚材在《和高丽使三首》中所云："扬兵青海西凉灭"②，可以推断元军在攻打西夏之前，曾向青海进军。"西凉"为借用语词，指凉州，包括今甘肃武威市在内的广大地区。意大利学者伯戴克通过藏文文献发现，1239 年，"窝阔台的次子阔端接受了一个在藏文中叫羌奥（By-an-nos，北方，即凉州）的、包括设在凉州的司令部的广阔封地之后，西藏便成为蒙古人扩张的目标"③。可见在 1239 年之前，凉州地区早已被元军所占领。据《元史》记载，成吉思汗在灭西夏前，曾于 1227 年派按竺迩攻克积石州、西宁。西宁，即今青海省西宁市；积石州，据刘建丽所说，"积石州在黄河岸边，贵德州与安乡关之间"④，则在今青海省贵德县和循化撒拉族自治县区域内。大约在攻克这些地方之后，成吉思汗派人守领于此，1239 年，由阔端接管。以伯戴克的研究与耶律楚材的这首诗相对照，可以证实，蒙元骑兵确曾进军青海。由于耶律楚材在成吉思汗身边主要是为重大事件进行占卜，一直扈从成吉思汗大军西征东进，所以这一次他也可能进入了青海境内。

耶律楚材还有《德新先生惠然见寄佳制二十韵和而谢之》诗，其中有一句曰："西边退吐蕃"。⑤ 遍查耶律楚材的诗歌，只有这一句涉及西藏。耶律楚材的诗歌多即兴而作，诗中的人和事大多数都能对号入座，因此，"西边退吐蕃"不可能是杜撰之事。从现存的资料进行推断，或为元军攻打西夏之时，西夏向吐蕃人求援，吐蕃来救，而蒙古大军击退了吐蕃援军。因为当时蒙古军正兵临西夏，在青藏的东北方向，所以说吐蕃在"西边"。

在随军征战中，耶律楚材没有在青海地区留下诗作，而是后来与别人进行诗文唱和时回忆起了当时的情况，但由于其内容涉及蒙古军队在甘肃青海交界地区之战事，所以依然具有较高的史学价值。

---

① （明）宋濂等：《元史》，中华书局 1976 年版，第 3456 页。

② （元）耶律楚材著，谢方点校：《湛然居士文集》，中华书局 1986 年版，第 157 页。

③ ［意］伯戴克：《元代西藏史》，张云译，云南人民出版社 2002 年版，第 7 页。

④ 刘建丽：《元朝陇南吐蕃的行政机构与社会经济》，《西藏研究》2012 年第 2 期，第 3 页。

⑤ （元）耶律楚材著，谢方点校：《湛然居士文集》，中华书局 1986 年版，第 306 页。

二　耶律铸的青藏之行与《夜泊青海》诗

耶律楚材次子耶律铸善骑射，精通多种族群的语言，侍从定宗、宪宗和世祖三位皇帝南征北战，一生戎马倥偬，所到皆极远之处。从今天的地理区划来看，他到过今吉尔吉斯斯坦、乌兹别克斯坦、塔吉克斯坦、哈萨克斯坦、蒙古国，在我国境内则到过新疆、甘肃、青海、西藏、宁夏、内蒙古、陕西、山西、河南、山东、河北、北京、天津、辽宁、四川、重庆、湖北、江苏、安徽、江西、浙江、福建等省、市、自治区，他不仅身历其地，而且在这些地方留下了若干诗文作品。纵观中国文学史，极少有人能像耶律铸这样在诗文中涉及如此辽阔的地域空间。

与其父耶律楚材不同，耶律铸似乎并不是因为战争而到青藏地区。从其《逻逤》诗中的"圣人不战屈人兵"来看，西藏问题在当时具备和平解决的可能，耶律铸可能是作为"钦差大臣"而赴青藏地区进行宣抚。

在赴青藏地区途中，耶律铸经过青海，并在某个月夜泊于青海湖边。由于此行比较闲适，所以耶律铸诗兴大发，在船上作《夜泊青海》："归心日夜忆咸阳，海角天涯不是长。今夜月明何处好，北风低草见牛羊。"①

这四句诗并非耶律铸原创，而是集唐宋人的诗句而成。第一句采自传为贾岛的《渡桑乾》诗："客舍并州已十霜，归心日夜忆咸阳。无端更渡桑乾水，却望并州是故乡。"② 表达了身处异地，思念故乡的情怀。第二句用张建封妓盼盼之诗《燕子楼》："楼上残灯伴晓霜，独眠人起合欢床。相思一夜情多少，地角天涯不是长。"③ 用女性口吻模拟妻子对自己的思念，反衬自己思念家人之情。第三句用许浑诗《送萧处士归缑岭别业》："今夜月明何处宿，九疑云尽绿参差。"④ 耶律铸改"何处宿"作"何处好"，是因为他是钦差大臣，不至于无处住宿，但"何处好"依然用许浑的诗意，刻画出月夜思乡、难以成眠的诗人形象。第四句用黄庭坚诗《题阳关图》："断肠声里无形影，画出无声亦断肠。想得阳关更西路，北

---

① （元）耶律铸：《双溪醉隐集》卷5，光绪十八年顺德龙氏知服斋刻本。

② （唐）贾岛著，李嘉言新校：《长江集新校》，上海古籍出版社1983年版，第113页。

③ （宋）计有功：《唐诗纪事》，中华书局1965年版，第1126页。

④ （唐）许浑著，（清）许培荣笺注：《丁卯集笺注》，乾隆二十一年许钟德刻本。又，中华书局编辑部点校：《全唐诗》（增订本），中华书局1999年版，第6130—6131页。

风低草见牛羊。"① 耶律铸此处不用《敕勒歌》中的"风吹草低见牛羊"，而用黄庭坚的诗句，可见他别有一番用意。联系黄庭坚的前一句"想得阳关更西路"，则能看出耶律铸对前路遥远、前途未卜的担忧。

宋朝人为炫耀自己的学问，多有集古人诗句成诗者，金末元初也有这种风习。集句诗的实质，就是一种拼凑前人名句的文字游戏，其价值并不大。在耶律铸现存的诗文集中，只有这一首。但如上所述，这首诗不但记录了契丹人耶律铸曾经到过青海的事实，而且曲折地反映了他对此行程的担忧。

三　耶律铸的西藏诗《逻逤》

耶律铸进入西藏的证据是其《逻逤》诗。"逻逤"之名始于唐代，史书中亦写作"逻些""逻娑"，今为西藏拉萨市。唐代对吐蕃采取和亲政策，经常派使者前往吐蕃进行会盟、宣慰、护送公主、通好、答贺、吊祭等活动，据黄满仙、章见的论文《唐朝赴吐蕃外交使者评述》，"唐赴吐蕃的使者约 60 多位（不包括副使）"②。往来之人既多，交流自然就频繁，所以唐人对吐蕃及逻逤城了解较多，唐诗中出现的"逻逤"亦较多。著名者如杜甫、高适、元稹等人。

杜甫有《柳司马至》诗，诗云："设备邯郸道，和亲逻逤城。"仇兆鳌注曰："《唐书》作'娑'。《韵会》云：'娑'，或作'逤'，通作'些'。……《旧唐书·吐蕃传》：'其人或随畜牧，而不常厥居，然颇有城郭，其国都城号逻些城。'"③ 从这首诗来看，杜甫对当时的和亲之事比较熟悉，且明确指出是在"逻逤城"。考察杜甫的人生经历，他虽然没有去过西藏地区，但其作为"诗史"，此诗中的"和亲逻逤城"则反映了当时的历史事实。

高适《九曲词三首》其一曰："铁骑横行铁岭头，西看逻逤取封侯。青海只今将饮马，黄河不用更防秋。"④ "逻逤""青海"，两个青藏地区的地名连用，可见高适对此处亦较熟悉。但详考高适的行迹，似乎也并未到过青藏地区，他这首诗应是采用唐代边塞诗的通行写法，借边疆地名显

---

① （宋）黄庭坚著，刘琳等校点：《黄庭坚全集》，四川大学出版社 2001 年版，第 1176 页。
② 黄满仙、章见：《唐朝赴吐蕃外交使者评述》，《西藏研究》1994 年第 2 期，第 73 页。
③ （唐）杜甫著，（清）仇兆鳌注：《杜诗详注》，中华书局 1979 年版，第 1824 页。
④ （唐）高适著，孙钦善校注：《高适集校注》，上海古籍出版社 1984 年版，第 233 页。

示行军之远，由此来抒写自己的豪情壮志和立功塞外的决心。

元稹《宪宗章武孝皇帝挽歌词三首》其二云："始服沙陀虏，方吞逻逤戎。"① 这首诗为挽诗，目的是颂扬唐宪宗的武功。详考唐史，宪宗朝削平各处藩镇，颇有战功，史家有"元和中兴"之论。此处所说"始服沙陀虏，方吞逻逤戎"，应指元和十三年（818），唐军自夏州、灵州、原州、西川等多地进攻吐蕃并获胜之事。李天石认为，这些战事"反映出宪宗在取得征讨淮西的战争胜利之后，已有进一步收复河、湟失地的打算及初步的行动"②。

诗僧贯休有两首诗提及"逻逤"，一处见于《古塞下曲四首》其一："苍茫逻逤城，栉栉贼气兴。"③ 另一处见于《古塞下曲七首》其二："归去是何年，山连逻逤川。"④ 无独有偶，诗僧齐己《闻雁》诗曰："潇湘浦暖全迷鹤，逻逤川寒只有雕。"⑤ 这三首诗中的"逻逤"，一处指城，另二处指川，全用古调，其意境苍凉空阔，竟比亲临其地者感受更深切，可见诗人运思之神，这正如陆机所说"观古今于须臾，抚四海于一瞬"⑥，他们在想象中到达了诗歌的彼岸。再看李颀的《听董大弹胡笳声兼寄语弄房给事》诗："乌珠部落家乡远，逻娑沙尘哀怨生。"⑦ 也完全是写想象中的景象，与实际的拉萨地域风情并不相同。虽然这些诗人并未亲至青藏地区，但他们至少对"逻逤（或逻娑）"一词比较熟悉，否则不可能如此顺手地写入诗中。

与唐人相比，宋人诗作中出现"逻逤"者极为少见。北宋黄庭坚《和陈君仪读杨太真外传》诗云："高丽条脱琱红玉，逻逤琵琶撚绿丝。"⑧ 南

---

① （唐）元稹著，杨军笺注：《元稹集编年笺注》（诗歌卷），三秦出版社 2002 年版，第 840 页。

② 李天石：《论唐宪宗元和年间唐朝与吐蕃的关系》，《西藏研究》2001 年第 2 期，第 46 页。

③ （唐）贯休：《禅月集》卷 3，明虞山毛氏汲古阁刊本。又，中华书局编辑部点校：《全唐诗》（增订本），中华书局 1999 年版，第 9405 页。

④ （唐）贯休：《禅月集》卷 11，明虞山毛氏汲古阁刊本。又，中华书局编辑部点校：《全唐诗》（增订本），中华书局 1999 年版，第 9443 页。

⑤ （唐）齐己：《白莲集》卷 10，明虞山毛氏汲古阁刊本。又，中华书局编辑部点校：《全唐诗》（增订本），中华书局 1999 年版，第 9661 页。

⑥ （晋）陆机著，张少康集释：《文赋集释》，人民文学出版社 2002 年版，第 36 页。

⑦ （唐）李颀著，隋秀玲校注：《李颀集校注》，河南人民出版社 2007 年版，第 108 页。

⑧ （宋）黄庭坚著，刘琳等校点：《黄庭坚全集》，四川大学出版社 2001 年版，第 1149 页。

宋陆游《琵琶》诗则曰："西蜀琵琶逻逤槽，梨园旧谱郁轮袍。"① 但此二诗中的"逻逤"指逻逤檀，出产于西藏和四川西北地区，用来制作琵琶，即黄庭坚诗中所说的"逻逤琵琶"，并非指今天的拉萨市。由此可知，"逻逤"这一地名已渐渐不为宋人所熟悉。

虽然西藏地区在元朝被正式纳入中国的版图，成为元朝的一个行政区划单位，但是拉萨的地位却被萨迦地区所取代，逐渐为人们所遗忘。查元朝史籍，较少有关于拉萨的记载。元代西藏的政治、经济、宗教中心在萨迦地区，并不在拉萨，然而元朝丞相耶律铸保留下来的这首《逻逤》诗却向人们证实：拉萨在元朝时依然占据重要的位置，只是由于当时人们关注的重心转移至萨迦，而关于拉萨的资料可能散失殆尽，渐不为人所知。

耶律铸这首诗是自古以来第一首以西藏地名为题目的汉文诗，虽然他自题为乐府诗，但从形式上看则是一首七言绝句："磨崖金字《昆仑颂》，勒石银书《逻逤铭》。且述要知方略在，圣人不战屈人兵。"② 从诗歌的内容来判断，蒙元将西藏地区纳入版图之后，曾勒石纪功，不但用金字在摩崖上刻写《昆仑颂》，而且在石头上以银书刻写铭文。从地点来推测，耶律铸所说的"磨崖"，可能是今天的药王山摩崖。据西藏文管会文物普查队的勘察结果来看，药王山摩崖石刻几乎全部是佛教石刻造像，且在"吐蕃初期（即唐代初期）已开始雕刻"③。因为耶律铸卒于1285年，假如耶律铸所说的摩崖石刻就在药王山，所以金字《昆仑颂》的刻写时间必然不会晚于1285年。可惜的是，这些石刻和铭文今已不存，使我们失去了详细了解元代拉萨情况的重要文献。

《元史》对西藏地区的记载十分简略，并没有讲述蒙元军队如何进驻西藏。而据意大利学者伯戴克的《元代西藏史研究》，元军曾多次进入西藏地区，并在此发生过大大小小的许多次战役。④ 通过耶律铸这首诗中的"且述要知方略在，圣人不战屈人兵"可知，耶律铸当时可能随军进入此地，但他主张以和平方式解决这一地区的问题。或许因为当时没有发生较大规模的战争，所以《元史》等史籍文献没有记载。

---

① （宋）陆游著，钱仲联校注：《剑南诗稿校注》，上海古籍出版社1985年版，第1144页。
② （元）耶律铸：《双溪醉隐集》卷2，光绪十八年顺德龙氏知服斋刻本。
③ 何周德、索郎旺堆：《拉萨药王山摩崖造像浅说》，《西藏研究》1985年第4期，第117页。
④ ［意］伯戴克：《元代西藏史》，张云译，云南人民出版社2002年版，第12—22页。

第四节　耶律铸父子在巴蜀之活动及耶律铸之诗文创作①

契丹人是否曾到过巴蜀地区？辽金之时，几乎没有可能。只有到蒙元侵宋，契丹人方有可能随大军进入巴蜀地区。查《元史》，进入巴蜀地区之契丹将士不在少数，且多为父兄子弟一同前往。史传载记者主要有四家：

其一为太傅耶律秃花家族。据《元史》载，耶律秃花之子耶律朱哥"与都元帅塔海绀卜同征四川"②；朱哥之弟耶律买住"率诸军往成都，攻嘉定"③；买住幼子耶律忽林带"总诸军，立成都府"④；耶律忽林带卒于军，以其兄耶律百家奴嗣领其职；其后"百家奴解兵柄为他官"⑤，又授其弟耶律秃满答儿"成都管军万户，代将其军"⑥，耶律秃满答儿从攻嘉定、重庆，"授夔路招讨使，迁四川东道宣慰使，仍兼夔路招讨，改同金四川等处枢密院事，迁四川等处行中书省左丞。尚书省立，改行尚书省左丞，进右丞"⑦；而耶律朱哥之孙耶律忙古带，亦曾"从行省也速带儿征蜀及思、播、建都诸蛮夷"⑧。

其二为石抹乞儿祖孙三代。石抹乞儿袭父职，"领本万户诸翼军马，从都元帅纽璘攻重庆、泸、叙诸城，数有战功"⑨，至元二年（1265），"从都元帅按敦移镇潼川"⑩；在其死后，其子石抹狗狗袭其职，至元八年（1271），"从金省严忠范以兵围重庆"⑪，其后一直转战巴蜀，至元二十四年（1287），"迁怀远大将军、夔路万户，移戍重庆"⑫；在其卒后，其子石抹安童袭其职，镇戍重庆。

---

① 此节内容修改后发表于《中华文化论坛》2014 年第 6 期。
② （明）宋濂等：《元史》，中华书局 1976 年版，第 3532 页。
③ （明）宋濂等：《元史》，中华书局 1976 年版，第 3532 页。
④ （明）宋濂等：《元史》，中华书局 1976 年版，第 3532 页。
⑤ （明）宋濂等：《元史》，中华书局 1976 年版，第 3532 页。
⑥ （明）宋濂等：《元史》，中华书局 1976 年版，第 3532 页。
⑦ （明）宋濂等：《元史》，中华书局 1976 年版，第 3533 页。
⑧ （明）宋濂等：《元史》，中华书局 1976 年版，第 3533 页。
⑨ （明）宋濂等：《元史》，中华书局 1976 年版，第 3906 页。
⑩ （明）宋濂等：《元史》，中华书局 1976 年版，第 3906 页。
⑪ （明）宋濂等：《元史》，中华书局 1976 年版，第 3907 页。
⑫ （明）宋濂等：《元史》，中华书局 1976 年版，第 3907 页。

其三为石抹按只父子。石抹按只"从都元帅纽璘攻成都""又从都元帅按敦攻泸州"①，论其功绩，主要为建浮桥以渡军士，"及四川平，浮桥之功居多"②。其子石抹不老曾"乘夜袭宋军，直抵重庆城下，攻千斯门"③，至元十六年（1279），袭父职，"为怀远大将军、船桥军马总管，更赐金虎符，兼夔路镇守副万户"④。

其四即耶律楚材家族中的三人。耶律楚材之子耶律铸从宪宗征蜀，其子耶律希亮"亦在行"⑤，宪宗崩于钓鱼山，"希亮将辎重归于陕右"⑥。耶律楚材四代孙耶律养正，曾任四川刘庄盐场司令⑦，或由恩荫得官，娶四川行省左丞韩涣之女韩惟秀为妻。但耶律养正在二十几岁即去世，并未留下子嗣。这是唯一见于文献记载、曾在四川任职的耶律楚材后人。此时或其前还有一定数量的契丹人在巴蜀地区任职或生活，如上文所述之耶律秃满答儿、石抹不老与石抹安童等。

契丹人在巴蜀的活动是一个值得研究的历史学与民族学课题。元代中书左丞相耶律铸不仅到过巴蜀地区，而且在此地有重要的文化活动，还创作了一定数量的诗文。这些诗文，不仅具有重要的文学价值与史学价值，而且可以拓宽巴蜀文化及契丹学研究的领域，更应引起我们的重视。

一　耶律铸扈从征蜀事迹考辨

《元史》对耶律铸的事迹记载十分简略，以至于我们对其人其事知之甚少。但通过详绎史料，结合耶律铸的诗文著作，仍然可以探寻到一些蛛丝马迹，从而可以大略考知其扈从征蜀的经历。

《元史》本传载："戊午，宪宗征蜀，诏铸领侍卫骁果以从，屡出奇计，攻下城邑，赐以尚方金锁甲及内厩骢马。"⑧查1998年北京颐和园出土的《耶律铸墓志铭》，却无一字及此，或许是受墓碑空间所限，不及言

---

① （明）宋濂等：《元史》，中华书局1976年版，第3640页。
② （明）宋濂等：《元史》，中华书局1976年版，第3641页。
③ （明）宋濂等：《元史》，中华书局1976年版，第3642页。
④ （明）宋濂等：《元史》，中华书局1976年版，第3642页。
⑤ （明）宋濂等：《元史》，中华书局1976年版，第4159页。
⑥ （明）宋濂等：《元史》，中华书局1976年版，第4159页。
⑦ （明）宋濂：《文宪集》卷11，《景印文渊阁四库全书》，台湾商务印书馆1986年版，第1223册。
⑧ （明）宋濂等：《元史》，中华书局1976年版，第3465页。

于此之故；亦可能是《耶律铸神道碑》中已经详述此事，故此处从略。但由于《神道碑》今已不存，我们无从得知其详细内容，故只好从他处进行考索。

耶律铸二十三岁即嗣其父耶律楚材之职，领中书省事，可谓少年得志。但好景不长，在元定宗贵由去世之后，政治局势急转直下。据陈得芝考证，耶律铸差点在元宪宗与失烈门争夺皇位的斗争中丢掉性命，幸亏忽必烈出手相救，才免于一死。① 从《元史》本传记载来看，耶律铸死里逃生之后，不仅没有被贬斥不用，反而又成为元宪宗的亲信。"领侍卫骁果"，即蒙古可汗的"怯薛"。据萧启庆研究，怯薛中"掌理一般行政事务的主要机构似为必阇赤（biceci）"② 。《元史·兵志》载："为天子主文史者，曰必阇赤。"③ 耶律楚材曾任此职，当时汉人称之为"中书大丞相"，宋朝使臣彭大雅、徐霆《黑鞑事略》亦称其为"相"。耶律铸嗣领之"中书省事"，应为此职。耶律希亮初任官职符宝郎为必阇赤之属，乃世袭，④ 故可推断耶律铸必曾担任怯薛官。

怯薛负有皇帝宿卫、中央文书、印信等职，故不离皇帝左右。耶律铸的《述〈实录〉四十韵》恰恰证明了这一点，此诗序文曰："修《征蜀实录》，每以二鼓为期方息。中夜闻笛，既觉，缅想《实录》事迹，亦如梦寐。"据此，则《宪宗实录》中的《征蜀实录》必为耶律铸所记。另一证据见于《耶律希亮传》，其中言及元帅哈剌不花，曰："哈剌不花在蜀时，尝疾病，铸召医视之，遗以酒食。"⑤ 可见耶律铸之地位相当高，否则不能曰"召医视之，遗以酒食"之语。由此可以断定耶律铸"领侍卫骁果"，即宪宗怯薛长官，凡宪宗征蜀时亲自参与的战争，耶律铸必定冲锋在前。从《元史》所载其"屡出奇计，攻下城邑，赐以尚方金锁甲及内厩骢马"来看，耶律铸之战功多在谋划方面，这与他负责护卫皇帝的职责亦相符合。耶律铸既有谋划之功，且为怯薛之长官，《元史·宪宗本纪》征蜀事迹中当有所提及，然详查该纪，竟无一字及之，甚为可怪。

详绎《元史·宪宗本纪》只字不提耶律铸之问题，原因大约有二，

① 陈得芝：《蒙元史研究丛稿》，人民出版社 2005 年版，第 464—467 页。
② 萧启庆：《内北国而外中国：蒙元史研究》，中华书局 2007 年版，第 229 页。
③ （明）宋濂等：《元史》，中华书局 1976 年版，第 2524 页。
④ 萧启庆：《内北国而外中国：蒙元史研究》，中华书局 2007 年版，第 241 页。
⑤ （明）宋濂等：《元史》，中华书局 1976 年版，第 4160 页。

其一是耶律铸在元世祖朝以中书左丞相身份监修国史，为避炫耀功绩之嫌，所以在撰修《宪宗实录》时不敢矜功，未提及自己，宋濂等人修《元史》时依《实录》进行取舍编纂，故耶律铸扈从征蜀之事不见史书记载；其二是耶律铸在征蜀过程中或许并无太过突出的冲锋陷阵战功，如上所述，他的主要功绩在于谋划而不在于杀伐攻占，故可书者较少，即便在《实录》中有些许记载，然亦不为修《元史》者所采。由于《耶律铸神道碑》已亡佚，以上分析仅为揣测，有待新材料、新证据出现后再下定论。

二　耶律铸在巴蜀之经行路线及文学活动

（一）耶律铸进出巴蜀路线略考

如上所述，要考察耶律铸在巴蜀之行踪，必须从《元史·宪宗本纪》入手。

查《元史》，宪宗于戊午（1258）岁秋征蜀，行军路线大致如下：六盘山（在今宁夏固原）——陇州（今陕西陇县）——宝鸡（今陕西宝鸡）——大散关（在今陕西宝鸡西南）——重贵山（地址不详，应在宝鸡至汉中之间）——汉中（今陕西汉中）——利州（今四川广元）——嘉陵江——苦竹隘（在今四川剑阁县北）——大获城（在今四川沧溪县东南）——青居城（在今四川南充市南）——大良城（在今四川广安市东北）——合州钓鱼山（在今重庆）。此路线亦为耶律铸扈从入巴蜀之经行路线。

但对于其出蜀路线及时间，则无明确记载。耶律铸曾作《永歌赋》，其序文曰："协洽之岁，龙去鼎湖，余还自蜀。"[①] 协洽，即未年，《尔雅·释天》云："太岁在寅曰摄提格，……在未曰协洽。"龙去鼎湖，指皇帝驾崩，《史记·封禅书》云："黄帝采首山铜，铸鼎于荆山下。鼎既成，有龙垂胡髯下迎黄帝。黄帝上骑，群臣后宫从上者七十余人，龙乃上去。余小臣不得上，乃悉持龙髯，龙髯拔，堕，堕黄帝之弓。百姓仰望黄帝既上天，乃抱其弓与胡髯号，故后世因名其处曰鼎湖。"查《元史》，己未（1259）秋七月，宪宗"崩于钓鱼山"[②]。则知此"协洽之岁"指己未年（1259），故耶律铸自蜀地还，当在该年宪宗去世之后。据《元史·

①　（元）耶律铸：《双溪醉隐集》卷1，光绪十八年顺德龙氏知服斋刻本。
②　（明）宋濂等：《元史》，中华书局1976年版，第54页。

耶律希亮传》载，宪宗崩，"希亮将辎重归于陕右"①，"陕右"即陕西之右，当为宁夏、甘肃之地，综合各种材料判断，应为宁夏之六盘山。此年耶律希亮才十二岁，断不可能担此大任，当是其父耶律铸"将辎重归于陕右"，耶律希亮仅仅随从而已。虽然史籍不载其具体返归路线，但综合以上材料可以推断，其出蜀路线与入蜀时进军路线大体一致。从《永歌赋》序文所言"越明年，东归"一句可知，耶律铸在宪宗去世当年即护送其遗体返回六盘山并进行安葬，第二年，即中统元年（1260）才孤身东走投奔元世祖。

（二）耶律铸在巴蜀之文学活动

耶律楚材虽未亲至蜀地，但其文集中有《送门人刘德真征蜀》《送门人刘复亨征蜀》《诚之索偈》② 三诗。据王国维的《耶律文正公年谱》，此三诗作于1236年。查《元史·宪宗本纪》，丙申（1236）秋七月，"阔端率汪世显等入蜀，取宋关外数州，斩蜀将曹友闻"③。阔端乃宪宗之子，皇子出征，当有随军占卜、观星、验候之士，刘德真为耶律楚材门人，必定担当此任。这从其诗中亦可看出端倪，《送门人刘德真征蜀》诗云："怜君粗有才学术，师我精通天地人"④，可见刘德真跟从耶律楚材所学为阴阳五行推步之术；"三辰测验须吾子，创作天朝宝历新"⑤，则说明刘德真还担负着观天象、制历法的重任。刘复亨虽然亦为耶律楚材门人，但他"不读经书不学禅"，耶律楚材说"误尔儒冠好投笔"⑥，可见他此次随从征蜀乃投笔从戎。或许在征蜀之前，他向耶律楚材索偈，楚材遂赠语曰："劫火光中须退步，青春宁有再来时"⑦，或为劝其见功即收、不可冒进滥杀之意。

与其父不同，耶律铸不仅亲入蜀地，而且在作战闲暇中搜集保存了辛弃疾的词集、创作了若干首巴蜀诗。

1. 保存辛弃疾的《稼轩乐府全集》

耶律铸词作《鹊桥仙》小序云："阆州得《稼轩乐府全集》，有《西

---

① （明）宋濂等：《元史》，中华书局1976年版，第4159页。
② 按，诚之乃刘复亨之字。
③ （明）宋濂等：《元史》，中华书局1976年版，第35页。
④ （元）耶律楚材著，谢方点校：《湛然居士文集》，中华书局1986年版，第319页。
⑤ （元）耶律楚材著，谢方点校：《湛然居士文集》，中华书局1986年版，第319页。
⑥ （元）耶律楚材著，谢方点校：《湛然居士文集》，中华书局1986年版，第319页。
⑦ （元）耶律楚材著，谢方点校：《湛然居士文集》，中华书局1986年版，第269页。

江月》：'而今何事最相宜？宜醉宜闲宜睡。'或曰：'不若道宜笑宜狂宜醉。请足成之。'"① 耶律铸入蜀时为 1258 年，出蜀时为 1259 年，其在阆州（今四川阆中）得到辛弃疾词全集的时间必定在此二年之中。查邓广铭《稼轩词编年笺注》，卷四《瓢泉之什》有此《西江月》，却作"而今何事最相宜？宜醉宜游宜睡"②。邓广铭所用版本一为汲古阁影宋钞本，只有四卷，明显不全；一为元大德己亥广信书院刊本。此句下未出校勘记，可见此二版本内容相同。耶律铸于四川阆州所得为《稼轩乐府全集》，其《西江月》与上述二版本虽只有一字之别，但可见稼轩词并非只有以上两个版本系统。从版本校勘学的角度来看，耶律铸此处引文可以作为该词的他校资料，因而具有一定的文献价值。其后王恽有《感皇恩》一词，题云："与客读《稼轩乐府全集》"，其名称与耶律铸所言完全相同。王恽与耶律楚材家族有姻亲关系，他比耶律铸小七岁，职务比耶律铸低，从辈分上来说，也比耶律铸低。1260 年，姚枢宣抚东平，才辟王恽为详议官，故此处的《稼轩乐府全集》或许即是耶律铸从阆中带回之本。今人辛更儒认为，王恽所说之"全集本"，亦即耶律铸在阆中所得之《稼轩乐府全集》，"必是元代存世最全的稼轩词集本"③。

除此之外，耶律铸诗中还引了辛弃疾三首词中的句子，可见他对辛词之熟悉与喜爱。

辛弃疾乃南宋抗金将领，虽然未曾与蒙元对敌，但耶律铸入蜀时正处于两国交兵之际，杀伐征战中，耶律铸取其全集，爱不释手，其后随手引用或化用其成句，可见：一，文学并无族群与疆界之别；二，耶律铸汉化之深；三，辛弃疾词作水平之高及其词集流传之广。

2. 在巴蜀之创作

耶律铸随大军进征巴蜀，在戎马倥偬之间隙，创作了一定数量的诗歌，但由于其作品散佚，存留至今者不足十首，甚为可惜。

《蜀道有难易》为歌行体诗，序云："李白作《蜀道难》以罪严武。后陆畅感韦皋之遇，作《蜀道易》云：'蜀道易，易于践平地。'戊午秋，余入蜀，漫天岭阻雨。次秋回至此岭，带雨，因二公之作，为赋《蜀道

---

① （元）耶律铸：《双溪醉隐集》卷6，光绪十八年顺德龙氏知服斋刻本。

② （宋）辛弃疾著，邓广铭笺注：《稼轩词编年笺注》，上海古籍出版社 1978 年新 1 版，第 432 页。

③ 辛更儒：《稼轩词版本源流再探索》，《中国典籍与文化》2005 年第 3 期，第 96 页。

有难易》云。"① 从序文可知，耶律铸于戊午（1258）秋入蜀，次年（1259）秋返回，亲历蜀道，故其感于李白和陆畅之诗，而作《蜀道有难易》，阐发治国在德不在险的道理。

李白作《蜀道难》以罪严武及陆畅之《蜀道易》之说，见于《新唐书》卷一百五十八《韦皋传》。《太平广记》卷四百九十六"陆畅"条载："李白尝为《蜀道难》，歌曰：'蜀道难，难于上青天。'白以刺严武也。后陆畅复为《蜀道易》，曰：'蜀道易，易于履平地。'"② 诸书所载陆畅诗句均为"蜀道易，易于履平地"。而耶律铸此诗序文作"践平地"，究其原因，其祖名耶律履，此处为避讳而改。宋人楼钥《攻愧集》卷一《送王仲矜倅兴元》云："蜀道难，难于上青天。蜀道易，易于履平地。蜀山天险固自若，视难为易在人尔。"与耶律铸诗意相类，但耶律铸生发出治国以德之理，则眼界为高，可见他虽为契丹人，但深受儒家思想影响，从其文化来看，并不比汉人逊色。

长期征战在外，不免心生思念家乡和亲人之情。其《长相思》诗云："清渭东流剑阁深，不知消息到如今。"③ 剑阁，在今四川剑阁县，此处用杜甫《哀江头》和李远《失鹤》成句，从诗歌的内容来看，当为耶律铸扈从征蜀，思念家人，故而从妻子一方想来，以女子口吻写作此诗。

耶律铸在巴蜀地区所作诗歌还有《南征过蜀寄题故园》《大河篇》《次韵阆州述事》《闺思三首》《入蜀口号》《游果州凤山观》④《戊午冬十一月二十八日过阆州，杨氏献小桃，十二月二日又献杏花》等，其作品作于巴蜀，亦写在巴蜀之事。词作有《鹊桥仙》，如上文所述，其词序云："阆州得《稼轩乐府全集》"⑤，由是知此词当作于阆州（今四川阆中），耶律铸得到辛弃疾词的全集，并根据辛弃疾词句而改写、补成此篇。

3. 回忆在巴蜀活动之诗文

如上所述，耶律铸曾监修国史，并修撰过《征蜀实录》，故《元史·

---

① （元）耶律铸：《双溪醉隐集》卷2，光绪十八年顺德龙氏知服斋刻本。
② （宋）李昉等：《太平广记》卷496，中华书局1961年版，第4070页。
③ （元）耶律铸：《双溪醉隐集》卷2，光绪十八年顺德龙氏知服斋刻本。
④ 该诗用谢自然的典故。谢自然（？—794），唐朝女道士，果州（今四川南充）人，据传，她在万众瞩目之下，白日飞升。
⑤ （元）耶律铸：《双溪醉隐集》卷6，光绪十八年顺德龙氏知服斋刻本。

宪宗本纪》中关于征蜀之事迹，必在耶律铸所撰之《实录》基础上剪裁而成。或者可以说，《元史·宪宗本纪》中的很多内容乃出于耶律铸之手，宋濂等人仅仅是做了一番删削剪裁工作而已。

除了撰写《征蜀实录》之外，耶律铸还创作了若干回忆在巴蜀生活的诗作，如《述〈实录〉四十韵》《南征纪事》等诗。以《元史》与其诗相对读，可发现这些诗作描写了征蜀中的重大事件，具有较高的史学价值。

耶律铸的这些文学创作活动，为巴蜀地区增添了异质文化因子，同时也将契丹人的文化活动范围扩大到我国西南地区，为契丹文学史增添了突破地域性的一抹亮色。

第五节　小结

综上所述，可得出结论如下：

1. 耶律楚材祖孙三代至西域，居留时间均在七年以上，创作了相当数量的西域诗文。这些诗文多描摹当地风物人情，无论内容、语言还是风格，都迥异于中原诗作。

2. 耶律楚材父子到秦地后，油然而生历史兴亡之感，创作了若干记写当地名胜古迹的咏史诗，详查其诗文集，却罕有在其他地方创作咏史诗者，此可谓地域文化对诗文创作影响之显例。

3. 成吉思汗自西域东归时曾派兵攻入青海地区，亦曾与吐蕃交战，耶律楚材作诗涉及此事，可补史书之阙。其子耶律铸不仅夜宿青海，而且作诗为记，又曾至拉萨作《逻逤》诗，可证契丹人之文化活动已远至青藏地区。

4. 契丹人在蒙元时期征伐巴蜀，以家族为单位进入此地，是颇值人们关注的现象。耶律铸在此地不仅留存了辛弃疾的词集，而且创作了一定数量的诗文。这些诗文成为巴蜀流寓文学的重要组成部分，值得重视和研究。

第四章

耶律履及其诗文创作

关于耶律履之生平事迹，主要见于《金史》本传和元好问所作《尚书右丞耶律公神道碑》。从源流来看，《金史》本传当取自元好问所作之《神道碑》，并略有增删。但去取之际，往往有所遗漏。后人不能明辨者，则忽略其事迹；更有甚者，则因主观臆断而致误。些许小事，自可略而不论，但关乎一生命运之关捩，则不能不辨而明之，庶几可补史书之阙也。

如上所述，耶律履之诗文曾结为《文献公集》十五卷行于世，但惜后世亡佚，使吾辈不得睹其面貌。因之，后人对其作品研究较少。从目前研究现状来看，主要集中于对耶律履3首词作之研究，而此类研究亦大多雷同——正所谓巧妇难为无米之炊是也。然细读耶律履诗词，结合其人生境遇，可知其于陶渊明和苏轼多有属意，在契丹文人中，可谓特别，故亦当发而明之。

第一节　《金史》阙载耶律履使宋事迹考补[①]

终辽一朝，契丹人的活动范围向南并未延伸到今江浙地区。至金，契丹人的足迹则远至南宋都城临安（今浙江杭州）。耶律履曾经使宋吊祭宋高宗，但《金史》不载，元好问撰《尚书右丞耶律公神道碑》（以下简称《神道碑》）只云"奉使江左"，[②] 因此一直不为后世学者所注意。

但此事在耶律履一生中至关重要，成为其晚年得志、集两代皇帝宠信于一身的重大转折点，《金史·移剌履传》未据元好问所撰《尚书右丞耶

---

① 此节内容修改后发表于《内蒙古大学学报（哲学社会科学版）》2014 年第 4 期。
② （金）元好问著，狄宝心校注：《元好问文编年校注》，中华书局 2012 年版，第 706 页。

律公神道碑》和周必大《文忠集》所载内容进行编撰，从而出现缺漏。

耶律履的事迹，主要见于《金史》本传及《神道碑》。今人王庆生撰成《金代文学家年谱》，其中有《耶律履年谱》，提及耶律履出使之事，但王庆生认为，元好问《神道碑》所言"奉使江左"乃是金大定二十五年（1185）冬，耶律履"以礼部员外郎为高丽生日使"①。

但"江左"乃是指南宋，这种指称在当时意义十分明确，如《金史·魏子平传》载："是时，海陵谋伐宋，子平使还，入见，海陵问江左事，且曰：'苏州与大名孰优？'子平对曰：'江、湖地卑湿，夏服蕉葛犹不堪暑，安得与大名比也。'"②同书《仆散揆传》载金章宗的谕旨曰："朕即位以来，……宋人屈服，无复可议，若恬不改，可整兵渡淮，扫荡江左，以继尔先公之功。"③以"宋"与"江左"连用，且言苏州、长江、淮河，则"江左"即指南宋之地。比耶律履稍早的王兢（1101—1164）曾作诗一首，诗题曰："奉使江左，读同官萧显之《西湖行记》，因题其后。"④可知王兢等人"奉使江左"，指奉皇帝之命出使南宋。他们出使南宋，曾游临安（今杭州）之西湖，故有《西湖行记》及题诗。由此可知，耶律履"奉使江左"，乃是使宋，并非出使高丽。

由于耶律履此次使宋为其一生中较为重要的经历，所以很有必要进行详细考证和辨析，从而补《金史》本传之阙。

一　耶律履使宋始末

研究辽金元时期的人、事，必须结合宋及高丽的史籍文献和文人作品进行考察、互证，才能得出确切的结论。

金与南宋时和时战，战争也互有胜负，但总体而言，却没有使这两个政权之间的交聘活动中断。查《宋史》《金史》《宋会要》《三朝北盟会编》等史籍，几乎每年都有这两个政权之间的交聘活动，⑤由此可见，互

---

①　王庆生：《金代文学家年谱》，凤凰出版社2005年版，第1023页。

②　（元）脱脱等：《金史》，中华书局1975年版，第1976页。

③　（元）脱脱等：《金史》，中华书局1975年版，第2068页。

④　薛瑞兆、郭明志：《全金诗》，南开大学出版社1995年版，第105页；阎凤梧、康金声：《全辽金诗》，山西古籍出版社1999年版，第221页。按，这两部书对此诗题之断句与标点均不甚恰当，遂径改之。

⑤　《金史·交聘表》在灭北宋后八年内没有关于两个政权交聘的记载，但《宋史》《三朝北盟会编》等书有零星的记载。

派使者是宋金之间比较重要的外事活动。据李辉博士研究，金"与宋交往的聘使制度亦仿辽制"，虽然其后有所修订，但总体上与辽代相似。①查《金史·交聘表》等文献资料可知，在出使南宋的使者当中，有一部分是契丹人，如耶律固、耶律五哥、萧秉温、萧永祺、耶律安礼、耶律隆、耶律归一、耶律湛、耶律守素、移剌道等人。这些资料说明，宋金之时，契丹人的足迹向南已经远至临安，他们使用汉语与南宋官员进行交流、协商或谈判，从族群文化研究角度的来看，无疑具有重要的意义。

耶律履使宋一事，幸为南宋宰臣周必大所记录，内容颇为详细，虽然多记南宋方面之事，但亦足以证《金史》编撰之缺失，同时证明元好问撰《神道碑》所言事实确凿无误，并能补其记载之不足。

淳熙十四年（1187）十月，宋高宗病逝，宋孝宗命洪迈撰《告哀使国书》，遣敷文阁学士韦璞、鄂州观察使姜特立使金告哀。查《金史·交聘表》，本年十二月壬午，宋使方达于金廷。②考虑到金廷一定会派使臣前来吊慰、祭奠，此年十二月十三日，宋孝宗与周必大商量赏赐金使钱物，周必大奏云："只金七百余两，银万八千余两，匹帛不与焉，盖合吊、祭为一事也。"③

据《金史·世宗本纪》，大定二十八年（1188）正月，"癸卯，遣宣徽使蒲察克忠为宋吊祭使"④。正月癸卯，即正月初七。《金史·交聘表》则于本年正月条下云："以左宣徽使驸马都尉蒲察克忠、户部尚书刘玮为宋吊祭使。"⑤而据周必大所记，淳熙十五年（1188）正月廿二日，"盱眙报金中吊祭使富察克忠、刘韦、读祭文官耶律履欲以二十七日过界"⑥。宋金两方记载正相吻合，其后元陈桱⑦《通鉴续编》亦载：淳熙十五年⑧，

<hr />

①　李辉：《宋金交聘制度研究》，博士学位论文，复旦大学，2005 年，第 81 页。

②　（元）脱脱等：《金史》，中华书局 1975 年版，第 1447 页。

③　（宋）周必大：《文忠集》卷 172，《景印文渊阁四库全书》，台湾商务印书馆 1986 年版，第 1148 册。

④　（元）脱脱等：《金史》，中华书局 1975 年版，第 200 页。

⑤　（元）脱脱等：《金史》，中华书局 1975 年版，第 1447—1448 页。

⑥　（宋）周必大：《文忠集》卷 172，《景印文渊阁四库全书》，台湾商务印书馆 1986 年版，第 1148 册。

⑦　陈桱祖父为南宋秘书少监陈著，父亲为南宋国史院校官陈沁，其家三世均有史学著作。

⑧　其下有小字注释曰："金大定二十八年。"

"二月，金富察克忠来"，下有小字注释曰"吊祭也"，^①但未注明详细日期。由此三方记载，可以确定1188年正月金使赴宋吊祭乃为事实。盱眙，即盱眙军。富察克忠，即蒲察克忠，《金史》无传，但据《金史·交聘表》记载可知，他当时的官职为左宣徽使、驸马都尉，官秩正三品。刘韦，即《金史》所载之刘玮，字德玉，官至参知政事，曾两次使宋，其作为吊祭副使出使南宋时官户部尚书，官秩也是正三品，《金史》本传载其事云："以为宋吊祭副使。"^②关于诸书人名不一致之问题，赵翼曰："《金史》书本国人名已多彼此互异，流传于宋，益多讹误，故《宋史》所记金人名，考之《金史》，相同者不过十之一二，其余竟无一可核对者。"^③关于名字之不同，赵翼也十分困惑，如关于赵伦之事，赵翼云："岂仲恭使宋时，改易姓名耶？伦亲（戚）在宋，宋人记其姓名，又非传闻可比。乃一事也，而二史姓名互异，更不可解也。"^④1188年使宋吊祭高宗之汉人副使，《金史》作"刘玮"，周必大《文忠集》作"刘韦"，读音相同，尚未如赵翼所言改换姓名。

综合《金史》和《文忠集》记载，将耶律履等人使宋吊祭情况概述如下：宋淳熙十五年（1188）正月初七，金廷遣使赴宋吊祭宋高宗，并准备于正月二十七日渡过淮河，进入宋境。期间沿途各地均设宴招待，颇费时日。而在此之前的廿四日，宋孝宗已初定郑侨和张国珍作为馆伴，接待金使。二月初一日，宋孝宗得知吊祭副使刘玮及耶律履都是文官，恐怕张国珍粗疏不能应对，于是改换文臣赵不黯为馆伴。随后定在德寿宫接见金使，宰执侍从穿小祥服，素缟麻衣。为防止接待失礼，也为太常寺制定仪制提供规范，周必大还专门向宋孝宗奏问赐宴、朝辞地点、金使在馆时间等问题，并详细加以记载。二月十三日，馆伴使副郑侨、赵不黯觐见孝宗，奏问皇帝旨意及金使入慰衣服。孝宗告诫云："或有商量事，不必过位，恐彼不从，却失体。止令掌仪往来可也。"^⑤并专门宣谕赵不黯云：

①　（元）陈桱：《通鉴续编》卷18，《景印文渊阁四库全书》，台湾商务印书馆1986年版，第332册。

②　（元）脱脱等：《金史》，中华书局1975年版，第2112页。

③　（清）赵翼撰，王树民校正：《廿二史劄记校正》，中华书局1984年版，第605—606页。

④　（清）赵翼撰，王树民校正：《廿二史劄记校正》，中华书局1984年版，第607页。

⑤　（宋）周必大：《文忠集》卷172，《景印文渊阁四库全书》，台湾商务印书馆1986年版，第1148册。

"金国使副及读祭文官皆知书，所以改用卿。"① 由此可见南宋皇帝对此事之重视。

二月十九日，蒲察克忠、耶律履一行人方至临安城，当时的引接伴使副分别是宋之瑞和赵嗣祖。金使带来的礼物是"祭奠金器二百两，银器二千两疋，物四千疋，吊慰疋物四千疋"②。

二月二十一日，进行金使吊祭仪式。《宋史·孝宗本纪》对此进行了简要记载："二月丁亥，金遣蒲察克忠等来吊祭，行礼于德寿殿，次见帝于东楹之素幄。"③ 而周必大对此记载则十分详细：

> 丁亥，从驾过德寿宫，易小祥之服，应奉官吏亦如之。殿上设太上灵坐，宰执、侍从两拜讫，分东西立。上亦服布，四脚设素幄于东厢，举哭，在庭皆哭。引北使富察克忠、刘韦、读祭文官耶律履，再拜讫，升殿。具祭文，亦云："叔大金皇帝致祭于侄宋太上皇帝，尚飨。"降阶，再又拜讫，退。侍从以下先出，宰执升素幄侍立。使人朝见，授书如仪。上举哭，在庭皆哭。其书曰："顷达讣音，遽闻大故。念久敦于世好，殊深轸于中怀。载饬信轺，往伸慰问，尚顺礼经。"一节用绥孝履之和，中节、下节各朝见，受赐，并依常礼次。易常服，从驾还内，萧参入驲押宴。④

所谓"授书如仪"，乃隐晦句法，依《金史·张通古传》所言，张通古使宋时面向东，宋朝皇帝则西向而立，"受诏拜起皆如仪"⑤。据赵翼所考，宋孝宗时，"改奉表为国书，称臣为侄，凡报聘皆用敌国礼。然金使至宋，宋主尚有起立受书之仪"⑥。虽南宋君臣多次要求更改，但由于金使强硬坚持，故一直未能如愿。金使凡坚持"授书如仪"者，回国多加

---

① （宋）周必大：《文忠集》卷172，《景印文渊阁四库全书》，台湾商务印书馆1986年版，第1148册。

② （宋）周必大：《文忠集》卷172，《景印文渊阁四库全书》，台湾商务印书馆1986年版，第1148册。

③ （元）脱脱等：《宋史》，中华书局1985年版，第689页。

④ （宋）周必大：《文忠集》卷172，《景印文渊阁四库全书》，台湾商务印书馆1986年版，第1148册，第920页。

⑤ （元）脱脱等：《金史》，中华书局1975年版，第1860页。

⑥ （清）赵翼撰，王树民校正：《廿二史劄记校正》，中华书局1984年版，第545页。

官晋爵，如不如仪，回国则有受责、丢官、除名甚至被戮者。

二月二十六日，蒲察克忠等人至德寿宫辞别宋高宗遗体。其后，蒲察克忠、刘玮与耶律履三人在馆伴陪同下前往浙江（即今钱塘江）观潮。二十七日，蒲察克忠等人朝辞宋孝宗，离开临安，踏上返归途程。

二　耶律履使宋后之升官得财

由于王庆生不知耶律履使宋之事，故在撰写《年谱》时将耶律履出使高丽与使宋混为一谈，而出使时间与官职亦全然错误。

《金史·世宗本纪》载："（大定二十五年十一月）壬寅，以礼部员外郎移剌履为高丽生日使。"[1] 而查《高丽史》，则曰："（正月）丙申，金遣昭毅大将军耶律履来贺生辰。"[2] 据《金史》本传，耶律履此前为翰林修撰，后转官礼部员外郎，官秩均为从六品。《高丽史》所言昭毅大将军者，当为使者借官之法。[3] 从金廷出使高丽者的官秩来看，均低于使宋者，《金史》与《高丽史》均不言他人，则耶律履此次出使必为正使。从行程上判断，耶律履于大定二十五（1185）年十一月奉旨出使高丽，至二十六（1186）年正月才抵达高丽国，返回金国大约为同年三月。据《神道碑》和《金史》本传，"二十六年，进本部郎中、兼同修国史、翰林修撰"[4]。查《金史·百官志》，礼部郎中为从五品，翰林修撰为从六品，同修国史则不设定品秩，此处当从高秩。在出使之前为从六品官，出使回来之后提拔为从五品官，连进两阶，可知耶律履此次出使令世宗十分满意。

此后不久，耶律履因病请求解职归家，世宗觉得他颇有功于朝廷，于是任其为蓟州刺史。刺史为正五品，比前次所授官高一阶。《神道碑》曰："是年车驾东狩，过州，闻公疾稍平，召为翰林待制、同修国史。"[5]《金史》本传在叙耶律履任蓟州刺史之后，亦曰："无几，召为翰林待制，同修国史。"[6] 翰林待制，秩正五品，此次改任虽属同级平调，但由外任

---

① （元）脱脱等：《金史》，中华书局 1975 年版，第 190 页。
② ［朝鲜］郑麟趾等：《高丽史》卷 20，奎章阁藏本。
③ 查《金史·百官志》，昭毅大将军为武散官，秩正四品中。详见（元）脱脱等《金史》，中华书局 1975 年版，第 1222 页。
④ （元）脱脱等：《金史》，中华书局 1975 年版，第 2100 页。
⑤ （金）元好问著，狄宝心校注：《元好问文编年校注》，中华书局 2012 年版，第 701 页。
⑥ （元）脱脱等：《金史》，中华书局 1975 年版，第 2100 页。

之地方官调任为皇帝身边之侍从官，意义非同寻常。

但令人生疑之事为在此之后，二文均云："明年，擢礼部侍郎兼翰林直学士。"① 礼部侍郎为正四品，翰林直学士为从四品，此处当就高秩，故云"擢"。耶律履为何又连升两阶？假如此"明年"为大定二十七年（1187），则耶律履自大定二十六年（1186）至二十七年（1187）由从六品升至正四品，连升五阶。前此由礼部员外郎升礼部郎中是因出使高丽，由礼部郎中升蓟州刺史是因外任，蓟州刺史而为翰林待制为平调，但由正五品之翰林待制直接升任正四品之礼部侍郎，却无任何缘由，这怎么可能？大定二十六年（1186）至二十七年（1187）两年间连升五阶，又如何解释？

据前面出使高丽之情况可以类推，耶律履必定是使宋回来后被提拔，故知此"明年"应为耶律履使宋回来之大定二十八年（1188），而耶律履任蓟州刺史与翰林待制当在大定二十七年（1187）。由此推断，耶律履由蓟州刺史改任京官后使宋，当时官职为翰林待制、同修国史。

大定二十六年（1186）至二十八年（1188）三年间，耶律履由从六品之官升至正四品，官秩连进五级，故元好问此处云"进官五阶"②，确实看出世宗"始有意大用"③。

耶律履此次使宋，收获甚巨，除了升官两阶之外，还"得金直千万"④。"直"，通"值"，即价值。一次出使，如何能获金千万？此处所言似乎太过夸张。查《金史·梁肃传》："凡使宋者，宋人致礼物，大使金二百两，银二千两，副使半之，币帛杂物称是。"⑤ 同书《路伯达传》载，路伯达"尝使宋回，献所得金二百五十两、银一千两以助边"⑥。当时银钱的折算标准，《金史·食货志》云："旧例银每铤五十两，其直百贯，……每两折钱二贯。"⑦ 可知当时银每两可值二贯。刘浦江在《论金代的物力与物力钱》一文中考证，"金每两约合31贯"⑧。李辉博士

① （元）脱脱等：《金史》，中华书局1975年版，第2100页。
② （金）元好问著，狄宝心校注：《元好问文编年校注》，中华书局2012年版，第701页。
③ （金）元好问著，狄宝心校注：《元好问文编年校注》，中华书局2012年版，第693页。
④ （金）元好问著，狄宝心校注：《元好问文编年校注》，中华书局2012年版，第706页。
⑤ （元）脱脱等：《金史》，中华书局1975年版，第1986页。
⑥ （元）脱脱等：《金史》，中华书局1975年版，第2139页。
⑦ （元）脱脱等：《金史》，中华书局1975年版，第1076页。
⑧ 刘浦江：《辽金史论》，辽宁大学出版社1999年版，第266页。

据此进行计算，所得结果为"路伯达所得折钱9750贯，梁肃所得10200贯"①，而一贯为一千文钱，一万贯则为一千万钱。查《金史·完颜襄传》，亦言其使宋后"赐钱千万"②，如果耶律履此次所得与上述三人类似，则元好问所谓"得金直千万"当非虚言，由此可知耶律履此次使宋所享受之待遇不低于副使。

三　耶律履使宋原因探析

金廷使宋、高丽和西夏官员必定经过选择，并曾制定过相关标准。其中，使宋官员标准中有一条似乎是定规，《金史·夹谷衡传》载："旧制，久历随朝职任者，得奉使江表"③，由此可知，非在朝任职多年，不得被选使宋。至大定二十三年（1183），"四月辛丑，更定奉使三国人从差遣格"④。其更定之具体内容不得而知，但所谓"差遣格"，大概是正副使及三节随从官选择标准。据李辉博士研究，金廷往往选派宗室、外戚及皇帝宠信之人为使宋正使和副使，原因是"由于宋国赠使人丰厚礼物，出使宋国不仅带给朝官们无尚荣耀，更多地是直接的经济利益"⑤。并得出结论说："金遣人出使，多将其视为对大臣的优待。"⑥

耶律履两次出使，一次出使高丽，一次使宋，当时所任官职都不高，之所以被选中，主要是符合使者的标准以及渐受世宗宠信。

其一，耶律履在朝任职时间长，自身素质亦高，是其被选使宋的主要原因。耶律履自弱冠起在国史院任职，后历官翰林院、礼部，为朝官三十余年。另据《神道碑》所载，耶律履熟知六经百家之书，精通《易》《太玄》，洞究阴阳方技之说和历象推步之术，善属文，熟知礼仪制度，且"为人美丰仪，善谈论，见者悚然敬之"⑦，所以于大定二十五年（1185）

---

① 李辉：《宋金交聘制度研究》，博士学位论文，复旦大学2005年，第87页。按，该文关于梁肃得金价值，乃用刘浦江之计算结果。

② （元）脱脱等：《金史》，中华书局1975年版，第2087页。按，《金史》仅书"襄"字，此乃据传文补。

③ （元）脱脱等：《金史》，中华书局1975年版，第2093页。

④ （元）脱脱等：《金史》，中华书局1975年版，第183页。

⑤ 李辉：《宋金交聘制度研究》，博士学位论文，复旦大学，2005年，第86页。

⑥ 李辉：《宋金交聘制度研究》，博士学位论文，复旦大学，2005年，第86页。按，此处所谓出使，乃是指使宋。

⑦ （金）元好问著，狄宝心校注：《元好问文编年校注》，中华书局2012年版，第693—694页。

被派出使高丽。而出使高丽让他积累了一些外交经验，故为使宋读祭文官之最佳人选。

其二，世宗准备重用和提拔耶律履，是其被选使宋的决定性因素。有例为证：世宗准备重用马琪，其时马琪任左司郎中，为正五品，"时择使宋国者，世宗欲命琪，宰臣言其资浅"，但世宗依然"诏特遣之，还授吏部侍郎，改户部"①。吏部侍郎与户部侍郎均为正四品，马琪使宋之后连升两阶，情况与耶律履类似。耶律履四年之内两次被派出使，三年之内连升五级，可见朝廷重用他的意图十分明显。使宋官员圆满完成使命后回国，往往加官晋爵，如与耶律履同去使宋的刘玮，使宋前为户部尚书，回国后升任参知政事，其官秩虽由正三品升至从二品，只进一阶，但参知政事"为执政官，为宰相之贰"②，对于各部尚书来说，进此一阶实在比登天还难。其余使宋者，如完颜思敬由吏部尚书擢升尚书右丞，连升两阶；贾少冲由秘书少监升任右谏议大夫、秘书监，连升三阶；完颜充由左宣徽使直接拜司徒兼都元帅，连升四阶，恐怕都是皇帝要提拔重用他们而借使宋为凭藉。

其三，耶律履精于绘画，此次使宋或许另有任务。两国互派使者，目的绝不可能十分单纯和单一，而往往会通过使者探察对方情况。宋朝皇帝去世，金廷上下并无悲伤之情，遣使吊唁只是尽礼而已，因此使者除了遵照礼制完成吊祭任务之外，恐怕还要打探与了解对方情况。北宋、南宋使北者均曾有笔记进献皇帝，如王曾、富弼回国后均曾献《行程录》，赵荣、李实分别献过《使北录》，张舜臣献《使北记》，孟珙献《蒙鞑备录》，彭大雅献《黑鞑事略》，诸如此类，皆涉及北国君臣、风俗、礼仪、官制、地理、军事等，以资宋廷参考。而金廷也曾有此类意图，据《大金国志》与《三朝北盟会编》等史籍所载，海陵庶人完颜亮曾安排画工隐藏在出使人员中，密使其绘制临安城郭湖山图。据《神道碑》与《金史》本传，耶律履曾"提控衍庆宫画功臣像"③。元代夏文彦《图绘宝鉴》云，耶律履"善画鹿，作人、马，墨竹尤工"。明朱谋垔《画史会要》亦云，耶律履善画墨竹，"兼画鹿及人、马"。清王毓贤《绘事备考》

---

① （元）脱脱等：《金史》，中华书局 1975 年版，第 2118 页。
② （元）脱脱等：《金史》，中华书局 1975 年版，第 1217 页。
③ （元）脱脱等：《金史》，中华书局 1975 年版，第 2100 页。

则曰："耶律履，字履道，东丹王七世孙也。善画鹿，绰有祖风。人、马亦佳，墨竹尤妙。"并列举存世的《文囿鹿鸣图》《高冈鹿鸣图》《荼首图》各一幅、《斗鹿图》二幅、《白鹿图》四幅为证。因为耶律履画艺精湛，所以他此次奉命出使南宋，除了在皇宫灵堂读祭文之外，可能还有绘制关于南宋情况图画的任务。由于尚未见到明确记载，故此处只作一推测，以俟方家证实或纠谬。

由于耶律履使宋后被擢为礼部侍郎兼翰林直学士，品秩较高且在皇帝左右，所以才得预世宗丧事及推戴章宗即位事，而章宗为金源郡王时与耶律履关系协洽，故世宗崩后不到一年的时间，耶律履连升四阶，先任礼部尚书，后拜参知政事，最后官终尚书右丞。假如没有此次使宋经历，耶律履恐怕难以在短短数年之内升至尚书右丞。

第二节　耶律履作品集及存佚情况考辨①

契丹人在经过了长期的汉语学习和文化教育后，由模仿到独立，由单篇作品到诗文结集，在辽代中后期，将契丹人的汉语文学推上了一个高峰。如果以时代对文学进行断限，那么，在整个辽代的契丹文学家中，耶律倍家族的成就无疑是最高的。

辽亡之后，耶律倍的六世孙耶律德元仕金，官终银青荣禄大夫、兴平军节度使。其弟耶律聿鲁②隐德不仕，在耶律履出生后不久即去世。而当时耶律德元没有子嗣，于是以耶律履为子。耶律履自幼就显示出独特的文学天赋，在他五岁时，卧于房檐下，看到天上微云飘来飘去，忽然开口对乳母说："此所谓'卧看青天行白云'者耶？"③ 其养父耶律德元听到之后大惊，云："是子当以文学名世。"④ 及长，遍读经史，博学多艺，"善

---

①　此节的部分内容修改后发表于《兰台世界》2015年12月上旬刊。

②　宋子贞在《中书令耶律公神道碑》中说耶律德元之弟耶律聿鲁为耶律履之父，元好问作《尚书右丞耶律公神道碑》则称耶律聿鲁为耶律德元的族弟。但据元好问为耶律辨才所作《奉国上将军武庙署令耶律公墓志铭》："曾祖讳内刺，赠定远大将军；祖讳聿鲁；考讳履"，以及北京1998年出土的《大元故光禄大夫、监修国史、中书左丞相耶律公墓志铭》："内刺生银青荣禄大夫、兴平军节度使德元，德元弟聿鲁生正议大夫、尚书右丞履，"可以看出，以上世系次序，则与宋子贞说相合，故耶律聿鲁为耶律德元之弟而非族弟。

③　（元）脱脱等：《金史》，中华书局1975年版，第2099页。

④　（元）脱脱等：《金史》，中华书局1975年版，第2099页。

属文，早为时辈所推"①。元好问所撰《神道碑》曰："有文数百篇。"②

　　首个从家族角度记录耶律履祖孙四代作品情况的，是元代的盛如梓，他在《庶斋老学丛谈》中曰："耶律文献公、子中书令湛然居士、孙丞相双溪、曾孙宣慰柳溪，四世皆有文集，共百卷行于世。"③ 但对于具体个人文集的名称及卷数，则未能详细说明。

　　明杨士奇编《文渊阁书目》曰："《耶律文献公集》一部六册，完全。"④ 但未说明这一部六册究竟有多少卷。《永乐大典》引耶律履诗文，亦曰"引《耶律文献公集》"。查明孙能传、张萱等撰《内阁藏目录》，则曰："右丞耶律公集，六册，全。"其下注云："金大定间耶律履著。履，楚材父也。凡十五卷。"⑤

　　至清人黄虞稷撰《千顷堂书目》，亦曰："耶律履《文献公集》十五卷。"⑥ 钱大昕《补元史艺文志》著录云："《耶律履集》，十五卷。"⑦ 可知耶律履文集六册十五卷之数确定，惟书名略有不同。大约至乾隆年间编《四库全书》时该集已不存，故《四库全书》不载。对于耶律履文集的亡佚情况，万曼推断说："《文渊阁书目》卷九及《绛云楼书目》均著录，明以后佚"⑧，其所云"明以后佚"，不知何据。

　　又，钱大昕《补元史艺文志》卷三"历算类"载："耶律履《乙未元历》"⑨，但不详卷数。此历书或不在《文献公集》十五卷之内，但文献不存，难以遽断。

　　耶律履存世作品，元好问《中州集》卷九录其诗 1 首，诗题为《史院从事感怀》，康熙年间敕编《全金诗》⑩，照录此诗。今人薛瑞兆等编《全金诗》、阎凤梧等人编《全辽金诗》亦只录耶律履此一首诗和一句残句。后来，薛瑞兆从《永乐大典》残卷中辑出耶律履佚诗 3 首，分别为

---

① （金）元好问著，狄宝心校注：《元好问文编年校注》，中华书局 2012 年版，第 693 页。
② （金）元好问著，狄宝心校注：《元好问文编年校注》，中华书局 2012 年版，第 706 页。
③ （元）盛如梓：《庶斋老学丛谈》，中华书局 1985 年版，第 2 页。
④ （明）杨士奇：《文渊阁书目》，中华书局 1985 年版，第 116 页。
⑤ 冯惠民、李万健等选编：《明代书目题跋丛刊》，书目文献出版社 1993 年版，第 510 页。
⑥ （清）黄虞稷：《千顷堂书目》卷 29，《景印文渊阁四库全书》，台湾商务印书馆 1986 年版，第 676 册。
⑦ （清）钱大昕：《补元史艺文志》，商务印书馆 1937 年版，第 41 页。
⑧ 万曼：《万曼文集》，河南大学出版社 2007 年版，第 502 页。
⑨ （清）钱大昕：《补元史艺文志》，商务印书馆 1937 年版，第 32 页。
⑩ 按，编者为郭元釪，又名《全金诗增补中州集》《御定全金诗》。

《和德秀道济咏李仲茂自得斋诗韵二首》和《奉诏写生五十幅》。① 查《永乐大典》残卷，其中有耶律履词 3 首，先载于赵万里编、中研院史语所印行的《校辑宋金元人词》（民国二十年印行），后为栾贵明辑入《四库辑本别集拾遗》，再为唐圭璋编《全金元词》时收录，这 3 首词题目分别为：《虞美人·寄云中完颜公》《朝中措·寄云中完颜公》《念奴娇·寄云中完颜公》。张晶主编的《中国古代文学通论·辽金元卷》称："耶律履《耶律文献公词》，词集，1 卷。"② 其实所谓"词集，1 卷"者，实际只有此 3 首词而已。

然耶律履存世作品并不止于此。笔者经过爬罗剔抉，反复考辨，又辑录诗 2 首、文 1 篇。耶律履曾著《揲蓍说》与《乙未元历》，但均亡佚。此外，尚有若干题目残缺、内容亦亡佚者。为求完备，考之如下。

一　《双溪醉隐集》误收耶律履《送张寿甫尚书出尹河南》考辨③

此诗被四库馆臣误收入其孙耶律铸的《双溪醉隐集》中。

耶律铸《双溪醉隐集》乃四库馆臣从《永乐大典》中辑出，其中既有漏收之作，也有误收他人之诗。对此，栾贵明和魏崇武曾分别予以补辑和删削，详见《四库辑本别集拾遗》和《大典辑本〈双溪醉隐集〉误收诗作考》，兹不赘述。

详读耶律铸诗文，发现《送张寿甫尚书出尹河南》一诗与他诗有所不同。在大典辑本《双溪醉隐集》中，耶律铸除了称呼其父耶律楚材和元世祖忽必烈（作诗时忽必烈尚未登基）涉及官爵外，对包括元好问在内的其他人都是直呼字号。但在《送张寿甫尚书出尹河南》中，则敬称其官爵，从诗题语气来判断，张寿甫的官职似乎比此诗作者高。

耶律铸自二十二岁即接替耶律楚材，"嗣领中书省事"，虽然当时并无宰相之称，但从其作用和地位来看，当为相臣之职。④ 忽必烈即位后，耶律铸三任中书左丞相，职位下降时，也是平章政事、平章军国重事，期

---

① 薛瑞兆：《〈永乐大典〉金诗拾遗》，《古籍整理研究学刊》2006 年第 5 期，第 37 页。
② 张晶主编：《中国古代文学通论·辽金元卷》，辽宁人民出版社 2005 年版，第 478 页。
③ 此部分内容修改后发表于《文献》2014 年第 6 期。
④ 柯绍忞《新元史》卷 5："（定宗元年）以耶律铸领中书省事。"卷末评价曰："定宗诛奥都拉合蛮，用镇海、耶律铸，赏罚之明，非太宗所及。"详见柯绍忞《新元史》，中国书店 1988 年版，第 27 页。

间虽也有罢相之时，但其地位与声望不减，故其集中极少有称呼别人官职者。

（一）张寿甫由礼部尚书改任河南尹之仕履变化

张寿甫，现存元代文献中不见此人。但在《金史》中有张景仁，"字寿甫，辽西人"①。据本传所载历官情况，大致为：大定五年，"入为翰林直学士"；"七年，迁侍讲"；"八年，为详读官"，后"迁翰林学士兼同修国史"；"十年，兼太常卿，学士、同修国史如故"；其后"转承旨，兼修国史"；"改河南尹"；"二十一年，召为御史大夫，仍兼承旨、修国史"②。关于其任河南尹之情况，《金史·世宗本纪》与《张景仁传》相合："（大定二十一年二月）壬寅，以河南尹张景仁为御史大夫。"③

据《金史·百官志》，翰林直学士为从四品，翰林侍讲学士和太常卿为从三品，翰林学士、翰林学士承旨、河南尹为正三品，御史大夫为从二品。由此可见张景仁在大定十年至二十一年间，官职虽有变化，但官秩一直为正三品。

再查《金史·礼志》，亦有名曰张景仁者："大定十四年三月十七日，诏更御名，命左丞相良弼告天地，平章守道告太庙，左丞石琚告昭德皇后庙，礼部尚书张景仁告社稷，及遣官祭告五岳。"④ 关于任礼部尚书之张景仁，还分别见于《金史》之《左光庆传》《张大节传》。《大金集礼》卷四亦载此张景仁事迹："（大定）十八年十一月十九日，命礼部尚书张景仁撰谥册文，直学士王彦潜书册篆宝。"

据《金史·百官志》，礼部尚书也是正三品。

如果将上述史料中张景仁的任职时间锁定在大定十年至二十一年间，可以发现其官秩均为正三品。这些材料中的张景仁是否为同一人？

据《双溪醉隐集》中的这首《送张寿甫尚书出尹河南》，我们完全可以断定，上述材料中的张景仁为同一人，亦即诗题中的张寿甫。

综合以上分析，可以为《金史·张景仁传》补充仕履情况如下：大定十四年（1174），张景仁已任礼部尚书，至大定十八年（1178）十一

---

① （元）脱脱等：《金史》，中华书局1975年版，第1892页。
② （元）脱脱等：《金史》，中华书局1975年版，第1892—1893页。
③ （元）脱脱等：《金史》，中华书局1975年版，第197页。
④ （元）脱脱等：《金史》，中华书局1975年版，第752页。

月，他还在礼部尚书任上；大定十九年（1179）暮秋，① 被朝廷改任河南尹；大定二十一年（1181）二月召回朝中，升任御史大夫。

（二）此诗作者为耶律履考辨

既然诗题中的张寿甫为金代人，那么这首诗必定不是耶律铸所作。但既然不是耶律铸所作，又为何被四库馆臣收入《双溪醉隐集》？

从现存《永乐大典》残本中的诗文来看，凡被四库馆臣收入《双溪醉隐集》者，皆注明作者及出处。通过细细查阅《永乐大典索引》②，考之《永乐大典》残本，同时结合《四库全书总目提要》，可将文渊阁《四库全书》本《双溪醉隐集》的来源归纳为十一种：一曰"引耶律铸《双溪醉隐集》"，二曰"引耶律铸《双溪醉隐新集》"，三曰"引耶律铸诗"，四曰"引耶律铸献公集"，五曰"引耶律铸词"，六曰"引《双溪醉隐后集》"，七曰"引耶律铸《双溪醉隐外集》"，八曰"引耶律铸《双溪醉隐前集》"，九曰"引《耶律铸集》"，十曰"引耶律铸乐府"。第十一种只见于《四库全书总目提要》，曰"《别集》"。查《永乐大典索引》，耶律铸诗文残存于其中者仅55篇（首）。但从这十种来源出处的标目就能判断，其中必定有误收的诗作。如第四类"耶律铸献公集"就一定有问题，栾贵明在编著《永乐大典索引》时就有所怀疑。③ 明杨士奇编《文渊阁书目》曰："《耶律文献公集》一部六册"④，耶律文献公乃耶律履，卒谥文献。清黄虞稷《千顷堂书目》亦云："耶律履《文献公集》十五卷"⑤，元盛如梓《庶斋老学丛谈》曰"耶律文献公、子中书令湛然居士、孙丞相双溪、曾孙宣慰柳溪，四世皆有文集，共百卷行于世"⑥。最直接的证据是残本《永乐大典》，其中有耶律履诗词若干，注明出处时曰"引《耶律文献公集》"或"引耶律文献公诗"。由以上四种文献可证，耶律氏家族中的《文献公集》必为耶律履所作。以古籍校勘的常例判断，"献公

① 据《送张寿甫尚书出尹河南》首句"满路黄花照暮秋"可知，张景仁于暮秋时节赴河南任职。

② 栾贵明编著：《永乐大典索引》，作家出版社1997年版。

③ 栾贵明《永乐大典索引》在此条下标注"'献公'疑误"，似乎怀疑此二字有误。详见该书第236页。

④ （明）杨士奇：《文渊阁书目》，中华书局1985年版，第116页。

⑤ （清）黄虞稷：《千顷堂书目》卷29，《景印文渊阁四库全书》，台湾商务印书馆1986年版，第676册。。

⑥ （元）盛如梓：《庶斋老学丛谈》，中华书局1985年版，第2页。

集"三字不可能全错，如果这三字不错，那么就只能是"文"误作
"铸"，故《永乐大典》所言"耶律铸献公集"当作"耶律文献公集"。

查元好问所作《故金尚书右丞耶律公神道碑》，耶律履与张景仁大定
年间同在国史院任职，"御史大夫张景仁领国史，公为编修，受诏修《海
陵实录》"①。据《金史》，张景仁自大定八年（1168）起任翰林学士监修
国史，而元好问《神道碑》云耶律履任国史院编修官兼笔砚直长是在大
定十五年（1175）之前，故二人同修《海陵实录》事当在此八年之间。
张景仁提领修《海陵实录》时未书海陵弑熙宗细节，世宗心中不悦，而
侍臣乘机说张景仁故意为海陵避讳，耶律履出面为张景仁开脱，曰："臣
与景仁尝有隙，必不妄为盖蔽，然景仁未尝有是心也。"② 从而使张景仁
免于责罚。

张景仁于大定十九年（1179）暮秋以礼部尚书改任河南尹，耶律履
此年"迁修撰"，官秩从六品。

综合以上分析，可断定：这首《送张寿甫尚书出尹河南》为耶律履
所作，在被编入《永乐大典》时误作"引耶律铸献公集"，四库馆臣辑录
《双溪醉隐集》时未加考辨，遂沿袭其误而予以收录。

（三）旁证资料及本诗校勘

大定十九年（1179），张景仁赴河南任职，耶律履为其赋《送张寿甫
尚书出尹河南》。《中州集》卷四有魏抟霄《送河南府尹张寿甫赴阙》诗，
可知大定二十一年（1181），张景仁从河南调任御史大夫，有魏抟霄相
送，并赋诗以记。

十分凑巧的是，魏抟霄之名亦见于《故金尚书右丞耶律公神道碑》：
"癸卯秋八月，中令君使谓好问言：'先公神道碑，泰和末，先夫人教授
禁中，章宗以魏抟霄所撰墓铭为未尽，欲乔转运宇为之而不及也。今属笔
于子，幸而论次之，以俟百世之下。'"③

据《中州集》诗人小传所载，魏抟霄"字飞卿，初用荫补，以荐书
从事史馆。明昌中，宏词中选，授应奉翰林文字"④。由此可知，送张景
仁之魏抟霄即为耶律履撰墓志铭之魏抟霄，他曾与张景仁、耶律履同在史

① （金）元好问著，狄宝心校注：《元好问文编年校注》，中华书局 2012 年版，第 705 页。
② （金）元好问著，狄宝心校注：《元好问文编年校注》，中华书局 2012 年版，第 705 页。
③ （金）元好问著，狄宝心校注：《元好问文编年校注》，中华书局 2012 年版，第 706 页。
④ （金）元好问编：《中州集》，中华书局 1959 年版，第 195 页。

馆，所以耶律履卒后，章宗命其撰写墓志铭。

上述材料，可佐证《送张寿甫尚书出尹河南》必为耶律履所作。

《送张寿甫尚书出尹河南》一诗，现存《双溪醉隐集》诸本均无异文，原诗如下：

> 满路黄花照暮秋，旌旄绰约促行辀。
> 名卿均逸膺宸算，方牧分符耸士流。
> 翰苑文章饶雅趣，伊川风物冠中州。
> 明朝黄阁求元老，却恐纶恩妨胜游。

按，此诗为七言律诗，应符合格律要求。但颔联出句云"名卿均逸膺宸算"，前二字"名卿"皆为平声，三四字当用仄声，然第三字"均"为平声，且"名卿均逸"亦不通。联系上下句考之，此"均"字当作"俊"，盖音近而误。

二　《次韵仲贾勉酒》作者为耶律履辨

栾贵明从《永乐大典》残本中辑录耶律铸佚诗 22 首、词 1 首、赋 1 篇，见于其所著《四库辑本别集拾遗》。但他对耶律铸这些诗文，均未加以考辨，因此有误辑之作。

如上文所述，《永乐大典》注明引诗出处时有"耶律铸献公集"之误，因此，凡如此标注者，均当关注并加以辨别。

查《永乐大典》残卷，《次韵仲贾勉酒》诗下明确标注"耶律铸献公集"。故可怀疑此诗作者当为耶律履。全诗如下：

> 中年刻意学刕方，世故时来鲠肺肠。醉悟禅逃人未觉，心安贫病士之常。
> 能无知命穷《周易》，便肯行歌拟楚狂。着脚直须平旷处，槽丘极目是吾乡。

"刕方"，语出《楚辞·九章·怀沙》："刕方以为圜兮，常度未替。"[1]

---

① （宋）洪兴祖撰，白化文等点校：《楚辞补注》，中华书局 1983 年版，第 142 页。

王逸注曰："刓，削。度，法也。替，废也。言人刓削方木，欲以为圜，……以言谗人潜逐放己，欲使改行，亦终守正而不易也。"① 所谓中年欲改直行为圆滑，此当为耶律履之行迹。耶律铸早年人生得意，二十余岁即"嗣领中书省事"②，其后随侍宪宗身边，在征蜀时屡出奇计，被"赐以尚方金锁甲及内厩骢马"③。至元世祖忽必烈即位，则被任命为中书左丞相，其年四十一，其后身居相位前后积二十余年，从无"心安贫病"之事，且耶律铸崇道教，亦不可能"禅逃"，与此诗所述人生经历完全不同，故不可能为耶律铸所作。而耶律履大半生蹭蹬蹉跎，到大定二十五年（1185）五十五岁时才官至礼部员外郎，秩从六品，故郁郁不得志，愁苦之态发诸诗端。其佚诗《和德秀道济咏李仲茂自得斋诗韵二首》屡次提及"乐贫况味""富贵浮云非所求""乐天委命坦无忧"，与此诗中的"心安贫病"正相吻合。"能无知命穷《周易》"一句亦与耶律履情况相合，元好问《神道碑》云："及长，通六经、百家之书，尤邃于《易》《太玄》"④，"论者独推其《揲蓍说》"⑤。另，耶律履曾撰《天竺三藏咓哈啰悉利幢记》，晚年自号忘言居士，当受佛教影响，与"逃禅"之语相合。由此可佐证此诗当为耶律履所作，《永乐大典》所引"耶律铸献公集"当作"耶律文献公集"。

三 《天竺三藏咓哈啰悉利幢记》

元释念常编撰《佛祖历代通载》，记载、保存了许多佛教文献，卷二十有《天竺三藏咓哈啰悉利幢记》一篇，署名曰："尚书右丞右辖文献耶律履撰，东丹王七世孙。"由耶律履晚年自号忘言居士来看，他对佛教有所亲近和信奉，而此文则证明他与佛门弟子关系比较密切，否则不会请他作沙门之《幢记》。此书为《四库全书》收录。其后，清末张金吾编《金文最》，⑥ 从《佛祖通载》⑦ 中转录此文。

此文之文献价值极高，为印度僧人在金代远赴中国礼拜佛法并建寺弘

① （宋）洪兴祖撰，白化文等点校：《楚辞补注》，中华书局1983年版，第142页。
② （明）宋濂等：《元史》，中华书局1976年版，第3464页。
③ （明）宋濂等：《元史》，中华书局1976年版，第3465页。
④ （金）元好问著，狄宝心校注：《元好问文编年校注》，中华书局2012年版，第693页。
⑤ （金）元好问著，狄宝心校注：《元好问文编年校注》，中华书局2012年版，第706页。
⑥ （清）张金吾：《金文最》，中华书局1990年版，第1587—1588页。
⑦ 按，即《佛祖历代通载》。

法之重要证据，亦可见当时之交通及文化交流情况，值得深入研究。

四　存其篇名之著作辑考

（一）《揲蓍说》

有关耶律履作品的线索，首先保存在元好问所撰《神道碑》中。遗山曰："有文数百篇"①，并未言及耶律履的诗词数量，如果合起来算，应能当得十五卷之数。在这数百篇文中，"论者独推其《揲蓍说》"②。查耶律履所著《揲蓍说》，原文已佚，但在元代许衡的《鲁斋遗书》中留下了一些信息。四库馆臣定其名曰《读文献公〈揲蓍说〉》，开篇即云："卢君校正揲蓍之说"，下有小字注曰："一本作'校定耶律公《蓍说》'。"按，此《蓍说》即《揲蓍说》，看来耶律履所著《揲蓍说》曾经过一卢姓人校定刊印，但从该文内容来看，似乎并不认可耶律履之说。而元好问《神道碑》则不置可否，只曰："盖不阶师授而独得之者。"③

（二）《乙未元历》

元好问《神道碑》云，耶律履"以《大明历》积微浸差，乃取金国受命之始年，撰《乙未元历》"④。《金史·历志》亦云《大明历》之偏差，并命司天监赵知微重修《大明历》，而"翰林应奉耶律履亦造《乙未历》"⑤，大定二十一年（1181）十一月望日，"太阴亏食，遂命尚书省委礼部员外郎任忠杰与司天历官验所食时刻分秒，比校知微、履及见行历之亲疏，以知微历为亲，遂用之"⑥。可见耶律履所制历法不如赵知微重修历法精确。清黄虞稷《千顷堂书目》卷三十一有"耶律履《乙未历》"，但未注明卷数。耶律楚材《为子铸作诗三十韵》诗亦云："先考文献公，弱冠已卓立。学业饱典坟，创作《乙未历》。"⑦ 按，上述"《乙未历》"即"《乙未元历》"，元初曾由耶律楚材校订刊行，语见宋子贞所撰《元故领中书省耶律公神道碑》："（耶律楚材）乃定文献公所著《乙未元历》，

---

① （金）元好问著，狄宝心校注：《元好问文编年校注》，中华书局2012年版，第706页。
② （金）元好问著，狄宝心校注：《元好问文编年校注》，中华书局2012年版，第706页。
③ （金）元好问著，狄宝心校注：《元好问文编年校注》，中华书局2012年版，第706页。
④ （金）元好问著，狄宝心校注：《元好问文编年校注》，中华书局2012年版，第697页。
⑤ （元）脱脱等：《金史》，中华书局1975年版，第442页。
⑥ （元）脱脱等：《金史》，中华书局1975年版，第442页。
⑦ （元）耶律楚材著，谢方点校：《湛然居士文集》，中华书局1986年版，第270页。

行于世。"① 但此历书已亡佚。

除此之外，尚有诗文题目残缺、内容亡佚之作，如纥石烈良弼薨，"命翰林待制移剌履勒铭墓碑"②，可知耶律履曾作《纥石烈良弼墓志铭》及《神道碑》。

根据他人次韵，亦可考得其失题诗。查耶律楚材有《过东胜用先君文献公韵》《过青塚用先君文献公韵》，③ 其中有"偶忆先君旧游处"之句，可知耶律履曾至此二地，并赋诗为记，但其究竟哪一年为何事而来，则无法考索。据耶律楚材诗可知，耶律履过东胜所作诗为七言律诗，首句入韵，所用韵字为"河""磨""多""柯""河"，属《平水韵》"下平五歌"部。其过青塚所作诗亦为首句入韵之七言律，所用韵字为"丘""羞""旒""秋""愁"，属《平水韵》"下平十一尤"部。

《永乐大典索引》另有耶律履文1篇，为《赠嘉议大夫济南路总管上轻车都尉追封博平郡侯奥屯公神道碑并序》，其出处标为"《耶律履集》"，但查元许有壬《至正集》，亦有此文，且文中所写内容均为元代之事，故可确定非耶律履作。

除上述著作之外，耶律履还有诸多译作，本书"多语言之教育"部分已有论述。钱大昕《补元史艺文志》所著录女真字《新唐书》乃耶律履独立完成，其余儒家、诸子经籍之翻译，耶律履亦曾参与其中。

至清朝初年，耶律履作品或存完帙，但今天所见者，仅寥寥数篇而已。

第三节　耶律履对陶渊明、苏轼之接受与学习④

如上文所述，耶律履有《耶律文献公集》一部六册，共十五卷。元好问《故金尚书右丞耶律公神道碑》称其"有文数百篇"，可见其作品数量颇丰。但从其作品存世情况来看，仅存诗6首、词3首，文1篇，残句若干。虽然难见其作品全貌，但综合运用各种文献资料，我们还是可以管

---

① （元）苏天爵：《元文类》，商务印书馆1958年版，第838页。

② （元）脱脱等：《金史》，中华书局1975年版，第1956页。

③ （元）耶律楚材著，谢方点校：《湛然居士文集》卷3，中华书局1986年版，第56—57页。

④ 此节内容修改后发表于《徐州工程学院学报（社会科学版）》2016年第4期。

窥到耶律履的文学师承、学习与创作情况。

一　对陶渊明的接受与学习

文人对于接受和学习的对象往往加以选择，自身性格、气质、禀赋、学习、爱好、年龄、性别等不同，必然会影响其对作家作品之理解。这正如刘勰所云："慷慨者逆声而击节，酝藉者见密而高蹈，浮慧者观绮而跃心，爱奇者闻诡而惊听。"① 于是"会己则嗟讽，异我则沮弃"②，乃为人之常情。

毫无疑问，陶渊明既是我国伟大的诗人，也是一位德行高尚的隐士。他率性旷达、不慕荣利、安贫乐道、自甘淡泊，是不与时俗同流合污的代表，也是后世文人们在困顿中寻求内心宁静的精神偶像。

在景仰并学习陶渊明的文学家中，著名者如江淹、王绩、白居易、梅尧臣、苏轼、陆游、范成大、元好问等，从接受美学的视角来看，这与中国古代许多文人保守、内敛的心态有关，也与中国传统农耕文化形成的期待视野有关。近年来，对于这种思想以及文学上的"接受"，研究者呈现逐年增多的趋势③。但是，这些研究多着眼于汉人文学家对陶渊明的接受，对于其他族群的文学家如何接受、评价、学习陶渊明，却极少有人研究。从目前的研究现状来看，尚无人专门研究契丹人对陶渊明的接受。

契丹人原属游牧部族，以骑射为主，惯于杀伐征战，重武轻文，表现出强烈的草原文化特征。而陶渊明之隐逸，则身处田园农舍，其志趣追求表现为与世无争。李泽厚和刘纲纪在《中国美学史》中评价说："陶渊明在中国美学和文艺发展史上的意义主要并不在他同农民的关系上，而在他可以说是第一个从农村劳动的田园生活中，从日常平凡的生活中发现了有

---

① （梁）刘勰著，陆侃如、牟世金译注：《文心雕龙译注》，齐鲁书社1995年版，第584页。

② （梁）刘勰著，陆侃如、牟世金译注：《文心雕龙译注》，齐鲁书社1995年版，第584页。

③ 专著如李剑锋的《元前陶渊明接受史》（齐鲁书社2002年版）、刘中文的《唐代陶渊明接受研究》（中国社会科学出版社2006年版），论文如李剑锋的《论江淹在陶渊明接受史上的贡献》（《山东师大学报》1999年第3期）、陈义烈的《陶渊明对苏轼诗词创作的影响》（《九江师专学报》2001年第4期）、周远斌的《陶渊明在宋代被空前接受原因之探析》（《文史哲》2003年第4期）、刘中文的《论隋唐士人对陶渊明的拒斥》（《求是学刊》2006年第3期）、仲瑶的《论庾信在唐代陶渊明接受中的影响》（《北京大学学报》2012年第6期）等。

深刻意义的美。"① 这虽然是从美学的角度着眼进行分析，但也揭示出农耕文化的一个主要表现方面。这显然与草原文化生活格格不入，故而较难将游牧族群与陶渊明联系起来。但契丹人建立政权之后，王公贵族有较多的时间定居城市，② 同时，汉语学习渐成风气，儒家文化也渐渐为其上层知识分子所接受。但是，从现存的文献资料来看，辽代统治者所要培养的，是积极进取的修齐治平人才，而不是隐居不仕的遁世者，因此，官方学校全部学习"四书""五经"，这从道宗钦定《易传疏》《书经传疏》《诗经传疏》《春秋传疏》《五经传疏》，并于"清宁元年，颁赐学校"③一事中看出端倪。

　　如此看来，契丹人能了解并学习陶渊明者，实在少之又少，与上文的推断恰好能够互相印证。而惟其少，故显得更为可贵。

　　最早接受陶渊明的契丹人是东丹王耶律倍。《辽史·耶律倍传》载，耶律倍让皇帝位与其弟耶律德光，但耶律德光"置卫士阴伺动静"④，耶律倍为表示自己无心与其争夺帝位，"起书楼于西宫，作《乐田园诗》"⑤。虽然目前尚无直接证据说明耶律倍的《乐田园诗》乃是受陶渊明的影响，但从诗题来看，当有一定的关联。耶律倍的处境，大约与梁昭明太子萧统相类似。萧统喜爱陶渊明，编定《陶渊明集》并为之作序云："余爱嗜其文，不能释手，尚想其德，恨不同时，故更加搜求，粗为区目"⑥，但据汪习波和张春晓的研究，认为萧统"这样做的深层意味即是在隐逸人格的推重中，暗示自己不与争竞的胸怀"⑦。结合当时宫廷的实际情况来看，此说很有道理。由此也可以推知，耶律倍很可能是为了表明自己醉心田园与隐逸而作此诗。

　　此后耶律倍的子孙掌握了皇位继承权，自然锐意进取而不会推崇陶渊明。从遗存至今的契丹诗文来看，尚未发现有学陶渊明者。这种情况至金方有所转变，辽为金所灭，契丹皇室后裔或被金所杀，或为金所用，或避

---

① 李泽厚、刘纲纪：《中国美学史》第 2 卷，中国社会科学出版社 1987 年版，第 392 页。

② 当然，这种定居与汉人之定居仍有不同，辽人有四时捺钵之习俗，在捺钵期间，依然保持游猎之传统。

③ （清）黄虞稷等：《辽金元艺文志》，商务印书馆 1958 年版，第 14 页。

④ （元）脱脱等：《辽史》，中华书局 1974 年版，第 1210 页。

⑤ （元）脱脱等：《辽史》，中华书局 1974 年版，第 1210 页。

⑥ 《陶渊明资料汇编》上册，中华书局 1962 年版，第 9 页。

⑦ 汪习波、张春晓：《颂陶藏心曲　谦抑避雄猜》，《中州学刊》2003 年第 1 期，第 62 页。

祸他乡，渐渐没落，心态不能不发生改变。吴文治在《辽金元诗话全编·前言》中说："推崇陶渊明，在金初由宋入金的诗人中是一个比较普遍的现象。"① 其实，这种情况在由辽入金的契丹人中也有所体现。所谓"非我族类，其心必异"，统治者对于异族人在重用和信任的表面之下，总是暗暗提防，心存戒备。耶律履虽不是由辽入金者，但其作为契丹皇族后裔，在金之境遇，总是不能顺心如意，故其现存诗作中，与世无争的隐逸思想表现得十分明显。其诗《和德秀道济咏李仲茂自得斋诗韵二首》（其一）曰：

　　　骨相癯儒真可人，飘然野鹤出清晨。乐贫况味初无间，种德功夫谅有邻。
　　　问学不图攀月桂，孤高那与比霜筠。我为物囿劳机算，愿策驽顽袭后尘。②

略读一遍即能想见一个清瘦的隐士形象。"骨相"指人的形体、相貌，"癯儒"，指隐居山泽清瘦的儒士，与苏轼同时的李廌作《武当山赋》，其文曰："著书自怡，遁世无求，此癯儒肄业。"③ "可人"，语见苏轼《广陵后园题申公扇子》诗："闲吟'绕屋扶疏'句，须信渊明是可人。"④ 耶律履崇拜苏轼，对苏轼行事文章极为熟悉，曾节录苏轼奏议进于金世宗，未必没见过此诗。下句"野鹤"乃隐士形象之比喻，颔联首句所言之"乐贫"亦即"安贫"，如袁行霈所说，"固穷安贫"是陶渊明诗中的重要主题⑤。耶律履五十岁前沉沦下僚，郁郁不得志，倾慕陶渊明而学其东窗寄傲，亦有可能。观此诗所表达的清高孤傲、安贫乐道精神，结合《次韵仲贾勉酒》诗中所言"心安贫病士之常"来看，与陶渊明正相一致。其二云：

---

① 吴文治：《辽金元诗话全编》，凤凰出版社 2006 年版，前言第 4 页。
② 薛瑞兆：《〈永乐大典〉金诗拾遗》，《古籍整理研究学刊》2006 年第 5 期，第 37 页。
③ （宋）李廌：《济南集》卷 5，《景印文渊阁四库全书》，台湾商务印书馆 1986 年版，第 1114 册。
④ （宋）苏轼：《东坡全集》卷 28。《东坡诗集注》《施注苏诗》《苏诗补注》均有此诗。但查清王文诰辑注、孔凡礼点校之《苏轼诗集》，却无此诗。
⑤ 详细论述见袁行霈《陶渊明研究》，北京大学出版社 2009 年版，第 98—99 页。

　　　　学海汪洋久泳游，乐天委命坦无忧。文章日益宁为意，富贵浮云
　　非所求。

　　　　燕处清话蝉饱露，吟情闲淡雁横秋。不须直要诗千首，已胜常常
　　万户侯。①

　　陶渊明在《岁暮和张常侍》中云："穷通靡攸虑，憔悴由化迁"②，
又《神释》曰："纵浪大化中，不喜亦不惧"③，表达出洒脱旷达的情怀。
耶律履此诗中视富贵如浮云、乐天委命、闲居吟诗的思想情趣，与陶渊明
隐逸的生活情趣十分类似。

　　关于耶律履的号，刘晓曾在《耶律楚材评传》中进行过考查，认为
耶律履号忌言居士，一作"忘言居士"。④　按，苏天爵所编之《元文类》
中，收录了元好问所撰《故金尚书右丞耶律公神道碑》，该文作"忌言居
士"⑤。但查金赵秉文所作《题移剌右丞画双鹿二首》，其一云："忘言老
人写双鹿，笔力不减东丹王。"⑥金元好问编《翰苑英华中州集》，耶律履
之作者小传亦作"忘言居士"。⑦　由此二人之作可证，耶律履号"忘言居
士"或"忘言老人"，苏天爵之"忌言"为孤证，当为形近致误。"忘
言"者，乃取陶渊明诗"此中有真意，欲辩已忘言"⑧也。由此可见耶律
履受陶渊明影响之深。

二　对苏轼的接受与学习

　　苏轼在世时，辽人已闻其大名，其作品亦为契丹人所喜爱并广为流
传。苏辙曾使辽，苏轼有《送子由使契丹》诗，而苏辙亦有寄兄诗作，

---

　　①　薛瑞兆：《〈永乐大典〉金诗拾遗》，《古籍整理研究学刊》2006 年第 5 期，第 37 页。
　　②　袁行霈：《陶渊明集笺注》，中华书局 2003 年版，第 167 页。
　　③　袁行霈：《陶渊明集笺注》，中华书局 2003 年版，第 67 页。
　　④　刘晓：《耶律楚材评传》，南京大学出版社 2001 年版，第 24 页。
　　⑤　（元）苏天爵：《元文类》卷 57，四部丛刊用上海涵芬楼藏元至正二年杭州路西湖书院
刊大字本。
　　⑥　（金）赵秉文：《闲闲老人滏水集》卷 9，四部丛刊本。该书所用版本为"涵芬楼借湘潭
袁氏藏汲古阁精写本景印原书"。四库全书本亦作"忘言老人"，见《景印文渊阁四库全书》，第
1190 册。
　　⑦　（金）元好问：《翰苑英华中州集》卷 9，《四部丛刊》影印诵芬室景元刊本。
　　⑧　袁行霈：《陶渊明集笺注》，中华书局 2003 年版，第 247 页。按，此本作"此还有真
意"，下有小字注云："一作中"，今取通行本之"此中有真意"。

诗中明确写辽人对苏轼之崇拜。《苕溪渔隐丛话》前集卷四十一载："子由奉使契丹，寄子瞻诗云：'谁将家集过幽都，每被行人问大苏。莫把文章动蛮貊，恐妨谈笑卧江湖。'此《栾城集》中诗也。"① 又引《渑水燕谈录》云："张芸叟奉使大辽，宿幽州馆中，有题苏子瞻老人歌行于壁间者，闻范阳书肆亦刻子瞻诗数十篇，谓之《大苏集》。子瞻名重当代，外至夷蛮亦爱服如此。"②

　　至金，学苏亦为一时风气。吴文治在《辽金元诗话全编·前言》中说："细加分析，在金代诗坛继承北宋诗风的诗人中，实际也存在着宗苏（轼）与宗黄（庭坚）两派的分歧。宗苏者可以赵秉文、周昂、王若虚、元好问等为代表，宗黄者则有李经（天英）、雷渊（希颜）、李纯甫（之纯）、赵衍等人。"③ 查诗论家王若虚的《滹南诗话》，曰："东坡文中龙也。理妙万物，气吞九州，纵横奔放，若游戏然，莫可测其端倪。鲁直区区，持斤斧准绳之说，随其后而与之争，至谓未知句法。东坡而未知句法，世岂复有诗文！"查其诗作，则有《山谷于诗每与东坡相抗，门人亲党遂谓过之。而今之作者亦多以为然，予尝戏作四绝云》，其二云："信手拈来世已惊，三江衮衮笔头倾。莫将险语夸劲敌，公自无劳与若争。"片言只语之间，高下已判定，可知王若虚确实有崇苏抑黄的倾向。元好问虽然对苏轼的部分诗作颇有微词，④ 但从整体来看，他还是崇苏、学苏。《陶然集诗序》曰："子美夔州以后，乐天香山以后，东坡海南以后，皆不烦绳削而自合，非技进于道者能之乎？"⑤ 推崇之情溢于言表，而观其编《东坡诗雅目录》并作《东坡诗雅引》⑥、为孙安常注苏轼词作《东坡

---

　　① 《苕溪渔隐丛话》前集卷41。此诗见《栾城集》卷16，今人有校点本《苏辙集》，原诗题为《神水馆寄子瞻兄四绝》，此诗为第三首。详见陈宏天、高秀芳校点《苏辙集》，中华书局1990年版，第321页。

　　② 宋胡仔《苕溪渔隐丛话》前集卷41。宋王辟之《渑水燕谈录》卷八原文如下："张芸叟奉使大辽，宿州馆中有题子瞻老人行于壁者，闻范阳书肆亦刻子瞻诗数十篇，谓大苏、小苏。子瞻才名重当代，远方外国亦爱服如此。芸叟题其后曰：'谁题佳句到幽都，逢著边人问大苏。'"

　　③ 吴文治：《辽金元诗话全编》，凤凰出版社2006年版，前言第4页。

　　④ 此处主要是指苏轼的谐谑诗，元好问在《论诗绝句三十首》中评苏诗曰："曲学虚荒小说欺，俳谐怒骂岂诗宜？今人合笑古人拙，除却雅言都不知。"

　　⑤ （金）元好问著，狄宝心校注：《元好问文编年校注》，中华书局2012年版，第1150页。

　　⑥ （金）元好问著，狄宝心校注：《元好问文编年校注》，中华书局2012年版，第180页。《金史·元好问传》云，元好问有"《东坡诗雅》三卷"，详见（元）脱脱等《金史》，中华书局1975年版，第2742页。

乐府集选引》①，以及《题苏氏父子墨贴》②、《跋苏叔党贴》③、《跋东坡
和渊明饮酒诗后》④，则不仅极尽考辨校勘，而且爱屋及乌，连其子弟亦
爱重不已。其在冠氏（今山东聊城冠县）所作《学东坡移居八首》⑤，则
亦步亦趋，从诗题、内容到格调，皆效法苏轼，可见苏轼对其影响之深。
总而言之，从金代著名诗人的创作及影响来看，仍以学苏者为著。

在这种文化氛围下，耶律履学苏亦在情理之中。从苏轼推崇陶渊明之
事来推断，耶律履学陶渊明，恐怕也是受苏轼影响。

元好问《神道碑》记载了耶律履崇苏之事，其文曰：

> 世宗尝问宋名臣孰为优，公以端明殿学士苏轼对。世宗曰："吾
> 闻苏轼与驸马都尉王诜交甚款，至作歌曲，戏及帝女，非礼之甚！其
> 人何足数耶？"公曰："小说传闻，未必可信。就令有之，戏笑之间，
> 亦何须深责？岂得并其人而废之？世徒知轼之诗文为不可及，臣观其
> 论天下事，实经济之良材。求之古人，陆贽而下未见其比。陛下无信
> 小说传闻而忽贤臣之言。"明日，录轼奏议上之。诏国子监刊行。⑥

耶律履曾向世宗进司马光的《孝经指解》，可见他对北宋名臣的事迹
及文章比较熟悉。世宗问及北宋名臣之最优者，耶律履只言苏轼，并在世
宗非议苏轼戏笑帝女时进行辩护，详绎其语，确实言之有理。从其所言
"世徒知轼之诗文为不可及"可知，金人对苏轼之文学成就极为钦服，耶
律履也不例外；而从其"臣观其论天下事，实经济之良材。求之古人，
陆贽而下未见其比"之语可知，耶律履已遍读苏轼文章，对东坡极为
崇敬。

耶律履崇苏学苏亦见于其诗词。如上文所言，耶律履学陶渊明，其诗
《和德秀道济咏李仲茂自得斋诗韵二首》其一之"可人"一词，即来源于

　　① （金）元好问著，狄宝心校注：《元好问文编年校注》，中华书局 2012 年版，第 397—
398 页。

　　② （金）元好问著，狄宝心校注：《元好问文编年校注》，中华书局 2012 年版，第 1377 页。

　　③ （金）元好问著，狄宝心校注：《元好问文编年校注》，中华书局 2012 年版，第 1379 页。

　　④ （金）元好问著，狄宝心校注：《元好问文编年校注》，中华书局 2012 年版，第 1446 页。

　　⑤ （金）元好问著，狄宝心校注：《元好问诗编年校注》，中华书局 2011 年版，第 742—
757 页。

　　⑥ （金）元好问著，狄宝心校注：《元好问文编年校注》，中华书局 2012 年版，第 699 页。

苏轼的《广陵后园题申公扇子》诗。除此之外，该诗中的"霜筼""弩顽"亦分别见于苏轼的诗《渼陂鱼》①和《书韩干〈牧马图〉诗》②。诗人对字词的使用既是自由的，同时又受到一定的限制。这种限制，即来源于其知识经验与学养。对苏轼的作品熟悉，随口拈出其中的词句，恐怕应该是耶律履诗歌与苏轼诗歌用词相合的原因。观其诗作，风格确实有苏诗的若干特征，如果用"以文字为诗、以议论为诗、以才学为诗"③来批评，也大致相符。再看耶律履存世的三首词作，风格豪放，用语与苏轼亦相类，学苏痕迹十分明显。耶律履不仅学苏，而且自比苏轼。最为直接的证据，见于其所作《念奴娇·寄云中完颜公》："老坡疑是前身"，既然觉得自己前生乃苏东坡，其诗词风格学苏并与苏轼相类，亦无可奇怪。

耶律履对陶渊明和苏轼的接受与学习，直接影响到了其子耶律楚材和其孙耶律铸。耶律楚材更是娶苏轼四世孙威州刺史苏公弼之女为妻，且收藏了苏轼的铁杖等生前之物。在耶律楚材和耶律铸诗文中，学习陶渊明和苏轼的痕迹较耶律履更为明显。

第四节　小结

综上所述，可得出结论如下：

1. 由于金廷准备重用耶律履，而耶律履在朝为官时间较长，个人素质较高，所以于大定二十八年（1188 年）春正月，被派以读祭文官身份使宋，他当时的官职是翰林待制、同修国史。二月二十七日，耶律履一行人圆满完成出使任务，离开临安。回朝之后，耶律履连升二阶，被提拔为礼部侍郎兼翰林直学士，成为其青云直上的重要转折点。

2.《金史》在为使宋官员立传时，多着墨叙写，独于耶律履使宋事弃之不顾，是为缺憾。建议今后修订《金史》时补入此项内容，以求史实完整。

3. 耶律履之诗文作品，元朝时结为《文献公集》十五卷行世，至清朝已亡佚，今仅存其诗 6 首、词 3 首，文 1 篇，残句及奏议残文若干。

---

① （宋）苏轼著，（清）王文诰辑注，孔凡礼点校：《苏轼诗集》，中华书局 1982 年版，第212—214 页。该句为："霜筼细破为双掩，中有长鱼如卧剑。"
② （宋）苏轼：《东坡全集》卷 25。该句为："龙颅凤颈狞且妍，奇姿逸德隐弩顽。"
③ （宋）严羽著，郭绍虞校释：《沧浪诗话校释》，人民文学出版社 1961 年版，第 26 页。

4.《送张寿甫尚书出尹河南》一诗实为耶律履所作，四库馆臣误辑入耶律铸《双溪醉隐集》。《永乐大典》残本所引"耶律铸献公集"之《次韵仲贾勉酒》，亦当为耶律履所作。

5. 由于文化取向相异，古今游牧族群均对陶渊明不感兴趣。耶律履作为由辽入金的契丹人后裔，仕途并不顺畅，而心态亦不免消沉，虽晚年官至尚书右丞，但亦看透政治斗争，故倾慕陶渊明而有心隐迹，由此构成了其诗作的重要内容。

6. 学苏始于辽，至金而大盛，耶律履自认为是苏轼后身，故能读遍苏轼诗文。其诗词风格学苏痕迹较为明显，这不仅与时代风习有关，也与个人审美取向有关。

第五章

耶律楚材及其诗文创作

考今存中国与耶律楚材相关之古籍文献，无论史传、方志、碑铭、笔记、诗文，均以辅国名相、治世能臣、刚直忠耿等语进行评价。细读耶律楚材之诗文，亦可见其胸怀天下、济世泽民、爱亲睦友、真诚无私之志向与品格。查现代学者研究耶律楚材之论文，亦多正面评价，评述其社会贡献，肯定其历史功绩，极少有负面评价者。日本学者杉山正明著《耶律楚材とその時代》，评价耶律楚材多用"虚伪""欺骗""吹嘘""虚构""粉饰"等词语。今考之史料，发现杉山正明氏之论有若干不实之处。学术乃天下公器，其论述合理之处我们可以接受，但论点不妥乃至错误之处却需要辨明，以使天下学者坐观孰是孰非。

耶律履有三子，长子辨才习武，次子善才虽"读书知义理"①，却无诗文创作的记载。耶律楚材为耶律履第三子，他出生时，耶律履已六十岁，曾用术数预测曰："吾年六十而得此子，吾家千里驹也，他日必成伟器，且当为异国用。"② 这一预言十分准确，耶律楚材不仅成为蒙元帝国的中书大丞相，而且为后世留下了数量较多的作品，成为元代开国文人。

如上所述，前人对于耶律楚材研究较多。本章内容力避熟套，前两节主要辨明耶律楚材之名与其任"中书令"等问题；第三节则对耶律楚材创作情况进行全面考察；第四节考察其与岑参所作西域诗之不同，以期管窥契丹人与汉人创作之文化差异。

---

① （金）元好问著，狄宝心校注：《元好问文编年校注》，中华书局2012年版，第717页。
② （元）苏天爵编：《元文类》，商务印书馆1958年版，第830页。引文出自元代文人宋子贞所作《中书令耶律公神道碑》。

第一节　"耶律楚材"还是"移剌楚才"①

这一问题极少有人关注，正所谓习以为常、司空见惯而不知有疑也。

日本著名学者杉山正明曾对耶律楚材名讳写法到底是"楚材"还是"楚才"提出过质疑，他认为，耶律楚材本名"楚才"，自称"楚材"。②至于改"楚才"为"楚材"的原因，他认为，这是为投靠蒙古而作的自我粉饰，并认为耶律楚材等人捏造了耶律履为其取名之事。③刘晓《耶律楚材评传》大体认同这一观点，云："耶律楚材有两个同父异母的哥哥，分别叫辨才与善才，按照当时人的取名习惯，耶律楚材应该叫耶律楚才似乎更合乎情理。"④通过细读文献，笔者发现杉山正明所论非但没有确凿的证据，而且有主观臆断之误。刘晓关于"耶律楚材应该叫耶律楚才似乎更合乎情理"的说法亦不严谨。

一　耶律楚材名讳辨正

在现存各种古籍文献中，耶律楚材之名讳至少有七种写法，分别为："耶律楚材""移剌楚才""耶律楚才""移剌楚材""吾图撒合里""兀图撒罕里""乌尔图萨哈勒"。

（一）耶律楚材

此名使用最广，亦为更多的人所接受。明初宋濂等人修《元史》，即采用此名。元苏天爵编《国朝文类》收录宋子贞所作《中书令耶律公神道碑》，云："公讳楚材，字晋卿，姓耶律氏，辽东丹王突欲之八世孙。"⑤此当为较早以"耶律楚材"书者。元人文集如郝经的《陵川集》、刘因的《静修集》、许有壬的《至正集》、苏天爵的《滋溪文稿》等，均作"耶律楚材"。陶宗仪的《南村辍耕录》亦作"耶律楚材"。

---

① 此节内容修改后发表于《兰台世界》2014 年 9 月下旬刊。
② 详见［日］杉山正明《耶律楚材とその時代》，白帝社 1996 年版，第 88 页。原文作："楚才は、本名。楚材は、自称。"
③ ［日］杉山正明：《耶律楚材とその時代》，白帝社 1996 年版，第 77—91 页。
④ 刘晓：《耶律楚材评传》，南京大学出版社 2001 年版，第 44 页。
⑤ （元）苏天爵：《元文类》卷五十七，四部丛刊影印上海涵芬楼藏元至正二年杭州路西湖书院刊大字本。

（二）移剌楚才

查四部丛刊影元刊本《湛然居士文集》，其作品末尾有 14 处自署名为"移剌楚才"，分别见于《题恒岳飞来石》《司天判官张居中六壬祛惑钤序》《苗彦实琴谱序》《〈西游录〉序》《辨邪论序》《万松老人评唱天童觉和尚颂古从容庵录序》《评唱天童拈古请益后录序》《贫乐庵记》《〈楞严外解〉序》《〈心经宗说〉后序》《释氏新闻序》《屏山居士〈金刚经别解〉序》《万松老人〈万寿语录〉序》和《屏山居士〈鸣道集〉序》，其写法一致，除《万松老人评唱天童觉和尚颂古从容庵录序》作"漆水移剌楚才晋卿"、《释氏新闻序》作"湛然居士漆水移剌楚才"外，其余 12 篇均署"湛然居士漆水移剌楚才晋卿"①。无独有偶，查四部丛刊影宋刊本《鹤山先生大全文集》卷十九《第四札》，曰："而况槩虽进妹于轵酋，而实与轵之用事者曰移剌楚才、曰粘合重山粘合重山方为仇怨。"② 再查元释念常编纂的《佛祖历代通载》卷二十，其中抄录耶律楚材所作《屏山李居士〈鸣道集说〉序》，文末署名虽改为"中书湛然居士移剌楚才晋卿"，但"移剌楚才"之名未改。以耶律楚材本人之署名与南宋人当时之记载相对照，③ 可知他自己当时所写的名字确实是"移剌楚才"，绝非杉山正明所谓的自名"楚材"。既然耶律楚材并未自署"楚材"，那么杉山氏谓耶律楚材自我粉饰之说亦失去存在之基础。

（三）耶律楚才

查文渊阁《四库全书》本《湛然居士集》，上述 6 处自署名全部改作"耶律楚才"，魏了翁《鹤山集》、刘克庄《后村先生大全集》中亦改如是。此为四库馆臣妄改人名之结果。所幸此名流传不广，未为人们所接受，不至于以讹传讹、习非为是。杉山正明和刘晓以为这才是耶律楚材的本名，大概是因为所见文献有限之缘故。

（四）移剌楚材

就目前所见文献来看，此写法最早见于明王世贞的《弇州四部稿续编》卷一百五十六《书〈佛祖通载〉后》和卷一百五十八《〈玄风庆会

---

① （元）耶律楚材：《湛然居士文集》，四部丛刊初编，上海商务印书馆缩印无锡孙氏小渌天藏影元本。

② （宋）魏了翁：《鹤山先生大全文集》卷19，四部丛刊初编影宋刊本。

③ 注：除魏了翁之记载外，南宋孟珙之《蒙鞑备录》称其为"移剌晋卿"，是用其字。刘克庄集中作"移剌楚材"，《四部丛刊初编》只云旧钞本，亦不知为何时之钞本。

录〉后》。前文曰："所载李屏山《鸣道集》，其搙击闽洛，时有得有失，而序之者，湛然居士移刺楚材也。移刺，即耶律，辽姓之讹音。"① 后文曰："录者曰'移刺楚材'，疑移刺或耶律讹也。其官称'侍臣昭武大将军尚书礼部侍郎'。元至元后始有侍郎，亦不属尚书省，此恐误。"② 又曰："后考湛然居士《西征记》，颇称长春之短，湛然即楚材别号也。此移刺者，当别是一楚材。"③ 按，王世贞此处所记有误，"《西征记》"当作"《西游录》"，"移刺楚材"当作"移剌楚才"。

（五）吾图撒合里

《元史·耶律楚材传》云："帝重其言，处之左右，遂呼楚材曰'吾图撒合里'而不名，'吾图撒合里'，盖国语'长髯人'也。"④ 由此记载可知，成吉思汗以蒙语称呼耶律楚材作"吾图撒合里"，而"吾图撒合里"蒙语意谓"长髯人"，犹楚材之蒙古名也，太祖呼之以示亲重。此名之另一记载见于《元史·睿宗传》："闻燕京盗贼白昼剽掠富民财物，吏不能禁，遂遣塔察、吾图撒合里往穷治之，杀十有六人，盗始屏息。"⑤ 按，此事亦见于《耶律楚材传》，其文略曰："燕多剧贼，未夕，辄曳牛车指富家，取其财物，不与则杀之。时睿宗以皇子监国，事闻，遣中使偕楚材往穷治之。……狱具，戮十六人于市，燕民始安。"⑥ 两相对照，可知《睿宗传》中之"吾图撒合里"必为耶律楚材。此处不作"耶律楚材"而作"吾图撒合里"，颇令人奇怪。查许有壬《圭塘小稿》，其中有《元故右丞相怯烈公⑦神道碑铭并序》一文，方知此中奥秘："国史曰脱必赤颜，至秘也，非有功不纪。"⑧ 由此可知当时修史除用汉文书写外，尚

① （明）王世贞：《弇州四部稿》续编卷156，《景印文渊阁四库全书》，台湾商务印书馆1986年版，第1284册。
② （明）王世贞：《弇州四部稿》续编卷158，《景印文渊阁四库全书》，台湾商务印书馆1986年版，第1284册。
③ （明）王世贞：《弇州四部稿》续编卷158，《景印文渊阁四库全书》，台湾商务印书馆1986年版，第1284册。
④ （明）宋濂等：《元史》，中华书局1976年版，第3455—3456页。
⑤ （明）宋濂等：《元史》，中华书局1976年版，第2885页。
⑥ （明）宋濂等：《元史》，中华书局1976年版，第3456—3457页。
⑦ 按，即与耶律楚材同时为相之镇海。"怯烈"，文渊阁《四库全书》本作"克呼"，乃四库馆臣妄改，据韩儒林的《穹庐集》和陈高华的《元代维吾尔哈剌鲁资料辑录》校改。
⑧ （元）许有壬：《圭塘小稿》卷10，《景印文渊阁四库全书》，台湾商务印书馆1986年版，第1211册。

有蒙文书写者，如《蒙古秘史》之类，因是记载蒙古皇室宗王之事，故用蒙语名字。《睿宗传》之内容或为明初修《元史》时，翻译者对人名径以音译译之，故出现耶律楚材名讳不统一之疏漏。而中华书局出版点校本《元史》，又不作勘误校正，是亦为不足。①

（六）兀图撒罕里

《元史·食货志》"岁赐"条下有文曰："曳剌中书兀图撒罕里：五户丝，壬子年，元查大都等处八百七十户。延祐六年，实有四百四十九户，计丝一百一十七斤。"② "曳剌"当为"移剌"之不同译音，"兀图撒罕里"亦当为"吾图撒合里"之对音。在文渊阁四库全书本《元史》中，此"兀图撒罕里"与《耶律楚材传》中之"吾图撒合里"同被译改为"乌尔图萨哈勒"，由此可知，"兀图撒罕里"仍然指耶律楚材。韩儒林在《耶律楚材在大蒙古国的地位和所起的作用》一文中亦倾向于认为此名为耶律楚材的蒙古语称号。③ 此为《元史》关于耶律楚材名讳不统一之第二处疏误。

（七）乌尔图萨哈勒

如上所述，在文渊阁《四库全书》本《元史》之《耶律楚材传》《睿宗传》及《食货志》中，"吾图撒合里"与"兀图撒罕里"均被四库馆臣译改为"乌尔图萨哈勒"。此名共出现 9 次，见于《元史》者 5 次，另见于《钦定续通志》者 1 次、《史传三编》3 次，均为引述《元史》之内容。

除此之外，韩儒林认为，"《圣武亲征录》大约就是一种脱必赤颜④的汉文译本，其中有镇海的名字，也有耶律楚材的蒙古语称号'兀都·撒罕'"⑤。假如这一推测成立，则耶律楚材还有另一译名"兀都·撒罕"。

综上，耶律楚材自己署名写作"移剌楚才"，并未"自称楚材"，后来别人称呼其名通作"耶律楚材"，其蒙古译名通常写作"吾图撒合里"。杉山正明所说"本名楚才"却"自称楚材"，与事实不符。

---

① 当然，保留《元史》文字原貌，可使我们了解到该书当时采用了部分蒙语史传译文的情况。反过来说，此不足亦有重要价值。

② （明）宋濂等：《元史》，中华书局 1976 年版，第 2438 页。

③ 韩儒林：《穹庐集》，河北教育出版社 2000 年版，第 205 页。

④ 按，蒙语"脱必赤颜"即"国史"之意。

⑤ 韩儒林：《穹庐集》，河北教育出版社 2000 年版，第 205 页。王国维在《圣武亲征录校注》序言中云："学者多谓此录出于蒙古脱卜赤颜"，是为韩文所据之本。

二 "移剌楚才"改作"耶律楚材"之原因

关于其名由"移剌楚才"衍为"耶律楚材"之原因，亦绝非杉山正明所谓"自我粉饰"及捏造故事，而是有着深刻的历史原因。

查《辽史》，凡是以"耶律"为姓者，无一例写作"移剌"。查《金史》，则发现前期姓"耶律"者均作本字，而后期则多写作"移剌"。此事极为可疑。《辽史·国语解》云："又有言以汉字书者曰'耶律''萧'，以契丹字书者曰'移剌''石抹'，则亦无可考矣。"① 然"移剌"二字亦为汉字，如何云"以契丹字书者曰'移剌'"？且辽代皇室贵族多用汉、契丹双语记写碑文，但至今出土之辽代墓碑中为何无一人名字写作"移剌"字样？查北宋文献，为何亦无作"移剌"者？综合各种文献可证，辽、北宋时"耶律"均无写作"移剌"者，"移剌"乃入金之后方有之写法，这在南宋文人文集中出现"移剌"之写法可以证实。

耶律之所以写成移剌，其主要原因，并不是因为不同音译的问题，而是因为女真统治者厌恶"耶律"二字，故而契丹人凡姓耶律者，均改作移剌。姚燧《承颜亭记》云："仁卿名恕，辽氏遗裔也，由金人恶'耶律'为字有父嫌，讹为'移喇'，后逃乱奔宋，再讹为萧云。"② 查《金史·本纪》，金帝始祖长子曰"乌鲁"，次子曰"斡鲁"，③ 音与"耶律"相近。故姚燧有"金人恶'耶律'为字有父嫌"之说法。陈旅《舒噜复旧氏序》一文亦有类似之语曰："昔契丹之氏耶律、舒噜者，皆其国之贵族也。契丹与金世仇，及金灭辽，遂改耶律为伊喇，舒噜为舒穆噜。伊喇，谓养马之卒也，舒穆噜谓臧获也。"④ 此说为是。

改"耶律"为"移剌"之另一原因，可能为避女真之杀戮与压迫。耶律履为参知政事之后，曾向章宗建议让为奴婢契丹人之后代恢复为平民，而章宗不允。女真对契丹之压迫由此可见一斑。

---

① （元）脱脱等：《辽史》，中华书局 1974 年版，第 1534 页。
② （元）姚燧著，查洪德编辑点校：《姚燧集》，人民文学出版社 2011 年版，第 122 页。
③ （元）脱脱等：《金史》，中华书局 1975 年版，第 2 页。
④ （元）陈旅：《安雅堂集》卷 6，《景印文渊阁四库全书》，台湾商务印书馆 1986 年版，第 1213 册。"舒噜"当作"述律"，此当为四库馆臣所改之字。按，由于未见到元本或明本，故此处所引文字均以《四库全书》本别集为依据，但四库馆臣常常妄改旧本中之译音词，如将《金史》中之"移剌履"全部改为"伊喇履"等，故上文所引之"移喇"及"伊喇"，原本当为"移剌"。

由上述二例可知，金时改姓作"移剌"者，至蒙元时期，多回改为"耶律"。"移剌楚才"改写作"耶律楚材"，即大约发生于此时。但从耶律楚材自署名为"移剌楚才"，以及书其同姓人作"移剌子春""移剌继先""移剌国宝"来看，至少在1236年印行《湛然居士文集》之时尚作"移剌"，回改之事不应早于此时。

关于"楚材"与"楚才"写法不一致之问题，亦不足为怪。"楚才"与"楚材"意义相同，本不用辨析。耶律楚材本人自称及同时代人均称其字为"晋卿"，"楚材晋用"之典故众所周知，耶律楚材似无把"楚才"改为"楚材"之必要。耶律楚材由金入元，并以辅佐大元为荣，当时及后世都没有资料显示其避讳此事，亦极少有人对其进行非议。查《全唐诗大辞典》，其中有"林楚才"与"林楚材"，著名唐诗研究专家陈尚君注解："林楚才，一作林楚材。"[1] 可见"楚才"与"楚材"之写法在唐朝时即无区别。与耶律楚材同时之关西大儒杨奂，本名杨焕，后写作"杨奂"，又被误写为"杨英"，为当时同音及形近名讳更改之例。此类例子尚多，不一一列举。日本学者对于汉字比较敏感，见到"楚材"与"楚才"写法不一致，欲探其究竟，原本无足奇怪，但不查宋元文献而妄下断语，则误矣。

第二节　耶律楚材为中书令诸问题之探讨[2]

关于耶律楚材的官职问题，多数学者沿袭《元史》本传之说，以其为中书令。但也有部分学者对此提出疑问，更有学者怀疑耶律楚材是否真正官居相位。为还原历史真相，实有必要进行详细考辨。

一　耶律楚材为"中书令"辨

成吉思汗时并无中书令一职。元太宗三年（1231），"始立中书省，改侍从官名。以耶律楚材为中书令，粘合重山粘合重山为左丞相，镇海为右丞相"[3]。《元史·耶律楚材传》亦云："即日拜中书令，事无巨细，皆

---

① 周勋初：《唐诗大辞典》（修订本），凤凰出版社2003年版，第263页。
② 此节内容修改后发表于《新疆大学学报（哲学·人文社会科学版）》2015年第6期。
③ （明）宋濂等：《元史》，中华书局1976年版，第31页。

先白之。"① 宋子贞为其撰写《神道碑》，题名直接为《中书令耶律公神道碑》。

对于这些记载，元史研究专家韩儒林先生提出了质疑，他在列举《黑鞑事略》的相关记录后认为，"耶律楚材的中书令，不过是窃号自娱而已"②。日本学者杉山正明先生则用更长的篇幅论述耶律楚材未任中书令，并认为耶律楚材、宋子贞及耶律铸等人采取了欺骗的策略，构造出令人误解的内容③。

上述二位学者对此问题都有较长篇幅的论述，但均忽略了一处重要的材料，即《元史·宰相年表》，该表自太祖成吉思汗至宪宗蒙哥，所有栏目均为空白，当然也无耶律楚材任中书令之记载。如果对耶律楚材任中书令一职进行质疑，此材料或更有力。

《元史·粘合重山粘合重山传》之记载也可成为重要的质疑材料，其文曰："立中书省，以重山为有积勋，授左丞相。时耶律楚材为右丞相，凡建官立法，任贤使能，与夫分郡邑，定课赋，通漕运，足国用，多出楚材，而重山佐成之。"④ 其中说耶律楚材为右丞相，并未提及中书令一职。

欲探究耶律楚材为中书令的问题，必须与考察中书省结合起来。窝阔台汗时期，确实成立了中书省。关于其成立的时间，有石刻文献可与《元史》记载相印证。清代学者钱大昕《潜研堂金石跋尾》中有《湛然居士功德疏》，署日期为"辛卯年九月二十九日"，其石刻上"年月间钤中书省印，湛然居士下有押"。该文后还有《中书省公据》一篇，日期为"辛卯年十月"，"年月间亦钤省印"⑤。按，辛卯年即1231年，《元史·太宗本纪》亦载此年"始立中书省"，两相对照，正相吻合。宋沙荫、简声援二位先生撰《净土古刹玄中寺》，记载了山西交城玄中寺保存至今的一些石刻，其中有一块立在寺门右侧的元圣旨碑，碑文明确记载："中书

<hr>

① （明）宋濂等：《元史》，中华书局1976年版，第3458页。
② 韩儒林：《穹庐集》，河北教育出版社2000年版，第202页。彭大雅、徐霆的《黑鞑事略》云："其官称，或'赞国王'，或'权皇帝'，或'郡王'，或'宣差'。诸国亡俘或曰'中书丞相'，或'将军'，或'侍郎'，或'宣抚运使'，随所自欲而盗其名。"
③ ［日］杉山正明：《耶律楚材とその時代》，白帝社1996年版，第302—324页。上述汉语翻译日语原文作：じつは、さらに、ことがらのもっと根源において、周到に計算した"騙しの策略"というか、もうひとつの"誤解の構造"が秘められていた。详见该书第312页。
④ （明）宋濂等：《元史》，中华书局1976年版，第3466页。
⑤ （清）钱大昕：《潜研堂金石跋尾》卷18，长沙龙氏家塾重刊本。

省奏过皇帝"①，时间注明为"辛卯年二月"②，与《元史》《湛然居士功德疏》《中书省公据》之年份吻合。杉山正明先生曾于 1986 年 9 月 10 日到山西交城县玄中寺实地考察，见到了两块与耶律楚材任职有关的石碑，其一是寺门左侧钤有"中书省印"的石碑，时间为"辛卯年十二月"③。而另一块石碑刻有《中书省疏》，一面署"辛卯年九月""中书省湛然居士"，另一面署"辛卯年十二月""中书省忘忧居士"，年月同样刻有"中书省印"④。忘忧居士即粘合重山粘合重山，与耶律楚材同在中书省任职，且与耶律楚材为亲家。⑤ 刘晓先生根据石刻材料得出结论说："这些石刻及拓本资料中所提到的辛卯年为太宗三年，恰好为中书省机构成立的头一年，而中书省印的出现，也印证了《中书令耶律公神道碑》所说'即日授中书省印'的可靠性。"⑥ 进一步说，耶律楚材既然被授予中书省印，则必居极重要之位置。

综上所述，耶律楚材于窝阔台汗时曾在中书省任重要职务一事证据确凿，无可置疑。关于耶律楚材在中书省职衔不统一的问题，刘晓先生已在《耶律楚材评传》中进行了讨论，⑦ 兹不赘述。但职衔不统一亦属正常，如其次子耶律铸在元世祖时曾任中书左丞相、中书右丞相、平章政事、平章军国重事等职，时升时降，任而复罢，罢而复任，无足奇怪。

查《湛然居士文集》，无一处自称"中书令"者。韩儒林先生所言耶律楚材之"中书令"乃"窃号自娱"，杉山正明先生所言耶律楚材"盗名""自称"中书令，均无确凿证据。

如果耶律楚材未曾任"中书令"，为何与其同时的吕鲲、赵著在其生前即称呼其为"中书令"？⑧ 吕鲲序文作于甲辰年（1244）上巳日（夏历

---

① 宋沙荫、简声援：《净土古刹玄中寺》，中国展望出版社 1985 年版，第 103 页。

② 《净土古刹玄中寺》一书印刷较为粗劣，此处之"二月"为"十二月"印刷之脱误。日本学者杉山正明所记准确，详见下文。

③ ［日］杉山正明：《耶律楚材とその時代》，白帝社 1996 年版，第 335 页。

④ ［日］杉山正明：《耶律楚材とその時代》，白帝社 1996 年版，第 336 页。

⑤ 粘合重山粘合重山之女嫁于耶律楚材次子耶律铸为妻。

⑥ 刘晓：《耶律楚材评传》，南京大学出版社 2001 年版，第 371 页。

⑦ 刘晓先生在《耶律楚材评传》中说："除了常见的中书令外，还有中书侍郎、中书右丞相、中书大丞相、中书相公等多个不同称呼。"详见该书第 371 页。

⑧ 详见耶律铸《双溪醉隐集》序一、序二。此二序文乃为耶律铸早年的《双溪小稿》所作。吕鲲在为《双溪小稿》作的序文中说耶律铸为"中书令玉泉老之子"，赵著所作序文亦曰："双溪成仲，即玉泉中令君之子也。"

三月初三日），赵著序文虽未明确标注年月，但从其所云"及其去岁秋八月，来自北庭，大葬既已"① 等句可知，其作序时间亦在1244年，而此年三月时耶律楚材尚未去世。

宋子贞在耶律楚材去世后撰《中书令耶律公神道碑》，虽然是在赵衍所作行状的基础上写成，但为死人立碑，对于官职十分讲究，绝不可僭越。如果耶律楚材未曾担任中书令一职，身为朝廷重臣的宋子贞如何敢擅自在流传后世的碑文中称其为中书令？后来的《元史》修撰者为何亦敢如此称呼？

查元代文献资料，可发现许多官职乃汉译蒙古语，如必阇赤、达鲁花赤之类。但在两个政权之外交中，如果双方均说本部语言，则不通双语者均难以听懂。不专门研究元史者，恐怕极少有人知道"必阇赤"是何意义。同理可以推论，当时如果与南宋之间进行使节交往，如称自己的职务为"必阇赤"，南宋人必定不懂为何职务，故必须根据汉地官职进行对应翻译和称呼。同时，蒙古帝国在政权不断封建化的过程中，亦需要借用汉地的各种典章、礼乐制度，官制即是其一。而借用汉地的官制，则必须用汉语的官职名称。如上所述，元太宗三年（1231）成立了中书省，有石刻资料可以佐证，可知当时确实已经部分采用汉地官制。既然成立了中书省，如何会没有相应的官职名称？

辽金元钦慕唐朝，故多采用唐朝官制、礼制。查《旧唐书·职官志》卷四十三，中书令为宰相之职，但官秩"本正三品，大历二年十一月九日，与侍中同升正二品，自后不改也"②。唐中书令实为沿魏晋南北朝隋之官职设置。严耕望的《中国地方行政制度史：魏晋南北朝地方行政制度》上卷第九章为《官佐品班表》，其中魏、晋、宋、陈、北齐有中书令一职，虽皆为"中央要职"，但其品秩却均为三品。北魏则先为正二品，后为正三品。③ 关于中书令的职权范围，《旧唐书》载："中书令之职，掌军国之政令，缉熙帝载，统和天人。入则告之，出则奉之，以厘万邦，以度百揆，盖佐天子而执大政也。凡王言之制有七：一曰册书，二曰制书，

---

① 耶律铸的母亲苏氏卒于1243年，当年耶律铸奉父命护送灵柩归至燕京，葬于今北京颐和园，详见耶律铸《护先妣国夫人丧南行奉别尊大人领省》诗。

② （后晋）刘昫等：《旧唐书》，中华书局1975年版，第1848页。

③ 严耕望：《中国地方行政制度史：魏晋南北朝地方行政制度》上册，上海古籍出版社2007年版，第404—412页及第886—893页。

三曰慰劳制书，四曰发勅，五曰勅旨，六曰论事勅书，七曰勅牒，皆宣署申覆而施行之。凡大祭祀群神，则从升坛以相礼。享宗庙，则从升阼阶。亲征纂严，戒勅百僚，册命亲贤，临轩则使读册。若命之于朝，则宣而授之。凡册太子，则授玺。凡制诏宣传，文章献纳，皆授之于记事之官。"①这些职责，与耶律楚材当时所承担的工作内容，大体吻合，与蒙元时期"必阇赤"承担的工作亦相类似。如果以此为标准进行比照，称耶律楚材为"中书令"，实不为过。从《中书令耶律公神道碑》及《本传》所载的事迹来看，耶律楚材的权力也确实相当大，绝非一般相臣可比。②宋子贞比耶律楚材大一岁，曾任行台右司郎中，官终中书平章政事，他在撰写《神道碑》时称耶律楚材为中书令，必定有所斟酌而非随意乱写。此外，查苏天爵《元名臣事略·中书耶律文正王》，云："王名楚材，字晋卿，辽东丹王突欲八世孙，金尚书右丞文献公履之子。为燕京行省员外郎，岁乙亥，城降，遂属国朝。扈从征伐诸国。辛卯，拜中书令。"③参与修撰宋辽金史的欧阳玄亦在序中称"中书令丞相耶律"④，可见耶律楚材任中书令之说已成为元末一些史学家之共识，非一人之说，而修撰《元史》者亦沿袭不改。

韩儒林先生等学者之所以怀疑耶律楚材为"中书令"，是因为《元史·百官志》之记载："中书令一员，银印。典领百官，会决庶务。"⑤其职在左右丞相之上，世祖之后多以皇太子兼任，权力极大，确实可以称"一人之下、万人之上"。但如上所述，吕鲲、赵著、宋子贞所言之"中书令"当是依照唐朝旧例称呼，其时官名尚未定制，故与世祖时之中书令应有所区别，不可等而混之。且《百官志》亦云，中书令一职，"太宗以相臣为之"⑥，实即与耶律楚材、杨惟中等人有关涉。

由此可见，前此所称之"中书令"，与世祖即位后所设之"中书令"

---

① （后晋）刘昫等：《旧唐书》，中华书局1975年版，第1848—1849页。

② 耶律楚材次子耶律铸曾三拜中书左丞相，秩正一品，官职不可谓不大，但从史书记载的事迹来看，却似乎不如其父当时权力之大。

③ （元）苏天爵：《元名臣事略》卷5，《景印文渊阁四库全书》，台湾商务印书馆1986年版，第451册。

④ （元）苏天爵：《元名臣事略》卷1，《景印文渊阁四库全书》，台湾商务印书馆1986年版，第451册。

⑤ （明）宋濂等：《元史》，中华书局1976年版，第2120页。

⑥ （明）宋濂等：《元史》，中华书局1976年版，第2120页。

不同。古人常用前代故事，如欧阳修《醉翁亭记》称自己为"太守"，实为借用汉代之称谓，宋代根本就没有"太守"这一官职。吕鲲、赵著、宋子贞等人根据耶律楚材的实际任职情况和唐代关于中书令职责的记载，借用前代称呼，遂称其为"中书令"，其后之元人如郝经、马利用、刘因、陶宗仪、盛如梓也认同此说，① 后来之《元史》修撰者亦沿用不改，故均以"中书令"称之。

二 耶律楚材官居相位辨

韩儒林先生在《耶律楚材在大蒙古国的地位和所起的作用》一文中评价说："耶律楚材深知汉地封建制度，又出身契丹贵族，故令他为首领，组织一群善于搜刮的官僚，进行征收黄河以北的课税而已。"② 刘晓先生在《耶律楚材评传》进一步认为，耶律楚材主要是在今山东、陕西、河南等省发挥作用，"不管其作用有多大，总是与大蒙古国的宰相地位不太相称的。从这点而言，我们把耶律楚材当作蒙古大汗的近臣，而不是宰相来看待，似乎更确切些"③。

韩儒林先生的论文最早发表于1963年，其中的阶级分析法带有浓厚的时代特色，此处不予置评。但刘晓先生的观点则值得商榷。

如果按照刘晓先生的推理，则耶律楚材次子耶律铸做出的贡献及发挥作用的地域远不如耶律楚材，"与大蒙古国（元）宰相地位"更不相称，《元史》记载他三次出任中书左丞相，是否也该说"把耶律铸当作蒙古大汗（皇帝）的近臣，而不是宰相来看待，似乎更确切些"？关于历史人物的官职及地位，似乎不能以我们现在的眼光进行衡量，而要依据当时朝廷之任命、史书之记载以及时人（包括国外）之称呼为准。

如上所述，称耶律楚材为"中书令"既无问题，则其曾居宰相之事更确凿无疑。

证据除了《元史》之记载外，主要包括两个方面：其一为内证，其二为旁证。

（一）内证

让我们先从一个三段论逻辑推理开始本部分的论证。

---

① 具体例证详见下文。
② 韩儒林：《穹庐集》，河北教育出版社2000年版，第202页。
③ 刘晓：《耶律楚材评传》，南京大学出版社2001年版，第376页。

大前提：从正常情况来说，对亲朋好友自称宰相的人确实任宰相之职。

小前提：耶律楚材在与亲朋好友进行正常交往的时候自称宰相。

结论：耶律楚材确实任宰相之职。

耶律楚材在与众多官僚、亲朋赋诗赠答时自称为"相"，可作为他官居相位的内证。略举几例如下：

1. 自愧无才术，忝位人臣极。（《为子铸作诗三十韵》）

2. 伴食居相府，无德报君王。（《云汉远寄新诗四十韵因和而谢之》）

3. 忝位台司岁月深，中书自笑不如岑。殷周礼乐真予事，唐舜规模本素心。郑五每惭难作相，胥靡终欲强为霖。陇西妙语虚推奖，舒卷寒窗尽日吟。（《李庭训和予诗见寄复用元韵以谢之》）

4. 贤人退隐予未能，钧衡旷位虚名极。（《和谢昭先韵》）

5. 岩廊深责忝疑丞，位重材轻负宠荣。（《和渔阳赵光祖二诗》）

6. 黄阁赖悬新篆印。（《和武善夫韵》）

7. 否德自惭调鼎鼐，微才不可典玑衡。（《用梁斗南韵》）

第1例："忝"，有愧于，谦辞。"位人臣极"，即"位极人臣"，语出《史记索隐·李斯列传》："置酒咸阳，人臣极位。"[1] 意思是官职最大的臣子，通常指丞相或宰相。对十五岁的儿子说自己"位人臣极"，其中不免有些小得意，而这也必为事实。从诗序之"乙未"年可知，此年为1235年，正当耶律楚材备受太宗宠信、春风得意之时。

第2例："伴食"，即伴帝王食，指近侍之臣，亦指宰辅之臣。"居相府"，则明确说自己为相，所居之府第乃"相府"也。此诗末尾署"乙未闰月上旬日"，可知此诗亦作于1235年。

第3例："台司"，指三公等官位极高的宰辅大臣，语见羊叔子《让开府表》："臣昨出，伏闻恩诏，拔臣使同台司。"李善注云："台司，三公也。为台司，故言仪同三司。"[2] 说自己"忝位台司"，仍是表明宰相身

---

[1] （唐）司马贞：《史记索隐》卷30，《景印文渊阁四库全书》，台湾商务印书馆1986年版，第246册。

[2] （梁）萧统编，（唐）李善注：《文选》，上海古籍出版社1986年版，第1690页。

份。王国维定此诗作于和林，时间大约在 1233—1236 年间。

第 4 例："钧衡"，指国家政事之重任，语见《旧唐书·太宗本纪》："马周、刘洎，自疏远而卒委钧衡。"① 马周，官至中书令；刘洎，官至侍中，据《新唐书·百官志》所言，"初唐因隋制，以三省之长中书令、侍中、尚书令共议国政，此宰相职也。"耶律楚材此处虽未直言自己为相，但结合诗中用典亦可推知其自述为相之意。

第 5 例："疑丞"，古官名。供天子咨询的四辅中的二臣。后泛指辅佐大臣。《礼记》："虞、夏、商、周，有师保，有疑丞。"

第 6 例："黄阁"，亦作"黄阁"。义项一，汉代丞相、太尉和汉以后的三公官署避用朱门，厅门涂黄色，以区别于天子。后因以黄阁指宰相官署。义项二，借指宰相。唐钱起《送张员外出牧岳州》诗："自怜黄阁知音在，不厌彤幨出守频。"

第 7 例："调鼎鼐"，于鼎鼐中调味。比喻处理国家大事。多指宰相职责。《旧唐书·裴度传》："果闻勿药之喜，更喜调鼎之功。"②

以上诸例，可为内证。

（二）旁证

旁证可分为四类，第一类是其次子耶律铸诗歌中对他的称呼，第二类是同时及稍后人对他的称呼，第三类是南宋人对他的称呼，第四类是耶律铸对其母之称呼。兹分别例证如下：

1. 耶律铸和耶律希逸在诗文中对其父、祖之称呼

（1）耶律铸诗中对其父之称呼。见于诗题者有 19 处，分别为：《谨上尊大人领省》《仰祝尊大人领省寿三首》《哭尊大人领省》《追悼尊大人领省》《谨用尊大人领省十六夜月诗韵》《谨用尊大人领省龙庭风雪诗韵》《谨和尊大人领省雷字韵》《谨次尊大人领省火绒诗韵并序》《谨和尊大人领省沙场怀古兼四娱斋韵》《元日上尊大人领省阿钵国夫人寿》《咏梅谨上尊大人领省》《谨次尊大人领省怀梅溪诗韵》《谨次尊大人领省题灵春园诗韵》《南行寄呈尊大人领省》《护先妣国夫人丧南行奉别尊大人领省》《燕城之北，垂三十里，有瓮山。原先妣国夫人坟室在焉。予过之，哀感不已，而贮之诗，仍寄呈尊大人领省，以慰其感云三首》《忆尊

---

① （后晋）刘昫等：《旧唐书》，中华书局 1975 年版，第 63 页。

② （后晋）刘昫等：《旧唐书》，中华书局 1975 年版，第 4431 页。

大人领省二首》《又忆尊大人领省二首》《拜书尊大人领省瓮山原茔域寝园之壁并序》；见于诗序者有 4 处，曰"尊大人领省卧疾日"（《哭尊大人领省》）、"尊大人领省得江南杨氏子彬"（《玉泉新墨并序》）、"尊大人领省为首倡"（《谨次尊大人领省火绒诗韵并序》）、"尊大人领省茔域"（《拜书尊大人领省瓮山原茔域寝园之壁并序》）。

"领省"，即"领中书省"，为中书省官员之首也，后人谓之中书令，当与此同义。

（2）耶律希逸对其祖父之称呼。盛如梓《庶斋老学丛谈》引《耶律柳溪诗集》曰："昔我圣祖皇帝出师问罪西域，辛巳岁夏，驻跸铁门关。先祖中书令奏云：'五月二十日晚，近侍人登山，见异兽，二目如炬，鳞身五色，顶有一角，能人言，此角端也。当于见所备礼祭之。'"① 可见至其孙时，自称其祖亦用"中书令"这一称呼。

2. 同时及稍后金元人对耶律楚材之称呼

（1）金哀宗天兴二年（1233）正月，汴京西面元帅崔立发动政变，投降蒙元。时任金尚书省左司员外郎的元好问给耶律楚材上书，题作《癸巳岁寄中书耶律公书》，云："四月二十有二日，门下士太原元某谨斋沐献书中书相公阁下。"② 以"中书相公"称耶律楚材，可见金人当时认为耶律楚材位居相位。

（2）据王国维考证，十四卷之《湛然居士集》所收诗文止于 1236 年，刊行时间亦不会早于此年。考是集序文，王邻和孟攀鳞均序于癸巳年十二月，即 1233 年；万松老人序于甲午年仲冬，即 1234 年农历十一月。序文作《领中书省湛然居士文集序》，可知此时耶律楚材"领中书省"，与耶律铸之称呼正相吻合。

（3）如上文所述，有二人在耶律楚材生前即称其为"中书令"，一为金元之际诗人吕鲲，他在为《双溪小稿》作的序文中说耶律铸为"中书令玉泉老之子"；二为赵著，他在为耶律铸诗集所作序文中亦曰："双溪成仲，即玉泉中令君之子也。"

（4）金末河汾诗人麻革则称耶律楚材为"中书大丞相"，语见《双溪醉隐集·序三》："中书大丞相之子有奇名，善为诗。"耶律楚材去世后，

---

① （元）盛如梓：《庶斋老学丛谈》，中华书局 1985 年版，第 1 页。
② （金）元好问著，狄宝心校注：《元好问文编年校注》，中华书局 2012 年版，第 307 页。

麻革作《中书大丞相耶律公挽词》，下有小注曰："甲辰五月十四日。"甲辰，即 1244 年，此年五月耶律楚材去世。

（5）宋子贞为耶律楚材撰《中书令耶律公神道碑》称其为"中书令"。

（6）山东进士马利用在为耶律铸撰写墓志铭时亦云："文献公生中书令楚材，字晋卿。"

（7）郝经《立政议》云："当太宗皇帝临御之时，耶律楚材为相，定税赋，立造作，榷宣课，分郡县，籍户口，理狱讼，别军民，设科举，推恩肆赦，方有志于天下。"①

又，郝经为杨惟中作《故中书令江淮京湖南北等路宣抚大使杨公神道碑铭》云："耶律楚材罢，遂以公为中书令领省事。太宗崩，太后称制，公以一相负任天下。"② 由上下文可以推知，郝经认为在杨惟中之前，耶律楚材任中书令。

（8）刘因《处士寇君墓表》云："天下既定，中书令耶律楚材奏疏，遣使分诸道，设科选士。"③

（9）苏天爵《元名臣事略》云："（耶律文正）王名楚材，字晋卿，辽东丹王突欲八世孙，金尚书右丞文献公履之子。为燕京行省员外郎，岁乙亥，城降，遂属国朝。扈从征伐诸国。辛卯，拜中书令。"④

参与修撰宋辽金史的欧阳玄亦在序中称"中书令丞相耶律"。⑤

（10）陶宗仪《南村辍耕录》卷一"皇族列拜"条云："己丑秋八月，太宗即皇帝位，耶律文正王时为中书令，定册立仪礼。皇族尊长，皆令就班列拜。尊长之有拜礼，盖自此始。"⑥

卷二"治天下匠"条云："中书令耶律文正王楚材，字晋卿，在金为

① （元）郝经：《陵川集》卷 23，《景印文渊阁四库全书》，台湾商务印书馆 1986 年版，第 1192 册。

② （元）郝经：《陵川集》卷 35，《景印文渊阁四库全书》，台湾商务印书馆 1986 年版，第 1192 册。

③ （元）刘因：《静修集》卷 9，《景印文渊阁四库全书》，台湾商务印书馆 1986 年版，第 1198 册。

④ （元）苏天爵：《元名臣事略》卷 5，《景印文渊阁四库全书》，台湾商务印书馆 1986 年版，第 451 册。

⑤ （元）苏天爵：《元名臣事略》卷 1，《景印文渊阁四库全书》，台湾商务印书馆 1986 年版，第 451 册。

⑥ （元）陶宗仪：《南村辍耕录》，中华书局 1959 年版，第 18 页。

燕京行省员外郎。"①

（11）盛如梓《庶斋老学丛谈》中曰："耶律文献公、子中书令湛然居士、孙丞相双溪、曾孙宣慰柳溪，四世皆有文集，共百卷行于世。"②

3. 南宋官员对耶律楚材之称呼

（1）刘克庄《后村集》卷五十《宋资政殿学士赠银青光禄大夫真公行状》，叙蒙古国信使王檝出使宋朝，欲与言和，真德秀进谏云："惟其间有云丞相耶律楚材曾上平南之策，与王檝议不合。"③

（2）魏了翁《鹤山先生大全文集》卷十九《第四劄》，曰："而况檝虽进妹于鞑酋，而实与鞑之用事者曰移剌楚才、曰粘合重山粘合重山方为仇怨。"④

（3）彭大雅、徐霆《黑鞑事略》云："其相四人，曰按只，曰移剌楚材，曰粘合重山粘合重山，共理汉事，曰镇海，四人专理回回国事。"是承认此四人为宰相。

然该书又云："其官称，或'赞国王'，或'权皇帝'，或'郡王'，或'宣差'。诸国亡俘或曰'中书丞相'，或'将军'，或'侍郎'，或'宣抚运使'，随所自欲而盗其名。"其以南宋为正宗，连成吉思汗都认为是"僭皇帝号"，其余人当然更不值一提。后世学者仅凭此一语而否认蒙元时期的官职，则值得商榷。

4. 耶律铸对其母之称呼

此条证据易为人所忽略，然其重要性远胜于其他证据。

查《双溪醉隐集》卷六，有《元日上尊大人领省、阿钵国夫人寿》⑤和《护先妣国夫人丧南行奉别尊大人领省》二诗。查《元史·选举志》，

---

① （元）陶宗仪：《南村辍耕录》，中华书局1959年版，第21页。

② （元）盛如梓：《庶斋老学丛谈》，中华书局1985年版，第2页。

③ （宋）刘克庄：《后村集》卷50，《景印文渊阁四库全书》，台湾商务印书馆1986年版，第1180册。在四部丛刊初编本《后村先生大全文集》中，"丞相耶律楚材"作"丞相移剌楚材"。

④ （宋）魏了翁：《鹤山先生大全文集》卷19，四部丛刊初编本宋刊本。

⑤ 刘晓先生在《耶律楚材评传》中说："这个阿钵国夫人，不知是何人，从称呼来看，似乎不是汉人，或为耶律楚材后娶夫人。"详见刘晓《耶律楚材评传》，南京大学出版社2001年版，第32页。按，目前尚无任何材料证明耶律楚材在梁氏和苏氏之后再娶。元日，农历正月初一，即春节。上寿，即祝寿，元日之时，耶律铸为父母增添一岁而祝寿，则此处所言之父母必为耶律楚材和苏氏。从称号来看，《护先妣国夫人丧南行奉别尊大人领省》中的苏氏作"国夫人"，当有所省略，依照前代旧例之称如"顺国夫人""温国夫人"等，《元史》亦有"封完颜伯颜为冀国公，妻何氏为冀国夫人"之记载，则此"阿钵国夫人"或为当时苏氏之蒙古＋汉式封号。

其中述及封赠之制时曰："正从一品封赠三代，爵国公，勋正上柱国、从柱国，母、妻并国夫人。"①《元典章》所载亦同。此当从唐制而来。《旧唐书·职官志》载外命妇之制云："一品及国公母、妻，为国夫人。"②《唐六典》《通典》《唐会要》与此记载相同。虽然"至元初，唯一二勋旧之家以特恩见褒，虽略有成法，未悉行之"③，但从其制度来看，一品官之母及妻被封赠为"国夫人"，却是相同的。既然如此，则耶律铸之母必为一品官之母或妻，苏氏卒于1243年，耶律楚材卒于1244年，其时耶律铸年方23—24岁。《元史·耶律铸传》云："楚材薨，嗣领中书省事，时年二十三。"④《耶律铸墓志》云："天后朝，嗣领中书省事，年方二十有三。"由此二处材料可知，耶律铸23岁嗣领中书省事，据其生年可算出为1243年，此时耶律楚材尚未去世，则《元史》所谓"楚材薨，嗣领中书省事"误。既然1243年耶律铸才"嗣领中书省事"，则不可能在此年元日时任职。《元日上尊大人领省、阿钵国夫人寿》之"国夫人"必是因耶律楚材而封，而非因耶律铸而封。如此推理，则耶律楚材必为一品官员，"领中书省事"必为宰执之首。如此看来，唐代正二品（原为正三品）之中书令尚不如耶律楚材品秩高，以唐代之"中书令"比拟耶律楚材之官，似乎稍嫌低了。冯尔康在《中国社会结构的演变》一书中说："从秦汉到隋唐，皇权沿着加强的道路在发展，这就是相权越来越小，皇权相对加大，皇家的内朝官逐渐变为外朝官，取代丞相地位，当秦汉时丞相制，发展到唐代的三省制，有宰相之名的尚书仆射、中书令、门下侍郎，不过是从二品、正三品的官员，其地位如何能与汉初的相国比拟。"⑤又说："宋朝承唐制设中书、门下、尚书三省，但不予实权，而别设禁中中书，与枢密院分理政务、军务，另设三司掌管财政，于是政、军、财三权分立，宰相无统理之权。更为甚者，三省长官虽有宰臣之名，但不能任事。"⑥但即便其品秩、权力、影响力降低，亦不得否认其为相之事实。元代则实施怯薛制度，"怯薛人员或以圣旨胁迫，或暗中弹射奏劾，或以

---

① （明）宋濂等：《元史》，中华书局1976年版，第2114页。
② （后晋）刘昫等：《旧唐书》，中华书局1975年版，第1821页。
③ （明）宋濂等：《元史》，中华书局1976年版，第2114页。
④ （明）宋濂等：《元史》，中华书局1976年版，第3464页。
⑤ 冯尔康：《中国社会结构的演变》，河南人民出版社1994年版，第43页。
⑥ 冯尔康：《中国社会结构的演变》，河南人民出版社1994年版，第107页。

内线赞襄，进行了一系列以内驭外、挟制朝廷宰相的活动"①。因此，"中书省宰相等则经常处于被约束、挟制的尴尬境地"②。更何况蒙元皇帝大权在握，如何能让一个外族的契丹相臣权力过大？

综上，耶律楚材仕蒙元为相，当为确定无疑之论。太宗之时，朝中为相者并非只有楚材一人，其权力必定分散，让他一个人承担整个蒙古国的所有重任，恐怕有求全责备之嫌。

第三节　耶律楚材作品集及存佚情况考辨③

耶律楚材作品较多，但具体卷册数，则众说不一。查《文渊阁书目》，先曰："耶律《湛然居士集》，一部"，小字注云"十七册，残缺"；再曰："耶律《湛然居士集》，一部"，小字则注云"三册，阙"④。因其前后紧密相连，名称相同，可见绝非重记或误记，故知在明朝时《湛然居士集》至少有两部或两种，皆残，其中一部十七册，另一部三册，但均不详其卷数。

明孙能传、张萱等撰《内阁藏目录》则曰："中书令《湛然居士文集》十三册，不全。"其下注云："元耶律楚材著，凡三十五卷。阙七卷至十二卷、二十二、二十三卷。"

《文渊阁书目》云"《湛然居士集》"，《内阁藏书目》曰"《湛然居士文集》"，且册数不同，可见其内容当不完全一致。

查《千顷堂书目》，则先曰："耶律楚材《湛然居士集》，三十五卷"，小字注云："缺七卷至十二卷，又缺二十二卷、二十三卷。"再曰："又，《湛然居士文集》，十四卷"，小字注云："中书省都事宗仲亨辑。"可见此十四卷之《湛然居士文集》当为诗文合集，而三十五卷之《湛然居士集》当为全集。除此之外，该书在天文类补载："耶律楚材《庚午元

---

①　李治安：《元代政治制度研究》，人民出版社2003年版，第47页。
②　李治安：《元代政治制度研究》，人民出版社2003年版，第49页。
③　此节内容修改后发表于《中北大学学报（社会科学版）》2019年第1期。
④　（明）杨士奇：《文渊阁书目》，中华书局1985年版，第115页。

历》二卷。又，《历说》。又，《乙未元历》。① 又，《回鹘历》。②" 在五行类补载"耶律楚材《五星秘语》一卷。又，《先知大数》一卷。" 在儒家类补载"耶律楚材《皇极经世义》"。由于三十五卷本之《湛然居士集》今已不存，故难以断定这些著述是否为其中之一部分。

钱大昕《补元史艺文志》卷四"别集类"载："耶律楚材《湛然居士集》，三十五卷。又，十四卷。" 其下有小注云："中书都事宗仲亨辑。"③ 则十四卷本亦被称作《湛然居士集》。此外，该书卷二"地理类"载："耶律楚材《西游录》"④，卷三"儒家类"载："耶律楚材《皇极经世义》"⑤，同卷"历算类"载："耶律楚材《西征庚午元历》，二卷"⑥，"五行类"载："耶律楚材《五行秘语》，一卷；《先知大数》，一卷"⑦，"释道类"载耶律楚材《辨邪论》等文。⑧

今人查洪德和李军在《元代文学文献学》一书中说："耶律楚材文集，《补元史艺文志》作三十五卷，《也是园藏书目》作二十二卷，《补三史艺文志》作十二卷，均未见。"⑨

由上可知，耶律楚材之著作集至少有两种，其一曰《湛然居士文集》，十四卷，为宗仲亨所辑，收录其1236年前所作之诗文，今存；其二曰《湛然居士集》，三十五卷，由于散佚，故各目录书所言之卷、册数不同，其晚年所著诗文及儒学、历算、五行类著作当包括在内，惜今不存。

耶律楚材之著作，留存至今且有明确署名者，有《湛然居士文集》十四卷、《西游录》二卷、《玄风庆会录》一卷。《庚午元历》二卷，虽无明确署名，但通过考辨，亦可从《元史》中提取出来。其余作品，则

---

① 按，此《乙未元历》当为其父耶律履所撰，而耶律楚材刊印之，不应算作楚材之著作。又或《乙未元历》乃经过楚材修订，故后人以为是楚材所作。

② 按，即宋子贞撰《中书令耶律公神道碑》所云麻答把历。颇疑此历为耶律楚材翻译回鹘历法，为译著而非原著。

③ （清）钱大昕：《补元史艺文志》，商务印书馆1937年版，第42页。

④ （清）钱大昕：《补元史艺文志》，商务印书馆1937年版，第25页。

⑤ （清）钱大昕：《补元史艺文志》，商务印书馆1937年版，第28页。

⑥ 按，此即《千顷堂书目》中所载之"《庚午元历》"。详见（清）钱大昕《补元史艺文志》，商务印书馆1937年版，第32页。

⑦ 按，此处之"五行秘语"当为"五星秘语"之误。详见（清）钱大昕《补元史艺文志》，商务印书馆1937年版，第33页。

⑧ （清）钱大昕：《补元史艺文志》，商务印书馆1937年版，第37页。

⑨ 查洪德、李军：《元代文学文献学》，中国社会科学出版社2002年版，第27—28页。

散见于《永乐大典》残卷、地方志、书法作品及清代类书中。

一　《湛然居士文集》与《西游录》版本考述

十四卷之《湛然居士文集》今存，古籍版本主要有七种，分别是四部丛刊影印元刊本①、四库全书本、渐西村舍本、傅增湘批校本、顾广圻题跋的清抄本、朱之赤校正的明抄本、李文田注释的清抄本等。四部丛刊刻印时用无锡孙氏小渌天藏影元本，是为原貌，今人谢方有点校本，中华书局1986年出版。对于此本，王国维和刘晓均有考述，认为前九卷编成于1233年，而后五卷诗文则写于1234年至1236年，而1237年至去世之1244年则无一篇诗文见于此集。

《西游录》作于1228年，刊行于1229年。刘晓据该书末尾署"燕京中书侍郎宅刊行"，认为"是耶律楚材自己印行的一本书"②，结合下文对《玄风庆会录》署名者的考辨，此说当为确论。此书久佚，前半部分被节录保留在盛如梓的《庶斋老学丛谈》中，后半部分在我国则无从得见其详。至1926年，日本人神田信畅在宫内省图书寮③发现了《西游录》旧钞足本，1927年在日本排印出版，王国维曾据旧钞本全文抄录，现藏国家图书馆。其后罗振玉根据神田排印本重印，收在《六经堪丛书》中。据刘晓的考察，"1962年，姚从吾先生在台湾发表了他的详注本。同年，澳大利亚国立大学学者罗依果（Igor de Rechewiltz）也发表了他的英文译注本。1981年，中华书局出版了向达先生校注的版本，是为中国目前最为常见的版本"④。

二　《玄风庆会录》作者为耶律楚材辨

《正统道藏》载有《玄风庆会录》一部，署名曰"元侍臣昭武大将军尚书礼部侍郎移剌楚才奉敕编录"⑤。耶律楚材本名移剌楚才，前文已述。明王世贞曾对署名及职官不一致情况进行怀疑，前文亦有若干辨析，今用

---

① 按，四部丛刊本题名作"《湛然居士集》"，但仍为十四卷之文集。
② 刘晓：《耶律楚材评传》，南京大学出版社2001年版，第161页。
③ 今名为"宫内厅书陵部"。
④ 刘晓：《耶律楚材评传》，南京大学出版社2001年版，第162页。
⑤ 向达在校注《西游录》时，"颇疑这部书刊于元世祖之时，针对楚材《西游录》而作。《玄风庆会录》的作者结衔不对，明代王世贞就曾怀疑，近代陈铭珪以为系李志常的门人所辑"。详见向达校注《西游录》，中华书局1981年版，第21页。

情景再现法再加证明。该书记成吉思汗的文字曰："令左右录之，仍敕志以汉字，意示不忘。"① 目前尚未见到成吉思汗懂汉语的支撑材料，且他大部分时间在蒙古高原一带活动，身边之人绝大多数是蒙古诸部人，几乎没有学说汉语的机会，因此，即便他稍懂一点，水平也不会太高。另一方面的情况是丘处机不懂蒙古语。而耶律楚材精通天文地理诸子百家书，既通汉语，又会说蒙古语，丘处机所讲内容深奥难懂，故有可能令楚材做翻译，并记录下来。再从耶律楚材与丘处机在西域时过从甚密，经常进行诗文唱和的情况判断，陪伴丘处机并给他做翻译之人，其中必有耶律楚材，即《长春真人西游记》中所谓陪同的侍从官之一，否则丘处机在西域可能与外界人士难以交流，而他们二人也难以经常进行诗文唱和。以此判断，《玄风庆会录》的署名权当属于耶律楚材。

三　《元史》所载《庚午元历》作者为耶律楚材辨

十四卷《湛然居士文集》中有《进征西庚午元历表》，明言此历作于西域。当时耶律楚材因为《大明历》对天象测算不够精准，且"西域、中原，地里殊远"②，所以"增损节气之分，减周天之秒，去文终之率，治月转之馀，课两耀之后先，调五行之出没"，"创立里差以增损之"，而"验之于天，若合符契"，"虽东西数万里不复差矣"③。《庚午元历》不见于诸集所载，亦无单行本。但查《元史》，则见收于《历志》，名曰《庚午元历》，分上下两部，其序言叙其制历缘由，并曰："表上之，然不果颁用。"④ 又曰："《庚午元历》虽未尝颁用，其为书犹在，因附著于后，使来者有考焉。"⑤ 详考历中内容，则有列表增损二十四节气之分秒，设置损益率、初末率等，详细说明求里差之术，⑥ 与《进征西庚午元历表》所言正相符合，可知此历必为耶律楚材所作。

由于此历作于西域之寻思干（今乌兹别克斯坦共和国首都撒马尔干），而西域日出时间比中原至少晚两个小时，节气与中原也有所不同，

---

① （元）李志常、耶律楚材撰文，纪流注译：《成吉思汗封赏长春真人之谜：长春真人西游记·玄风庆会录》，中国旅游出版社 1988 年版，第 146 页。
② （元）耶律楚材著，谢方点校：《湛然居士文集》，中华书局 1986 年版，第 186 页。
③ （元）耶律楚材著，谢方点校：《湛然居士文集》，中华书局 1986 年版，第 186 页。
④ （明）宋濂等：《元史》，中华书局 1976 年版，第 1120 页。
⑤ （明）宋濂等：《元史》，中华书局 1976 年版，第 1120 页。
⑥ （明）宋濂等：《元史》，中华书局 1976 年版，第 1265—1341 页。

日食、月食等情况的发生时间与状况与中原也必然相异，因此，中原历法在西域测算必然不够精准，耶律楚材根据当地当时的情况进行增损，以适应变化了的情况。但在中华书局 1976 年出版《元史》时，却不考虑这种特殊情况，多以金《大明历》、宋《纪元历》为据进行增删，从而破坏原作面貌，甚为可惜。

四　《永乐大典》残本所收耶律楚材诗文考辨

《永乐大典》收录了耶律楚材的许多诗文，其中有一部分为十四卷本《湛然居士文集》所不载，大约为 1236 年以后的作品。以栾贵明《永乐大典索引》中所引耶律楚材诗与《湛然居士文集》相对照，校勘辑佚情况如下：

（一）题目相同者

《敏之学士远寄新诗七十韵，捧读之余，续貂以尾，聊资一笑》《云汉远寄新诗四十韵因和而谢之》《录寄新诗呈冲霄》《松月老人寄诗因用元韵》《红梅》《谢王巨川惠腊梅因用其韵》《答倪公故人》《过燕京和陈秀玉韵》《送文叔南行》《示石州刘企贤》《示忘忧并序》《寄德明》《再用韵寄抟霄二首》《寄景贤》《寄天山周敬之》《寄移剌子春》《寄南塘老人张子真》《寄沙井刘子春》《寄张鸣道》《寄张子闻》《寄景贤十首》《寄移剌国宝》《恨离师太早，淘汰未精，起乳慕之念，作是诗以寄之》《寄光祖》《非熊兄弟饯予之燕再用振之韵》。

（二）题目小异，实为一诗者

"《高庭英索诗强为一绝》"，《湛然居士文集》本作"《过平阳高庭英索诗强为一绝》"。"《送德润南》"，《湛然居士文集》本作"《送德润南行》"。"《道过东胜秦帅席上继杜受之韵》"，《湛然居士文集》本作"《扈从旋师道过东胜秦帅席上继杜受之韵》"。"《和吴德明还燕》"，《湛然居士文集》本作"《还燕和吴德明一首》"①。

（三）《湛然居士文集》未收者略考

见于《永乐大典索引》却不见于《湛然居士文集》者共有 4 题 5 首，分别为：《与贾仲论诗》《和彦长老绝句》《腊梅二首》《禅隐堂为苏州僧希元题，堂在苏州城中》。

---

①　按，谢方点校本《湛然居士文集》此处误作"美德明"。

前四首为耶律楚材所作可能性较大，后一首诗题言"禅隐堂在苏州城中"，似非楚材所作。辨正如下：其一，耶律楚材从未至苏州，如何知道禅隐堂在苏州城中？且堂名为谁所题，楚材如何知道得如此清楚？其二，详查古代诗文集，发现蔡襄《端明集》卷五有此诗，诗题作"题僧希元禅隐堂"，下有小字注曰："院在苏州城中。"从其经历来看，亦相吻合，故此诗当为蔡襄所作，然不知为何署名误作耶律楚材。

五 嘉靖《辉县志》所收耶律楚材《梅溪十咏》写作时间略考

《梅溪十咏》，从题目上看，是为组诗，总数为十首，但目前仅存九首，另一首已亡佚。这组诗不见于《湛然居士文集》，但存于嘉靖六年所修《辉县志》中，朱元元撰《耶律楚材与〈梅溪十咏〉》，认为耶律楚材"极可能曾于公元1232——1236年中某一段时间，在辉县之梅溪小住并写了《梅溪十咏》"①。辉县之梅溪，据《河南通志》载："梅溪在辉县西四里百泉之涯。"② 从现存的这九首诗及耶律楚材的人生经历来看，她的这一推论大体不差，然其论证稍有不足，兹补考如下：

从这组诗第一首所言"冷落梅溪二十年"进行推断，耶律楚材大约二十年前曾到这里，另外，根据第九首中"素餐十稔我胡然"一句可知，耶律楚材已经历西域十年生活，故此时必为1227年之后。再结合第六首首句"湛然垂老不愁贫"来看，耶律楚材作此诗时年龄应在四十岁以上，由此可进一步推断时间应在1230年以后。又，其子耶律铸诗中有《谨次尊大人领省怀梅溪诗韵》，此诗作于1239年，可知耶律楚材在梅溪作诗时必定在此年之前。据刘晓考察，耶律楚材大约"于1211年出职为开州同知"③。开州，即今河南濮阳，耶律楚材任开州同知时或曾到过卫县之梅溪。1231年冬十二月，耶律楚材随蒙古大军经济源（今河南济源），东进白坡，并停留在黄河以北的河南地区，或许就在梅溪所在之卫县（今河南辉县）。由以上情况分析，1231年耶律楚材42岁，再次到此处时恰好经过20年，故有"冷落梅溪二十年"之句。

六 其余佚诗、词、文及仅存题目之作辨析

---

① 朱元元：《耶律楚材与〈梅溪十咏〉》，《安阳师范学院学报》2008年第4期，第58页。
② 文渊阁《四库全书》本《河南通志》，卷51。
③ 刘晓：《耶律楚材评传》，南京大学出版社2001年版，第50页。

（一）《送刘阳门》

关于耶律楚材留存后世书法作品中之诗作，题目为后人所加，一作"《送刘阳门诗》"，一作"《送刘满诗》"，源于对该作品中耶律楚材称呼"阳门刘满"的不同取舍。刘晓在《耶律楚材评传》中误以为是两首诗，乃是未见到此书法作品之故。有关此书法作品，前文已述，此不赘言。根据这幅书法作品的内容，兹定其题目为《送刘阳门》，并将诗后之说明文字置于诗题之下以为序文。诗作内容调整过录如下：

送刘阳门

庚子之冬十月既望，阳门刘满将行，索诗。以此赠之，赏其能治也。暴官猾吏岂不愧哉。玉泉。

云宣黎庶半逋逃，独尔千民按堵牢。

已预天朝能吏数，清名何啻泰山高。①

（二）《小溪》《溪上》作者考辨

清康熙年间所编类书《御定渊鉴类函》中引用了耶律楚材的许多诗，其中卷三百五十八"两岸桃花"和"三声渔笛"条引"元耶律楚材《小溪》诗曰：'小溪流水碧于油，终日忘机羡白鸥。两岸桃花春色里，可能容个钓鱼舟？'又《溪上》诗曰：'芦花远映钓舟行，渔笛时闻三两声。一阵西风吹雨散，夕阳还在水边明。'"②查此二诗，不见于《湛然居士文集》和耶律楚材其余著作，但见于刘秉忠的《藏春集》。《元诗选》初集卷十二收此二诗，亦署名刘秉忠。可知此二诗作者为刘秉忠而非耶律楚材，《御定渊鉴类函》误。出现错误的原因，大约是由于耶律楚材谥号为文正，而刘秉忠初谥文贞，元成宗时改谥文正，二人谥号相同；且二人均崇信佛教，诗中有佛禅之理趣，编纂者不加辨别，故致混淆。

（三）清康熙《御定佩文韵府》所引耶律楚材二诗句辨误

《御定佩文韵府》卷二之二"两两逢"条引"耶律楚材诗'冰雪仙

---

① 根据黄惇《耶律楚材与〈送刘满诗〉卷》中耶律楚材原作调整，黄文发表于《中国书画》2006 年第 10 期，第 4—5 页。

② 见（清）康熙帝《御定渊鉴类函》卷 358，《景印文渊阁四库全书》，台湾商务印书馆 1986 年版，第 982—993 册。

姿两两逢'"①。此句诗不见于耶律楚材现存著作中。通过查找，发现吴澄《吴文正集》卷九十四有《叠叶梅》诗："罗浮梦断杳无踪，冰雪仙姿两两逢。缟袂怯单寒后袭，粉妆嫌薄晓来浓。迎风一笑知颜厚，临水相看见影重。道眼只将平等视，玉环飞燕总天容。"②而明曹学佺《石仓历代诗选》卷二百三十九和清顾嗣立《元诗选》初集卷十七均选此诗，作者为吴澄，可知此句诗作者为吴澄而非耶律楚材。从律诗格律要求判断，此诗用上平二冬韵，"两两逢"明显错误，当作"两两逢"。

《御定佩文韵府》同卷"蒙茸"条引"耶律楚材诗'雨余花润草蒙茸'"。此句诗同样不见于耶律楚材《湛然居士文集》和其他著作中，而见于刘秉忠的《藏春集》和顾嗣立的《元诗选》，作者为刘秉忠，诗题为《雨过登楼》，全诗如下："锦里春光晓望中，雨余花润草蒙茸。青山尚在浮烟里，楼上分明见几峰。"

根据上文对《小溪》《溪上》作者的考辨，结合此三人均在元朝位居宰辅，谥号亦同为文正的情况，可判断《御定佩文韵府》在编选时对此二句亦未详加辨析而致淆误。

（四）耶律楚材在七真洞留题诗词作品及起草诏书辑考

明李东阳《怀麓堂集》卷六十七《山行记》，记载游瓮山华严寺之经过，"寺有洞五，其下洞凿为方室，深可二三丈，东壁有元耶律楚材诗刻，尚存缘崖上"。明王樵《方麓集》卷七亦有《游西山记》，记载略同，云："一自大同出使回，经华严寺，上翠华岩，憩七真洞。题诗云：'似我华阳洞，何时住七真。问僧僧不语，为拂石床尘。'洞深广可二三丈，中有石床。东有耶律楚材诗，锲于石缘崖上。"明文肇祉《文氏五家集》卷十四《西山玉泉亭》："湖映玉泉西，泉亭傍石溪。吕公祠洞古，耶律楚材题。"西山即瓮山，华严洞亦称七真洞。只可惜不知耶律楚材此诗为何题目，亦不详其内容。

耶律楚材存世词作只有一首，不见于《湛然居士文集》，但后世至西山七真洞者见到洞中留有此词。明黎民表《瑶石山人稿》卷八《华岩洞有耶律楚材、故桓夏公石刻》诗云："深鍥因谁造，挥斥亦有神。江山留

①　见（清）康熙帝《御定佩文韵府》卷2，《景印文渊阁四库全书》，台湾商务印书馆1986年版，第1011册。

②　（元）吴澄：《吴文正集》卷94，《景印文渊阁四库全书》，台湾商务印书馆1986年版，第1197册。

王气，题咏待词人。泉作窗间雨，苔生石上尘。碧纱笼底墨，萧索竟千春。"其下有小字注曰："耶律词云：'江山王气空千载。'"此诗与李东阳、王樵所言之洞相同，但此处明言词作，而李、王云诗作，不知何故。查清《钦定日下旧闻考》卷八十五，方知耶律楚材词原貌，该文曰："原耶律楚材《鹧鸪天》词：'花界倾颓事已迁，浩歌遥望意茫然。江山王气空千劫，桃李春风又一年。横翠嶂，架寒烟，野花平碧怨啼鹃。不知何限人间梦，并触沉思到酒边。'"与《华岩洞有耶律楚材故桓夏公石刻》小注"江山王气空千载"有一字之差。但更为重要的是，该书在此词后标注源自"《湛然居士集》"，而《御选历代诗馀》卷一百九在"词人姓氏"中专列耶律楚材一家，说明《湛然居士集》中可能还有若干数量的词作。只是这些词作存世者仅有 1 首，其余均已亡佚，唐圭璋编《全金元词》收录此词。

据刘晓《耶律楚材评传》所言，耶律楚材曾受成吉思汗之命，草诏催促丘处机西行，并说："这份诏书的内容不见于《湛然居士文集》，但收于元末陶宗仪的《南村辍耕录》中。"[①] 查陶宗仪的《南村辍耕录》，其诏书共有两份，首尾完整，文字古雅，从行文风格来看，当出自一人之手，而绝非成吉思汗所亲为。[②] 将这两份诏书与耶律楚材所作的表、书、序等相对照，可知其风格相似，用词用语也有类似之处。从现存的文献资料来看，成吉思汗西征时，身边除了耶律楚材之外，似乎再没有其他精通汉语且擅长文学之士，故刘晓之推断可以成立。但不知刘晓为何只认为第二份催促丘处机西行者为耶律楚材所起草，或许因为《南村辍耕录》所言第一份诏书是"遣近侍刘仲禄持手诏致聘"[③] 的缘故，但此"手诏"乃陶宗仪所言，成吉思汗恐怕难以如此书写，故不必拘泥。由此可以推测，此二封诏书当为耶律楚材所作。

除此之外，《元史·耶律楚材传》及宋子贞所撰《神道碑》中尚有若干奏议片段，也应属于《湛然居士集》中之内容，但可惜题目不存。

（五）耶律铸《双溪醉隐集》所载和其父耶律楚材之诗作

耶律铸《双溪醉隐集》中的和诗数量不多，大约是因为其早居相位

---

① 刘晓：《耶律楚材评传》，南京大学出版社 2001 年版，第 74 页。

② 具体诏书的内容，可参见（元）陶宗仪《南村辍耕录》，中华书局 1959 年版，第 120—122 页。

③ （元）陶宗仪：《南村辍耕录》，中华书局 1959 年版，第 120 页。

之缘故。① 在这些和诗中，大部分为和其父耶律楚材之作。在诗题中，耶律铸对其父的称谓为"尊大人领省"，此是因耶律楚材担任中书省最高长官，领中书省事之缘故。

　　现将这些和诗罗列如下：《谨用尊大人领省〈十六夜月〉诗韵》《谨用尊大人领省〈龙庭风雪〉诗韵二首》《谨和尊大人领省"雷"字韵》《谨次尊大人领省〈火绒〉诗韵并序》《谨和尊大人领省〈沙场怀古〉兼〈四娱斋〉韵》《谨次尊大人领省〈怀梅溪〉诗韵》《谨次尊大人领省〈题灵春园〉诗韵》。

　　查耶律楚材《湛然居士文集》，以上诗题均未收录。可知耶律楚材尚有《十六夜月》《龙庭风雪》《火绒》《沙场怀古》《四娱斋》《怀梅溪》《题灵春园》等诗。可惜这些诗今俱不存。

　　王国维在《耶律文正公年谱》中认为，《湛然居士文集》中的诗文作于 1236 年之前。故耶律铸所和耶律楚材诗当为 1236 年之后所作，而耶律铸作这些和诗时的年龄在 16—23 岁之间，从常理判断，亦较合理。

第四节　耶律楚材与岑参西域诗之比较②

　　西域是少数族群聚居的地区，也是沙漠和绿洲交替出现的地区，这就注定了西域诗与众不同的文化品质。在异域风情与多元文化的影响之下，必定会让诗人感到强烈的冲击和巨大的震撼，因而也必定会使西域诗放射出别样的光芒。

　　从存世文献来看，岑参是第一个大量创作西域诗的作家，耶律楚材是第二个大量创作西域诗的作家。他们都来自内地并在西域居留了较长的时间，因此，对西域的地理、物产和风土人情都比较熟悉。在他们笔下，西域都呈现出了异质的壮美和苍凉。

　　但是，仔细阅读他们的西域诗作，发现其中的"异"大于"同"，无论诗作的内容还是风格，二者均有较大的差异。这不仅仅因为岑参是盛唐的汉人，耶律楚材是金元时期的契丹人。概而言之，主要表现为他们的时

---

① 耶律铸诗中有若干"示"某人之作，可见是因其为丞相，位尊权重，不能随便和下属之诗也。

② 此节内容修改后发表于《古典文学知识》2014 年第 5 期。

代不同、族属不同、经历不同、官职不同、文化教育不同、理想追求不同、随行人员不同（耶律楚材带着妻子）、生活习惯不同、交游情况不同、个人境遇及心态不同、创作的视角和着眼点不同等方面。对于这些方面，此处不一一考查，而仅从思想与文化两个方面进行探讨。

一　"夷夏有别"与"华夷混一"之分别

从中原的传统思维来看，岑参毫无疑问是汉人，亦即"华人"。而在这种思维框架中的契丹人耶律楚材则属于"夷"，尽管他已经"华化"，并且创作了大量的汉语诗文作品，尽管他保护了众多的中原"华人"儒士，尽管他娶了苏轼四世孙苏公弼的女儿做妻子。与此相反，耶律楚材则始终认为辽金元都是中国的正统，而且他从来没有归于宋朝的半点想法，甚至对宋朝还有所批评，这与传统的汉人思维大相径庭。毋庸讳言，这是历史事实。辽初，契丹人已经有了这种思想，张晶说："辽朝绝无'夷狄'的自卑感，而视其立国为'承天意'。……辽朝文化在吸纳汉文化的有益元素进入契丹文化系统，使契丹文化有了极大幅度的提高，自然是不异于中华了。"①

从他们现存的西域诗来看，岑参的诗歌表现了征服异域异族的思想，他在诗歌中多次提及"胡"乐、"胡琴""胡人""胡旋舞"，明显是戴着征服者的有色眼镜。而耶律楚材祖上就自认为是"中国人"，到耶律楚材时更是以辽金元为正统，这些征服族群自然不会再有"华夷之辨"，所以他在诗中表现的就是华夷混一的思想。这种巨大的族群观念的差异，是导致他们对西域从军生活态度相异的重要因素。

岑参在西域诗中多次流露厌倦的心态，抒写艰苦的生活环境，如天寒地冻，大雪漫天，极为苦寒，等等。而这些内容在耶律楚材的西域诗中则极少出现，这当然与耶律楚材先祖原本就是生活在北方的游牧族群有关。除此之外，更与他的华夷混一思想有关。虽然耶律楚材也有不受重用的失落，但他在西域的生活却是快乐的，他热情地赞美西域的景物，歌颂当地人民的淳朴勤劳，甚至用包容天下的心态说"衣冠异域真余志，礼乐中原乃我荣"（《和武川严亚之见寄五首》），②"定远奇功正今日，车书混一

---

① 张晶：《辽金元诗歌史论》，吉林教育出版社1995年版，第18页。
② （元）耶律楚材著，谢方点校：《湛然居士文集》，中华书局1986年版，第86页。

华夷通"（《用前韵送王君玉西征二首》其二），①"华夷混一非多日，浮海长桴未可乘"（《过闾居河四首》）。② 这种心态和言论，岑参是无论如何都不会有的。岑参依然会区分华夷，依然会称呼"胡人""胡旋舞"，依然要平定"胡尘"，要以杀胡虏为荣，要通过消灭驱逐胡虏为荣，所以他才会赞美封常清的战功，才会不遗余力地写"献捷""胡虏鞍马空"。而这些内容，在耶律楚材的西域诗中则很少出现。尽管元太祖武功赫赫，但耶律楚材并没有欣赏和赞美他的武功，反而阻止他的杀戮和征伐。

另外，耶律楚材的契丹人身份，使得他很容易融入西域这种多族群杂居的环境中。况且，契丹人还曾在西域地区建立了庞大的西辽帝国，契丹后裔在此仍然居于统治阶层。耶律楚材虽然已经华化，但毕竟还保留了游牧族群的一些传统，再者，耶律楚材通契丹语、蒙古语、汉语，与各族的交流不成问题，从饮食和生活习惯方面来说，也与西域各族人比较接近，因此，耶律楚材在西域的生活较为舒适，他在《壬午西域河中游春十首》中说"四海从来皆弟兄，西行谁复叹行程"③，恐怕是很多汉地诗人难以体会和言说的。从以上这些方面来说，耶律楚材的心态必定与岑参大不相同。

这种心态的差距在明清（主要是清代）的西域诗中表现得更为明显，虽然彼时的情况发生了巨大的变化。清朝到西域的汉人多为因事革职流配的官员和遣戍的流犯，而满人却多为镇守边疆的朝廷命官。因此，汉人期盼赐环东归而凄苦哀怨，满人则要建功报主升官晋爵，其心态的差异可见一斑。这种心态，当然与两度出塞的岑参也大不相同。

二　农耕文化与游牧文化之不同

岑参的骨子里是儒家建功立业修齐治平的思想，是功成名就衣锦还乡光宗耀祖的思想，所以他说"丈夫三十未富贵，安能终日守笔砚"（《银山碛西馆》），④"也知塞垣苦，岂为妻子谋"（《初过陇山途中呈宇文判

---

①　（元）耶律楚材著，谢方点校：《湛然居士文集》，中华书局 1986 年版，第 26 页。

②　（元）耶律楚材著，谢方点校：《湛然居士文集》，中华书局 1986 年版，第 103 页。

③　（元）耶律楚材著，谢方点校：《湛然居士文集》，中华书局 1986 年版，第 96 页。

④　（唐）岑参著，陈铁民、侯忠义校注，陈铁民修订：《岑参集校注》，上海古籍出版社 2004 年版，第 107 页。

官》)，① "花门楼前见秋草，岂能贫贱相看老"（《凉州馆中与诸判官夜集》)。② 所以他的诗中充满了慷慨昂扬的感情，体现着盛唐踔厉奋发的进取精神。但与此同时，农耕文化的思想已经渗入他的血液，所以他再乐观，再高蹈，都仍然摆脱不了思乡的情绪，仍然要叶落归根，于是在落寞时 "凭添两行泪，寄向故园流"（《西过渭州见渭水思秦川》)，③ 于是孤独地说 "阳关万里梦，知处杜陵田"（《过酒泉忆杜陵别业》)，④ 于是感慨 "塞迥心常怯，乡遥梦亦迷"（《宿铁关西馆》)，⑤ 于是 "醉眠乡梦罢，东望羡归程"（《临洮泛舟赵仙舟自北庭罢使还京得城字》)。⑥ 甚至还急切地幻想 "遥凭长房术，为缩天山东"，⑦ 恨不得一步踏回故乡。

尽管他在北庭都护府时踌躇满志，豪情万丈，但隐藏在心底的，依然是思归的情绪。这在他第二次出塞前就已经有所表现，如他在《送人赴安西》一诗中说："早须清黠虏，无事莫经秋"，⑧ 就是希望速战速决，成就功业之后尽快返归。在《发临洮将赴北庭留别得飞字》一诗中则直率地说："勤王敢道远，私向梦中归"，⑨ 当行至贺延碛时，甚至 "悔向万里来"，懊恼地大呼 "功名是何物！"⑩ 在北庭任职期间，他仍然不停地念

① （唐）岑参著，陈铁民、侯忠义校注，陈铁民修订：《岑参集校注》，上海古籍出版社2004 年版，第 99 页。
② （唐）岑参著，陈铁民、侯忠义校注，陈铁民修订：《岑参集校注》，上海古籍出版社2004 年版，第 173 页。
③ （唐）岑参著，陈铁民、侯忠义校注，陈铁民修订：《岑参集校注》，上海古籍出版社2004 年版，第 101 页。
④ （唐）岑参著，陈铁民、侯忠义校注，陈铁民修订：《岑参集校注》，上海古籍出版社2004 年版，第 103 页。
⑤ （唐）岑参著，陈铁民、侯忠义校注，陈铁民修订：《岑参集校注》，上海古籍出版社2004 年版，第 109 页。
⑥ （唐）岑参著，陈铁民、侯忠义校注，陈铁民修订：《岑参集校注》，上海古籍出版社2004 年版，第 172 页。
⑦ （唐）岑参著，陈铁民、侯忠义校注，陈铁民修订：《岑参集校注》，上海古籍出版社2004 年版，第 111 页。
⑧ （唐）岑参著，陈铁民、侯忠义校注，陈铁民修订：《岑参集校注》，上海古籍出版社2004 年版，第 167 页。
⑨ （唐）岑参著，陈铁民、侯忠义校注，陈铁民修订：《岑参集校注》，上海古籍出版社2004 年版，第 171 页。
⑩ （唐）岑参著，陈铁民、侯忠义校注，陈铁民修订：《岑参集校注》，上海古籍出版社2004 年版，第 174 页。

吲："旧国眇天末，归心日悠哉"（《登北庭北楼呈幕中诸公》），①"新诗吟未足，昨夜梦东还"（《敬酬李判官使院即事见呈》）。②

此外，从他的西域诗题目看，送别诗占了近三分之一，而这些送别诗多为送人"还京"的，如《临洮泛舟赵仙舟自北庭罢使还京得城字》《碛西头送李判官入京》《白雪歌送武判官归京》《天山雪歌送萧沼归京》《热海行送崔侍御还京》《北庭贻宗学士道别》《送崔子还京》《火山云歌送别》《送张都尉东归》《送四镇薛侍御东归》《与独孤渐道别长句兼呈严八侍御》等，可见这种情绪是一以贯之的。

当然，耶律楚材也有思念故乡的情怀，如他曾说"又向边城添一岁，天涯飘泊几时回"（《西域元日》），③"惆怅天涯沦落客，临风不是忆鲈鱼"（《西域寄中州禅老》）。④但这些想法都转瞬即逝了。细读耶律楚材的西域诗，则发现游牧民族文化中游移不定随遇而安的特征。这跟他本来是游牧族群契丹人的后裔有关，只要水草丰美、牛肥马壮，他就必定会随遇而安，如他在《西域河中十咏》中说"人生唯口腹，何碍过流沙"，"天涯获此乐，终老又何如"，"为人但知足，何处不安生"，"优游聊卒岁，更不望归程"，"一从西到此，更不忆吾乡"，⑤又说"万里遐方获此乐，不妨终老在天涯"（《西域蒲华城赠蒲察元帅》），⑥甚至在西域"一住十余年，物我皆相忘"（《赠高善长一百韵》），⑦且看他说得是何等自然！古代农耕宗法制社会中安土重迁的汉人恐怕不会有这样的想法。例如苏轼，虽然也曾说过"日啖荔支三百颗，不辞长作岭南人"（《食荔支二首》其二），但他这是无奈的说法，骨子里还是要"狐死首丘"，返归故乡，否则他不可能自嘲说"问汝平生功业，黄州惠州儋州"（《自题金山画像》），对自己被贬谪的人生经历辛酸地进行否定。

综上所述，耶律楚材虽然汉化很深，但骨子里还保留着契丹人的精神

---

① （唐）岑参著，陈铁民、侯忠义校注，陈铁民修订：《岑参集校注》，上海古籍出版社2004年版，第191页。

② （唐）岑参著，陈铁民、侯忠义校注，陈铁民修订：《岑参集校注》，上海古籍出版社2004年版，第194页。

③ （元）耶律楚材著，谢方点校：《湛然居士文集》，中华书局1986年版，第125页。

④ （元）耶律楚材著，谢方点校：《湛然居士文集》，中华书局1986年版，第126页。

⑤ （元）耶律楚材著，谢方点校：《湛然居士文集》，中华书局1986年版，第114—115页。

⑥ （元）耶律楚材著，谢方点校：《湛然居士文集》，中华书局1986年版，第136页。

⑦ （元）耶律楚材著，谢方点校：《湛然居士文集》，中华书局1986年版，第267页。

与文化，从其西域诗的创作，大体可以管窥到契丹人与汉人文学创作之文化区别。

第五节　小结

综上所述，可得出结论如下：

1. 耶律楚材之名，其本人署名及南宋人书写均作"移刺楚才"，后人改作"耶律楚材"，世代沿袭，遂定如斯。

2. 契丹人之姓耶律者，在辽代均写作"耶律"，北宋文献记载亦然。金初，其姓一仍其旧。大约金中期，金人文化渐兴，恶之有父嫌，故令改"耶律"为"移刺"。至蒙元时期，则渐有回改"耶律"者，"移刺楚才"改写作"耶律楚材"，即大约在此期间。

3. 耶律楚材任中书令之事，史书记载言之凿凿，当信从。关于可疑之处，一则因为蒙元时期之官称初用蒙语，翻译时或对应称中书令，二则当为文人借用前代官称。

4. 耶律楚材官居相位，此事确定无疑，除史书记载之外，尚有其诗文自称、子孙称呼、当时及后人称呼、南宋官员记载为证。对其求全责备往往不符合历史实际。

5.《湛然居士集》完帙有两部，共二十册三十五卷，其内容当包括《湛然居士集》十四卷、《西游录》二卷、《庚午元历》二卷、《历说》一卷、《回鹘历》一卷、《五星秘语》一卷、《先知大数》一卷、《皇极经世义》若干卷、《玄风庆会录》一卷等，另加耶律楚材晚年之诗文若干卷。

6.《湛然居士集》至清黄虞稷时已阙八卷，只剩二十七卷，至今则只有《湛然居士文集》十四卷、《西游录》二卷、《庚午元历》二卷、《玄风庆会录》一卷及佚诗词若干首。

7. 耶律楚材与岑参均从内地赴西域军营中，居留较长时间，且创作了较多数量的西域诗。二人之西域诗，思想、内容、语言、风格均有较大不同。究其原因，除了族群、时代、地位、教育、心态等不同之外，二人所持的"夷夏有别"与"华夷混一"思想恐怕是导致诗作内容相异的重要原因。而农耕文化与游牧文化对他们潜移默化的影响，则是使他们西域诗创作相异的深层原因。

8. 研究契丹人之文学创作，需关注其内在的文化个性。

第六章

耶律铸及其子侄之诗文创作

耶律辨才之子耶律镛曾跟元好问学习，当能诗文，但其作品于史无载，故付之阙如。耶律善才之子耶律钧，金末为尚书省译使，后为元东平工匠长官，曾作《传家誓训》以教育子孙，今只存数语，[1] 至于写作诗文之事，则于史无载。据王恽《庆耶律秘监九秩之寿》，耶律钧似乎曾在秘书监任职，但具体情况不详，尚待新材料出现以进行考证。

耶律楚材有二子，长子耶律铉，一生默默无闻；次子耶律铸，三拜中书左丞相，是元朝著名的词赋作家和诗人，作品数量较多，亦是当时名家。

耶律钧之子耶律有尚为著名理学家许衡的弟子，许衡去世之后，他继任国子祭酒一职。他曾与许衡的其他弟子及朝中官员有少量的唱和诗，但目前未见到存世者，是为憾事。

从存世文献来看，诗文成就较高者，还有耶律铸的第四子耶律希亮和第九子耶律希逸。

耶律铸一生经历丰富，精通诸国语言，于汉文经史子集多有涉猎，二十三岁官居相位，元世祖时更是三拜中书左丞相，攻灭南宋，耶律铸亦预其事。其一生功业甚多，但《元史》本传对其记载却极为简略，其生平事迹几乎难以详知，是以令人感觉神秘。但正因如此，学术研究之重要性方于此显现。近年来出土之耶律铸墓志，为解决其生卒年、出生地、官职升降、子嗣等情况提供了确切的证据，可补《元史》之阙。

---

① （元）苏天爵著，陈高华、孟凡清点校：《滋溪文稿》，中华书局1997年版，第104—105页。

耶律铸不仅精通经史子集，而且精通音律。有元一代宫廷之"大成乐"，即由耶律铸提领制成。观其《双溪醉隐集》，其中乐府诗所占比例较大，而独创之处亦多，可谓其诗文中成就之最大者。但详查耶律铸之研究现状，却无一人言及其乐府诗作，故有必要发而明之。

第一节　耶律铸等人作品集及存佚情况考述

据史籍文献资料记载，在耶律楚材家族成员中，作品结集者除了耶律履和耶律楚材之外，还有耶律铸、耶律希亮和耶律希逸。耶律有尚为理学家许衡的高第弟子，以授经传道为己任，对文学藻绘之事并不着意，故其诗文作品极少，目前传世者仅有《许鲁斋考岁略》一卷、《许鲁斋行实》一篇及残文一段。

一　耶律铸作品集及存佚情况考述

关于耶律铸的作品集，最权威的介绍见于《四库全书总目提要》："《双溪醉隐集》八卷。……然楚材《湛然居士集》尚有钞本，而铸集久佚不传，藏书家至不能举其名氏。惟明钱溥《内阁书目》有'耶律丞相《双溪集》十九册'，亦不详其卷目。检勘《永乐大典》所收铸《双溪醉隐集》篇什较多，有《前集》《新集》《续集》《别集》《外集》诸名，又别载赵著、麻革、王万庆诸序跋，乃为铸年少之诗名《双溪小稿》者而作。是所作诸集，本各为卷帙，颇有琐碎之嫌。谨裒集编次，都为一集，而仍以《双溪小稿》原序、原跋分系首末，用存其概。"但查文渊阁《四库全书》本《双溪醉隐集》，却只有六卷，据栾贵明《四库辑本别集拾遗》，文溯阁、文津阁《〈双溪醉隐集〉提要》亦作六卷，故知此为四库馆臣撰写《总目提要》时误记。①

如前文所述，《永乐大典》残本标注耶律铸诗文的来源有十种：一曰"引耶律铸《双溪醉隐集》"，二曰"引耶律铸《双溪醉隐新集》"，三曰"引耶律铸诗"，四曰"引耶律铸献公集"，五曰"引耶律铸词"，六曰"引《双溪醉隐后集》"，七曰"引耶律铸《双溪醉隐外集》"，八曰"引

---

① 然此八卷之说，亦见于钱大昕《补元史艺文志》卷4"别集类"，云："耶律铸《双溪醉隐集》，八卷。"详见（清）钱大昕《补元史艺文志》，商务印书馆1937年版，第42页。

耶律铸《双溪醉隐前集》",九曰"引《耶律铸集》",十曰"引耶律铸乐府",并无《四库全书总目提要》所言之《别集》,可知《永乐大典》原本或还有《双溪醉隐别集》。

明孙能传、张萱等撰之《内阁藏书目录》,卷五"乐律部"载:"《双溪醉隐乐府》十二册,不全。元左丞相耶律铸著,分前、续、别、外、新五集,中多阙逸。"① 由此可证确实曾存在《双溪醉隐别集》,其作品均为乐府诗。

观该书前面所著录:"《白石道人歌曲》一册,全。宋庆元间番阳氏姜夔奏进乐章",可以推知,耶律铸之乐府诗歌多至十二册,且均能合乐歌唱。其前、续、别、外、新诸集,与四库馆臣所言正相吻合,可见其乐府诗数量之多。而今仅存 77 首,亡佚之篇什不知有多少!

清黄虞稷《千顷堂书目》卷二载:"耶律铸《双溪醉隐乐府》十一册。"② 钱大昕《补元史艺文志》亦云:"耶律铸《双溪醉隐乐府》十一册。"③ 张德瀛《词徵》卷四"自五代至明之词集"曰:"今取词集、词选、词谱、词话之具存于世者,稍加诠次,自五代始,迄于明止。若数阕流传,附诸篇末者则汰之。按籍以求,梗概略备矣……《双溪醉隐乐府》十一卷,元耶律铸撰。"④ 黄虞稷与钱大昕所言"《双溪醉隐乐府》十一册"或为张德瀛所言之"十一卷",且此集当为词集。然详检今存耶律铸作品,其中词不过 8 首,而乐府诗却多至 77 首,不知《双溪醉隐乐府》集中是否全为词作。此说尚不能得到确证,姑存疑。

目前存世之《双溪醉隐集》主要有四个版本系统,其一为《四库全书》本,为四库馆臣从《永乐大典》中所辑出。其二为《知服斋丛书》本,乃清末学者李文田以缪荃孙钞本为基础,进行校订,加以按语,由顺德龙氏编入丛书进行刊刻。但该本在刊刻过程中出现若干前后内容淆乱之讹误。其三为《辽海丛书》本,金毓黻主编,乃从《知服斋丛书》本而来,其中错讹一仍其旧,并未加以校订,最初印行于 20 世纪 30 年代,其后辽沈书社 1985 年重印出版。其四为王国维抄校本,亦由《知服斋丛

---

① 冯惠民、李万健等选编:《明代书目题跋丛刊》,书目文献出版社 1993 年版,第 531 页。
② (清)黄虞稷:《千顷堂书目》卷 2,《景印文渊阁四库全书》,台湾商务印书馆 1986 年版,第 676 册。不知诸家所说为何互异,或为散佚之故。
③ (清)钱大昕:《补元史艺文志》,商务印书馆 1937 年版,第 58 页。
④ (清)张德瀛著,曹光甫整理:《词徵》卷 4,山东画报出版社 2004 年版。

书》本而来，现藏国家图书馆。由上可知，《知服斋丛书》本、《辽海丛书》本及王国维抄校本均从《四库全书》本而来，与《四库全书》本不同之处在于，涉及西北地域之诗文多有李文田按语，从而增加了学术价值，但在刊刻过程中却出现一些错讹，是为不足。

由于《双溪醉隐集》是四库馆臣从《永乐大典》中辑出，而《永乐大典》卷帙浩繁，搜辑过程中出现疏漏及错讹在所难免。《四库全书》本《双溪醉隐集》收耶律铸词 4 首，分别为《鹊桥仙》《太常引》《眼儿媚》和《木兰花慢》，唐圭璋在编《全金元词》时，根据赵万里所辑及《永乐大典》残本增补《忆秦娥》《南乡子》《满庭芳》和《六朝国令》等 4 首。① 其后，栾贵明通过对残存的《永乐大典》进行搜检，共辑出《四库全书》本《双溪醉隐集》未收诗 22 首、词 1 首、赋 1 篇，共 24 条。② 魏崇武在《大典辑本〈双溪醉隐集〉误收考》一文中指出，栾贵明《四库辑本别集拾遗》尚遗漏 5 条耶律铸诗文。

今存诸本《双溪醉隐集》不仅有漏收的诗文，而且还存在误收他人诗文的情况。魏崇武经过考辨，指出：《永嘉周道人求诗一首》等 6 首诗为误收南宋苏籀《双溪集》中的作品，《大水行》等 6 首诗为误收南宋王炎《双溪类稿》中的作品，《送韩浩然》等 3 首诗为误收其父耶律楚材的作品。③ 除了这 15 首诗之外，本书还考证出《送张寿甫尚书出尹河南》《次韵仲贾勉酒》为误收其祖父耶律履的作品，详见第四章第二节，兹不赘述。

笔者在整理耶律铸作品时发现尚有几首诗与耶律铸之身份、地位及语气不符，当为误收之作。但目前资料不足，尚难以确证。

耶律铸诗文还有若干只存其线索者。王恽《秋涧集》卷二十三有一首乐府诗，题目为《〈月波引〉，清商，六调：其一"寒光相射"，其二"冷侵牛斗"，其三"静听龙吟"，其四"游鱼跃浪"，其五"风縠成纹"，其六"深夜回舟"。双溪相公首唱，和韵者澹游、张纬文、僧木庵、赵虎岩著，苗君瑞之侄良弼求诗于余，勉为奉和，以续五贤之右》，其诗为："露洗金波荡碧空，清商传调自天风。看来冷浸云间斗，听久幽吟水底

---

① 详见唐圭璋编《全金元词》，中华书局 1979 年版，第 623—624 页。
② 栾贵明：《四库辑本别集拾遗》下册，中华书局 1983 年版，第 776—783 页。
③ 魏崇武：《大典辑本〈双溪醉隐集〉误收考》，《文献》2011 年第 1 期，第 119—123 页。

龙。孤棹泛溪回雪夜，跳鱼翻藻避蛟宫。一弹曾感神人畅，何翅平公为敛容。"双溪相公即耶律铸。"月波引"一名不见于《乐府诗集》，此前亦无此诗题。由此诗题及内容可知，《月波引》为乐府诗，共有六调，耶律铸首唱，作第一调"寒光相射"。而观王恽诗作内容，则为第六调"深夜回舟"。苗君瑞为元代音乐家，与耶律楚材家族有交往。其侄或亦通晓音乐，可知此六诗或曾谱曲而歌，当为独创之乐府诗。可惜其余五人诗作不传。

《顺天府志》引《析津志》曰："三觉寺，在南城天庆寺东。张旦碑文：'俗称三觉寺'。寺有契丹《昭孝皇帝大碑记》。在月台殿之正南，有耶律铸中书碑石刻。"元熊梦祥有《析津志辑佚》，即上文所言之《析津志》。由此可知，耶律铸曾为三觉寺撰写碑文，但碑文内容不得而知。

综上可知，耶律铸存世诗文作品有《双溪醉隐集》六卷，除去误收作品，增加漏收作品，共得赋 16 篇，诗 836 首，词 9 首，杂著13 篇。

二　耶律有尚、耶律希亮、耶律希逸作品存佚情况考述

耶律有尚（1235—1320），字伯强，自号汶南野老，[①] 为耶律善才之孙，耶律钧之子。耶律有尚早年师从理学家许衡，以儒学为业，鄙薄饰章绘句之辞赋，故极少创作诗文作品。《钦定四库全书总目》卷五十九载："《许鲁斋考岁略》一卷，永乐大典本。元耶律有尚撰。有尚，字伯强，号迁斋，东平人。以伴读功授助教，历昭文馆大学士，谥文正，事迹具《元史》本传。世祖时，许衡除中书左丞，固辞不受，因上奏，取旧门生十二人为伴读，有尚其一也。是编载衡言行，较史为详，然大端已具于史矣。"[②]《钦定续通志》卷一百五十九亦云："《许鲁斋考岁略》一卷，元耶律有尚撰。"《钦定续文献通考》卷一百六十四曰："耶律有尚《许鲁斋考岁略》一卷。"但世无单行本，经过多方查找，发现《鲁斋遗书》卷十三有《考岁略》，细读其内容，知为耶律有尚撰，此即《四库全书总

---

① 刘晓《耶律楚材评传》此处作"号迁斋"，乃沿袭《四库全书总目提要》之说法。苏天爵所撰《神道碑》云："自号汶南野老，表所居曰寓斋"，并未说其号"迁斋"。

② 此处所谓"迁斋"，不知来源于何处，或为元朝简化汉字时所写之字，然无确证，姑存疑。

目提要》等所言之《许鲁斋考岁略》。北京图书馆出版社 2005 年出版的《宋明理学家年谱》收录《许文正公考岁略续》一卷，署名为耶律有尚，即前面所述之《许鲁斋考岁略》。《鲁斋遗书》卷十三附录还收有《行实》一篇，署名为"祭酒耶律公撰"。此"祭酒耶律公"即耶律有尚。除此之外，《鲁斋遗书》卷十四还收有《耶律氏语》一段，亦为耶律有尚之作。

耶律希亮为耶律铸第四子，自幼聪敏过人，师从前金进士赵衍，"时方九岁，未浃旬已能赋诗"①。据《元史》本传，耶律希亮"所著诗文及《从军纪行录》三十卷，目之曰《愫轩集》"②。《千顷堂书目》"耶律希亮"条下载："《愫轩集》三十卷。"③ 钱大昕《补元史艺文志》亦云："耶律希亮《愫轩集》三十卷。"④ 从清储大文《存研楼文集》卷八节录"耶律希亮《从军纪行录》"部分内容来看，清朝初年时此集或还存世，然至乾隆朝或已亡佚。岑仲勉在《耶律希亮神道碑之地理人事》中认为，危素所撰《耶律希亮神道碑》乃是根据耶律希亮的《从军纪行录》，其中相当一部分内容来源于其中。除此之外，目前存世文献中未再发现耶律希亮的其他诗文。

耶律希逸为耶律铸第九子，亦是自幼能诗。刘敏中《上都答耶律梅轩左丞见赠》自注曰："公，中书湛然之孙，左丞相双溪之子，博学多能，尤长于诗。"⑤《庶斋老学丛谈》曰："耶律文献公、子中书令湛然居士、孙丞相双溪、曾孙宣慰柳溪，四世皆有文集，共百卷行于世。"⑥ 宣慰柳溪即耶律希逸，柳溪为其号，宣慰乃其当时所任淮东宣慰使官职的省称。盛如梓为元末时人，其时这四代人的文集当还未亡佚或较少亡佚，故其所谓百卷，除了耶律履《文献公集》十五卷、耶律楚材《湛然居士集》三十五卷之外，耶律铸及其儿子耶律希逸当有文集五十卷。如上所述，耶律铸诗文作品较多，或在二十卷以上。而其第四子耶律希亮作品集有三十

①　（明）宋濂等：《元史》，中华书局 1976 年版，第 4159 页。
②　（明）宋濂等：《元史》，中华书局 1976 年版，第 4163 页。
③　（清）黄虞稷：《千顷堂书目》卷 29，《景印文渊阁四库全书》，台湾商务印书馆 1986 年版，第 676 册。
④　（清）钱大昕：《补元史艺文志》，商务印书馆 1937 年版，第 45 页。
⑤　（元）刘敏中：《中庵集》卷 4，《景印文渊阁四库全书》，台湾商务印书馆 1986 年版，第 1206 册。
⑥　（元）盛如梓：《庶斋老学丛谈》，中华书局 1985 年版，第 2 页。

卷，由此推断，耶律希逸作品至少在二十卷左右。

耶律希逸现存诗歌只有一首，题目为《咏剪子》，最初保存于《庶斋老学丛谈》，后收入清康熙年间之《御选元诗》。《庶斋老学丛谈》还收录了耶律希逸的残诗两句："角端呈瑞移御营，撽亢问罪西域平。"并引其自注曰："角端日行万八千里，能晓四夷之语。昔我圣祖皇帝出师，问罪西域。辛巳岁，驻跸铁门关。先祖中书令奏云，五月二十日晚，近侍人登山，见异兽，二目如炬，鳞身五色，顶有一角，能人言，此角端也。当于见所备礼祭之，仍依所言，卜之则吉。此天降神物，预言吉征也。"①

刘晓《耶律希逸生平杂考》一文除了对此进行考述之外，还认为《析津志辑佚》中《和百招长老过居庸关》的十八首诗为耶律希逸所作。② 查《析津志辑佚》，其中有《弹琴峡》《屏风山二首》《研台（一作"石"）二首》《玉峰寺二首》《南口永明寺过街塔》《观音泉》《官亭》《孤岭》《堠台》《仙人枕》《桃花溪》《古北关即居庸关》，另有三首诗失题，③ 由于作者题为耶律抑溪，与耶律柳溪（耶律希逸号柳溪）或为形近而误，故刘晓有此推测。由于别无其他证据，姑依刘晓之说，将此十八首诗系于耶律希逸名下。

第二节　论耶律铸乐府诗之创作④

耶律铸诗文集颇多，今存《双溪醉隐集》六卷乃是四库馆臣从《永乐大典》辑录而来。查留存至今的《永乐大典》残本，其诗词有曰"引耶律铸词"者，亦有曰"引耶律铸乐府"者，明辨如此，可见此二来源之不同。观《双溪醉隐集》，卷一为"赋"，卷二为"乐府""五言古诗""七言古诗"，卷三为"五言律诗""五言排律""七言律诗"，卷四为"七言律诗"，卷五为"五言绝句""七言绝句"，卷六为"七言绝句""诗余""杂著""赞""铭""颂"，由此可知，"乐府"乃是指乐府诗，

---

① （元）盛如梓：《庶斋老学丛谈》，中华书局 1985 年版，第 1 页。
② 纪宗安、汤开建主编：《暨南史学》（第二辑），暨南大学出版社 2003 年版，第 179 页。
③ （元）熊梦祥：《析津志辑佚》，北京古籍出版社 1983 年版，第 256—258 页。
④ 此节内容修改后发表于《民族文学研究》2015 年第 2 期。

"诗余"指词。

明孙能传、张萱等撰《内阁藏书目录》，卷五"乐律部"载："《双溪醉隐乐府》十二册，不全。元左丞相耶律铸著，分前、续、别、外、新五集，中多阙逸。"① 清黄虞稷《千顷堂书目》卷二载："耶律铸《双溪醉隐乐府》十一册。"② 钱大昕《补元史艺文志》亦云："耶律铸《双溪醉隐乐府》十一册。"③ 可见《内阁藏书目录》所谓"十二册，不全"实即清人所云"十一"之数。其前、续、别、外、新诸集，与四库馆臣所言正相吻合，④ 可见其乐府诗数量之多。既然入"乐律部"，与诸乐书并置，可见均能合乐歌唱。⑤ 惜仅存77首，以致难睹其余诗作是何模样，亦堪令人嗟叹。

一　远绍唐人，作诗入乐

耶律铸于诗学唐，金末元初诗人赵著为其《双溪小稿》作序云："双溪自十三以至今日，方二十有余，便入唐人之阃奥。"⑥《双溪醉隐集》现存乐府诗77首，明确学唐人者有24首，所占比例将近三分之一，其所学唐人乐府主要为李白、岑参、李益等人，从其余诗作来看，亦学白居易、刘禹锡、孟郊、李贺等人⑦。依此来看，可知赵著所言不虚。

---

① 冯惠民、李万健等选编：《明代书目题跋丛刊》，书目文献出版社1993年版，第531页。该卷所收书目为《律吕新书》《蔡氏律吕本原》《乐书》《白石道人歌曲》《皇元中和乐经》等。观四库馆臣所辑之《双溪醉隐集》，第二卷为"乐府"，词则作为"诗余"列入第六卷，可见耶律铸的乐府诗单独列为一类。

② （清）黄虞稷：《千顷堂书目》卷2，《景印文渊阁四库全书》，台湾商务印书馆1986年版，第676册。不知诸家所说为何互异，或为散佚之故。

③ （清）钱大昕：《补元史艺文志》，商务印书馆1937年版，第58页。

④ 《四库全书总目提要》云："检勘《永乐大典》所收铸《双溪醉隐集》篇什较多，有《前集》《新集》《续集》《别集》《外集》诸名。"

⑤ 罗根泽著《乐府文学史》仅写至唐朝。王辉斌著《唐后乐府诗史》，列"元代乐府诗""铁崖古乐府"两章，"元代乐府诗"中专列"少数民族诗人的乐府诗"一节，并举例证明元代乐府诗入乐、可歌，然竟无一字提及耶律铸。或为未及见耶律铸集之缘故。

⑥ （元）耶律铸：《双溪醉隐集》序二，光绪十八年顺德龙氏知服斋刻本。

⑦ 其诗明确学白居易等人者有《小隐园拟乐天》《自题拟乐天》《阆州海棠溪拟乐天》《即日拟乐天作》《读刘宾客集》《重题隗台玄都观壁》《拟孟郊古怨》等，欣赏音乐之作则拟《琵琶行》《李凭箜篌引》等。

表5　　　　　　　　　　　　　耶律铸拟旧题乐府对照表

李白诗题	耶律铸诗题	备注	唐诗原题	耶律铸拟作	备注
战城南	战城南	《战城南》为乐府古题，耶律铸另有《古战城南》一首，为拟古乐府。《战城南》诗意则拟李白。	突厥三台	前突厥三台二首后突厥三台二首	"突厥三台"之名，首见于唐崔令钦《教坊记》。《乐府诗集》、《全唐诗》均录诗一首，不著作者姓名。
结袜子（乐府）	结袜子二首（乐府）	耶律铸诗序中明确提及李白此作。	婆罗门	婆罗门六首	《乐苑》曰："《婆罗门》，商调曲。开元中，西凉府节度使杨敬述进。"《乐府诗集》录诗一首，乃李益《夜上受降城闻笛》也。
上云乐	上云乐	拟李白诗意，词句亦有袭者。			
沐浴子	沐浴子	拟李白诗意及章法句式。①			

　　耶律铸学岑参主要集中于《凯乐歌词曲》九首中。该组诗序文曰："郭茂倩编次《乐府诗集》，有《晋凯歌》二首、《隋凯乐歌辞》三首、《唐凯乐歌辞》四首、《凯歌》六首，咏其君臣殊勋异绩。圣上恭行天讨，北服不庭，命将问罪，南举江表，国家盛事，不可不述。拟'唐凯歌体'，敢作凯乐、凯歌云。"② 所谓"拟唐凯歌体"，实际上是拟岑参的六首凯歌。《乐府诗集》卷二十有唐凯歌六首，署名为"唐岑参"，并注引岑参《送封大夫出师西征》序文，以说明这六首凯歌所作时间与内容。③今以平水韵考查岑参这六首凯歌的用韵，第一首为"戎""宫""功"，属"一东"韵；第二首为"兰""寒""竿"，第六首为"干""寒"

---

　　① 耶律铸另有《蜀道有难易》诗，《双溪醉隐集》归入"七言古诗"类，乃据李白《蜀道难》、陆畅《蜀道易》而作。

　　② （元）耶律铸：《双溪醉隐集》卷2，光绪十八年顺德龙氏知服斋刻本。

　　③ （宋）郭茂倩：《乐府诗集》，中华书局1979年版，第302—303页。

"鞍"，同属"十四寒"韵；第三首为"军""闻""云"，属"十二文"韵；第四首为"鸣""城""营"，第五首为"营""声""城"，同属"八庚"韵。这六首诗全部为七言四句，从平仄来看，第一句与第二句、第三句与第四句总体上能做到平仄相对，甚至有完全符合对偶要求的句子，如"蒲海晓霜凝剑尾，葱山夜雪扑旌竿"（第二首），"大夫鹊印摇边月，天将龙旗掣海云"（第三首），"洗兵鱼海云迎阵，秣马龙堆月照营"（第四首），堪称工对，与格律诗的要求并无二致。从律绝二三句平仄相粘的要求来看，有三首诗符合要求，占总数的一半。而考查耶律铸的九首《凯乐歌词曲》，则有六首完全符合七绝的格律要求。

表6　　　　　　岑参《凯歌》与耶律铸《凯乐歌词曲》对照表

岑参《凯歌》六首，七言四句，入乐			耶律铸《凯乐歌词曲》九首，七言四句，入乐		
诗题	用韵	格律	诗题	用韵	格律
其一	一东	平仄相对，但二三句不粘	驻跸山	一东	对、粘，合律
其二	十四寒	对、粘，合律	金莲川	十五删	平仄相对，但二三句不粘
其三	十二文	平仄相对，但二三句不粘	取和林	混用十三元、十一真	平仄相对，但二三句不粘
其四	八庚	对、粘，合律	下龙庭	混用八庚、九青	对、粘，合律
其五	八庚	对、粘，合律	析木台	混用二冬、一东	平仄相对，但二三句不粘
其六	十四寒	平仄相对，但二三句不粘	益屯戍	一先	对、粘，合律
			征不庭	混用二冬、一东	对、粘，合律
			恤降附	五歌	对、粘，合律
			著国华	六麻	对、粘，合律

依《中原音韵》判断，耶律铸连岑参六首乐府诗的用韵、格律都进行了参照与模拟，可见其诗序所谓"拟唐凯歌体"，并非虚言。

耶律铸《双溪醉隐集》中有多首欣赏音乐的诗篇。他不仅能欣赏音乐，而且精通音乐。他从小就跟其父耶律楚材学琴，《湛然居士文集》卷十一中有《吾山吟》一诗，诗前小序曰：

> 儿铸学鼓琴，未期月，颇能成弄。有古调弦《泛声》一篇，铸爱之，请余为文。因补以木声，稍隐括之，归于羽音，起于南宫，终于大簇，亦相生之义也。以文之首句有'吾山'之语，因命为《吾山吟》，聊塞铸之请，不敢示诸他人也。湛然题。①

由此可知，耶律铸颇有音乐天赋，"学鼓琴，未期月，颇能成弄"一句可见耶律楚材对儿子的赞许。而耶律铸亦能懂古调，要求父亲作词以配曲，耶律楚材以曲与词相配，以羽调为主旋律，过门则起于南宫调，曲终结束于大簇调。从这些音乐术语推断，此乃悠远隐逸之词，正与序文所说"古调弦《泛声》"相吻合。耶律楚材是一个高明的琴家，而耶律铸在其指导之下，水平亦较可观。从耶律铸《独醉园三台赋》中可知，他在自家的独醉园中还建有琴台，留存着耶律楚材生前用过的"春雷"等名琴。

由于耶律铸精通音乐与乐府诗，故元世祖即位之后，命他着手制礼作乐。《元史·耶律铸传》云："初，清庙雅乐，止有登歌，诏铸制宫悬八佾之舞。"② 至元三年（1266），"丞相耶律铸又言：'今制宫县大乐，内编磬十有二簴，宜于诸处选石材为之。'"③《元史·世祖本纪》载："（至元四年三月）丁巳，耶律铸制宫县乐成，诏赐名'大成'。"④ 可见元代宫廷乐舞，实由耶律铸首创。现存于《元史·礼乐志》之《宗庙乐章》，乃世祖中统四年（1263）至至元三年（1266）所作，此时耶律铸正以中书左丞相之职制作宫县乐舞，可知必为耶律铸所作。

二　创作骑吹曲辞，自制乐府题目

郭茂倩《乐府诗集》将乐府诗分为十二类，为郊庙歌辞、燕射歌辞、鼓吹曲辞、横吹曲辞、相和歌辞、清商曲词、舞曲歌辞、琴曲歌

---

① （元）耶律楚材著，谢方点校：《湛然居士文集》，中华书局1986年版，第245页。
② （明）宋濂等：《元史》，中华书局1976年版，第3465页。
③ （明）宋濂等：《元史》，中华书局1976年版，第1694页。
④ （明）宋濂等：《元史》，中华书局1976年版，第114页。

辞、杂曲歌辞、近代曲辞、杂歌谣辞、新乐府辞，却无骑吹曲辞。骑吹，最早见于《汉书·礼乐志》："骑吹鼓员三人。"①《宋书·乐志》叙"鼓吹"曰：

> 雍门周说孟尝君："鼓吹于不测之渊。"说者云："鼓自一物，吹自竽、籁之属，非箫、鼓合奏，别为一乐之名也。"然则短箫铙哥，此时未名鼓吹矣。应劭《汉卤簿图》，唯有骑执箛，箛即笳，不云鼓吹。而汉世有黄门鼓吹。汉享宴食举乐十三曲，与魏世鼓吹长箫同。长箫短箫，《伎录》并云："丝竹合作，执节者哥。"又《建初录》云："《务成》《黄爵》《玄云》《远期》，皆骑吹曲，非鼓吹曲。"此则列于殿庭者名鼓吹，今之从行鼓吹为骑吹，二曲异也。又孙权观魏武军，作鼓吹而还，此应是今之鼓吹。魏、晋世，又假诸将帅及牙门曲盖鼓吹，斯则其时谓之鼓吹矣。②

《宋史·乐志》载姜夔《大乐议》云："汉有短箫铙歌之曲，凡二十二篇，军中谓之骑吹，其曲曰《战城南》《圣人出》之类是也。"③ 又《白石道人歌曲》谓"铙歌者，汉乐也。殿前谓之鼓吹，军中谓之骑吹"④。可见骑吹之名早已有之，"列于殿庭者"为鼓吹，"从行""军中"为骑吹，二者奏曲场合原本有所区别；而骑吹骑马，鼓吹在马下，亦为二者之别。由于《建初录》所云《务成》等四曲，世已无存，而至北宋时又无相继者，故郭茂倩编纂《乐府诗集》时未能将其单列为乐府诗之一类。

骑吹曲辞既佚，而耶律铸竟自创骑吹曲辞，可见他对郭茂倩《乐府诗集》分类之不足已有认识，故欲从创作实践上进行补充。从另一方面来说，此举亦显示出耶律铸乐府诗创作之开拓精神。耶律铸所作十八首骑吹曲辞，至今尚无继者，堪称乐府绝世之作。

---

① （汉）班固：《汉书》，中华书局 1962 年版，第 1073 页。
② （梁）沈约：《宋书》，中华书局 1974 年版，第 558—559 页。此段内容为宋郭茂倩《乐府诗集》所引。
③ （元）脱脱等：《宋史》，中华书局 1975 年版，第 3054 页。
④ （宋）姜夔：《白石道人歌曲》，中华书局 1985 年版，第 1 页。

表7 　　　　　　　　耶律铸骑吹曲辞、后骑吹曲辞诗题表

总题	分题	总题	分题
骑吹曲辞	金奏	后骑吹曲词	吉语
	玉音		金山
	白霞		天山
	眩雷		处月
	塞门		独乐河
	受降山		不周
	凤林关		沓绵丝
	司约		逻逤
	军容		柔服

耶律铸在乐府诗方面的又一创新是自制乐府题目。从现存耶律铸的乐府诗来看，他沿用乐府旧题的诗作为 18 首，而自创新题者有 59 首。由下表可见：

表8 　　　　　　　　耶律铸乐府诗题沿袭与新创表

沿用乐府旧题			仿乐府旧题而造新题		
乐府旧题	所属类别	耶律铸诗题及数量	乐府旧题	所属类别	耶律铸诗题及数量
战城南	鼓吹曲辞	古战城南 1 首	唐凯乐歌辞 4 首，题为：破阵乐、应圣期、贺圣欢、君臣同庆乐。唐凯歌 6 首，无题。	鼓吹曲辞	凯歌凯乐词 9 首，题为：南征捷、拔武昌、战芜湖、下江东、定三吴、克临安、江南平、制胜乐辞、圣统乐辞。凯乐歌词曲 9 首，题为：征不庭、取和林、下龙庭、金莲川、析木台、驻跸山、益屯戍、恤降附、著国华。后凯歌词 9 首，题为：奇兵、沙幕、枭将、翁科、喤峚、降王、科尔结、露布、烛龙。后凯歌词 9 首，题为：战卢朐、区脱、克夷门、高阙、战焉支、涿邪山、金满城、金水道、京华。
		战城南 1 首			
结袜子	杂曲歌辞	前结袜子 1 首			
		后结袜子 1 首			
突厥三台	杂曲歌辞	前突厥三台 1 首			
		后突厥三台 1 首			
婆罗门	近代曲辞	婆罗门 6 首			
上云乐	清商曲词	上云乐 1 首			
起夜来	杂曲歌辞	起夜来 1 首			
采荷调	杂曲歌辞	采荷调 1 首			
大道曲	杂曲歌辞	大道曲 1 首			
沐浴子	杂曲歌辞	沐浴子 1 首			
筑城曲	杂曲歌辞	筑城曲 1 首			

除此之外，耶律铸自创乐府新题之证据还见于王恽《秋涧集》，该集卷二十三有一首乐府诗，题目为《〈月波引〉，清商，六调：其一"寒光相射"，其二"冷侵牛斗"，其三"静听龙吟"，其四"游鱼跃浪"，其五"风靡成纹"，其六"深夜回舟"。双溪相公首唱，和韵者澹游、张纬文、僧木庵、赵虎岩著，苗君瑞之侄良弼求诗于余，勉为奉和，以续五贤之右》，其诗为："露洗金波荡碧空，清商传调自天风。看来冷浸云间斗，听久幽吟水底龙。孤棹泛溪回雪夜，跳鱼翻藻避蛟宫。一弹曾感神人畅，何翅平公为敛容。"① 双溪相公即耶律铸。"月波引"一名不见于《乐府诗集》，此前亦无此诗题。由此诗题及内容可知，《月波引》为乐府诗，共有六调，耶律铸首唱，作第一调"寒光相射"，为独创之乐府诗。而观王恽诗作内容，则为第六调"深夜回舟"。苗君瑞为元代音乐家，其侄亦通晓音乐，可知此六诗或曾谱曲而歌。

三　以北音入韵，为《中原音韵》之先声

从表二可以看出，岑参《凯歌》中的每首诗都是一韵到底，中间并不换韵。如果耶律铸真要"拟唐凯歌体"，则也须一韵到底。但其《取和林》《下龙庭》《析木台》《征不庭》四首诗却混取两个韵部的字。如果还原一下当时可能出现的场景，那么我们就可以想象得出来，这些乐府诗都要在重大场合配乐歌唱，皇帝亲自出场，文武大臣站立在两厢倾听和欣赏。由此可以推测，如果耶律铸不是刻意混用两个韵部的字，那么，就只能说明了在当时这些韵部的字是可以混用的。耶律铸是契丹人，虽然汉语水平极高，但因为他长期生活在蒙古军营或宫廷中，且"通诸国语"，就连所娶的七位妻妾都分属几个族群，所以不能不影响他的汉语发音情况。《平水韵》主要反映的是唐代汉语音韵情况，但后来宋辽金夏时期族群不断融合，中原以及北方地区的汉语与诸部族语言不断进行接触并互相影响，至元代已经发生了很大变化。所以耶律铸诗中所用韵脚极有可

---

① （元）王恽：《秋涧集》卷23，《景印文渊阁四库全书》，台湾商务印书馆1986年版，第1200册。

能是当时实际的音韵情况。① 假如这一推论成立，那么，耶律铸乐府诗的价值就不仅表现在文学方面和音乐方面，而且会体现在语言学方面，甚至有可能会推动蒙元时期语言学的研究。

元周德清《中原音韵》证明了上述推论之正确。在《中原音韵》中，耶律铸混用韵部的情况分别被合并为"东钟"部、"鱼模"部、"真文"部、"庚青"部。下表是以《平水韵》和《中原音韵》对耶律铸部分乐府诗进行分析的结果。②

表9   耶律铸部分乐府诗用韵表

诗题		韵脚	韵部	
总题	分题		平水韵	中原音韵
凯歌凯乐词	南征捷	天、渊、年	下平一先	先天，平声
	拔武昌	冲、蓬、东	上平一东	东钟，平声
	战芜湖	湖 除、鱼	上平七虞 上平六鱼	鱼模，平声
	下江东	冲、戎、公	上平一东	东钟，平声
	定三吴	吴、乌、驹	上平七虞	鱼模，平声
	克临安	花、家	下平六麻	家麻，平声
	江南平	篇、天	下平一先	先天，平声
	制胜乐辞	锋 功、中	上平二冬 上平一东	东钟，平声
	圣统乐辞	时、辞	上平四支	支思，平声

---

① 宋人作诗，与唐人有较大不同，多有混用邻韵者，尤其是首句入韵的七绝或七律，多是如此。但耶律铸出生于北庭，其师承多为宗唐一派，从其诗作风格来看，亦近唐人，故很难得出耶律铸受宋人影响的结论。既然不可能受宋人影响，那么我们就可以推测其乐府诗中所用韵脚或为当时的音韵。

② 此表选择的样本是供宫廷演奏之曲辞，完全入乐歌唱，因此具有典型性。

诗题		韵脚	韵部	
总题	分题		平水韵	中原音韵
后凯歌词	奇兵	宸、尘、人	上平十一真	真文，平声
	沙幕	京、兵、营	下平八庚	庚青，平声
	枭将	征、声、营	下平八庚	庚青，平声
	翁科	碻、坡、和	下平五歌	歌戈，平声
	崿峇	多、坡、戈	下平五歌	歌戈，平声
	降王	场、王	下平七阳	江阳，平声
	科尔结	神、人	上平十一真	真文，平声
	露布	风、宫	上平一东	东钟，平声
	烛龙	龙 笼、功	上平二冬 上平一东	东钟，平声
凯乐歌词曲	征不庭	中 冲、重	上平一东 上平二冬	东钟，平声
	取和林	春 痕、恩	上平十一真 上平十三元	真文，平声
	下龙庭	庭 生、城	下平九青 下平八庚	庚青，平声
	金莲川	间、闲、山	上平十五删	寒山，平声
	析木台	风 锋、封	上平一东 上平二冬	东钟，平声
	驻跸山	风、宫	上平一东	东钟，平声
	益屯戍	全、边、天	下平一先	先天，平声
	恤降附	波、多、和	下平五歌	歌戈，平声
	著国华	华、挐、家	下平六麻	家麻，平声

续表

诗题		韵脚	韵部	
总题	分题		平水韵	中原音韵
后凯歌词	战卢朐	区、朐、无	上平七虞	鱼模，平声
	区脱	兵、平、营	下平八庚	庚青，平声
	克夷门	河、多	下平五歌	歌戈，平声
	高阙	锋 空、弓	上平二冬 上平一东	东钟，平声
	战焉支	贲 昏、坤	上平十二文 上平十三元	真文，平声
	涿邪山	邪、蛇、车	下平六麻	车遮，平声
	金满城	忧、猴、秋	下平十一尤	尤侯，平声
	金水道	山、关	上平十五删	寒山，平声
	京华	花、涯、华	下平六麻	家麻，平声
德胜乐	其一	符、都	上平七虞	鱼模，平声
	其二	区、都	上平七虞	鱼模，平声
骑吹曲辞	金奏	降、江	上平三江	江阳，平声
	玉音	私、辞、时	上平四支	支思，平声
	白霞	霞、沙、牙	下平六麻	家麻，平声
	眩雷	乡、光	下平七阳	江阳，平声
	塞门	军 昏、门	上平十二文 上平十三元	真文，平声
	受降山	天、前	下平一先	先天，平声
	凤林关	林、心	下平十二侵	侵寻，平声
	司约	金、心	下平十二侵	侵寻，平声
	军容	封、容、峰	上平二冬	东钟，平声

续表

诗题		韵脚	韵部	
总题	分题		平水韵	中原音韵
后骑吹曲词	吉语	时、辞	上平四支	支思，平声
	金山	间、还、山	上平十五删	寒山，平声
	天山	台、开、来	上平十灰	皆来，平声
	处月	碢、陀	下平五歌	歌戈，平声
	独乐河	风、中	上平一东	东钟，平声
	不周	周、州	下平十一尤	尤侯，平声
	沓绨丝	营 溟、庭	下平八庚 下平九青	庚青，平声
	逻逤	铭 兵	下平九青 下平八庚	庚青，平声
	柔服	溟 情、声	下平九青 下平八庚	庚青，平声

由上表可见：

1. 以《平水韵》音韵系统进行分析，耶律铸 56 首乐府诗中，混用两个韵部者有 13 首，占总数的 23.2%，而在《中原音韵》中则属同一韵部，不存在一例混用韵部的情况。上文所列岑参诗，无一例混用两个韵部者。

2. 以《平水韵》分析，《战焉支》《塞门》均混用"上平十二文"和"上平十三元"，以"十三元"韵部为主，所用韵字分别为"贲、昏、坤"和"军、昏、门"；《取和林》混用"上平十一真"和"上平十三元"，仍以"十三元"韵部为主，所用韵字为"春、痕、恩"，而《中原音韵》将其全部归入"真文"部。从其读音来看，与现代汉语韵部情况比较接近。

3. 以《平水韵》分析，《涿邪山》所用韵为"邪、蛇、车"，属"下平六麻"；在《中原音韵》中却入"车遮"部。耶律铸在诗中并未将同属"下平六麻"的"花、家"（《克临安》）、"霞、沙、牙"（《白霞》）等与

"邪、蛇、车"混用，① 可见他已经将这些字分为不同的韵部使用。《天山》所用韵为"台、开、来"，属"上平十灰"，在《中原音韵》中入"皆来"部，与前一例相类，亦用实际语音押韵。

4. 耶律铸乐府诗乃是以实际音韵入诗进行创作。鉴于耶律铸生活年代早于周德清的情况，② 可以推断，耶律铸的这种开创与努力，当对周德清《中原音韵》之总结与撰写有所影响。

第三节 小结

综上所述，可得出结论如下：

1. 耶律铸诗文集较多，但原集不存，存世之《双溪醉隐集》乃从《永乐大典》辑出，故存在漏辑及误收之情况，在征引时须详加考辨。

2. 耶律希亮、耶律希逸均有诗文集，但已亡佚不存，目前存世者仅十数首诗而已。其侄耶律有尚由于只重儒学教化而不重视诗文创作，故其存世作品仅有《许鲁斋考岁略》一卷和《许鲁斋行实》一篇。耶律楚材家族文学至第四世尚有遗存作品，至第五世则已湮灭无闻。

3. 耶律铸精通音乐，诗学唐人，以中书左丞相之职制宫廷乐舞《大成乐》，可证明乐府诗至元代仍能入乐歌唱。

4. 耶律铸于郭茂倩《乐府诗集》所列十二类诗歌之外，独立创作18首"骑吹曲辞"，别立一类，当为乐府诗史中的绝世之作。其自创乐府诗题，亦为元代乐府诗发展创获之代表。

5. 耶律铸打破《平水韵》束缚，以当时实际音韵入乐府诗，开周德清《中原音韵》之先河，对研究元代汉语语音具有重要的价值。

---

① 但在唐、宋诗中混用情况较多，以杜牧《山行》诗为例，即用"斜、家、花"为韵。
② 耶律铸生于1221年，周德清生于1277年，耶律铸去世时，周德清才9岁。

结　　语

我国古代非汉人族群早有民间口传文学，其书面文字亦有存世者，但正统文学似乎并不发达，一首署名为斛律金的《敕勒歌》① 竟然孤篇横绝，数百年难寻其匹，可见其文学之沉寂。唐代虽有鲜卑种人后裔如元结、元稹等人之创作，但其种群早已融合，语言既亡，其人无法独立于汉人之外，而汉人亦不视其为外人，故不可硬性将其扯出，别立一类。② 至于少数族群用本族文字创作者，则多亡佚。曹顺庆将其归结为汉语话语霸权，并总结说："由于这种语言的隔阂，造成了少数民族文学资料的大量流失，除上述《敕勒歌》之外，许多文献的丢失使得大量的少数民族文学的研究都无法进行下去。"③ 惟唐末之时，辽代兴于松漠，契丹人自皇帝而下，喜好文学，多用双语进行创作，始揭开少数族群真正从事汉语文学创作之序幕。此可谓中国文学史之一大变局，中国文学史之多元并蓄于此渐彬彬而盛。而今人凡撰写文学史者（包括《中国少数民族文学史》），均未及此，是为缺憾。

草原族群中的文学家族极为少见，能取得较大成就、在文学史上产生较大影响者更少。耶律楚材家族是这少数中的翘楚。通过对耶律楚材家族及其文学作品进行研究，得出结论如下：

---

① 有人认为斛律金为翻译者，参见曹顺庆《三重话语霸权下的少数民族文学研究》（《民族文学研究》2005 年第 3 期），第 7 页。

② 如要深究，有唐一代不知有多少匈奴、鲜卑、鞑靼、九姓胡人后裔，但其融合之迹，则难于详考，且由于其融化于中原族群，故不能称其为匈奴文学家或鲜卑文学家等。

③ 曹顺庆：《三重话语霸权下的少数民族文学研究》，《民族文学研究》2005 年第 3 期，第 7 页。该说法部分内容有商榷之余地。"霸权"一词应谨慎使用，笔者学识浅陋，尚未见到中国古代强制少数族群学习汉语、用汉语创作诗文之例，亦未见到干涉少数族群文学发展之例。反倒是汉语典籍文献保存了若干少数族群的诗文题目及翻译作品，可谓功莫大焉。

第一，由耶律楚材家族与汉人、女真人、蒙古人等族群通婚之情况，可断定其非单一纯种，亦可管窥契丹人消融之原因。从其文化属性及遗传基因判断，"契丹族"之定性并不恰当，为尊重历史面貌，不妨沿用史书中之"契丹人"一词。

第二，契丹文学在辽代之发展繁荣，主要得益于上层统治者之重视与参与，总体而言，可归纳为皇室成员大量创作、诗文结集、文学家族出现、女性文学成就突出等特点。

第三，由于耶律楚材家族深受儒家思想影响，故经世致用之观念始终贯穿于整个家族诗文创作中，致君尧舜，济世泽民，为其作品之主要内容。而从史籍文献资料来看，其家族既受儒学思想影响，又对儒学之传播、恢复、发展做出了较大贡献。

第四，耶律楚材家族通契丹语、女真语、蒙古语、汉语等诸种语言，不仅创作汉语文学作品，而且有译作，是中国文学史上之特出者。究其根源，则在于其家族之多语言教育与学习。

第五，金元之际，耶律楚材家族虽为贵族显宦，但终究与女真、蒙古统治者隔了一层，[①] 尽忠报效与疏远猜忌之矛盾，使其家族在汉化与女真化、蒙古化之间摇摆，才能不得尽数施展，忠而见疏，处境较为尴尬。

第六，耶律楚材家族创作了130馀卷的作品，但多数作品已亡佚，目前仅存1551首诗，13首词，16篇赋，92篇杂文，《西游录》等作品6卷，译诗1首，以及残句若干。本书在个案研究诸章，对其存世作品予以详细考辨、辑佚和校点，庶几使研究者可见耶律家族作品之全貌。

第七，耶律楚材家族作品内容丰富，涉及地域及人事较为广泛。从作品内容角度进行分析，大体可分为四类：一是咏物寄意，二是赠别思归，三是边塞战争，四是杂咏杂题。这四类中，咏物寄意作品所占比例较大，而其中又以耶律铸所作为多，艺术上也更为成熟。耶律楚材家族咏物作品大体可分为三类：一是通过咏物以写心寄意；二是借写物来阐发人生的哲理；三是单纯咏物而极尽摹形绘状之事。赠别作品主要可分为四类：一是惜别伤怀；二是劝说留客；三是欣然相送或劝人建功立业；四是劝诫勉励侄孙后辈。思归作品可分为两类：一是思亲，二是思乡。边塞战争作品主要可分为三类：一是描写行军战争场面；二是抒发豪情壮志；三是止战

---

① 犹如清朝之汉人高官、历代之其他族群高官。

恶杀。

第八，耶律楚材家族文学的艺术特色大体可归纳为两点：一是风格清健飘逸；二是自然为文，不假雕琢。

第九，契丹人在辽时活动范围多在黄河以北，其诗文创作亦受地域限制。耶律楚材家族则将文学创作活动扩大至西域、青藏、陕西、巴蜀等地区，其创作不仅扩大了契丹文学的地理空间，而且丰富了以上地区的文学与文化内容。

第十，耶律履曾经作为读祭文官出使南宋，祭奠宋高宗，但《金史》本传不载此事，幸而南宋宰臣周必大记载此事，可元好问所撰《神道碑》相印证。耶律履使宋回金，两年之内连升六阶，得到提拔重用，因此，使宋为耶律履人生之重要转折点，今后修订《金史》当据补。

第十一，耶律履推崇苏轼，其人生态度及诗词均有学苏痕迹；耶律楚材娶苏轼四世孙苏公弼之女，并生耶律铸——故苏轼对耶律楚材家族之文学创作有较大影响。

第十二，耶律楚材自己署名作"移剌楚才"。"移剌"是金代统治者令契丹人所改之姓，至元，契丹人多有回改者。楚材后人及其他文人遂将"移剌楚才"改写为"耶律楚材"，并非日本学者杉山正明所说"改名是为了投靠蒙古而做的自我粉饰"。关于耶律楚材任"中书令"之事，当时蒙古政权中固然没有此种官称，但以汉语翻译蒙古语，译为"中书令"更恰当，故时人以"中书令"或"中书大丞相"称呼楚材。从当时元人及南宋人对其职位称呼来看，楚材身居相位确定无疑，今人对其求全责备、否定其宰相地位则失之偏颇。

第十三，耶律楚材虽然与岑参都在西域生活且创作了许多西域诗，但二人西域诗之内容与风格迥异。究其原因，一是华夷思想之不同，二是所受文化影响之不同，岑参受农耕文化之单一影响，而楚材则因其游牧族群之血脉关系，除农耕文化影响之外，尚受草原游牧文化之影响，故而二人西域诗之内容与风格相异。

第十四，耶律履出生于医巫闾山，耶律楚材出生于燕京。关于耶律铸之出生地，以出土墓志与史籍文献相对照，可考其生于西域。

第十五，耶律铸提领制成《大成乐》及其乐府诗创作，证明了此类诗在元朝依然可以配乐歌唱。耶律铸增创骑吹曲辞，在郭茂倩《乐府诗集》之十二类外增立一类，且自创乐府题目，可见其对诗歌形制之创新。

对其乐府诗用韵进行考察，发现他突破《平水韵》限制，以当时北音入韵，开《中原音韵》之先，由此亦可见他对诗歌音韵之创新。

由于时间所限，本书尚有若干内容未及展开，今后拟对以下内容继续研究：

一、契丹人与其他族群人共同生活、互相融合，为中华民族形成过程中之一大重要环节，历史意义甚大，目前似仍有开掘之空间。

二、透过耶律楚材家族这一典型个案，可见契丹人学习汉语，在封建化的过程中逐步汉化，既是历史的必然选择，又是自觉自主的选择，自北魏至清，[①] 数代历史皆证明了这一规律——由此可见中华传统文化的巨大魅力。而其族群本身创造的文化，亦成为中华传统文化多元共生的重要一极。从这一角度对契丹文化进行系统研究，或能有所新创。

三、少数民族用汉语进行创作，乃是中国文学史之特色与亮点，其繁荣始于辽而极于元和清，契丹人贡献极大。耶律楚材宗族自辽东丹王耶律倍至元征东行省左丞耶律希逸，数代均有诗文（集），其作品既前承《诗》《骚》、汉魏隋唐，又在规范之内有所创新，引用柳宗元之语，曰"中州文士，时或逊焉。"[②] 这些作品，为汉语文学注入了新鲜血液和异质文化因子，从而丰富和发展了汉语文学，当在中国文学史中占据一席之地，中国文学史当立专章述之，笔者已撰写《契丹文学史》，待修改后出版。

耶律楚材《兼中至》诗曰："泾渭同流无间断，华夷一统太平秋。而今水陆舟车混，何碍冰人跨火牛。"观当今之世界，寰宇一区，全球一村，"华夷一统"，如能等量齐观，则天下幸甚，中国文学亦幸甚。

本书收束之际，笔者不揣谫陋，用今韵赋五律一首作结：

> 楚材期晋用，醉隐忆双溪。铁马沉江左，金戈葬碛西。
> 契丹思旧梦，蒙古赋新诗。红叶秋风里，[③] 频频笑我痴。

---

① 毛汉光在《中国中古社会史论》（上海书店出版社 2002 年版）中说："北魏入主中原是第一个在北中国成功地建立王朝的少数民族，一百五十余年的统治大体上相处尚为融洽，拓跋氏自始便采取与汉族士大夫合作态度。……许多少数民族的统治者都了解与被征服者合作之重要，北魏是成功的实例。"详见该书第 14 页。

② （唐）柳宗元：《文宣王碑修复记》，《新唐书》卷 168《柳宗元传》。

③ 注：耶律楚材与其子耶律铸祠墓均在今北京颐和园内，暮秋时节，是处枫叶深红，故有此句。

参考文献

一　著作

（一）古籍

经史部

黄寿祺、张善文撰：《周易译注》（修订本），上海古籍出版社 2001 年版。

（春秋）左丘明撰，（晋）杜预注，（唐）孔颖达疏：《春秋左氏传注疏》，《景印文渊阁四库全书》，台湾商务印书馆 1986 年版。

杨伯峻、杨逢彬译注：《孟子译注》，岳麓书社 2009 年版。

（汉）司马迁：《史记》，中华书局 1982 年版。

（汉）班固：《汉书》，中华书局 1962 年版。

（梁）沈约：《宋书》，中华书局 1974 年版。

（唐）房玄龄等：《晋书》，中华书局 1974 年版。

（唐）令狐德棻等：《周书》，中华书局 1971 年版。

（唐）魏徵等：《隋书》，中华书局 1973 年版。

（唐）司马贞：《史记索隐》，《景印文渊阁四库全书》，台湾商务印书馆 1986 年版。

（后晋）刘昫等：《旧唐书》，中华书局 1975 年版。

（宋）薛居正等：《旧五代史》，中华书局 1976 年版。

（宋）司马光编著，（元）胡三省音注：《资治通鉴》，中华书局 1956 年版。

（宋）叶隆礼撰，贾敬颜、林荣贵点校：《契丹国志》，上海古籍出版社 1985 年版。

（金）王寂：《辽东行部志》，金毓黻主编：《辽海丛书》，辽沈书社 1985

年版。

（元）脱脱等：《辽史》，中华书局 1974 年版。

（元）脱脱等：《金史》，中华书局 1975 年版。

（元）脱脱等：《宋史》，中华书局 1985 年版。

（元）熊梦祥：《析津志辑佚》，北京古籍出版社 1983 年版。

（元）陈桱：《通鉴续编》，《景印文渊阁四库全书》，台湾商务印书馆
　　1986 年版。

（元）骆天骧撰，黄永年点校：《类编长安志》，中华书局 1990 年版。

（元）苏天爵辑撰，姚景安点校：《元朝名臣事略》，中华书局 1996 年版。

（明）宋濂等：《元史》，中华书局 1976 年版。

（明）杨士奇：《文渊阁书目》，中华书局 1985 年版。

（清）厉鹗：《辽史拾遗》，中华书局 1985 年版。

（清）赵翼著，王树民校正：《廿二史劄记校正》，中华书局 1984 年版。

（清）黄虞稷等：《辽金元艺文志》，商务印书馆 1958 年版。

（清）钱大昕：《补元史艺文志》，《丛书集成》初编本，商务印书馆 1937
　　年版。

（清）钱大昕：《潜研堂金石跋尾》，卷一八，长沙龙氏家塾重刊本。

（清）黄虞稷：《千顷堂书目》，《景印文渊阁四库全书》，台湾商务印书
　　馆 1986 年版。

（清）于敏中等编：《钦定日下旧闻考》，《景印文渊阁四库全书》，台湾
　　商务印书馆 1986 年版。

（清）唐执玉等监修，田易等纂：《畿辅通志》，《景印文渊阁四库全书》，
　　台湾商务印书馆 1986 年版。

（清）《钦定续通志》，《景印文渊阁四库全书》，台湾商务印书馆 1986
　　年版。

（清）《陕西通志》，《景印文渊阁四库全书》，台湾商务印书馆 1986 年版。

　　子部

（唐）段成式撰，方南生点校：《酉阳杂俎》，中华书局 1981 年版。

（宋）计有功：《唐诗纪事》，中华书局 1965 年版。

（宋）沈括：《梦溪笔谈》，上海古籍出版社 1987 年版。

（宋）陆游撰，刘文忠评注：《老学庵笔记》，学苑出版社 1998 年版。

（元）释念常：《佛祖历代通载》，《景印文渊阁四库全书》，台湾商务印

书馆 1986 年版。

（元）盛如梓：《庶斋老学丛谈》，中华书局 1985 年版。

（元）陶宗仪：《南村辍耕录》，中华书局 1959 年版。

（元）王恽撰，杨晓春点校：《玉堂嘉话》，中华书局 2006 年版。

（元）夏文彦：《图绘宝鉴》，《景印文渊阁四库全书》，台湾商务印书馆
　　1986 年版。

（明）朱谋垔：《画史会要》，《景印文渊阁四库全书》，台湾商务印书馆
　　1986 年版。

（明）李时珍著，陈贵廷等点校：《本草纲目》，中医古籍出版社 1994
　　年版。

（明）张萱：《疑耀》，《景印文渊阁四库全书》，台湾商务印书馆 1986
　　年版。

（清）孙岳颁等纂辑：《御定佩文斋书画谱》，《景印文渊阁四库全书》，
　　台湾商务印书馆 1986 年版。

（清）王毓贤：《绘事备考》，《景印文渊阁四库全书》，台湾商务印书馆
　　1986 年版。

（清）孙承泽：《春明梦馀录》，《景印文渊阁四库全书》，台湾商务印书
　　馆 1986 年版。

　　集部

（汉）刘向辑，（宋）洪兴祖撰，白化文等点校：《楚辞补注》，中华书局
　　1983 年版。

（晋）陆机著，张少康集释：《文赋集释》，人民文学出版社 2002 年版。

（梁）刘勰著，陆侃如、牟世金译注：《文心雕龙译注》，齐鲁书社 1995
　　年版。

（梁）萧统编，（唐）李善注：《文选》，上海古籍出版社 1986 年版。

（唐）杜甫著，（清）仇兆鳌注：《杜诗详注》，中华书局 1979 年版。

（唐）高适著，孙钦善校注：《高适集校注》，上海古籍出版社 1984 年版。

（唐）贾岛著，李嘉言新校：《长江集新校》，上海古籍出版社 1983 年版。

（唐）贯休：《禅月集》，明虞山毛氏汲古阁刊本。

（唐）齐己：《白莲集》，明虞山毛氏汲古阁刊本。

（唐）韩愈著，阎琦校注：《韩昌黎文集注释》，三秦出版社 2004 年版。

（唐）柳宗元著，王国安笺释：《柳宗元诗笺释》，上海古籍出版社 1993

年版。

（唐）李颀著，隋秀玲校注：《李颀集校注》，河南人民出版社 2007 年版。

（唐）元稹著，杨军笺注：《元稹集编年笺注》（诗歌卷），三秦出版社 2002 年版。

（唐）许浑著，（清）许培荣笺注：《丁卯集笺注》，乾隆二十一年许钟德刻本。

（宋）郭茂倩：《乐府诗集》，中华书局 1979 年版。

（宋）苏轼著，（清）王文诰辑注，孔凡礼点校：《苏轼诗集》，中华书局 1982 年版。

（宋）苏辙著，陈宏天、高秀芳校点：《苏辙集》，中华书局 1990 年版。

（宋）黄庭坚著，刘琳等校点：《黄庭坚全集》，四川大学出版社 2001 年版。

（宋）陆游著，钱仲联校注：《剑南诗稿校注》，上海古籍出版社 1985 年版。

（宋）辛弃疾著，邓广铭笺注：《稼轩词编年笺注》，上海古籍出版社 1978 年新 1 版。

（宋）周必大：《文忠集》，《景印文渊阁四库全书》，台湾商务印书馆 1986 年版。

（宋）魏了翁：《鹤山先生大全文集》，四部丛刊初编影宋刊本。

（宋）姜夔：《白石道人歌曲》，中华书局 1985 年版。

（宋）刘克庄：《后村集》，《景印文渊阁四库全书》，台湾商务印书馆 1986 年版。

（宋）李廌：《济南集》，《景印文渊阁四库全书》，台湾商务印书馆 1986 年版。

（金）赵秉文：《闲闲老人滏水集》，四部丛刊本。

（金）元好问著，狄宝心校注：《元好问文编年校注》，中华书局 2012 年版。

（金）元好问编：《中州集》，中华书局 1959 年版。

（金）元好问：《翰苑英华中州集》，《四部丛刊》影印诵芬室景元刊本。

（元）耶律楚材著，谢方点校：《湛然居士文集》，中华书局 1986 年版。

（元）耶律楚材：《湛然居士文集》，《四部丛刊》初编，无锡孙氏小渌天藏影元本。

（元）耶律楚材著，向达校注：《西游录》，中华书局 1981 年版。

（元）李志常、耶律楚材撰文，纪流注译：《成吉思汗封赏长春真人之谜：长春真人西游记·玄风庆会录》，中国旅游出版社 1988 年版。

（元）耶律铸：《双溪醉隐集》，光绪十八年顺德龙氏知服斋刻本。

（元）耶律铸：《双溪醉隐集》，《景印文渊阁四库全书》，台湾商务印书馆 1986 年版。

（元）李志常撰，党宝海译注：《长春真人西游记》，河北人民出版社 2001 年版。

（元）杨奂著，魏崇武、褚玉晶等校点：《杨奂集》，吉林文史出版社 2010 年版。

（元）姚燧著，查洪德编辑点校：《姚燧集》，人民文学出版社 2011 年版。

（元）陈旅：《安雅堂集》，《景印文渊阁四库全书》，台湾商务印书馆 1986 年版。

（元）王恽：《秋涧集》，《景印文渊阁四库全书》，台湾商务印书馆 1986 年版。

（元）郝经：《陵川集》，《景印文渊阁四库全书》，台湾商务印书馆 1986 年版。

（元）许有壬：《至正集》，《景印文渊阁四库全书》，台湾商务印书馆 1986 年版。

（元）刘因：《静修集》，《景印文渊阁四库全书》，台湾商务印书馆 1986 年版。

（元）苏天爵著，陈高华、孟凡清点校：《滋溪文稿》，中华书局 1997 年版。

（元）苏天爵：《元文类》，商务印书馆 1958 年版。

（元）苏天爵：《元文类》，四部丛刊用上海涵芬楼藏元至正二年杭州路西湖书院刊大字本。

（元）苏天爵：《元名臣事略》，《景印文渊阁四库全书》，台湾商务印书馆 1986 年版。

（元）牟巘：《陵阳集》，《景印文渊阁四库全书》，台湾商务印书馆 1986 年版。

（元）黄溍：《文献集》，《景印文渊阁四库全书》，台湾商务印书馆 1986 年版。

（元）刘敏中：《中庵集》，《景印文渊阁四库全书》，台湾商务印书馆
　　1986 年版。

（元）张之翰：《西岩集》，《景印文渊阁四库全书》，台湾商务印书馆
　　1986 年版。

（元）吴澄：《吴文正集》，《景印文渊阁四库全书》，台湾商务印书馆
　　1986 年版。

（元）许有壬：《圭塘小稿》，《景印文渊阁四库全书》，台湾商务印书馆
　　1986 年版。

（明）宋濂：《文宪集》，《景印文渊阁四库全书》，台湾商务印书馆 1986
　　年版。

（明）王世贞：《弇州四部稿》，《景印文渊阁四库全书》，台湾商务印书
　　馆 1986 年版。

（清）张金吾：《金文最》，中华书局 1990 年版。

（清）顾嗣立：《元诗选》，中华书局 1987 年版。

（清）康熙帝：《御制文集》，《景印文渊阁四库全书》，台湾商务印书馆
　　1986 年版。

中华书局编辑部点校：《全唐诗》（增订本），中华书局 1999 年版。

　　（二）今人编撰著作

　　国人著作

蒋祖怡、张涤云主编：《全辽诗话》，岳麓书社 1992 年版。

唐圭璋编：《全金元词》，中华书局 1979 年版。

薛瑞兆、郭志明等：《全金诗》，南开大学出版社 1995 年版。

阎凤梧、康金声：《全辽金诗》，山西古籍出版社 1999 年版。

李修生：《全元文》，江苏古籍出版社、凤凰出版社 1997—2004 年版。

程章灿：《世族与六朝文学》，黑龙江教育出版社 1998 年版。

张剑：《宋代家族与文学——以澶州晁氏为中心》，北京出版社 2006
　　年版。

李浩师：《唐代三大地域文学士族研究》（增订本），中华书局 2008 年第 2
　　版。

李绍明：《民族学》，四川民族出版社 1986 年版。

宋蜀华、白振声：《民族学理论与方法》，中央民族大学出版社 1998
　　年版。

徐杰舜：《从多元走向一体：中华民族论》，广西师范大学出版社 2008 年版。

李浩师：《唐代关中士族与文学》（增订本），中国社会科学出版社 2003 年版。

张炯、邓绍基、樊骏主编：《中华文学通史》，华艺出版社 1997 年版。

刘达科：《辽金元诗文史料述要》，中华书局 2007 年版。

李陶等：《中国少数民族古代近代文学概论》，辽宁民族出版社 2001 年版。

邓绍基、杨镰主编：《中国文学家大辞典·辽金元卷》，中华书局 2006 年版。

刘晓：《耶律楚材评传》，南京大学出版社 2001 年版。

阎琦、李浩师等：《唐文选》，人民文学出版社 2011 年版。

陈寅恪：《隋唐制度渊源略论稿》，生活·读书·新知三联书店 2009 年第 2 版。

陈述、朱子方：《辽会要》，上海古籍出版社 2009 年版。

黄震云：《辽代文学史》，长春出版社 2010 年版。

陈垣：《元西域人华化考》，上海古籍出版社 2000 年版。

梁庭望、张公瑾：《中国少数民族文学概论》，中央民族大学出版社 1998 年版。

孙伯君、聂鸿音：《契丹语研究》，中国社会科学出版社 2008 年版。

王承礼主编：《辽金契丹女真史译文集》（第一集），吉林文史出版社 1990 年版。

赵其钧：《透视元代文人精神文化》，安徽大学出版社 2011 年版。

陈得芝：《蒙元史研究丛稿》，人民出版社 2004 年版。

白寿彝：《中国通史》，上海人民出版社 1997 年版。

李强：《成吉思汗的黄金家族》，金城出版社 2010 年版。

陈高华、张帆、刘晓：《元代文化史》，广东教育出版社 2009 年版。

冯惠民、李万健等：《明代书目题跋丛刊》，书目文献出版社 1993 年版。

万曼：《万曼文集》，河南大学出版社 2007 年版。

栾贵明：《永乐大典索引》，作家出版社 1997 年版。

栾贵明：《四库辑本别集拾遗》，中华书局 1983 年版。

陈寅恪：《陈寅恪集》，生活·读书·新知三联书店 2009 年第 2 版。

星汉师：《清代西域诗研究》，上海古籍出版社 2009 年版。

孙进己、孙泓：《契丹民族史》，广西师范大学出版社 2010 年版。

严耕望：《严耕望史学论文集》，上海古籍出版社 2009 年版。

姚淦铭、王燕编：《王国维文集》，中国文史出版社 1997 年版。

魏良弢：《西辽史研究》，宁夏人民出版社 1987 年版。

钟兴麒：《西域地名考录》，国家图书馆出版社 2008 年版。

王庆生：《金代文学家年谱》，凤凰出版社 2005 年版。

刘浦江：《辽金史论》，辽宁大学出版社 1999 年版。

李泽厚、刘纲纪：《中国美学史》，中国社会科学出版社 1987 年版。

《陶渊明资料汇编》（上册），中华书局 1962 年版。

吴文治：《辽金元诗话全编》，凤凰出版社 2006 年版。

袁行霈：《陶渊明研究》，北京大学出版社 2009 年版。

袁行霈：《陶渊明集笺注》，中华书局 2003 年版。

韩儒林：《穹庐集》，河北教育出版社 2000 年版。

周勋初：《唐诗大辞典》（修订本），凤凰出版社 2003 年版。

宋沙荫、简声援：《净土古刹玄中寺》，中国展望出版社 1985 年版。

严耕望：《中国地方行政制度史：魏晋南北朝地方行政制度》，上海古籍
　　出版社 2007 年版。

冯尔康：《中国社会结构的演变》，河南人民出版社 1994 年版。

李治安：《元代政治制度研究》，人民出版社 2003 年版。

柯绍忞：《新元史》，中国书店 1988 年版。

鄂景海、巴图宝音：《中国达斡尔族史话》，民族出版社 2005 年版。

云峰：《蒙汉文学关系史》，新疆人民出版社 2000 年版。

刘怀荣、宋亚莉：《魏晋南北朝乐府制度与歌诗研究》，商务印书馆 2010
　　年版。

张松如：《辽金元诗歌史论》，吉林教育出版社 1995 年版。

向南：《辽代石刻文编》，河北教育出版社 1995 年版。

毛汉光：《中国中古社会史论》，上海书店出版社 2002 年版。

萧启庆：《元代的族群文化与科举》，联经出版事业股份有限公司 2008
　　年版。

萧启庆：《内北国而外中国：蒙元史研究》，中华书局 2007 年版。

查洪德、李军：《元代文学文献学》，中国社会科学出版社 2002 年版。

邓绍基主编：《元代文学史》，人民文学出版社 1991 年版。

查洪德：《理学背景下的元代文论与诗文》，中华书局 2005 年版。

张晶主编：《中国古代文学通论·辽金元卷》，辽宁人民出版社 2005 年版。

张晶：《辽金元诗歌史论》，吉林教育出版社 1995 年版。

外国人著作

［德］傅海波、［英］崔瑞德编：《剑桥中国辽西夏金元史》，史卫民等译，中国社会科学出版社 1998 年版。

［日］杉山正明：《耶律楚材とその時代》，白帝社 1996 年版。

［法］伯希和：《蒙哥》，冯承钧译，中国国际广播出版社 2013 年版。

［法］雷纳·格鲁塞：《蒙古帝国史》，龚钺译、翁独健校，商务印书馆 1989 年版。

［日］白鸟库吉：《白鸟库吉全集》（第四集），岩波书店 1970 年版。

K. A. Wittfogel, Feng Chia-sheng, *History of Chinese Society Liao*, The American Philosophical Society, 1949.

［意］伯戴克：《元代西藏史》，张云译，云南人民出版社 2002 年版。

［日］饭田利行：《大蒙古禅人宰相耶律楚材》，柏美社 1994 年版。

［日］陈舜臣：《耶律楚材》，集英社 1997 年版。

［日］岩村忍：《耶律楚材》，生活社 1994 年版。

［朝鲜王朝］郑麟趾等：《高丽史》，奎章阁藏本。

二 期刊论文

马海峰、吴建军：《试论耶律楚材的儒家治国思想》，《吉林省教育学院学报（上旬）》2012 年第 5 期。

杨秀礼：《耶律楚材老学观探析》，《山西财经大学学报》2012 年第 S2 期。

王平：《耶律楚材的大一统思想评析》，《东北史地》2012 年第 4 期。

崔晓莉：《从〈中书令耶律公神道碑〉看耶律楚材的"以儒治国"》，《牡丹江大学学报》2012 年第 9 期。

熊作勤：《耶律楚材西域风物人情诗论略》，《文史月刊》2012 年第 8 期。

王冉冉：《耶律楚材与易学》，《周易研究》2012 年第 2 期。

孙勐：《北京出土耶律铸墓志及其世系、家族成员考略》，《中国国家博物馆馆刊》2012 年第 3 期。

张晶：《生机与汇流：民族文化交融中的辽金元诗歌》，《辽宁工程技术大学学报（社会科学版）》2012 年第 2 期。

邵丽坤、张诗悦：《从〈辽海志略〉看东北古诗的发展》，《东北史地》2012 年第 5 期。

王富：《高权势低语势文化对低权势高语势文化的翻译——语言势差论下翻译的非殖民性》，《井冈山大学学报（社会科学版）》2012 年第 2 期。

冯焕珍：《论耶律楚材琴禅一味的琴学观》，《中山大学学报（社会科学版）》2011 年第 4 期。

刘达科：《耶律楚材与孔门禅》，《江苏大学学报（社会科学版）》2011 年第 1 期。

陈永志、宋国栋：《中国北方草原地带出土的元青花瓷器》，《草原文物》2011 年第 1 期。

薛宗正：《唐轮台县故址即今昌吉古城再考》，《昌吉学院学报》2011 年第 4 期。

邱轶皓：《舆图原白海西来——〈桃里寺文献集珍〉所载世界地图考》，《西域研究》2011 年第 2 期。

姜付炬：《出布儿与也里虔——伊犁史地论札之六》，《伊犁师范学院学报（社会科学版）》2011 年第 3 期。

苏鹏宇：《论元代契丹与蒙古的文化关系》，《信阳师范学院学报（哲学社会科学版）》2011 年第 4 期。

尹晓琳：《论辽金元时期北方民族汉文创作三维模式的建构》，《延边大学学报（社会科学版）》2011 年第 6 期。

魏崇武：《大典辑本〈双溪醉隐集〉误收考》，《文献》2011 年第 1 期。

于东新：《论金代渤海词人王庭筠——兼论民族融合语境下词人的艺术取向》，《黑龙江民族丛刊》2011 年第 5 期。

李丹梅：《耶律楚材以儒治国思想》，《兰台世界》2010 年第 19 期。

贾秀云：《耶律楚材家族与白居易诗歌在辽金的传播》，《晋阳学刊》2010 年第 5 期。

赵桂君：《耶律楚材诗歌中的儒学思想探析》，《沈阳师范大学学报（社会科学版）》2010 年第 2 期。

李海娟：《谈耶律楚材的人生与诗歌创作》，《西安社会科学》2010 年第

1 期。

白显鹏、于东新《论金代契丹族耶律履父子词》，《黑龙江民族丛刊》2010 年第 5 期。

姜付炬：《喀亚斯与双河城——伊犁史地论札之三》，《伊犁师范学院学报（社会科学版）》2010 年第 1 期。

田波、王剑：《闾山大观音阁景区的景观解析》，《辽宁工业大学学报（社会科学版）》2010 年第 2 期。

尹晓琳：《浑沌学理论与古代北方民族汉文创作研究》，《沈阳师范大学学报（社会科学版）》2010 年第 4 期。

吴奕璇：《契丹文学与辽文化的关系》，《沈阳师范大学学报（社会科学版）》2010 年第 4 期。

杨忠谦：《论金代家族的文献积累与文化教育》，《重庆文理学院学报（社会科学版）》2010 年第 6 期。

强琛：《略论金末元初的三教关系——以万松行秀、耶律楚材和丘处机为例》，《长江大学学报（社会科学版）》2009 年第 3 期。

吴安宇：《耶律楚材所弹〈广陵散〉研究——兼考〈广陵散〉在宋元时期的发展》，《天津音乐学院学报》2009 年第 3 期。

邓可卉：《耶律楚材与麻达巴历》，《广西民族大学学报（自然科学版）》2009 年第 Z2 期。

允春喜：《耶律楚材"以儒治国"思想初论》，《北京工业大学学报（社会科学版）》2009 年第 4 期。

胡小鹏、苏鹏宇：《蒙元时期契丹人婚姻研究》，《西北师大学报（社会科学版）》2009 年第 6 期。

李治安：《元代汉人受蒙古文化影响考述》，《历史研究》2009 年第 1 期。

秦坚、王永捷：《唐代轮台城地望新探》，《乌鲁木齐职业大学学报》2009 年第 4 期。

滕秋茗：《中国古代少数民族藏书家对文化事业的贡献》，《图书馆建设》2009 年第 7 期。

尹晓琳：《古代北方少数民族汉文创作的文化内涵》，《内蒙古社会科学（汉文版）》2009 年第 6 期。

邢丽雅、于耀洲：《略论儒学在东北少数民族中的传播》，《黑龙江民族丛刊》2009 年第 1 期。

徐星华、闫闰:《论耶律楚材的治国思想》,《通化师范学院学报》2008
年第 7 期。

刘晓曦:《耶律楚材西域诗思想情感浅析》,《才智》2008 年第 3 期。

程佳、卢滨玲:《一代名臣耶律楚材及其作品〈西游录〉》,《边疆经济与
文化》2008 年第 9 期。

朱元元:《耶律楚材与〈梅溪十咏〉》,《安阳师范学院学报》2008 年第
4 期。

刘达科:《民族体质融合对辽金文学的历史意义》,《江苏大学学报(社会
科学版)》2008 年第 2 期。

李朝军:《家族文学史建构与文学世家研究》,《学术研究》2008 年第
10 期。

滕秋茗:《舍得皇位的契丹王族藏书家耶律倍》,《图书馆杂志》2008 年
第 12 期。

张志勇、李庆恒:《试论耶律楚材崇尚法治的思想与实践》,《辽宁工程技
术大学学报(社会科学版)》2007 年第 5 期。

胡建次:《辽代诗歌创作中的唐诗接受》,《沧州师范专科学校学报》2007
年第 2 期。

周惠泉:《辽代契丹文文学的代表作:〈醉义歌〉》,《古典文学知识》
2007 年第 1 期。

周峰:《辽金藏书家考》,《北方文物》2007 年第 2 期。

于静宇:《论"借才异代"及其对辽金文学进程的影响》,《黑龙江民族丛
刊》2007 年第 1 期。

魏崇武:《论耶律楚材的散文创作》,《民族文学研究》2006 年第 1 期。

王少华:《论耶律楚材诗歌中的"华夷一统"思想》,《商丘师范学院学
报》2006 年第 1 期。

邓绍基:《辽金元文学的主要特点和发展概况——〈中国文学家大辞典·
辽金元卷〉前言》,《江苏大学学报(社会科学版)》2006 年第 1 期。

郑家治:《北方少数民族边塞诗歌的嬗变及原因初探》,《西南民族大学学
报(人文社科版)》2006 年第 10 期。

刘达科:《金朝多民族文学格局析论》,《江苏大学学报(社会科学版)》
2006 年第 2 期。

于静宇、高颖、赵丹丹:《碰撞、交流、融合——论战争媒介与辽金宋的

文学交流》，《内蒙古社会科学（汉文版）》2006 年第 1 期。

周惠泉：《论辽代的契丹文文学》，《江苏大学学报（社会科学版）》2006
年第 2 期。

刘达科：《金朝北方民族文学发微》，《山西师大学报（社会科学版）》
2006 年第 3 期。

姚传森：《杰出的契丹族科学家——耶律楚材》，《中央民族大学学报（自
然科学版）》2005 年第 3 期。

霍彤彤：《不妨终老在天涯——耶律楚材风土诗的价值》，《新疆教育学院
学报》2005 年第 4 期。

张培锋：《〈湛然居士文集〉中耶律楚材晚期作品考》，《史学集刊》2005
年第 4 期。

陈平平：《论元代耶律铸牡丹园艺实践与著述的科学成就》，《古今农业》
2005 年第 2 期。

周惠泉：《简评〈辽金元诗选评〉》，《民族文学研究》2005 年第 1 期。

曾肖：《辽代文化与政治述论》，《东疆学刊》2005 年第 1 期。

李成：《民族文化融合与东北古代文学的发展》，《大连大学学报》2005
年第 1 期。

刘达科：《辽金元绝句诗探骊》，《江苏大学学报（社会科学版期）》2005
年第 5 期。

张琴：《万取一收追神探髓——〈辽金元绝句选〉读后》，《晋图学刊》
2005 年第 4 期。

杨春雁：《辽金文学的南北交融》，《忻州师范学院学报》2005 年第 6 期。

周惠泉：《辽金文学的历史定位与研究述评》，《中国社会科学》2005 年
第 5 期。

胡淑慧：《略论辽代文学及文化制度》，《浙江大学学报（人文社会科学
版）》2005 年第 3 期。

向燕南：《10—19 世纪历史文化认同意识的发展》，《河北学刊》2005 年
第 3 期。

刘达科：《辽金元诗经纬》，《太原师范学院学报（社会科学版）》2005 年
第 4 期。

张晶：《元代诗歌发展的历史进程》，《吉林大学社会科学学报》2005 年
第 5 期。

封树礼：《从契丹诗歌的演进看契丹人的汉化进程》，《辽宁工程技术大学学报（社会科学版）》2005 年第 5 期。

常江：《耶律楚材与元初统治》，《辽宁大学学报（哲学社会科学版）》2004 年第 3 期。

李军：《论耶律铸和他的〈双溪醉隐集〉》，《民族文学研究》2004 年第 2 期。

王颋：《"角端"与成吉思汗西征班师》，《史林》2004 年第 6 期。

李正民、裴兴荣：《20 世纪辽金文学研究存在的问题与不足》，《晋阳学刊》2004 年第 3 期。

刘达科：《金元耶律氏文学世家探论》，《民族文学研究》2003 年第 2 期。

李正民：《金代山西文学论略》，《山西师大学报（社会科学版）》2003 年第 2 期。

胡传志：《北方民族政权与辽金文学》，《民族文学研究》2003 年第 1 期。

张林、许洪波：《论耶律楚材对元初文化的历史贡献》，《东疆学刊》2003 年第 4 期。

周建江：《民族精神与民族特色——民族文学作品研究中的若干问题》，《肇庆学院学报》2003 年第 4 期。

周惠泉：《辽代文学论》，《社会科学战线》2003 年第 2 期。

徐子方：《辽金元文学与文人境遇》，《民族文学研究》2003 年第 1 期。

郭亚宾：《耶律楚材诗歌特质论》，《大同职业技术学院学报》2002 年第 1 期。

刘晓：《〈全元文〉整理质疑》，《文献》2002 年第 1 期。

努尔兰·肯加合买提：《不剌、双河两城考辨》，《西域研究》2002 年第 4 期。

佟宝山：《论金元时代契丹人的民族心态》，《辽宁工程技术大学学报（社会科学版）》2002 年第 2 期。

孙顺华：《"独尊儒术"与儒学传播形态的转变》，《东方论坛·青岛大学学报》2002 年第 2 期。

周秀荣：《民族文化融合与辽宋诗词间的关系》，《滁州职业技术学院学报》2002 年第 1 期。

朋·乌恩：《耶律楚材儒释道观评析》，《内蒙古社会科学（汉文版）》2001 年第 2 期。

吴冬梅：《试论元朝的"孝治"》，《云南师范大学学报（哲学社会科学版）》2001 年第 4 期。

乔国华：《民族融合与社会稳定》，《济南大学学报》2001 年第 3 期。

么书仪：《面对佛道二教的耶律楚材》，《文学评论》2000 年第 2 期。

陈高华：《论元代的称谓习俗》，《浙江学刊》2000 年第 5 期。

周惠泉、孙黎、周晖：《辽金元文学：民族融合的结晶》，《社会科学辑刊》2000 年第 2 期。

周惠泉：《论东北民族文化》，《北方论丛》2000 年第 1 期。

詹子庆等：《笔谈〈耶律楚材〉》，《锦州师范学院学报（哲学社会科学版）》1999 年第 4 期。

罗贤佑：《儒释思想影响与耶律楚材的心路历程》，《民族研究》1999 年第 3 期。

张毅：《辽代文学思想论略》，《南开学报》1999 年第 1 期。

任爱君：《说契丹"岁岁作楼居"——兼谈北方民族文化的共性特征及契丹因俗而治的社会文化心态》，《昭乌达蒙族师专学报（汉文哲学社会科学版）》1999 年第 5 期。

张晶：《金代文学研究的新成果》，《文学遗产》1999 年第 1 期。

李文泽：《辽代的官方教育与科举制度研究》，《四川大学学报（哲学社会科学版）》1999 年第 4 期。

徐子方：《从先驱者到孤独者——耶律楚材心态剖析》，《南京师大学报（社会科学版）》1998 年第 3 期。

杨建新：《论忽必烈称汗及蒙古统治集团内的斗争》，《西北民族研究》1998 年第 1 期。

舒顺林：《忽必烈信用儒术刍议》，《内蒙古师大学报（哲学社会科学版）》1998 年第 5 期。

周惠泉：《古代北方民族诗歌创作论略》，《民族文学研究》1998 年第 2 期。

李树基：《耶律洪基在锦州肇建大广济寺塔考略》，《锦州师范学院学报（哲学社会科学版）》1998 年第 1 期。

穆鸿利：《论元代北方民族文化成就和时代特色》，《传统文化与现代化》1998 年第 5 期。

金声：《〈全辽金诗〉前言》，《新闻出版交流》1998 年第 5 期。

即实：《契丹耶律姓新探》，《社会科学辑刊》1998 年第 4 期。

艾荫范：《从诗学角度看辽王朝有限的几首契丹汉诗》，《沈阳师范学院学报（社会科学版）》1998 年第 1 期。

刘兴汉：《学术性与大众化的融合——评周惠泉主编的〈辽金元文学史话〉》，《社会科学战线》1998 年第 5 期。

丁国祥：《蒙汉文化磨合中的历史悲剧——耶律楚材小议》，《铁道师院学报》1997 年第 5 期。

王广新：《略论元代少数民族作家群体奇观（上）》，《西安教育学院学报》1997 年第 1 期。

苏北海：《阿力麻里古城的位置及其历史发展》，《西北史地》1997 年第 1 期。

张志勇：《元代儒学与契丹名士》，《中央民族大学学报》1997 年第 2 期。

别廷峰：《辽代契丹族文学概说》，《民族文学研究》1997 年第 4 期。

向斯：《宫廷藏书兴衰研究》，《故宫博物院院刊》1997 年第 3 期。

孙星群：《辽宫廷音乐》，《中央音乐学院学报》1997 年第 4 期。

莎日娜：《辽金元时期儒家经典图书的编译及出版》，《内蒙古大学学报（哲学社会科学版）》1997 年第 1 期。

张晶：《耶律楚材诗歌别论》，《社会科学辑刊》1996 年第 4 期。

查洪德：《耶律楚材与北京》，《中国典籍与文化》1996 年第 2 期。

赵文坦：《耶律楚材父子与蒙元法律》，《淄博师专学报》1995 年第 3 期。

冯继钦：《从战迹和官职看契丹人在蒙元时期的分布》，《北方文物》1995 年第 2 期。

李云泉：《蒙元时期驿站的设立与中西陆路交通的发展》，《内蒙古社会科学（文史哲版）》1995 年第 2 期。

叶启晓、干志耿：《滇西契丹遗人与耶律倍之裔》，《北方文物》1995 年第 4 期。

黄震云：《契丹姓氏的产生和消失》，《江海学刊》1995 年第 3 期。

李锡厚：《〈辽史〉与辽史研究》，《中国社会科学院研究生院学报》1995 年第 5 期。

查洪德：《耶律楚材的文学倾向》，《文学遗产》1994 年第 6 期。

孟古托力：《契丹族婚姻探讨》，《北方文物》1994 年第 1 期。

周惠泉：《东北古代文学研究初论》，《社会科学战线》1994 年第 2 期。

舒焚：《辽上京的道士与辽朝的道教》，《湖北大学学报（哲学社会科学版）》1994 年第 5 期。

刘迎胜：《察合台汗国疆域与历史沿革研究》，《中国边疆史地研究》1993 年第 3 期。

李云泉：《蒙元时期驿站的设立与中西陆路交通的发展》，《兰州大学学报》1993 年第 3 期。

韩雪昆：《察合台汗国铜币的发现及初步研究》，《中国钱币》1993 年第 4 期。

王月珽：《耶律楚材经世思想发微——兼论其士的品格》，《内蒙古大学学报（哲学社会科学版）》1992 年第 1 期。

王月珽：《耶律楚材道教观剖析》，《内蒙古大学学报（哲学社会科学版）》1991 年第 2 期。

唐润：《元代契丹族诗童——耶律铸》，《中国民族》1991 年第 12 期。

邝淑文：《中国西部文献研究述略——蒙古部分》，《西北民族研究》1991 年第 2 期。

韩雪昆：《新疆博乐市达勒特古城发现的察合台汗国银币初步研究》，《中国钱币》1991 年第 4 期。

方可：《论中国多民族统一国家形成的历史原因和基础》，《满族研究》1991 年第 4 期。

梁喜民、程朴：《耶律楚材与元初教育》，《民族教育研究》1990 年第 2 期。

王月珽：《论耶律楚材的宗儒重禅》，《内蒙古大学学报（哲学社会科学版）》1990 年第 4 期。

周双利：《耶律楚材》，《内蒙古民族师院学报（哲学社会科学汉文版）》1990 年第 3 期。

劳汉生：《元代数学教育史研究报告》，《内蒙古师大学报（自然科学汉文版）》1990 年第 2 期。

王慎荣：《〈元史〉列传史源之探讨》，《吉林大学社会科学学报》1990 年第 2 期。

华涛：《唐代西突厥都曼起兵史事考》，《新疆社会科学》1989 年第 3 期。

高兴璠：《契丹诗人略说》，《满族研究》1989 年第 4 期。

鲍音：《耶律楚材与〈蒙古秘史〉》，《昭乌达蒙族师专学报（社会科学版)》1988 年第 1 期。

舒博之：《忽必烈与阿里不哥的汗位之争及其胜负原因》，《内蒙古师大学报（哲学社会科学版）》1988 年第 1 期。

鲜于煌：《论中国古代少数民族的汉文诗》，《民族文学研究》1987 年第 4 期。

存怀：《耶律楚材与儒释道的关系》，《五台山研究》1986 年第 6 期。

孔庆臻：《文化交流是民族团结的纽带》，《内蒙古社会科学》1986 年第 5 期。

樊保良：《耶律楚材及其〈西游录〉杂议》，《新疆社会科学》1985 年第 6 期。

米治国：《辽代文学初论》，《社会科学战线》1985 年第 2 期。

钟兴麒：《西行万里亦良图——简评耶律楚材及其边塞诗》，《新疆师范大学学报（社会科学版）》1984 年第 2 期。

刘维钧：《唐代西域诗句释地》，《新疆大学学报（哲学社会科学版）》1984 年第 4 期。

薛宗正：《唐轮台名实核正》，《新疆社会科学》1983 年第 4 期。

［日］中野美代子：《耶律铸の双溪醉隐集について－父と子》，《日本中国学会报》1969 年第 21 集。

三　学位论文

刘晓：《元朝的家庭、家族与社会》，博士学位论文，中国社会科学院研究生院，1998 年。

贾秀云：《辽金元时期耶律楚材家族的文学文化研究》，博士学位论文，安徽师范大学，2009 年。

李辉：《宋金交聘制度研究》，博士学位论文，复旦大学，2005 年。

郭亚斌：《耶律楚材诗歌特质论》，硕士学位论文，河北大学，2001 年。

孙玉峰：《耶律楚材及其诗歌简论》，硕士学位论文，西北大学，2004 年。

王颖：《耶律楚材西域诗研究》，硕士学位论文，河北大学，2010 年。

徐雅婷：《耶律楚材西域诗研究》，硕士学位论文，新疆师范大学，2010 年。

李春尧：《耶律楚材哲学思想研究》，硕士学位论文，上海社会科学院，2010 年。

张海云:《蒙元时期耶律楚材家族研究》,硕士学位论文,南京大学,
　　2012年。

四　论文集

郝时远:《民族研究文汇:民族理论篇》,社会科学文献出版社2009
　　年版。
郝时远、罗贤佑:《蒙元史暨金元史论集》,社会科学文献出版社2006
　　年版。
纪宗安、汤开建:《暨南史学》(第二辑),暨南大学出版社2003年版。

索　引

后　记

古人云："太上有立德，其次有立功，其次有立言，虽久不废，此之谓不朽。"余自念德之不立，功之不成，言亦不著，庸庸碌碌，了此一生，实为憾事，故虽愚钝，仍知自振，虽不能"为天地立心，为生民立命，为往圣继绝学，为万世开太平，"但能不虚度光阴，有所进益，亦足自慰也。

余生长泰山脚下，十四岁入师范，三年毕业而为小学教师，再为初中教师，后自学而得本科学历。然大学之梦，未尝一日忘也；人生之梦，未尝一日忘也。"蒹葭苍苍，白露为霜。所谓伊人，在水一方。溯洄从之，道阻且长。溯游从之，宛在水中央。"余每读此诗，均有所感：此所谓伊人，即吾梦中之人也，即吾梦中之大学也，即吾之理想也，即吾不朽之念也，纵道阻且长，吾必溯洄求之。虽不能至，心亦向往之。虽路途漫漫，九死而不悔也。

癸未岁，时有大疫，余调剂至新疆师范大学读研。虽失之齐鲁，然得之西域，能读万卷书，行万里路，亦人生之幸也。大学，乃吾梦之伊人也。子曰："譬如平地，虽覆一篑，进，吾往也。"得入大学，可覆一篑，吾其勉乎！遂拜入星汉师门下，又从薛天纬师、王佑夫师、胥惠民师、刘坎龙师、栾睿师、朱玉麒师、多洛肯师学，初读陶渊明，后读苏轼，虽不能窥其堂奥，然粗有所得，聊供自娱而已。毕业后，蒙新疆大学不弃，得一教职，心下惶惶，孜孜矻矻，唯恐为后生嗤笑。然力有所不逮，为后生所讥，亦或难免，盖余先天不足，早年无缘入大学，梦且不到大学，更遑论为大学之师者乎！

庚寅岁三月，余自西域赴长安考博。时塞外尚寒，临行之日忽降大雪，堪当雪花大席之喻。及至长安，则风暖草薰，桃红柳绿，莺歌燕舞，春满古都矣。不禁有春风玉关之叹，遂赋《庚寅春日赴西北大学考博有感》曰："雪黯天山漫阻关，东行道路意阑珊。春风已绿长安柳，戈壁驼铃尚自寒。"

其后复试，再赴西大，仍用前韵，赋诗为记："渭水天山两度关，爷娘细数路途艰。画眉敢问张司业，捷径不寻奋力攀。"

后蒙李浩师不弃，得以入西北上庠之地，忝列门墙，执经问学，一遂立雪之愿。入学之日，走城墙，登钟楼，观雁塔，游曲江，尽览长安古迹，抚今怀古，慨然有感，随即涂鸦一首，呈李师曰："金风越朔漠，千里至长安。一日看花笑，半宵持酒欢。李唐犹在目，赵宋已成烟。雁塔登临日，欲题三百篇。"盖西北大学文学院有作家摇篮之称，吾辈不待扬鞭，当自奋蹄，使斯文不堕也。此李师之愿，贾三强先生之愿，文学院诸先生之愿也。

寒窗三年，如白驹过隙。余本愚钝，得李师耳提面命，虽苦读犹自为乐。然未能遵"父母在不远游"之训，翌年而家慈病，后年而外姑病，乍闻急电，虽乘飞机，犹以为迟，恨不能缩地千里，转瞬立至。遂感叹人生之难，所谓"不能两全"与"不可兼得"者也。毕业在即，忽闻同年南大博士彭无情之父与世长辞，余甚悲之。后一月，又闻同门万德敬之父驾鹤仙去，余不禁泪下如雨。吾所哭者，非止为此二君，实为天下读博之不幸者哭耳！——向吾读博之初，每读他人论文后记，凡有言父或母在其求学期间病逝者，余往往为之垂泪，故常于心中默念："即令吾不得学位，亦不得令吾失怙恃！"

愿上天好生之德，庇佑天下父母健康长寿！

赴西北大学读博至完成论文，得阎琦先生、薛瑞生先生、薛天纬师、星汉师、尚永亮师、刘跃进先生、张新科先生、贾三强先生、郝润华师、李芳民先生、张文利先生、孙尚勇先生等诸位师长帮助甚多，感激之情，不复一一。

拙文撰写之初，得中国社会科学院刘晓研究员惠寄日人杉山正明著作，高兵兵教授托日本友人惠寄中野美代子论文，使吾得见国外学术成果。此等高情雅意，令吾感佩，自当铭记在心。他日助人之时，余必尽力以效刘、高二先生之举。

论文撰成，时在癸巳春月，然未提交答辩者，以余意未惬，自觉有所不逮也。暑期删改一过，提交李浩师及阎琦先生，再经修改，方提交外审。教育部论文送检平台返回盲审意见者有五，对拙文多有肯定，亦有中肯建议。拙文付梓之际，亦诚挚感谢匿名评审专家。

吾终身难忘者，在论文答辩一事。吾答辩之期，适逢李浩师受邀讲学于台湾高校。吾之延期，使李浩师进退维谷。然李浩师多方协调，毅然提前结束讲学，返归西安，邀请中国社会科学院学部委员刘跃进先生为答辩委员会主席，使吾答辩得以圆满完成。由是吾知为师之难矣！为师者，不惟传道受业解惑，亦需舍己以济人，负重而托举也。吾于李浩师见之，亦当谨记而效法也。吾从李浩师所学者多，至授课之声腔，亦多相似，盖濡染日深而不自觉也。

拙文答辩后虽曾获陕西省优秀博士学位论文奖，多数章节刊发于多家学术期刊，亦有获省级人民政府哲学社会科学论文奖者，然余学力不足，自知所论浅薄，尚需斧削琢磨，故迟迟未得版行。承蒙中国社会科学出版社宋燕鹏先生抬爱，屡屡督促，使之入"中国社会科学博士论文文库"，且多有指正修改，在此亦深致谢忱。

拙作之出版，得新疆大学历史学院资助。此亦余所主持教育部哲学社会科学重大课题攻关项目"契丹文学文献整理与研究"（项目编号：22JZD030）之阶段性成果。

助吾者多，不能一一列举。受人之恩，必有所报，吾其勉乎！

　　　　　癸巳伏月初稿写于西大修己斋①，癸卯岁杪改定于新大校园

---

① 所谓"修己斋"者，实即吾在西北大学之研究生宿舍也。吾于壁间悬一大纸，先书"修己"二字于其上，又书"诚意正心，敬慎如一；乾道光明，乐天知命"于其下。积书盈室，静默以修，故以"修己"名其室云。